ALEJANDRIA

アレハンドリア

アリス狩りV

高山宏

青土社

アレハンドリア　アリス狩りＶ　目次

アレハンドリア

アリス狩りⅤ

狩人口上

「アリス」を狩る狩人からの前口上。

処女評論集『アリス狩り』を世に問うたのが一九八一年のこと。今回この二、三年間に書いた文章を集めた一著を、そうだ「アリス狩りV」という形で構想しようと思い立つ三十五年も前のことである。いわゆるコンピレーション本ということで、一九八一年以前に書いてあった文章を集め、編集したのが『アリス狩り』だった。そんな思いあがったものもそうざらにはあるまいと思うが、卒業論文、修士論文も英語で出していたものをみずから日本語に訳して、という妙な形で収録したので、現実にぼくの評論家暮しはもう少し長くて、四十年といって良いかと思う。流行歌の世界などでもそれなりの御方のそれなりの評価は芸能生活四十周年記念というのがひとつの定番のようだし、今回のこの「アリス狩りV」を以てぼくの「芸能生活」四十年記念といたしたいと思う。ひとつのけじめ。

「アリス狩り」は別段シリーズにするつもりなどなかったが、「アリス狩りII」としての『目の中の劇場』（一九八五）、同「III」としての『メデューサの知』（八七）が一九八〇年代にあって自らも驚くほどの高いテンションを維持し、「時代にカンフル注射のように」作用し（畏友小森陽一氏の嬉しい言葉だ）、合間に他の本もいろいろと出したのに、この三冊で最強三部作を形作る結果となった。『アリス狩り』がぼくの異様な批評感覚の顔見世となり、「Ⅱ」がピクチャレスク的なものの、「Ⅲ」が表象論で近代を概観する着眼もろもろの一覧表という形で、各巻が異様の濃度を誇り、三巻揃いで「高山学」と呼びならわされる趣味と教養の強力なコアとなったように思う。「アリス狩り」三部作という言い方が読者の間に定着していったように思うのだ。

だから、大分他の種類の本を刊行した挙句に出した『綺想の饗宴』に「アリス狩りⅣ」の副題をつける時、少し躊躇があった。マニエリスムというテーマで一巻加えることで理屈はつけられたが、エッセーが長短さまざまだし、書評の類も混じった。こういう混淆スタイルは嫌いでないし、『ブック・カーニヴァル』、『エクスタシー』とか『風神の袋』、『雷神の撥』とかいろいろ試みているが、三部作とは集中の濃度が今みてもやはり違う。この造り方だと、たしかに二、三年に一冊はまとめることはできるのだが、やはり三部作とは別物である。別のシリーズ名をつけるべきか。

今回のこの『アレハンドリア』はこういう少しいろいろ混ぜてみての、『綺想の饗宴』で使ったキーワードでいえば、「アルス・マカロニカ ars macaronica」の実験の系列の本となった。「アリス狩り」にこういう風通しの良い、読み物としても悪くない一系列が加わっても良いのではないかという気がして来て、今回は躊躇なく「アリス狩りⅤ」という副題を与えて、ぼくなりの全仕事の中に位置付けた。本書中でいえば、ぼくの山口昌男氏オマージュの一文が実はその辺の新しい学問観、書物観のことを楽しく書いている。この書を雑（miscellaneous）と感じるか、学問こそアルス・コンビナトリア

（ars combinatoria）というアートと主張し続けてきたぼくのその主張の悪くない実践篇と観じていただけるかで、評価は一変するだろう。それで良い。ぼくの本は読者を選ぶ。この本でも、それは全然変らない。傲慢？　ろくに読みもしない人たちの口を簡単について出るこの感想は、もう聞き飽きた。そろそろ快楽《けらく》とかいってほしいな。

コアになる観念でというよりは、ここ二、三年の作物ということで一冊というこのイージーに見えるやり方は、しかしまずいことはまずい。ぼくがもう二年、もう三年と、長生きしてしまうほどにアリス狩りⅥ、アリス狩りⅦ……と続いていく理屈だからね。阿々。

ここ二、三年、余りの眼疾についに手術などしてみたが、やはり目は両眼とも不調。術後の異和感と眼底出血のかすみ目に苦しむ。字引の活字はまず見えない。漢字も平気でどんどんひらがなに開く。原稿依頼も三件に二件は断る。本書に収録されている文章は、そうした中で閃くものあってお引き受けしたものがほとんどである。他人のした批評を読むなど、完全に面倒くさくなった。後世を育てるべき責めを果たし損ねているこの手抜きだけは恥ずかしい。

論じてみたい対象に、ほぼ参考書抜きでじっと直面するのみ。目が痛いから、机の真横に急ごしらえの寝床をこしらえて、少し書いては横になって目を閉じる。ああでもない、こうでもない、そうかあれもあった、これも使える、というので昔、他人の数十倍は読んだ書物の記憶、どこかで誰かからしこんだ耳学問のかけらが脳裡に浮かんでは消え、時としてかけら同士パッとつながる。枕元にあるメモ紙片に書きつけたり、ううむ、寝返りひとつで忘れてしまったり……。

有難いことに、これはもはや学知の三昧境である。もはや遊戯《ゆげ》の境地、と昔、ぼくの奇書『カストロフィリア』にいただいた、ぼくが唯一心服する哲学者の鷲田清一氏の書評にあった。どこかずっと先を走るこの男の遊戯《ゆげ》の気配を我々は後ろから感じられるのみ、と。今まで何百といただいた書評中に、最も忘れ難い嬉しい言葉。この本の中の目と言葉と、是非是非遊び戯れて欲しい。

一語一語、一文一文が凝結している。

先に書いたが、一九六〇年代後半から十五年がぼくが（多分死ぬほど）勉強した時期である。その後の十五年が「月刊高山」とヤユ（字引に当ってみたが小さくて漢字読めない！）されるほどの量産発表期。二〇〇〇年代に入ってからは校務多忙で、仕事師としては死に体《たい》。

で、今回の機会につくづく感じられたことは、この発表期に一方で勉強したはずのポストなんちゃら、カルチュラルかんちゃらが一切自分の身についていないことの驚きであった。ぼくの批評は一九六〇年代から一五年くらいで完結していて、ぼくの究極の「アリス狩り」シリーズはその（早過ぎるかもしれない）自己完結の何よりの証言である。此度《こたび》、「V」と称するこの最新刊も、読むほどに（一九九〇年以後の批評全体の何とも言えないひ弱さ、後ろ暗さと無縁の）二十世紀中葉人文学の、粗野かもしれないがどこまでもパワフルな威力とアウラ（オーラ）を放っていて、その限りでも「アリス狩りV」を名乗るのに何恥じることもない一書と思う。

我ガ肉ヲ愉シミ啖《クラ》へ！

二〇一六年九月五日

狩人学魔　識

❶

パラドクシア・アメリカーナ

La dernière chose qu'on trouve en faisant un ouvrage, est de savior celle qu'il faut mettre la première. —B. Pascal. *Pensées*

Melville, Merveille

かくて人生の最後に記すのが当然たるべき「自伝」を、四十路《よそじ》半ば、『高山宏のブック・カーニヴァル』の名で拙速に出してしまった。まさしく『白鯨』のさまざまな構造をもどいた奇書を意図して、厚さ六八ミリ、巨大な箱のような一巻を読書子一統に恵んだ。『ウェブスター米語辞典』（一八四八）に引っかけてメルヴィルの言った冗句にならって言えば、「ノアの筥舟《はこぶね》」のごとき本だった。

そこに繰り返し記されているように、そもそもぼくの学会デビューは今日もはや伝説でしかない雑誌『牧神』の海洋文学特集号に載った「メルヴィルの白い渦巻」約一〇〇枚であり、これはこれで実はぼくの卒業論文（英語）をそっくり自ら日本語に訳して、敢えて広く読書界に自己紹介した妙な経緯の一作である。一九七二年提出の論文ということで、今般の脱構築・ニューコロ（ニアリズム）・フェミニズム三重苦の批評狂いが始まる直前の、むしろ二〇世紀中葉に形を成したニュークリ（ティシズム）・プラス・ユングその他の元型・神話批評、プラス現象学援用批評（プラスぼくの曰く言い難い批評センス）といった内容の、仲々過渡期のスリルに満ちた一文である。斯界での評価はどうであれ、一個の苦い青春の苦患《くげん》と矜恃《ほこり》の表現ということでは永久に凌駕され能わざるモニュマンである他はない。

しかしながら、少なくとも表面的には大学紛争直後の荒涼たる教室での大橋健三郎教授の、学生の意見を非常に珍重して進めるゼミナールと、使用テクスト自由というのでたまたま入手したボブ・メリル社版のぶ厚い『白鯨』のお蔭という話なのである。現在入手しうるのかどうかわからないが、ボブ・メリル本はテクスト下部にチャールズ・ファイドルセン二世が注を付している。シンボル・ハンティングの天才の手際が余りにも見事なその注によって、いきなりぼくは「批評」にはまった。この注釈者が十九世紀アメリカン・ルネサンスのシンボリズム研究の第一人者であることを知るのは遥か後日のこと。まっさらな状態でいきなりその人の注で『白鯨』に出遭えたことは、大橋教授のクラスに何となくふらりと入っていった偶然と併せ、僥倖、天佑としか思えない。恐らく一〇〇回を超えて熟読したボブ・メリル版『白鯨』は、何かのはずみに盟友折島正司氏にさしあげた。手もとには今ない。

ファイドルセン二世の注はテクスト中に頻出する円環イメージを片はしからとりあげ、テクストの前後自在に相互参照させるまことに見事なもので、「メルヴィルの白い渦巻」はそこで受けた衝撃と感激を自分なりの語法で翻訳したものにすぎない、とさえ思う。

その後、『白鯨』の注釈付きテクストでは、ハロルド・ビーヴァーがペンギン社のイングリッシュ・ライブラリー、いわゆるペンギン・ブックスで編んだ一冊を愛読した。ぼくのアノテーション本狂いもそれなりに有名だが、すべてこの注釈本に発する。メルヴィルの本文六九〇ページに付されるビーヴァー詳注三〇〇ページという「機知甲斐沙汰」である。ビーヴァー氏は同じペンギン本で『レッドバーン』も『ビリー・バッド』も編んだばかりでなく、E・A・ポーの『ゴードン・ピム』も『ポー科学小説集』も担当しており、どの注も委曲尽くせる名作と思うが、やはりものがものだけに『白鯨』が質量とも絶品だろう。キャロルやヴェルヌの詳注テクストを随分訳してきた身にして、スティーヴン・パイスマンのポー詳注本と、このビーヴァー本『白鯨』だけはなんとしても日本語にしてみたい。悲願宿望に近い。

Viva Beaver!

ビーヴァー注は"Ishmael"をとりあげて月並みな旧約聖書注解で終わろうとしない。"Ishmaelstrom"なる珍奇な靴語《ポートマントー》を耳朶に響かせつつ、そこからMaelstromが分離できよう、という議論につながっていくのである。最初の一行に、最後の大渦巻がそっくり内包されていた。という次第で、普通のアメリカ文学研究者なら「馬鹿っ!」と言って、きっとそれきりなのだろう。そのすぐ後にジョン・ダン、ジョン・ウェブスター、『ソネット』および問題劇におけるシェイクスピアに興味を転じてしまったぼくなどからみれば、メルヴィル文学の形而上派詩人的「機知《コンシート》」にきちんと反応した最初の「批評」がハロルド・ビーヴァーの注釈本だったことは、はっきりしている。一方に信じがたい博識があり、一方に言葉遊びと久しく蔑称されてきた異修辞学の機知がある。ビーヴァーの見たメルヴィルがそれだ。メルヴィルにメーソン思想を透視した上でのオカルト・テクストとしての『白鯨』。一寸信じにくい批評の線だったが、ビーヴァーが断片的な注の形で試みようとしたことを一個の体系《システム》として示してみた仕事が一九七五年に出てきた。ヴィオラ・ザックスの仕事である。『白鯨』に中世末マニエリスム版画家アルブレヒト・デューラーの『メランコリア』背景の魔法陣に対応するシンボリズムを読み取ろうとするもの。この流儀でフォークナーまで読まれたら、さすがに鼻白むアメリカ文学研究者が多いだろうが（ザックスにはそういうフォークナー論がある）、メルヴィルの『白鯨』一作に集中したザックスの *La contre-Bible de Melville, Moby-Dick déchiffré*（1975）ほど、文学という神聖遊戯に徹した「批評」も珍しい。驚いたことに（というか、当然のことなのだが）、ザックスの拠った『白鯨』テクスト五点中の二点がチャールズ・ファイドルセン二世本とハロルド・ビーヴァー本なので、ぼくは心底快哉を叫んだ。副題にある“dechiffré”はアダやおろそかでない。英語なら“decipher”つまり暗号を解読する作業としての文学批評なる含みが当然ある。周知のごとく、アラビア語の“sifr”に発する語だが、究極的には数字のゼロ、英語で言えば“nothing”を指す。それを「解く」とは何か。アメリカ文学を舞台にこういうオカルトな、ヘブライ的な系譜をたどろうというもう一人、ジョン・T・アーウィンの一連の力仕事が一体どう遇されているか興味尽きないが、今のところビーヴァー、ザックス、そしてアーウィンのつくりだすアメリカン・ルネサンス異表象論《パラ》にまともに対応している向きは残念、絶無で、よく知られたアメリカン・「ルネサンス」をいっそアメリカン・「マニエリスム」

――ネオプラトニズム宇宙観プラス、類推と融合の修辞学――に転じてみせる作業は今後の課題か、と、はためには見えるのである。

Paradoxia epidemica

ある刹那の『白鯨』研究にたしかな一ページを加えておきながらはためになど無責任な口をきくのは、まさしくザックスのメルヴィル反聖書《コントル・ピープル》論に感心した一九七五年頃から、ぼくの主たる関心は完全にヨーロッパ大陸の方に移ってしまったからである。その話に逸れ、しかも逸れた結果として、そのすべてがひと巡りして『白鯨』オマージュに転じざるをえない、凄いなあ『白鯨』は、という話に結びつけてみよう。

ぼくの処女論文「メルヴィルの白い渦巻」は『白鯨』中に円環象徴をいくつもの層にわたって同時にうみだすジェネレーターがあるという話をしたかったのだが、究極の霊感源は、ルネサンス研究に赫々たる未来を開くと予言されながら五年ほど輝いた後、あっという間に事故死をとげてしまった一代の碩学、ロザリー・L・コリーの『パラドクシア・エピデミア』（一九六六）が、後期ルネサンス（昨今はマニエリスム期と呼ばれる）に爆発的流行をみたとする文芸や科学の一現象のことである。たとえばローレンス・スターンがモンテーニュやラブレーの遺鉢を継いでそこに系譜したように、メルヴィルもまた、とぼくは言おうとした。

白鯨を、妙な話、いま「白」と「鯨」とに分けてみる。すると、メルヴィルが縷々《るる》論じた挙句、「全色にして無色」と言わざるをえなかった白《ブランシェール》とは、「マラルメ的素白《しろ》」（ボルヘス）である前に、「白人種の血性」（D・H・ローレンス）である前に、修辞学でいうパラドックスに、（ロマン派期、急激にもり上がった）色彩学《クロマティックス》の方で対応したものなのだ。全にして無。常識的には「全」は全て、何かがめいっぱい充満横溢した状態だから、「無」とは相いれない。というか真反対の対立概念のはずなのである。それを全、即ち無なりと言い放つ時、たとえば聞いている側の脳中では当然、概念上の混乱が起こる。これを脳ないし意識の進化のための戦術的方法と考える案外今とそっくりな時代があった。それこそがマニエリスム期であり、シュルレアルな一九二〇年代（メルヴィル第一期ブーム）だと考えるいわゆる精神史（Geistesgeschichte）の立場に、ぼくなど立つ。

円環はこれを円相と呼べば、一遍《いっぺん》その他で知られる禅ブッディズムの世界だ。少し下世話に言えば、丸の形を描けば誰しもほぼ直感的に理解するように、包被と充足の究極のプラス・イメージなのだが、問題はこれが同時に、先の「シッフル（sifr）」の話ではないが、「0」つまり無《ナッシング》の意味に、いつでも無碍《むげ》に融通する点である。包み守ってくれる形《フィギュア》が同時に、囚人を逃さぬ獄中の時空をも表わしてしまう。現実を、一個の汚れた肉体牢獄とみるグノーシス的感覚をメルヴィルが重く引きずっていたことを、処女論文を書きながら、ぼくは寺田建比古の傑作、『神の沈黙』で、みっちりと教えられた。

全にして無。否定神学で神を定義すればそうなる。マニエリスム期の神学でそうした神や世界への対応の仕方を相反物の一致（discordia concors）と呼んだ。英米文学ということに限れば、メルヴィル直前世代にコールリッジが想像力の有名な定義とした“coincidentia oppositorum”がこれに当たる。世界は矛盾したものの合成物だとして、これを矛盾だらけだといって悩むか、その全体としてひとつでないかという論法で克服した気分になるか、マニエリスム期人士の心性とは、つまりはその往復運動なのだ。

だからマニエリスム一番の形象は円以外の何ものでもない。全にして無なるもの、世界を感覚する文芸に溢れかえる円とはそういうものなのだ。

「白」はそれでわかったとして、では「鯨」の方はどうかなど、今や問うさえ愚かだろう。『白鯨』の開巻いきなり、強調されているのがまさしくその点だからである。

「語源（Etymology）」で始まる小説はそう多いとも思えないが、ともかく“Whale”の語源は北欧語系の“hval”にたどれるが、これは“roudness or rolling”の意味と、二種類の大辞典にある、と作者は述べる。鯨とは即ち丸ないし円、円運動そのものなのだ。「白」と「鯨」とはお互いに相関し合う。パラドックスそのものなのだと理解すると同時に、こうして開巻一ページを“roll”で初め、本体掉尾を“...the great shroud of the sea *rolled* on as it *rolled* five thousand years ago.”で締めるこの巨大作自体が、丸く、そして循環する、早く来た『フィネガンズ・ウェイク』なのだ。作の形式と内容が相互鏡映《リフレクト》し合うところを娯しむ擬態的《ミメティック》批評の精髄と快感を、そうやってぼくは処女論文にぶちまけたことになる。それがひょっとして「パラドックスの文学」（R・L・コリー）中の一大傑作であり、ありうべきアメリカン・「マニエリスム」の極北かもしれないなどというチャートは当然はるかな後日のことではあるにしても、だ。丸さを言祝《ことほ》ぐ一作自体、丸い。そのことの驚き！

(H)istore étymologique

「鯨」を見て「丸さ」を読みとれと、いきなり教える「語源」の一ページが、つまりはすべてなので、一体「語源」ってなんだ。『白鯨』という作全体が、「世界」「宇宙」……などなどの「語源」考に他ならない。そういう作物を相手にしているぼくやきみ、“etymology”そして次にすぐ続くこれも考えるほどに奇怪な“extracts”を、「語源」だ、「抜粋」だと訳した訳語レベルでこと足れりとしてなんかいられないだろう。エティモロジーは、万事に「起源《オリジン》狂い」を発揮した十八世紀後半からロマン派にかけ、人文学の中枢にあった知の技術だったはずだが（エリザベス・シューエル『オルフェウスの声』（一九六〇）参照。これを読まずにエマソンを語るアメリカ文学研究者にぼくは呆れかえってから既に三〇年たった）、“etymology”の etymology を問うリフレクティヴィティがないような『白鯨』読者なんて犬に食われろ、という話をしたい。詳述する紙幅もないが、ギリシア語源で“etumos”とは直接に「真理」という意味だから、「真理」で始まり、鯨を各国語で呼ぶ呼称リスト、「エロマンゴ語（*erromangoan*）」で“PEHEE-Nuee-Nuee”と呼ぶというところで終わる「語源」ページひとつで、「真理」から「誤謬」（error）に至ってしまうひとつの歴史観を掬《すく》ったものととれてしまう。「語源」ページ内部ですら、ヘブライ語、ギリシア語から北欧、西欧諸語に至ってから、南太平洋のフィジー、そしてエロマンゴ語に達するわけで、この展開もまた、「語源」全体の示す歴史観を的確に追復している。起源から派生していく言語は、つまりは「一」から流出して「多」となったものという（ネオ）プラトニックな現象界理解さえ、そっくりなぞるものなのだ。ビーヴァー流を真似れば、Erromangoan とは error-man-goan に他ならず、そうなればヘブライから西欧に到ったものがメラネシア、ポリネシアに到るというこの流れを否定的文明史観ととるか、それとも何らかの手続きを経て、世界の太初《いやさき》のエネルギーの貯蔵庫としての太平洋（「世界のへそ《オンバロス》」と、メルヴィルは考えている）という神話的論理を介して、循環とか復活とかを世界文明史観にもちこむか。この「語源」一ページにて既に、円環を断ちきる直線的史観の大主題は余さず書きこまれているのだろう。すべての傑作はその第一ページで既に決まる。この三〇年、「文学」に付き合ってきた結論だが、この冒頭の鏡映構造《リフレクション》において『白鯨』以上のものはない。鯨は丸いのだと言い、世界史も丸いのだ、と結局そう言う。

引用の塊とされる『白鯨』全巻の最初の引用が「語源」ページのリチャード・ハックルートの行句であるのも印象的だ。シェイクスピアと同年に没した博学の牧師は、徹底的にテクスチャルなアメリカ発見史、英国海洋探検史を集成し、つまりは『白鯨』の属すべき一ジャンルの祖《みおや》たるべき人物、ということだからである。ハックルートの引用はこうだ。

While you take in hand to school others, and to reach them by what name a whale-fish is to be called in our tongue, leaving out, through ignorance, the letter H, which almost makes up the signification of the world, you deliver that which is not true.

三〇年、『白鯨』を離れて実にいろいろなことに手をのばしてきて、いま改めて読むと、この冒頭の一引用文数行にして、『白鯨』の意味（signification）としてのレベルは既に言い尽くされているのである。「Hなる字を落とす」なら「真理」は伝えられない、という。Hを落とすというのは"drop one's h's"という慣用句に示されるよく知られた言語学的現象のことだが、そう簡単な話ではなさそうなのだ。ここでも形而上派詩の頃の「機知」三昧をメルヴィルも活用していて、問題は"our tongue"である。「舌」でもあり「言語」でもある両義が活かされる。エイチ部分を発音しないのは「舌」の問題なのだが、そこでは、神が我が名をみだりに口にするなと命令したというヘブライ語という「言語」の中での「H」の意味が明らかに問題になっている。ビーヴァーも注釈していることだが、ヘブライ的伝統では大神エホヴァ YHWH の名を口にする、つまり「エホヴァ」という音声を「舌」上にまろばせることが許されないのならば、YHWH で四つの文字だからいっそ四文字様《テトラグラマトン》と呼ぶことにした。スティーヴン・キングが『白鯨』をもどいた大作中のモンスターを「それ《イット》」と呼んだように、「ハリー・ポッター」シリーズの悪魔が「あの方」としか呼ばれることがないように、である。

「H」はアルファベットで八番目だから、その意味作用は「8」なる数《ノンブル》の数秘をも含む。8は∞(無限)に通ずというわけで、これを本気でやることでヴィオラ・ザックスの右『白鯨解読』などはできた。フィギュアが文字でも絵でもあるとするフィギュラルな聖刻文字論で行けば、Hは完璧な左右相称だし、左と右という両極が、イシュメールとクイクェグの桶中の手さながら一致したフィギュアとも見える。つまりは相反物の一致の至上の図像《イコン》なのであり、ニコラウス・クサーヌスによればそれ即ち神の定義なのである。

隠秘哲学における万物円融をどこかで予定調和するこうしたビーヴァーやザックス流の方法——デリダを少し幼稚にしただけの文芸批評という名のゲーム——は、象徴・引喩事典でも傍らにいくらでもやってみるがよい。ヘブライズム、そして形而上派を好んだメルヴィルがまさしくそういう作家だったことを確信すればこそ、ビーヴァーは奔放の注釈に遊び狂ったのである。

これにビーヴァーが付した注も面白い。「この気息音(aspirate)ひとつがこの語の意味をほとんどひとりでつくりあげると言うべきではないか。その気息は生命を綴るのだ」というのである。ヘブライ語で（ユダヤ教徒でないあなたは安心して）エホヴァと発音してみる。ヤ・ハ・ヘ。それは気息音そのものなのだ。これが「落ちた」世界など虚無以外の何か。「その気息は生命を綴る」と聞いて、ユダヤ人ゲットーに猖獗をきわめたゴーレム神話を思いだすきみは『白鯨』にとっても一流の読み手たりうるだろう。泥人形は額《ひたい》に「真理」を示す阿字を記されると敵殲滅の大魔神と化し、額の字が落ちると覿面に無力の土塊《でく》となった（やっぱり「ハリ・ポタ」を思い出す）。

細かい詮索もとめどない連想も、これ以上紙幅が許さない。ハックルートの一文の引用はつまりは西洋諸語の原《ウル》言語のありようを「鯨」という語に仮託して論じたことになる。各国語の「鯨」が並ぶリストの最後、フィジー語（PEKEE-Nuee-Nuee）がエロマンゴ語（PEHEE-Nuee-Nuee）に転じて、「語源」ページが終了するあたりも、絶対無作為のはずがない。エイチを落とさないのだ。逆に whale からエイチを落とした wale から、wail, vail, vale と、ビーヴァーの連想ゲームは狂気の沙汰の流動と融解のゲームに「堕《フォール》」していく。もっとも“whale”から“wheel”“whirl”に跳ぶアナロジー感覚（vis analogia）は言語学的にも保証されていて、これが「エピローグ」を律しているのは当然だ。『白鯨』なる作全体が“wheel”する、その“whirlpool”の裡に終わりと始めが円環し、“maelstrom”が“Ishmael”に戻る……（ううむ、ううむ、神プレイ！）。

Cecerone a meraviglia

ついでと言ってはなんだが、これも一種の序に当たるわけだから、「語源」に続くあまりにも有名な

"extracts"について少し考えてみたい。鯨をめぐってそれこそ古今東西の各種文献を渉猟した成果をずらりと並べる。"Extracts（SUPPLIED BY A SUB-SUB Librarian）"というタイトルがすべてを語る。『白鯨』とは鯨と捕鯨を口実とした世界―本（Liber mundi）であり、つまりは世界大の図書館、もしくは百科全書なのである。ボルヘスやロバート・マートンの作を通して今日われわれの知るインタテクスチュアルな文学書法は、才媛デブラ・カスティーロによって「ポストモダン図書館」と名付けられている（D. A. Castillo, *The Translated World*, 1984. 完璧な批評。なぜか『白鯨』のみ「落ちて」いる）。図書館司書が決定的な役割を果たす最大問題作がS・キングの『IT』だとして、キングの念頭に『白鯨』のこの「図書館司書の〈補の補〉」によるリストがあったはずだ。

　メルヴィル自身の念頭に何があったかは別として、アメリカン・ルネサンスとインタテクスチュアル図書館というテーマは面白い。ぼく程度の月並みなファンでも思い出すのはポー『アッシャー家の崩壊』のロデリック・アッシャー架蔵本の意味ありげなリストのはず。

　いや、そもそも「語源」の方のタイトルだって、そういう伝でいけば、"ETYMOLOGY（SUPPLIED BY A LATE CONSUMPTIVE USHER TO A GRAMMAR SCHOOL）"であったはずで、メルヴィル伝との具体的符合をもってこの「アッシャー」を代用教員と訳すべきとするのだが、私見によれば"The pale Usher—threadbare in coat, heart, body, and brain"と紹介されるこの人物は間違いなく、地下に横たわる妹《マデライン》の呪縛下に狂死したあのアッシャーの"mad line《マッド・ライン》"以外の誰でもない（と、思わずビーヴァーしてしまう！）。八木敏雄氏の岩波文庫新訳の『白鯨』は注も仲々楽しいが、こうしてこの人物に我々は"usher in"（中に案内）されるのだと言っている。『白鯨』と近いポーということでは『ゴードン・ピム』や『瓶中の手稿』などがあげられるが、やはり『ユリイカ』であり、この晦冥をきわめる宇宙詩を甘口の幻妖譚にほぐしたアッシャー家崩壊の一篇とすべきと、ぼくなどかねがね思っているところへ、『白鯨』のそもそものこの開巻劈頭なのである。“The pale Usher…”の一文のあとに“I see him now.”とあって、死んだはずのアッシャーの亡霊を見るという感じがして面白い。むろんこの亡霊を途切れず顕現するテクスチャルな伝統と解すれば、話はインタテクスチュアルな『白鯨』、という今更何をという体《てい》の議論にはなる。

そもそも「語源」項の案内人《チチェローネ》は何をしているか。ここの英語も好きだ。

“He was ever dusting his old lexicons and grammars, with a queer handkerchief, mockingly embellished with all the gay flags of all the known nations of the world. He loved to dust his old grammars, it somehow mildly reminded him of his mortality.”

静物画という画題の絵画ジャンルがある。死せる自然《ナチュール・モルト》の名で呼ばれる。メルヴィルはアメリカン・ルネサンス中にも冠絶して絵画趣味の強い作家だったことがこのところやっと知られだしたようだが、ターナーに似てるとか何とかより、いきなりのこの書巻堆積の虚妄画《ヴァニタス》（vanitas）が仲々のものと思う。ここでもまた〈全て《オムニス》〉だが（all the nations）、それが、それ故に無（his morality）なのだというパラドックス。R・L・コリーがラブレーやシェイクスピア、形而上派の文芸パラドックス、クサーヌスやアグリッパの否定神学パラドックスと並べて十七世紀オランダの静物画を縷説していたのも併せ思いだす。生ける自然を「死せる自然」に変える営みをあらゆるレベルにわたって主題化する『白鯨』は、はっきり「パラドクシア・エピデミカ」の傑作だ、と先に述べたのはこういうことだったのである。

Enzyklopädie der Literatur（百科の文学、百科は文学）

留学先の英国から帰朝した夏目漱石は、いきなり一匹の猫に「パラドックス」の語を口にさせ、本朝に存しないパラドキシカリティの構造を説きたいがため、『趣味の遺伝』中に「諷語」なる新語を発明した。同じく英国より帰った南方熊楠が日本人に欠けているのがパラドックスもしくはイロニーであると嘆いたのは絶対偶然ではない。事情は海彼にても全く同じだったようで、ワイルドやチェスタトンのパラドックス大好き文学が爆発するまで二世紀になんなんとする間《かん》、（スターン、カーライルを例外として）パラドックスなる"figure of speech/thought"は完全に廃れていた。それが一九二〇年代、T・S・エリオットだの、ニュークリティシズムの嚆矢《はしり》だのの動きで一挙復権したというのは周知の話だ（それがメルヴィル第一次リヴァイヴァルのタイミングというのも、けだし当然である）。

ニュークリティシズムがパラドックス性を評価した相手は専ら詩だったが、コリーのパラドックス文芸論はいわばパラドックスという横断的な一ジャンルを想定して、たとえば全がいかに無であるかという観念で、旧套ディシプリンを超えて一括《くく》りにした。

紙幅がない。結論に代えてどんどん言っておくなら、まずアメリカ小説という場合の、まず「アメリカ」が、次に「小説」がとれたところで『白鯨』を読むとは何かを考えてみる。そのための未曾有のコンテクストづくりをぼくは三〇年やってきたことになるのかもしれない。メルヴィルへの脚注に終わる人生、それまた良きかな。

再び“Extracts”に即して述べてみる。まず旧約聖書中に鯨が巨海獣《レヴィアタン》として登場する例が並ぶのは当然で、次に十七世紀、ホッブズのやはり『リヴァイアサン』（一六五一）を頂点とするいわゆる随想《エッセイ》の類が並ぶ。こうしてここでも基本的にクロノロジカルに並ぶ引用文群は、鯨を口実にした文明史観の表現になっていく。ポイントは想像通り、ルキアノスからモンテーニュ、ラブレー、サー・トマス・ブラウンに到る「パラドックスの文学」である。ハムレットが空の雲をいろいろなものに似ていると言い続けるのに応じて追従好きの廷臣が区々《いちいち》同意する有名なくだりも出てくる（「まったく鯨そっくりで」）。『白鯨』のために鋭意取材中のメルヴィルを甚《いた》く喜ばせた行句という。それぞれが『白鯨』中の何かに繋がりある引用文のシリーズは実に楽しいが、これなど『白鯨』そのものの一行であろう。

世界を重層的なものと観じる（黒も白も所詮相対的だ）観法とそれが要求するもの言いをパラドックスと呼ぶなら、これはマニエリスムと名付けられた世界観及び修辞法の一部である（か、多分そっくり重なり合うかである）。こういうテーストを一掃したのが一六六〇年の清教徒革命と王立協会風「単純」志向の言語イデオロギーである。その王立協会の協力サポートによってキャプテン・クック以下の海洋探査、世界周航の黄金時代が十八世紀後半に爆発的に出現し、捕鯨もそれとタイアップして盛行していく。旧約聖書「創世記」から『白鯨』同時代の鯨捕りどもの歌に到る時系列のこれら引用の並び自体が、表象をめぐる観念の変遷史ともなっている。大雑把に言えば、聖なる歌、曖昧を容認する修辞、単純を言祝ぐ産学協同路線（分析と記録）、そして余りにも俗な歌という展開。聖なる表象（「創世記」）が俗化のきわみ（鯨《いさな》捕りの俗歌）へと堕落していったととるか、間におよそ歌を欠く短簡な散文の時代をはさんで、歌が歌へ回帰していく復活のサイクルととるか、という分かれ方は「語源」ページに生じたのと同じ構造だ。

　表象論の立場から言えば、先の万国旗のハンカチが喩するところの百科事典の書法が問題になる。ノースロップ・フライ以後、いわゆる文学と、いわゆる百科事典の境界が割に曖昧となって、ぼくのような小説を小説というよりは言語メディア、情報のコミュニケーション・ツールとしかみない人間は大歓迎なのだが、まだまだ百科の文学性についての議論は全然足らない。大体が“Extracts”とは十八世紀初めの第一次事典編纂ブームの中では一般的な百科のあり方だった。ある項を既に出た説の引用の連続で構成する。ぼくなど『白鯨』の祖型に、エフレイム・チェンバーズの“Cyclopedia”（1728）といったその時代の草分け的百科の編集法を想定している。故種村季弘氏が西周《にしあまね》に淵源する百学連環という見事な訳語で普及させたそのencyclopedismにしても、文字通り円環になる陶冶《とうや》の意味で、そのことを「エンキュクリオス・パイデイア」なる一文に宣することをもって、ぼくは『白鯨』プロパーから離れた（『メデューサの知　アリス狩りIII』所収）。

　特にこの四、五年は国家規模プロジェクト「メディア革命」を推進するドイツ語圏で一挙隆昌の百科ー知の総合研究である。今も最近の大収穫、アンドレアス・キルヒャー著『マテーシスとポイエーシス——一六〇〇年から二〇〇〇年に到る百科文学』(Andreas Kilcher, *Mathesis und Poiesis:Die Enzyklopädik der Literatur 1600-2000*, W. Fink. 2003) を耽読中だが、ジャン・パウル［リヒター］だのノヴァーリスだの、十八世紀文学が次々と時代の知《エピステーメー》のこれ以外ない表現というずっと大きな

（反）、ジャンル論の中で再布置されているのを見るのは新鮮な驚異である。ドイツ人脈《ジャーマン・コネクションズ》を巧く利用したウィーン生まれの二〇世紀末最大の文化史家、バーバラ・M・スタフォードが、こういう流れを英語で伝えてくれる極限的書き手であろう。スタフォードの『実体への旅』をそっくり企画に変えた岩波「世界周航記」シリーズが騒ぎになる今、メルヴィル研究者でスタフォードに言及した人間が

アンドレアス・キルヒャー『マテーシスとポイエーシス』

Melville's Anatomy（1990）のサミュエル・オッターただ一人という事態に、ぼくなど呆然としてしまう。

そのスタフォードの盟友、ホルスト・ブレーデカンプの『トマス・ホッブズ、リヴァイアサン』（二〇〇三）が〈全て〉がアルチンボルデスクに糾合してできあがる国家という〈無〉を圧倒的に分析する時、まさしく怪物「リヴィアタン」を主人公とする物語『白鯨』を研究する人間が、「それって何？ええっ、ドイツ語なの？」ではすまないだろう。キルヒャーもブレーデカンプも、僚友原研二氏訳をプロデュースする積りでいる。

電脳進化の世上、〈全て〉を知ろうとする妄念、妄分別ふたたびだ。それが同時に〈無〉だと知る知性が喫緊だ。そういうメッセージの最先端に『白鯨』が遊弋《ゆうよく》しているのだ。というのに、研究者たちのこのスピードのなさは何なんだい？

追　ぼくの「挑発にのせられて」画期書『マニエリスムのアメリカ』を公刊された八木敏雄先生（二〇一二没）、そもそもぼくのこのエッセーをあらしめた恩人・大橋健三郎先生（二〇一四没）の相次ぐ物故に言葉なく、この一文をもって深い学恩への感謝に代えたく。合掌。

まさしく字引だ、文字通り。

『これはペンです』の作者が芥川賞をとった今、メルヴィルの『白鯨』に抱く印象を一言でいうなら、そういうことになろうか。

八木敏雄氏の『マニエリスムのアメリカ』(南雲堂)の表題にも驚かされたが、かつて蜿々と続いてきたぬるい「アメリカン・ルネサンス」という観念を強撃できるかもしれないアメリカン・マナリズム、マニエリスムのアメリカの代表選手、ハーマン・メルヴィル、その代表作『白鯨』(一八五一)と、文学に興味動き始める青春ののっけに出合った。というぼくは幸運なのか、呪いなのか。

『白鯨』冒頭は実は「私をイシュメイルと呼んでほしい」という冒頭の一行で始まってはいない。物語が始まる前に不思議なスペースがたっぷり入り、初学者はまずこれに振り回される。のっけはいきなり辞書からの引用である。『白鯨』は原題を『モビー・ディック、あるいは鯨』というから、「鯨」

を辞書で引いた「定義」で始まる大長篇一巻、対象をめぐってする定義とは何かを書こうとする自己言及の一作、と今ならいってのけられる。「鯨」という英語の「ホエール」が北欧言語系の語源を遡るとつまりは円とか回転とかを意味するということを読者は『白鯨』冒頭でしっかり教えられる。それが一体どうした？　だが物語はなお始まらない。「文学」がこの円環の怪物に触れてきたくだりを古代記紀から一八五一年直近の某船長の航海録まで時系列にそって蜿々と引用し続けるのだ。この部分、読み終ってみると、要するによくできた引用句辞典なのである。そう、『白鯨』は「舟を編む」のだ、文字通り。かくして「鯨」についての作品が言葉や引用作業をめぐり、言葉の自己言及する「円」をなぞっていく、「まさしく字引だ、文字通り」の奇想作、すぐれてマニエリスティックな代物こそ『白鯨』だと判るのである。辞海行く字怪。

円を描く本、といえばエン・サイクロ・ペディア、文字通りに百科事典。日本に西欧流の百科事典、百科網羅の本ないし概念が入ってきた明治初年、天才的翻訳者、西周《にしあまね》がそれを「文字通り」百学連環という日本語に訳したのは実に巧い。「百科」よりは余程、『白鯨』におけるメルヴィルの深い意図に近い。『白鯨』とは、一対象を言語に移し換える作業がここまで百学を連環させても困難、不可能であることを伝えようと、自らも百学を連ねて書き綴った作品、といえる。これは直截には百科事典に現われた〈知〉の問題だが、いわゆる辞書というものに置き換えれば即ち対象を一定の枠に押しこめようとする「定義」の力、ないし無力の問題ということになる。一番定義しにくい「鯨」に一番捉えがたい「白」をかぶせた茫洋果てない相手を千万億万の語を弄して補捉しようとする「マニエリスムのアメリカ」きっての超大作は、要するにメタ字引という反カテゴリーの奇想作なのである。

「もの言う」というラテン語“dicto”からディクショナリー（dictionary）という語はできた。昔、おバカな受験参考書に「字引く書なり」と憶えろとあったのを今思いだして、今ならうぅむ、深いっ！と思う。いや『白鯨』は反字引きのエクリチュールだとしたら、それはcontradictionaryである。これは一寸ジョイス的に巧い。自からにcontradiction、矛盾や撞着《どうちゃく》を孕む辞書！　最近思いついた最高のシャレであるまいか。三浦しをん『舟を編む』の意想外の大ヒットにヒントを得た原稿依頼かと思うが、お蔭で自分自身の文学との付き合いの全貌が「字引」という喫驚のキーワードで見通せる、久々の爽快感に恵まれることになった。『ユリイカ』編集部、ありがとう。メルヴィルは「舟を編」んだのだが、自らの巨大作品を『白鯨』にたとえたのがトマス・ピンチョンだというのはよくわかる。ピンチョン研究者のなかにははっきり「百科全書的文学」といったカテゴリーを立てて、『神曲』だの『ガルガンチュアとパンタグリュエル』だののつくる系譜線上にメルヴィルとピンチョンをつなげる人間が一杯いる。

もう一人、『ＩＴ』のスティーヴン・キングがいる。怪物ＩＴは人間のタイプライターに憑依してジョイス語でメッセージを打ちだしてくるジャバウォッキー、言語怪獣であり、一命賭してその謎を解明したのが地方図書館の司書であるところが『白鯨』のエピゴネンらしくて良い。ふと『白鯨』全体がさる図書館の司書補に献げられていたことも、今回重く想起いたさざるをえなかった次第である。キングの怪物作のタイトルが憎いではないか。何か別のものの代名詞などという卑しい地位に身をやつしていた「それ」がその実、何という破壊的実体を帯びた何ものかであったかをわからせる、とそういう内容、そしてそういう表題である。『ＩＴ』読者で手持ち辞書の“it”のところを見なかった人がいるとは思えないが、如何《いかに》。

＊

こうして、そう呼べるほどの文学との付き合いはぼくの場合、メルヴィルの『白鯨』から始まった。それが卒論。それが修士論文ではルネサンス英国文学、とりわけ形而上派と呼ばれる詩人たち、ジョン・ダンたちの詩が相手になった。そして一英文学者としての社会デビューの仕事はルイス・キャロルがらみであるし、学界へのデビューはローレンス・スターンの奇作『トリストラム・シャンディ』についての一考察ということになっている。その時点で可能な「世界文学」のイメージを大々的に追求した週刊朝日百科の「世界の文学」プロジェクトにぼくが係ったのは、編集委員ということを除けばデフォー研究者ということだったし、本格推理小説賞や江戸川乱歩賞に惜敗したぼくはシャーロック・ホームズ研究者としてのぼくであったし、学会嫌いのぼくがひょんなことでお初に学会に属することになったのはE・A・ポー学者としてということである。

というふうにことを英米相手ということに限っても、まさしくあっちゃこっちゃで、自分でも一体何が関心の中心にあっての殿御乱心であるのかが見えない。メルヴィルからダンへ、ダンからキャロルへ、スターンへ、デフォーへ……という分かったような分からないような展開は全体何か、自分でもなおよくは分からない。

というのは嘘で、実はキャロル伝を書いたり訳したりという時点で自分なりに自分の関心事は掌握できていた。オタクの元祖みたいなキャロルが止むを得ず乳離れしてオックスフォードでの教師一人立ち生活に突入していった一八五〇年代に引っ掛ってしまう。ちなみに『不思議の国のアリス』刊行は一八六五年。最近、その年に出たトーマス・ライトの『カリカチュアの歴史』の仏語からの重訳なって（新評論）、キャロル文学のグロテスク趣味、怪物学趣味に側光が当てられることが大いに期待されるのに、「卒業生」からみて現役キャロル研究の世界が一向に賑やかに見えてこない。キャロル文学のもうひとつの側面についてはなおのこと研究に面白いものが出てこないように思える。どういう側面かといえば辞書の文化、それをうみ、それを促す歴史的バックグラウンドの研究である。答から先に言っておくと、メルヴィル、ダン、キャロル、スターン、デフォー、ポー、コナン・ドイルという時系列に沿ってぼくはレキシカル・クリティックたらんとしてきたのにすぎないが、だからこその不満。

ディクショナリーという英語には形容詞がない。だから同じく字引の意味を持つレキシコン（lexicon）の形容詞“lexical”を流用する。最近のコンピュータを入れての辞書編纂を洒落て“Lexicomputering”などと呼ぶのもレキシコンから来ている。ぼくが多分自ずから識らず次々相手にしてきた相手は皆、何重かのレヴェルでレキシカルな作家たちなのではないかと思う。何らかのレキシコンを霊感源にしているとか、作品自体をいっそ何らかのレキシコンとしてしまっているとか、一時代、一文化の「レキシカル・パラダイム」を追求したり批判してみたりとか、レヴェルはいろいろある。ボルヘス、ナボコフ、ピンチョン、エーコ、中野美代子といったぼくの好きなもう一系列の作家たちも結局はレキシカルな書き手なのだし、フロベール、ジョイス、ベケットとつらなる一系列に対しては、情報論・メディア研究の泰斗、マクルーハンの弟子でヒュー・ケナーという人が、武器として『ＯＥＤ（オックスフォード大英語辞典）』を駆使しつつ見事にレキシカルな系譜学を『ストイックなコメディアンたち』という小さな大著に綴っている。ついに芥川賞にレキシカルな書き手登場という円城塔にまともに付き合おうとすれば、まずこのヒュー・ケナーから入るのが良いのではなかろうか（邦訳未來社）。

レキシカルな文化をレキシカルに眺めようと多分考え始めていたぼくが一八五〇年代英国に目をつけたのは今から考えて大正解だったのだ。ひとつは辞書史最強の異端児、ピーター・マーク・ロジェのいわゆる『ロジェズ・シソーラス』がロンドンの辞書の老舗ロングマンズ社から出たのが一八五二年のこと。そして異端が先に出て正統が後でという contradictory な感じが実に愉快なのだが、世界辞書編纂史に冠絶する『ＯＥＤ』刊行への発議が世に問われたのが一八五七年のことである。ちなみに、『シソーラス』五二年、『ＯＥＤ』五七年と聞いて辞書の引用から始まるメルヴィルの『白鯨』が、そうか一八五一年なんだと思い当ったきみは、もうこのエッセーをこれ以上読む必要なんか、ない。ついでにその一八五一年がクラウジウスが熱力学第二法則を世に問うた年と知るきみ、世界発の万国博（水晶宮博覧会）の年と知り、さらに翌五二年、世界最初の百貨店オ・ボン・マルシェ開店の年と知るあなた、既に十分レキシカル・クリティックである。そのことを少し歴史借る形で述べてみたまで（！）。ポーの情報探偵の構想をニューヨーク紅斜の巻に現実化してみせた世界初の諮問探偵アラン・ピンカートンの事務所が一八五一年の設立。そこにストックされる探偵情報のファイルが一種の字引として機能したのは、ポーやピンカートンをモデルとしたシャーロック・ホームズの部屋で編まれていく犯罪レキシコンから逆に楽しく想像できる。

都市化で急に増加した情報は総合する統覚《アパーセプション》を欠いた人間にとっては断片知の洪水として現われる。それに一応のまとまりをつけそれとの一体化の幻想を通して自らのアイデンティティをおぼろげに摑もうとする族《うから》、それがレキシカルな文学がカモにする相手であるのにちがいない。キーワードはフラグメンツ、断片である。ノヴァーリスの遺作『フラグメンツ』が象徴的だが、フランス革命時代のロマン派文芸全体が「断片」をキーワードにし、コールリッジやヘーゲルを見れば分かるように、それ故にこそ、ディドロでもダランベールでもないロマン派の連中の方が一命賭して「百科全書」構想に夢中になった。そういうロマン派をボルヘスやカルヴィーノを先駆ける「本狂い」の文化として大括りしてみせた近来の名作にアンドリュー・パイパーの『本に夢む』（二〇〇九）があって、私見では強面《こわもて》のフリードリッヒ・キットラーのロマン派メディア論などより余程有益だが、グリム兄弟ひとつとっても、レキシカルでさえあるロマン派の「舟を編む」作業には骨がらみというところがある。そう、ノヴァーリスの遺作がまさにそうだったが、そこで『断片』を名乗る本たちが残らず我々の言う百科、網羅による統合の書である経緯を是非じっくり考えてみないといけない。一九七〇年代以後の我々の時代、「枯渇の文学（literature of exhaustion）」が同時に「充溢の文学」でもありうるとされてきたのと同じことのようで面白い。もっと面白いのは exhaustion が枯渇とも網羅・充溢とも訳せるきわめてレキシカルな両義性がその議論のツボになっていることであろう。

だから辞書をキーワードにする風変りかつ巨大な文化史の中では、たとえばヴィクトリア朝最大の言語事業たる『ＯＥＤ』にしてもロマン派と断絶しているわけではない。ロマン派科学の最先端といわれた地質学が、古い時代の地層ほど下にあると考える斉一論地層学に整理されていく過程を目の当りにしていた人々が中心になって、言語を同じような成層体としてみせる『ＯＥＤ』のいわゆる「ヒストリカル・プリンシプル」の編集方針が構想されたという。使われた時代が古い順に語の定義が並べられるのである。辞書には壮烈な規模の文化史がひそむ。最近あるネイティヴが自分は『ＯＥＤ』を全部、文字通り「ＡからＺまで」読破したというエッセーを刊行したから早速わが同志よとか思って読んだが、せいぜい楽しい読書エピソード集というところで、文化史的な向い合いを全然欠いているのでがっかりした。

一八八四年分冊刊行の第一冊目を出し、分冊形式では一九二八年に決着した『ＯＥＤ』というだけで、世界史に冠絶せる大英帝国の世界覇権が背景の言語的国家事業であったことは自明。もう一寸突っこむと、『ＯＥＤ』提唱者のリチャード・トレンチがいかに信心深い聖職者・言語学者であったか知れ、「バベルの呪い」、言語的混乱に聖なる秩序をもたらそうと願っての辞書構想であったのか分かってくる。そんなことをいえば究極の問題はワイリー・サイファーの『文学とテクノロジー』（一九六八）を読んでいるかいないか、という点にもある。ウォルター・ペイターやテニソン、ブラウニングの「インク壷の臭いがする」擬古体の美文文学からいわゆる世紀末文学が大流行するわけだが、彼らの古英語復権の協会や出版物から珍妙古拙の「綺語」をさがしては使っていくその手つきは、実は彼らと一番敵対しているはずの機械技術者たちの手つきとどこもちがわなかったとして、「世紀末的」という概念の意味合いを一変させた。サイファーは別の本（『ルネサンス様式の四段階』）では英語圏では最初のマニエリスム再評価の仕事をした人であって、今まで「お耽美」ということで処理されてきた「世紀末的」アートが骨がらみ技術的なものだと断じてみせたその現象を、本当はずばりマニエリスムと呼んでみたかったにちがいない。『文学とテクノロジー』は『OED』をそういうトータルな文化史の中へ配してもいた唯一の鴻業なのだが、貴重な邦訳は初版のみで絶版。円城塔の時代に何としても復刊されるべき一冊と思う。

辞書から辞書へと、いわばインターレキシカル、間辞書的に物語が進行していくロバート・マートンの『巨人の肩の上に』（一九六五）といった超絶作が欲しい。中央アジア西域諸語の融通を得意とする碩学中野美代子先生の新作『塔里木秘教考』（飛鳥新社）での健在ぶりが嬉しい。三上延『ビブリア古書堂の事件手帖』がこれだけ売れる時代、柳瀬尚紀先生あたり、ジョイス超訳の勢いそのまま「広辞苑を読む」小説一巻お書きになるとよい。いずれにしろ断片（「瓦礫」）をどうまとめてみせるかという文化が背景にある。辞書こそ時代最高のベルラ・マニエラなのである。

＊　本文中に出てくる必読書『本に夢む』は Andrew Piper, *Dreaming in Books: The Making of the Bibliographic Imagination in the Romantic Age*（Univ. of Chicago Pr., 2009）である。

アレハンドリア　土岐恒二先生追善

……もう年のせいで、ボルヘスの座をおりたくなった

――J・L・ボルヘス

1　シノダ・ファクトリー

たかが英文学とはいえ、その全体に見通しをたてたと言い張るのはそれなりに大変なことで、それは日本文学について同じことをすることを考えてみれば瞬後に明らかである。第一、「見通し」に何ほどの意味があるかという大きなつまづきもある。「理論」をキーワードに英文学を通観しながら漱石は結局、英文学に欺かれたという苦い言葉を遺した。今なお、いろいろな大学の文学部大学院受験生必読の大冊教科書『イギリス文学史』の著者は、家の中では英語しか喋らせないという名門家の迷宮原房のど真中で孫にひたいをナイフで突き刺されて死ぬという一大騒動の中で絶命した。本気で英文学を勉強してみようかと思っていた矢先に生じたこの英文学史上不世出の「泰斗」の急死はぼくをお

そろしく萎えさせた。英文学殺伐、と。

『エクスタシーの系譜』と『ノンセンス大全』を遺した人物がいなければ、即ち逆に本国人に絶対書けないたぐいの英文学史を日本語でやりおおせた高橋康也先生のお仕事なければ、英文学史通観など夢々考えつきもしなかったにちがいない。氏が、いまわの際に神父が耳を寄せねば聞き取れない声で「すばらしい」「すばらしい」と呟いて、それが故人の人生総括のひと言になったのが、嬉しい衝撃でもあり、その後ぼくの肉体のとげともなった。この人、ヤバイっ！

しかし、幻滅と生計のための奔走のあわいに三十年も英文学（と少しばかりの米文学）のあちこちを聞きかじり書きかじっていると、結果としてひとつの英文学史（と若干の米文学史）を書いたということにならざるをえない。英米文学研究者の遺漏なき総覧と称さるべき研究社の年毎の『英語年鑑』に自分の名をもはや載せるなと言い始めてからもう十年以上にもなるか。そのかたくなさ自体大人げないと今は思うのだが、高名な英文学者だの英文学の巨人、高峰だのいうおざなりな紹介記事をいただいても本当にだれだか他人のことのようにスルーし、ぼくの肩書きに本人の確認もとらず「英文学者」とひと言書いて終りの媒体には多分二度と寄稿しなかった。

では、三十年の日子をかけてこうしてできあがってしまった高山英（米）文学史を自ら卑下しているのかと言えば、そうでは絶対ない。いつだったか、ぼくはもう手ゴマすべて投了、英文学バイバイって宣言して（『奇想天外・英文学講義』）、ヒンシュクの上にもヒンシュクを買ったが、その後あわただしく転戦していった表象論や視覚文化論、江戸や昭和の日本文化史の戦場でも、僕の武器はいつだってオレ流英文学史の年表と英文学の膨大読書量だった。

なんでこういうねじれたことになってしまったのか、端的に一九七五年四月に初版刊行された篠田一士訳のボルヘス『伝奇集』一読の結果だと、今回、その篠田氏苦手のスペイン語部門をシノダ・ファクトリーの中で「担当」したとおぼしい土岐恒二先生の追善企画のためにこの一文を草しながら改めて納得した。そういう大変個人的な人間関係からぼくのボルヘス読みは始まった。

　スペイン語とは全く無縁ながら、東大教養学部の英語科教師、由良君美大人《うし》のそばに待って、英訳でボルヘスの『迷宮――短編その他』（ニューディレクション社）と『個人的アンソロジー』（アンソニー・ケリガン編、グローブ社）の二冊をそれこそ韋編三絶していたから、そして当時少しは理解の届き始めていたメタフィクションで結局はマニエリスムの現代的変奏というぼくの直感を百パーセント肯定してくれる生まの作家ついに見っけ！　という感じでいたから、なにを今さら翻訳日本語で読む必要があるかという気分だった。それに篠田氏はわざわざフランス語からの重訳である旨言っている。別に比較翻訳論など興味ないし、邦訳『伝奇集』など完璧スルーだったはず。はずなのだが、読んだ。それは、何度か必要あって書いた、些事と言えば些事なので、この機会を最後にするが、当時関係者一統の耳目を一点に集めた由良〈対〉篠田の諸誌紙を舞台のなじり合いがあって、『伝奇集』邦訳の丁度一年前、別の理由から篠田差配の東京都立大学英文科に就職していたぼくにとって、篠田、由良両氏の言行の区々に関心の対象ならざるはなかった。現在は両故人のそれぞれの言い分にそれぞれの理を認めているが、渦中にあった当時は結構神経をつかった。篠田氏は高山は憎き由良の手下の一人という扱いで、公然とそれを口にした。いつも間に入って親身の慰めと忠告を試みてくれたのが土岐恒二氏であった。さすがに少々いやけがさしていたぼくを都立大に留めたのが土岐氏であるので、現在日本の英文学会の全部がこの白玉楼中の善意の御方に改めて感謝せよ、というのがぼくのいつわらざる感懐である。

フランス語からの重訳によってであろうと日本初のボルヘス紹介者たらん、という篠田氏のせきこむような覇気の伝わる訳業と訳者あとがきなので、感動したということを伝えようとしたのか、ボルヘス鍾愛のフリッツ・マウトナーをモースナーと訳しているのはどうかというレベルの表記ミスは、必ず重版出るでしょうから今のうちに直しておいた方がいろいろ言われずにすむのではということを言いたかったのか、二十年近い付き合いで交わしたほんの僅かな会話で記憶に残っている本当に珍しい機会だったが、若いだけのはね上がりが何を、という対応だった。フウン、天下の大篠田、これしきのものかと思った。

罵詈雑言の代名詞のように言われるいわゆる2チャンネラーたちだが、なんとボルヘス専門の文学スレが立っているのにはさすがに驚いた。想像通り、好きか嫌いかを勝手気ままな汚い言葉の応酬でやっているのだが、議論は専ら篠田氏による重訳の作業の是か非かに集中し、目に立つ誤訳の指摘もいろいろと細かい。何十年か前にぼくがおそれていて、御本人に伝えながら、版を改めても改めても訂正されなかった個所が「キチガイ（基地外・害基地）」どもに「フルボッコ（めった打ち）」されまくっているのを見ながら、ほらね先生、だから言わないこっちゃないでしょといった気分にさえなれない。別の訳者の手で天下の岩波文庫に入った『伝奇集』だが、誤訳珍訳すべて「踏襲」の情けなさって、これ一体何なのでしょうね。

2　このリストこそエル・アレフ

もっとも問題なのが『伝奇集』中、世上のメタフィクション論最大の標的たる一篇、「『ドン・キホーテ』の著者ピエール・メナール」（一九三九）中の一行、というか一句。架空の超前衛作家によるやらねばならない仕事の一覧の部分。天下の大才、若き荒俣宏氏が名著『別世界通信』中に「暗号学左派」と呼んで紹介していた人工言語（十七世紀には「普遍言語」と呼ばれた、今日のコンピュータ言語の祖型的試み）と、あり得べき文学的モダニズムの各種実験を渾然、同一線上に並べた、実に二十一世紀劈頭の今みてさえその発表時期の早いことに瞠目するしかない一覧表。少し長いが、先にぼくの英文学史と言ったものの祖型と言ってよい一覧表であるので引いてみる。無論、篠田氏の訳。

わたしはメナールの目に見えるライフ・ワークが容易に数えられると述べた。注意深く彼の私的な文書記録をしらべたところ、わたしは次のものが含まれていることを見出したのである。

(a)「ラ・コンク」誌に二度（ヴァリエーションを伴って）のせられたある象徴派のソネット。

(b) 諸概念をあらわす詩的用語法を構成することの可能性についての研究論文。これは、わたしたちの日常語を作りあげている言語の同意語や迂言《うげん》法に当たるのではなく、「伝統に従い、もっぱら詩的要求を満足させるために想像された理想的なもの」である（ニーム、一九〇一年）。

(c) デカルト、ライプニッツとジョン・ウィルキンズの思想のあいだの「ある関連または類似」についての研究（ニーム、一九〇三年）。

(d) ライプニッツの「普遍的性格」(Characteristica universalis) についての研究（ニーム、一九〇四年)。

(e) チェスの勝負を、飛車《ルック》のもつ歩《ポーン》の一つを除くことによって内容豊富にするための技術的研究。メナールはこの確信を提案し、推奨し、反論し、終《つい》には斥けている。

(f) ラモン・ルルの「大芸術」(Ars Magna Generalis)についての研究(ニーム、一九〇六年)。

(g) ルイ・ロペス・デ・セグーラの『チェスの発明と技法の書』の、序言とノートをつけた翻訳(パリ、一九〇七年)。

(h) ジョージ・ブールの象徴的論理についての研究の素描。

(i) サン=シモンの用例によるフランス散文に基本的に見られる韻律法の検討(「ロマンス語評論」、モンペリエ、一九〇九年十月号)。

(j) リュック・デュルタン(彼は前述のような法則の存在を否定した)への回答、リュック・デュルタンの用例による(「ロマンス語評論」、モンペリエ、一九〇九年十二月号)。

(k) 『プレシオジテ文学の指針』(La boussole des précieux)と題されたケベードの『誇飾主義の羅針盤』(Aguija de navegar cultos)の翻訳草稿。

(l) カロルス・ウルカーデによる石版刷りの説明カタログへの序言(ニーム、一九一四年)。

(m) 彼の作品『一つの問題の多くの問題』(パリ、一九一七年)。これは有名な問題アキレスと亀のいろいろな解答を年代順に扱ったものである。この本の二つの版が今までに出版されている。第二の版は題辞としてライプニッツの忠告「貴君、心配無用、亀だ」を掲げ、ラッセルとデカルトにあてた章の改訂を含んでいる。

(n) トゥーレの「文章のくせ」の執拗な分析（N・R・F誌、一九二一年三月）。わたしはメナールが日ごろ、非難と賞揚は批評となんの関わりもない感傷的作業であると断言していたことを覚えている。

(o) ポール・ヴァレリーの『海辺の墓』の十二音節句格《アレクサンドラン》への転置（N・R・F誌、一九二八年一月）。

(p) ジャック・ルブールの『現実抑圧論集』中のポール・ヴァレリー攻撃。（この攻撃は、かっこつきでいうべきだろうが、ヴァレリーに対する彼の真意とはまったく反対である。ヴァレリーもそのことは諒解していたので、二人のあいだの古い友情は決して損なわれなかった。）

(q)「勝利にかがやく書」——この言いまわしはもう一人の協力者ガブリエル・ダヌンツィオのものである——の中でのデ・バニョレッジオ伯爵夫人の「定義」。その本はこの貴婦人によって、ジャーナリストの避けがたい偽りを正し、「世界とイタリーに向かって」、（彼女の美しさと活動そのもののために）しばしば誤った、あるいは性急な解釈にさらされている彼女の人格の真正なイメージを提供するために毎年発行されているものである。

(r) ド・バクール男爵夫人に捧げたすばらしいソネット群（一九三四年）。

(s) 句読点のために効果をあげている詩のリストの草稿。

ここまでが年代順にあげられるメナールの目に見える作品である（アンリ・バシュリエ夫人の愛想の良い欲深なアルバムのための、いくつかの曖昧な、その場限りのソネットを除いては）。わたしはここで彼の他の作品に移ろう。かくれた、かぎりなく英雄的で、比類のない、そして——それらは人間の可能性なのだ！——未完の作品。おそらくわれわれの時代のもっとも意義深いこの作品は、『ドン・キホーテ』第一部の第九章、第三十八章と第二十二章の断片から成っている。わたしはこのような断定が荒唐無稽にきこえることを知っている。しかしこの「荒唐無稽さ」を正当化することこそ、このノートの主要な目的なのである。

実に、実に素晴らしい。(c)に登場する「ジョン・ウィルキンズ」について、こちらは一九八二年五月に邦訳の出る『異端審問』中のエッセー、「ジョン・ウィルキンズの分析言語」が縷説してくれるのだが、ライプニッツがらみでロンドン王立協会の実質的創設者ジョン・ウィルキンズの名を教えてくれたのは何と言っても『伝奇集』のピエール・メナール氏の企画予定表だった。サミュエル・ベケット伝で有名なジェイムズ・ノウルソンの『十七―十八世紀英仏普遍言語構想』(工作舎、邦訳タイトルは『英仏普遍言語計画』)を読んで、その主人公の一人たるウィルキンズ司教のさまざまな論、とりわけ『リアルな言語をめぐる試論』を十七世紀英文学、ひいては全英文学史記述の核心部に置けそうだというぼくの直観は、言語史、人工言語史上の奇態な一エピソードを「文学」研究の側に一挙に引きつけた飛ぶ鳥を落とす勢いの「世界文学」者ボルヘスの、一読瞠目する他ない強力なうしろだてを得た。その結果がぼくの『メデューサの知』(一九八七)である。

ピエール・メナールの執筆予定表は何度目を通してもやはりすごいし、見飽きない。ひとつの超英文学史が構想されているのだということは同エッセー中の華々しい他の行文から明らかである。「二十世紀において十七世紀の人気作家になること」をめぐっての試論だとそれは言い、「一六〇二年から一九一八年までのヨーロッパの歴史を忘れること、そしてミゲル・デ・セルバンテスになること」を読者に要望している。これは結果的に、ぼくなど「アリス狩り」シリーズと号して試みた英文学史の書き換えと基本的な所で全く一致しており、同エッセー一読後、ぼくは英文学史の通観ないし記述に一定の自信と、そして発見の快楽とを見出したのだった。

くだんの仕事予定表は概して時系列に従っているように思える。(b)の「諸概念をあらわす詩的用語法を構成することの可能性についての研究論文」というのは端的に言ってボルヘスその人の詩学と、詩人としての事跡への自己批評と言うことができる。(k)にもあるが、ケベードからゴンゴラに到る「誇飾主義(クルテラニスモ)」「プレシオジテ」詩学への傾倒への関心が一九二〇年代にイベロスペインに盛り上ったが、ヨーロッパ滞留中の若きボルヘスがこれらのバロック復興運動の渦中にあったのは周知のところであろう。ボルヘスの『無限の言語――初期評論集』（国書刊行会）の旦敬介氏訳がぼくにとって特に有難かったのはその収中の三エッセー、「隠喩点検」、「単語探求」そして「誇飾主義《クルテラニスモ》」が、英文学ならダンやマーヴェル、「詩人」シェイクスピアの文業とされるいわゆる形而上派の詩ないし文学をめぐるまさしく一九三〇年代勃興の批評と一言一句ちがわない批評語彙で、全くちがわない主張をなしていたことが判ったからである。

クルテラニスモと言おうが形而上派詩と言おうが、あるいはこれもボルヘス偏愛のイタリアの詩人ジャンバティスタ・マリーノが凝りあげたマリニスモと呼ぼうが、要するにバロックの詩学である。一九二〇年代に興り、一九五〇年代に一定の市民権を得たマニエリスム（マニエリスモ）についてボルヘスが一切触れない所がまたバロックべったり過ぎるスペイン系批評らしくて面白いが、ともすれば感情の饒舌に溺れていくバロックとは実ははっきり一線を画す徹底的な主知主義、技術主義のクー

上階にある円形回廊（Haute galerie circulaire）

Erik Demazières, *La Bibliotèque de Babel*, 1998.

その宇宙（他の人びとはそれを図書館とよぶ）は、中央に巨大な換気口がつき、非常に低い手摺をめぐらした不定数の、おそらく無数の六角形の回廊から成っている（ボルヘス「バベルの図書館」篠田一士氏訳）。アレハンドリア（アレキサンドリア）図書館炎上神話の無限循環。

六角形の部屋（Salle hexagonale）

だが目を挙げ、さらに高所にある第二の階段を見れば、そこにもピラネージの姿があり、さらにさらに眼を挙げれば、一層高く天に向って階段があり、そこにもまたもや狂気のピラネージが天をめざして苦心している（ド・クィンシー『阿片常習者の告白』）。アナイス・ニンから高柳誠までを魅了した無限螺旋階段、「シリウス・イタリクスのトポス」（マリオ・プラーツ）。

ルさが目立つ初期ボルヘスの詩学、そしてその後に捗る詩実作をみるにこれは画然とマニエリスム範疇のものである。詩批評誌『ユリイカ』がボルヘス特集の二回目を試みたとき、責任編集の野谷文昭氏がぼくを中核対談の相手に選んでくれた時、ちょうどその頃マニエリスム文芸批評がひとつのヤマを迎えている頃で、その点をボルヘスについて議論しようとしてみたが、バロックのスペイン文学に相当詳しいはずの大先生の口からも、残念マニエリスト・ボルヘスという語はついに出なかった。バロキスト・ボルヘスという論さえ、結局ボルヘスはバロックを捨てたはずという野谷氏の明快な一語でそれきりになった。ボルヘス自身、晩年作『ブロディーの報告書』のあまりにも有名な前書きでそう言っている。「わたしはもうバロック風のけれんを捨てたし、どんでん返しの趣向もやめた。要するに、人を驚かすことよりも、期待をもたせるほうを好むようになったのである。長年にわたって、変化や新奇さによってこそよい作品が描けると信じて来たのだが、今七十歳に達して、ようやく自分の声を見出し得たと思う…（中略）…もう年のせいで、ボルヘスの座をおりたくなったのだ」。

　これは決定的な告白とされている。壮大なパラドックスとしての時間を論じた画期的エッセー、「新時間否定論」に、「しかし《アンド・イエット》、しかし《アンド・イエット》――時間の連続を否定し、自我を否定し、天文学の宇宙を否定することは、あからさまな絶望とひそやかな慰めである。スウェーデンボリの地獄やチベット神話の地獄と違って、われわれの運命はその非現実性ゆえに恐ろしいのではない。不可逆不変であるがゆえに恐ろしいのである。時間はわたしを作りなしている材料である。時間はわたしを運び去る川であるが、川はわたしだ。時間はわたしを殺す虎であるが、虎はわたしだ。時間はわたしを滅ぼす火であるが、火はわたしだ。不幸なことに世界は現実であり、不幸なことにわたしはボルヘスである」という若年絶頂期らしい、こちらも有名な台詞を吐いていたボルヘスからの何という懸隔！　が、それは懸隔なのだろうか。否、とぼくは思う。爆発は、バロックのもの。従ってバロックは衰弱もあるが、最初から最後まで「感情の饒舌に抗する」（ニーチェ）アートたるマニエリスムには変化や衰えは無い。晩年作『ブロディーの報告書』にしてからが過剰な装飾こそ失せているが、「けれん」や「どんでん返し」はその分いやましに純化されたむきだしの骨組みとして却って目に立つのだとぼくは感じるのだ。ぼくはぼくで「今七十歳に達して」、しかしマニエリスムをはなさない。この点にはあとでもう少し立ち入ってみたい。

3　カラクテリスティカ

ピエール・メナールの仕事予定表に戻ってみる。形而上派や誇飾主義の十七世紀詩学がポール・ヴァレリーの二十世紀劈頭の象徴主義につながっていくという、「一六〇二年から一九一八年までのヨーロッパの歴史を忘れ」たかのようなひとつの系列がこのリストの一方のポイントだろう。この点は綱領的エッセー、『『ドン・キホーテ』の著者ピエール・メナール』中にもとりわけて綱領的な次の一文が見事に、こうまとめてみせた。ピエール・メナールについて、こうある。

それにしても、なぜまさしくドン・キホーテなのか？　と読者は問われるだろう。そのような選択はスペイン人ならば説明のつかないことではなかっただろう。しかしニーム出のサンボリストとなると疑いもなく説明のつかないことなのである。とりわけ、エドモン・テストを生んだヴァレリー、を生んだボードレール、を生んだポーに熱狂したものとしては。上に引いた手紙がこの点を明らかにしている。メナールは説明する、『ドン・キホーテ』にわたしは深く興味を抱いています。しかしそれは――なんといったらよいでしょう――かけがえのないものではなかったように思えます。わたしはエドガー・アラン・ポーのあの感嘆を抜きにした宇宙を創造することができません。

ああ、この庭は魅入られしものなることを心にとめよ！

書かれたのが一九三九年というのがこの判断の微妙なところである。いわゆるニュークリティシズムという、十七世紀前半の異詩学の再評価とモダニズム諸運動励行が併行した。ボルヘス流に言えば、「非常に複雑な多くの出来事にみちた三百年」は、逆に言うと、では何なのかということになる。くだんの仕事予定表を仔細にみると、いわゆるロマン派の作家、作品がないことに気付くが、メナールの表についてボルヘスが加えたコメントも実は、メナール的着眼をボルヘスが共有していることを示すコメンタリーなので、そこにノヴァーリスの名が出てき、『老水夫行』の詩人の名が出てくるので、ボルヘスの頭の中では十七世紀バロック詩学、十八世紀末ロマン派、そして十九世紀末から二十世紀初めのモダニズム（そしてそれがボルヘスやマリオ・プラーツにとっての日々新たなリアル・タイム経験だったことを、挙げられたダヌンツィオの名ひとつでぼくらはしっかり思い出さなければならない）が、まるでエルンスト・ローベルト・クルティウスやグスタフ・ルネ・ホッケ師弟の文化循環史観のようにたしかな一系列をなしているらしいことがゆっくりと判ってくる。

ここまでは多少とも視野広く、センスも良い評家なら、二〇一六年の今現在常識となっていて、一九三〇年代にはリアル・タイムに渦中にあったホットな近代三百年の文学史塗り替え図式の典型を、たぶん逸早いメンバーの一人としてボルヘスがすでに頭に入れていたのだなという評価で、話はおさまるはずである。

スペイン文学研究が「黄金時代」バロックにあそこまで入れあげながら、マニエリスムのマの字も対象にできなかったことに、今みて問題がある。この問題に関しては英語圏文学界に劣らぬ鈍感さが異様ではないか。様式論の一方の旗手でバロック論なら徹底追求のヘルムート・ハッツフェルトとか、いつでも同時代のワイリー・サイファーと雁行してスペイン・マニエリスム論ができそうなのに、ない。美学のこみ入った問題になると、いつもいつもクローチェ頼り、クローチェ止まりのボルヘスに、なぜクルティウスの名が、なぜホッケの名が出てこないか、一九八六年にボルヘスが亡くなった頃、マニエリスムが独墺圏・東中欧圏から外に出ていかないのに業を煮やし始めていたぼくは首をかしげないわけにはいかなかった。眼疾が全盲に行きつき、長い文章が苦手になり、つまりは「ボルヘスの座」をおりた学究作家、学者詩人に、一九四〇年代のクルティウス、そして五〇年代のホッケ両名の破壊的なマニエリスム論はもはや老いたる好奇心の対象にはならなかったということなのか。ホッケのマニエリスム論に相当するものに、スペイン語ではエウヘニオ・ドールスの『バロック論』がある。一九四四年初版刊だから当然読めているはずだが、ボルヘスがこの歴史的名著を読み知っている気配は、ない。ドールスの言う「アイオーン」を後にホッケが「常数」と呼び直しただけなのに。

だからどう、と言おうとしているわけではない。逆に、でもボルヘス、流石だねと言いたいのである。それがメナールの仕事予定表に示されるもうひとつのポイントの、ボルヘスならではの剔抉《てつけつ》に尽きる。ここからこのエッセーの書こうとする真諦である。まずがリストの(c)と(d)が並んで出てくる点。「(c)デカルト、ライプニッツとジョン・ウィルキンズの思想のあいだの「ある関連または類似」についての研究（ニーム、一九〇三年）」、そして「(d)ライプニッツの「普遍的性格」（Characteristica universalis）についての研究（ニーム、一九〇四年）」。ライプニッツが今日のゼロ・ワン・バイナリーの記号体系、即ち二進法表記によるコンピュータ言語の祖型を提案した「普遍記号論」がロンドン王立協会で発表されたのがこれまた十七世紀、一六六七年のこと。L・A・クテュラによるライプニッツのこちらの方面での評価がやっと緒についたのが二十世紀劈頭、一九〇三年のことだから、一九〇三、一九〇四年という年号にこめられたこの方面でのボルヘスの超時代的な洞察力には改めておそれ入る他はない。

先にボルヘスをネットで検索する話をしたが、篠田一士訳『伝奇集』が悪訳、誤訳だらけか、それなりに大事な訳業かという2チャンネラーたちの議論も煎じ詰めるに、ライプニッツの今日のコンピュータリズム文化一切の祖型となった革命的業績、「普遍記号論」を「普遍的性格」と訳したこと一点に尽きる。欧文表記（characteristica）まで入ってしまっているので大ポカ指弾は免れ得ない。記号論をヘブライ的記号《カラクテリス》・文字の文化淵源にまで遡ればこそ「神の書跡」や「死とコンパス」を自在に書き上げることができたボルヘスにとって「キャラクター」はまず「記号」「文字」であって「性格」は第二義でしかない（是非、お手許の英語辞典を舐めるように見て下さい）。これからは文系といえどもライプニッツの起こした記号革命をベースにするしか展開はあるまいと確信して人気雑誌『GS』や拙著

『メデューサの知』にそのことを繰り返し書くことになるぼく、不仲を鑑ず、何度かご注意申し上げたのに、若造に何が、とあっさり鼻であしらわれたわけなのだ。篠田氏でも尊敬する他ない故ウンベルト・エーコがそのライプニッツの「普遍記号論」が現代文化すべてのいしずえと主張する大著、『完全言語の探求』（一九九三）の邦訳が本邦読書界をさわがしたのが一九九五年。その六年ほど前に篠田先生は亡くなっていた。仮にご存命であっても、ぼくはそんな話を先生にしたようには思えない。ぼく自身にとっても面白い話ではないので、「普遍的性格」についてはこれきり再び口にすることはよすが、しかしボルヘスの今日的評価の基本に関わることなので、今回いただいたこの機会にその点だけは改めてしっかり書いておく。

一見「文学」とは関係ないライプニッツの普遍記号論をむしろ核芯とし、言語そのものにたえず自己回帰してゆく契機を孕む種類の文学（というか異《パラ》文学）の隠れた、しかしあくまで骨太い伝統をマニエリスム文学の名の下に浮上させたのは言うまでもなくグスタフ・ルネ・ホッケの『文学におけるマニエリスム』（一九五九）である。種村季弘氏による超訳、というか神訳出来が一九七一年。『伝奇集』の邦訳が七五年。ホッケのドイツ語原本は英語はじめ仲々外国語翻訳されない。いまだに英訳がない。極端な話、二十一世紀劈頭、人文（科）学が文科省風情にまでその貧しさと無力ぶりを言われなければならないといったような流れは英米にても事情は大同小異。我が国ではホッケは例外的に早く翻訳されたのに、文学のマニエリスムを論じる気配が一向に興らない。だからボルヘスにしてさえ、碩学のメタフィクショニストであるという以上の評価がまるで出ない。彼をサルバドール・エリソンド風情、『コブラ』のサルドゥーイ風情と比べて事足れりとするな。

4　ノイバウアー凄い

「『ドン・キホーテ』の著者ピエール・メナール」のリストの凄いのは、ライプニッツ普遍記号論を遡ったところに「ⓕラモン・ルルの「大芸術」（Ars Magna Generalis）についての研究」があり、逆に我々の時代に向けての途中に「ⓗジョージ・ブールの象徴的論理についての研究」があり、「ⓜアキレスと亀のいろいろな解答……ラッセルとデカルトにあてた章の改訂」とⓞ、ⓟの「ポール・ヴァレリー」があり、ⓔとⓖに「チェス」論がある点だ。ううむ、必要なものは全て揃い、何の無駄もない。ゆっくりふえ始めてはきたマニエリスム文学の凡百の研究書とホッケのマニエリスム研究を決定的に分け、しかもそれをボルヘス研究最高の参考書にするのが、もちろんヘブライ語系統のマニエリスム論ということで水際立っている点と、もうひとつが「ラモン・ルル」（ライムンドゥス・ルルスのこと）からライプニッツに入り、ジョージ・ブール（ブール代数の創始者）や階梯論理のバートランド・ラッセルに入っていく「象徴的論理についての研究」がなんと、水と油に見える文学と綯交ぜになって進行していくプロセスとしてマニエリスムを据え直した点かと思う。『伝奇集』と『異端審問』を腰をすえて読みこめばじっくりと自然に出てくる異《パラ》な文学史ではあるが、ホッケという絶妙の補助線が引かれているのだ、使わない手はないだろうとは、ボルヘス・スレでは「言いたい放題」とかけなされたぼくの議論だが、『ユリイカ』での野谷先生との対談では専らそのことばかり申し上げたように思う。その時にも提案させていただいたが、そうそう単純にはボルヘスとホッケをつなげられるものでもない。両者の間にもう一本、補助線が用意される。これもぼくの身勝手な提案なのだが、ライプニッツ伝の著者、ジョン・ノイバウアーの小さな大著 John Neubauer, *Symbolismus und Symbolische Logik* を補助線に使っては如何。一九七八年刊。ノヴァーリスを核に、ライムンドゥス・ルルスをライプニッツにつなぎ、そのライプニッツを耽読した「工学者」ノヴァーリスをなかだちに二十世紀劈頭の「記号論理学」まで一系列に系譜化してみせた。『文学におけるマニエリスム』に対する望みうる最強の攻略本。そこいらの独文関係者の文化史観と語学力では到底歯が立つまいがさて如何するかと考えていた時分、ぴったり見合う凝り性の日本語を使え、身内にコンピュータ関係者さえ持つ原研二氏に白羽の矢を立て、当時まだ懇意だったありな書房から『アルス・コンビナトリア 象徴主義と記号論理学』という邦題を工夫して刊行した。訳者原研二氏は記している。

原書は、John Neubauer, *Symbolismus und Symbolische Logik*（Wilhelm Fink Verlag, 1978）である。原題を直訳すれば「象徴主義と記号論理学」、副題に「アルス・コンビナトリアの現代文学への展開」。もしも「シンボル主義とシンボル論理学」とでも奇妙を承知で訳すならば、芸術上の象徴主義と数学者のいう記号論理学がひとつの運動であることを明らかにするタイトルになったことだろう。象徴と記号の二重に響く訳語はないので、副題の方の「アルス・コンビナトリア」を使っていっそ単純に意味不明のようなタイトルにした。とはいえこの単語は、まずもってホッケのマニエリスム本――とりわけ『文学におけるマニエリスム』（種村季弘訳、現代思潮社）のアルス・コンビナトリアの章――、高山宏『メデューサの知』、フランセス・イエイツの魔術的ルネサンスに関わる著作、エーコの完全言語研究界隈ではすでに基本用語となっているはずだ。これをとりあえず日本語に移すなら「組み合わせ術」あるいは「結合術」。本文中にも、ars combinatoria となっている場合には、そのまま「アルス・コンビナトリア」と表記し、Kombinatorikというドイツ語が使われている場合には「結合術」と訳しておいた。ついでながら、本書もまたホッケのマニエリスム本同様、叢書編者のエルネスト・グラッシに推挙された一冊である。

そのグラッシの『形象の力』も二〇一六年、今秋にやはり原氏の凝り上げ訳で邦訳刊行（白水社）。いいかい、「形象」をキーワードにするボルヘスとその文脈の研究は、これからなんだ！

未曾有の相手を誰よりも先ず自分が紹介という覇気では自分とそうちがわないという相手として篠田一士氏評価は仕事上も、文壇的にもぼくの場合、そう低くはないのだが、この場合は運悪くというか相手が悪かったのだと改めて思う。篠田訳「ジョージ・ブールの象徴的論理」とは、そも何か。「キャラクター」と聞いて性格、「シンボル」と聞いて象徴と訳して、この自動化された応答以上の何も出てこない。訳したはいいが、で「象徴的論理」って何、と考えもしない。ボルヘスという作家が本当に日本文壇に大きな変化をもたらしたのだろうか。円城塔の作のどこが小説か、どこが文学かと憤慨して芥川賞選考委員をおりた御仁（篠田、土岐といった先生方が孜々として築き上げてきた都立大英文科を破壊したのはこの人物である）の風貌を思い出して頭掻くしかない。

本邦文壇、いや本邦海外文学研究界とはまず無縁な質量の教養が前提だ。先の原先生の一文を下敷きに、ノイバウアー邦訳書は帯にこう謳った。「ルルスの〈解読の術〉、キルヒャーの〈大いなる術〉、ライプニッツの〈数学的知の体系〉、シュレーゲルの〈官能の論理学〉、マラルメの〈宇宙的超‐書物〉を視野に入れ、文学上のシンボリズムと論理学上のシンボリック・ロジックの双方に共通する史的伝統を検討し、世界をカード化する現代のコンピュータ言語を理念的に準備した、結合術とロマン派以降の近代文学の多様な関係を析出する」と。頭を絞りに絞って文学言語化すれば、これ即ち「トレーン、ウクバール、オルビス・テルティウス」や「バベルの図書館」にならざるをえまい。「世界文学」を再生産するしかない文学‐機械そのものとしての文学（ノースロップ・フライとボルヘスの全たき共振）。余りに「形式化」（柄谷行人）したボルヘスの文学機械はその補償として「ドス《ナイフ》使いたちの架空のブエノスアイレス」（「会議」）の物語たちを産んだ、両者の関係や如何、というボルヘス論をよく目にするが、裏切りとどんでん返しの機構の中で具体的な人物配置とプロット展開など、まさしく「文体練習」（エーコの、カルヴィーノの、そしてレイモン・クノーの）のようにいくらでもできる、と、アメリカ文学研究の常識を一変させる「ナサニエル・ホーソン」他のエッセーでクールに言い放ってはばからぬボルヘスであってみれば、「ナイフの出入り」とか「ごろつきのことばかり」とか書くボルヘスのそうした趣味自体、実は「架空のブエノスアイレス」を幻前させるマニエリスム文学機械以外の何ものであるか。

5　土岐先生からの宿題

とかとか、ボルヘス（とエーコとカルヴィーノ）については通説とは一寸はずれたところで無限に近くいろいろコメントできる（まるで、少し形而上学や観念論に嗜《たしな》みある人間に語らせ続けるためのきわめつきに悪達者な誘惑装置こそがボルヘス・テクストなのだ）。たとえば「パラドックス文学」としてのボルヘス作品は、ぼく自身ロザリー・L・コリーのパラドックス研究の主たる部分を最近やっと日本読書界の共有財産にしおおせたし、この上に綿密にボルヘスを載せればそれはそれで一事業になる。或はボルヘスの名を周到に隠しながら、ロンドン王立協会を中心にして英文学史全体を書き直す『奇想天外・英文学講義』や『殺す・集める・読む』といった一連の啓蒙的見取り図的な仕事は、実は今言ったようにボルヘスの一エッセー、「ジョン・ウィルキンズの分析的言語」を決定的な出発点にしている。ボルヘスを追っていってみたら、ボルヘスは自分だった！　「彼らが私から飛び去る時、その翼が私」（エマソン「ブラフマ」）だから！　どうしたことか、ボルヘス自身はピエール・メナールの予定表が幻視してみせた英文学史を書か（け）ずに『ボルヘスのイギリス文学講義』なる、全然ボルヘスでなくても書ける一著をまとめて終わった。実に勿体ないことである。

　ネットのエゴサーチをこのところ麻薬的趣味にしているが、ぼくをボルヘスやウンベルト・エーコと一緒《コミ》にしているファン、もしくは敵が、思ったより多いことに興味がある。ぼく自身、途轍もないことに、「不幸なことにわたしはボルヘス」と感じた瞬間は一度や二度ではない。たちが悪いことにかなり本気の瞬間なので、そんなに分かりきってしまった自分のことを異国の作家にことよせて書くこともないという感じで、そう、本当にふしぎなくらいボルヘスについて書いた仕事がない。書き始めて、すぐ面倒臭くなり、飽きてしまうのだ。ボルヘスの名が表題につく研究書で今まで読んでいないものは多分一冊もない。そしてどれもこれも同じ批評語彙で、どいつもこいつも同じ予定調和のメタフィクション論に落ちつく。突破《ブレイクスルー》しようとするなら今、ただの二点。ひとつは理系にむちゃくちゃ強いフロイド・メレルの大冊 Floyd Merrell, *Unthinking Thinking: Borges, Mathematics and the New Physics* (Purdue Univ. Pr., 1991)。これをメレル教授の本番本領発揮の *Deconstruction Reframed*

(Purdue Univ. Pr., 1985)と合わせ邦訳出版すべきこと。有能訳者博捜中。もう一点は天才ジョン・アーウィンのJohn T. Irwin, *The Mystery to a Solution: Poe, Borges, and the Analytic Detective Story* (The Johns Hopkins Univ. Pr., 1994)。ヘブライ系統のマニエリスム記号論を自前でつくってみながら、そこにボルヘスを載せていく、狂気すれすれの大著。そこら辺の関係者いないかなあと考えていた。いた。文理両系のパラドックス問題に通じ、しかもチェス棋譜に通じていることでは世界的に知られている御仁、言葉遊びの達者さはナボコフ作名訳で知らぬ人なしの若島正、だ。氏をあてにして版権取得(白水社、高山宏コレクション3に入る)。

ほとんど誦《そら》んじているのだから、もう余りボルヘス作品は読み直さないと思う。二十世紀という余りにも多岐多端の時代のことを考え直すいろいろ大きな試みが面白くて仕方ないが、血肉と化した視座や方法の大方はもはや既に十分ボルヘスの遺産だ。ぼくも「もう年のせいで、ボルヘスの座をおりたくなった」というのが実感だが、こうして初めてボルヘスをめぐる一文を草したことだし、折にふれて書きそうな気も。「ピラネージと螺旋階段の神話」(リュジウス・ケレル)を背景の一文などは必ず。

それにしても、巨人篠田一士との確執に悩んでいるとみたか、これ読めばと仰有りながら、刊行間もない篠田訳『伝奇集』をぼくの手の中にふいっと押し渡してくれた土岐恒二氏の神がかりの人間観察なくば、これら全て、一切始まっていなかったのだ。先生、ほんとにありがとう。宿題、必ず果たします。

悲劇か、喜劇か　悪魔のいる英文学誌

英文学における悪魔というと、シェイクスピアを起点にするのが一般的ですが、ここではシェイクスピア以前にさかのぼって、その源流をなす中世の文化と、その根底にある一種の悪魔観から話を始めたいと思います。具体的にいうと一三一一年以降、コーパス・クリスティというキリスト教の祝日がありますが、それをお祝いするタウンリー・ミステリーズというお芝居の系統が出てくるんですね。ミステリーというのは神秘の意味ではなくて、ギルドのこと。たとえば大工のギルドがあれば、それが屋台を作り、パン屋のギルドは最後の晩餐の場面を作るとか、ギルドごとに聖書劇の舞台を構えて、十台なら十台の屋台が町のあちこちで同時発生的に物語をやる。町の名をとって、チェスター・プレイズとか、ヨーク・プレイズとかいわれますが、この中に見られる悪魔観は大変にユニークで、いまの言葉でいうと両義的なものなんです。

中世における悪魔の大きな役割は、やはり誘惑者、人間の堕落に力を貸す否定的な存在なんですが、それと同時に再生儀礼の媒介者という役割もあるんですね。首を何度切られても生き返るとか、主人公の死と再生にかかわる、偽医者とでもいうような役割で登場したりとか、農耕文化の中核となる祝祭儀礼の機能を悪魔が担っている。悪魔というのはあらゆる意味で両義的な存在で、中世のイコノロジーを見れば分かるけれど、動物や植物と未分化の存在として、動物の合体形に人間が加わったような姿をしていたり、イギリスで〈グリーン・マン〉と呼ばれる悪魔的存在のように、身体中に緑の葉をつけてあらわれたりするわけです。こうした中世的悪魔は、一九六〇年以降の対抗文化的な中世・ルネッサンス文化観に出てくる〈道化〉の存在と、ほとんどイコールなんですね。民衆もただ恐ろしいものとしてではなく、自分たちの文化を再生させてくれる存在として、悪魔とその周辺のキャラクターを見ていたフシがある。たとえば五月祭《メイ・ゲーム》といって植物の死と再生を司る豊饒儀礼の祭がイギリスにもありまして、その主人公がやはり悪魔＝道化みたいな存在になっている。道化を意味するハーレクインという言葉の語源を調べた人たちによると、もとは北欧系の言葉でヘルラ・キング、つまり妖精の王なんだけれど、ヘルラというのは悪霊なんです。そういう語源説もあるぐらいで、どうも道化と悪魔的なものは本来区別できないものらしい。ところが時代が降るにつれて、道化はサーカスみたいなひとつの機能に押し込まれ、悪魔も地獄の支配者みたいな形で一元的に押し込まれていく。そういう伝統的な芸能、広い意味の街頭で演じられるストリート・パフォーマンスの中にある悪魔を、どういう形で抑圧してくるかという歴史が、むしろ近代の悪魔観になるわけですね。ロマン派なんか、それにずいぶん加担しているふうにも感じられる（笑）。

それで、さっき挙げた一三一一年より以前となると、とにかくはっきりしたことは分からないわけですが、ひとつの想定として古代ケルト文化の問題が考えられると思います。ウェールズやアイルランドに色濃く残るケルティックな伝統は、イングランドの文化による抑圧を受けながらも、英文学の中にずっと残っていく。十九世紀末にいわゆるケルティック・ルネッサンスの運動が起こりますが、それは決して突発的なものではなく、絶えずケルト的なものは蘇ってくるわけですね。それが悪魔という形をとらざるをえなかったのは何故か。つまり宗教革命以降のイギリスの場合はピューリタンですけれど、それがケルティックなもの、もっと広い意味でいうと、異教と結合した在俗的なキリスト教信仰を抑圧してきた歴史を考えないと、その間隙を縫うようにして出てくる隠された系譜もまたよく分からないわけです。

ひとくちに抑圧されたものと言っても、その実態は差別された側のものがいろんな形で混淆されていますから一概にはいえないのですが、基本的にはケルト文化だと考えていいと思う。それはいつ頃かということも難しいけれど、だいたい紀元前七世紀頃ではないかといわれています。ご存じのように、ケルトにはドルイドと呼ばれる古代祭儀の司祭集団がありまして、さっき言った死と再生の農耕儀礼を司っていた。そのドルイドたちのもっていた雰囲気や文化の中に、英文学における悪魔の起源を求めることができるだろうと思うんです。

ストーンヘンジという妙な遺跡がありますね。十七世紀の半ばに、イニゴ・ジョーンズという人物が、あれの起源論をはじめて問題にするんです。彼は後で述べるベン・ジョンソンという芝居書きとペアになって十七世紀初頭に演劇運動を興した男ですが、建築家でもあって、彼のストーンヘンジ起源論によってはじめてドルイド文化の存在が分かった。ただ、ジョーンズは新古典派の初期の人ですから、建築家らしく幾何学的に整理した形で書いてしまったために、古代文化の暗黒面についてはあまりはっきりしなかった。それはすでに近代が始まってる徴候だともいえるわけで、そういうドルイド的なものを、われわれはいま抑圧しているという意識は、すでに十七世紀の初頭にあったんです。ちょうどそのはざまに、シェイクスピアなんかが登場してくるわけです。

デヴィル・オン・ステージ!

そういうものが文学にはっきりした形としてあらわれるのは、シェイクスピアやベン・ジョンソン、要するに十六世紀終わりぐらいの演劇ですが、その前にひとつ、さっき言ったミステリー・プレイズの系統に、モラリティ・プレイズという悪魔の機能だけを取り出した不思議な演劇が成立するんです。『聖アントワーヌの誘惑』という美しい悪魔図版集の著者フロスタンは、それを〈誘惑の劇場〉と呼んで、この演劇と、それに基づく〈聖アントワーヌの誘惑〉というテーマについて解説していますが、まさにこれは誘惑の劇場なんですね。

どういうことかというと、ヨーロッパの悪魔論の中に根本的に入ってくるゾロアスター的な伝統、つまり光と闇の二元論で何かを解決しようとする、それのいちばん初期の形態がモラリティ・プレイズなんです。モラリティ・プレイズは何百とあるわけですけれど、基本的に〈ヴァイス Vice〉というキャラクターが出てきます。これは大文字で書かれて、要するに擬人化された悪徳のこと。これが善天使に対抗して、〈エヴリマン〉と呼ばれる人間一般を意味するキャラクターを悪の道に誘惑する。そしてほとんどの芝居はヴァイスの勝利という形で、エヴリマンがどんどん堕落していく過程を描く。

ところが最後に、一種の機械仕掛けの神みたいなことが起こって、誘惑されていた男や女が、これじゃいけないと善の道に戻り、ヴァイスは去って行く、ないしはヴァイス自身も改悛するというような、誘惑のテーマを前面に出した二元論的な芝居が、何世紀かにわたって流行るわけです。

モラリティ・プレイズはフランスやドイツにもあるんですが、何故かイギリスでものすごく盛んになっていった。これはおそらく、国家的な演劇の必要性と重なります。つまりチューダー王朝を正当化する過程で、いままでの王朝はすべてヴァイス＝悪だった、それに対して、われわれこそが善天使に導かれて誘惑に打ち勝った存在なんだという説明の仕方ですね。

そのいちばん典型的な例が、実はシェイクスピアなんです。たとえば『リチャード三世』という芝居がありますが、これは主人公自身が悪魔そのもののような、滅ぼされるべき王朝の最後の王として書かれている。これをやっつけた王家が、エリザベス一世を立てて栄えていくという形で国益にも資する、非常にモラリスティックな部分も担っていた不思議な芝居なんだけど、同時にそれは善の側が悪の側の誘惑をはねのけていくというモラリティ・プレイズの定型を踏まえているわけです。

それがもう少し実存化されていくと、たとえば『マクベス』の三人の魔女のように、外にあって内面を誘惑するものなのか、あるいは本来、内面にある誘惑の声が外面化されたものなのか曖昧になってくるような、要するに心理現象としての悪魔が初めて描かれるようになる。しかし、そこに至る前には何世紀かにわたる〈ヴァイス演劇〉とでもいうべき、外在化されたものとして悪魔のイメージを人々の脳裏に焼きつけた芝居があったわけです。

それでちょっと話は飛びますけれど、この中世のヴァイス演劇は妙な形でヨーロッパの超近代に甦るんです。そのひとつが、オーストリアのホフマンスタールの演劇で、彼は直接的には十七世紀スペインのバロック作家、カルデロン・デ・ラ・バルカの演劇に影響を受けて、世界は劇場であるとか、人生は夢だとかいった、バルカの突き放したような道徳的な演劇を二十世紀初頭のウィーンに甦らせた。そのとき、その構造を説明した男がいまして、それがフロイトだったわけです。彼はエゴ＝人間の自我を中心に置いて、超自我とイド、つまり自我の中にあって人間を誘惑するさまざまな力が、真ん中にいるエゴを誘惑しているという構図で、人間の世界を説明しようとした。これはホフマンスタールの甦らせた中世ヴァイス演劇の構造を説明すると同時に、ユダヤ的な色彩の強い、近代ヨーロッパ文化そのものが抱えていた人間の問題を一挙に説き明かすものでもあった。そのようにして中世ヴァイス演劇が、ホフマンスタールを媒介に、近代全体の説明の仕方に甦っていくという系譜があるわけです。

シェイクスピアとならんで注目される同時代の芝居書きに、クリストファー・マーロウがいます。彼の作品の登場人物も、しばしばとても悪魔的な存在として描かれますが、とりわけ『フォースタス博士』は、十六世紀に始まるファウスト伝説の系譜の中でも特異な作品といえるでしょうね。人間がもっている〈知りたい〉という根本的な衝動に悪魔がかかわってきたという解釈では、おそらくこれは画期的なファウスト芸術だとぼくは思う。マーロウの生きていた十六世紀の終わりは、薔薇十字の世紀末とも呼ばれるように、ボヘミアとロンドンの両方の宮廷を中心に形成された一種のオカルト哲学の時代でもあって、その流れの中でマーロウがあの作品を書いていたという解釈に、『シェイクスピア・カーニバル』の著者ヤン・コットなんかは立つわけです。つまり知識と知識が交換され、新しい知識の形態を生み出すというような、広い意味の交換とか媒介の行為が悪魔とかかわるという発想ですね。そういう新しい知識の形態に対する恐怖感が、それを悪魔と名づけていくんだけれど、そういう偏見を取ってしまうと、これは大変面白い悪魔解釈だと思いますね。前に荒俣宏さんと『ユリイカ』誌の「悪魔大全」という特集号で喋ったことがあるけれど、近代においては、広い意味のメディア、媒介者としての意味をもつものを、われわれは悪魔と同義に捉えてきたと。マーロウの悪魔解釈もだいたいそれにあたると思うんです。これは英文学の中で論じる悪魔学のひとつのポイントですね。

英文学が悪魔学全体に与えた新解釈というのは、実はもうひとつありまして、これはご存じのように一六六七年、つまり清教徒革命が終わった頃に出てきた、ミルトンの『失楽園』です。清教徒革命の時期というのは、どちらの体制が正義でどちらが悪なのか、戦況次第で日々変わっていくような、価値観の変動が激しいときですね。その中で自身が希望を託した価値観が軒なみ裏切られていく体験を、たぶんミルトンはしていたと思う。それがそのまま出てくるのが、『失楽園』における魔王セイタンの斬新な解釈だと思う。

つまり、あらゆる既成のものに対する反逆、不信。そういうミルトン個人の感覚が、セイタンに対する思い入れになっていったのではないか。たしかにミルトンは聖書の約束事にのっかって、セイタンを悪くは書いているけれども、心情的なコミットメントは神とか天使長ラファエルの側ではなく、絶対セイタンの側にしているのだと、後にブレイクが指摘していますが、それは現代のわれわれからみても歴然としている。

もっともマリオ・プラーツの説によると、これはミルトンの新解釈ではなく、イタリアの詩人ジャン・バチスタ・マリーノの似たような詩にインスパイアされて書かれたというんだけど、ぼくはそれよりも、清教徒革命の真只中にあって、そういう価値観の裏切りの連続の中で、個人的にミルトンが悪魔に加えていった新解釈だと思うんです。

もうひとり忘れてならないのが、ベン・ジョンソンです。彼が一六一〇年に書いた『錬金術師』だとか、もっと直截なものでは『デヴィル・イズ・アン・アス』、悪魔ってバカだと、これは同時にロバの意味にもなって、『真夏の夜の夢』のロバ人間のイメージにもつながるわけだけれど、そういう悪魔をコケにする喜劇が一六一六年に書かれている。

要するに、十七世紀初頭の英文学史は、悪魔というキー・ワードで語れる。それをマーロウのように知的・商業的なメディアの象徴として解釈するか、ミルトンのように悲劇的な反逆者のイメージで解釈するか、あるいはベン・ジョンソンのように喜劇的に解釈するか。この喜劇的な解釈の伝統をさかのぼれば、喜劇的なベクトルの強い両義性を悪魔に与えていた中世の文化層にぶつかるわけです。そこでは悪魔だけでなく、悪魔的な存在を動かす場としての世界全体が両義的なものとして猫かれる。バフチンのいう〈グロテスク・リアリズム〉の世界。シェイクスピアにもそういう影響が及んでいて、『真夏の夜の夢』をはじめ、道化が出てくる一方で必ず不気味なものも入って来ちゃうという非常に両義的な喜劇を彼は書いていくわけだけれど、その極端な形がベン・ジョンソンだといえる。

ここで大事なのは、バフチンがいったマーケットの問題。さっきも言ったように、何かがどんどん媒介・交換されていく〈場〉に対して、伝統的・定住的な社会がもっていた恐怖みたいなものが、これを悪魔的と呼んだわけですけれど、そういうところから、悪魔という実在が問題なんじゃなくて、その悪魔を容認する市場とか売春窟とかいった場が問題になってくるわけです。中世の芝居のように具体的な形をとった悪魔的存在の姿が見えなくなって、人間の強欲とか、人を陥れる気持ちであるとか、そういうものが造りあげる世界なり環境なりの全体が、悪魔的なものであるというような整理の仕方が出てくる。これはまた、悪魔的なものに対する抑圧としても機能するわけで、一六二〇年代に入り、清教徒の力が強まっていくにつれて、実存主義に向けての一種のすりかえ、近代化がおこなわれていくんですね。ハンス・ゼードルマイヤーのいわゆる「地獄の世俗化」だね。きみが行く所に即ち地獄があるのだ、と。

ピューリタニズムというのは、人間の内面的なものを価値の中心に置くわけで、外在的な神は案外無視していく傾向にある。それと同じように、悪魔もまた人間の心の中にある、フロイトのいうイドですね、それが投影されたものが悪魔なのだというような説明の仕方へとすりかえがおこなわれていく。それからもうひとつは、清教徒というのは人間が集まって何かをやる空間をとても嫌う。もちろんそれは当時ペストが流行ったせいもありまして、劇場封鎖というような事件が起こるんだけど、そのため悪魔の存在を許す共同幻想の成立する場がどんどん潰されていった。それに替わって生まれたのが個室文化ですね。個々の人間はそれぞれの個室にいてお祈りをあげる、その一対一の結びつきが大事なのだという考え方。同時にそれは小説の発生にも繋がるんです。広場が潰されることによって芸能が衰え、その一方で、個室で読まれる小説というジャンルが生み出されていくわけです。

ロマン派文学の悪魔たち

イギリスでいちばん最初に書かれた小説は何か、いろんな説があるけれど、ほとんどの人が間違いないというのが、バニヤンの『天路歴程』です。あそこに書かれている世界はさっき言った中世のヴァイス演劇そのものです。クリスチャンという名前の主人公を、ヴァイスがさんざん夢の中で誘惑するけれど、目覚めたときには善天使に導かれて、悪かったと反省し、神様が彼を許すという物語。それが十七世紀の終わりぐらいに書かれたところが、ひとつの分け目になるかもしれません。つまり、演劇というジャンルとくっついて成り立っていた、両義的存在としての悪魔＝道化というものが、小説文化が出てくるところで断ち切られてしまう。近代小説史の前半に悪魔は出てきません。

それがご存じのように、ロマン派の興隆とともに出てくるわけです。特に十八世紀末期のゴシック・ロマンス、ゴシシズムですね。この名称もよく考えると面白い。つまりゴート族の文化の再興ということですから、さっき言ったドルイドの問題が重なっているわけです。十八世紀の半ばというのは、イギリス人が自分たちのアイデンティティに不信感をもった時期にあたります。そのため古い時代をよしとするアンティクエリアンの動きが非常に盛んになる。清教徒革命で自分のアイデンティティを喪失した貴族やその末裔が、自分たちの家系はどこまで辿れるか、なんてことをしているうちに甲冑などの骨董品が集まったりして、ホレース・ウォルポール流の尚古コレクションが生まれる。まさにその中から、ゴシック・ロマンスの動きが出てくるわけです。

もっとも、この時期のロマン派における悪魔崇拝は普遍的に認められていたわけではなくて、一九三〇年代になって初めて発見される。マリオ・プラーツの『肉体と死と悪魔―ロマンティック・

アゴニー』も、モンタギュー・サマーズによる悪魔文学発掘も、みんな一九三〇年代です。われわれは悪魔というと、すぐにイギリス・ロマン派を連想しがちですが、十九世紀の人間のロマン派観は現在とは全然違ったわけで、当時の文学の主流からいうとただの悪趣味にすぎなかった。ロマン派の時期に悪魔主義がいかに起きたかについては、由良君美先生が『椿説泰西浪曼派文学談義』の中で描かれたチャートで、ぼくはいまだに充分だと思います。それからプラーツの書いていることにも間違いはありませんけれど、やはりいくつかポイントがあって、それは拾っておかないといけないと思うんですね。

プラーツが『ロマンティック・アゴニー』で提示した観念のひとつに〈宿命の男《オム・ファタル》〉があります。〈宿命の女《ファム・ファタル》〉に比べてあまりポピュラーではありませんが、ロマン派をやるうえでは、けっこう究極的なテーマなんですね。これはミルトンのセイタンから、反逆者としての悪魔というイメージを正統的に継いだ部分で、女たちをどんどん誘惑しながら最終的に救いもしない、そういう男たちの系譜のこと。その特徴を説明している文章を読んでいて面白かったのは、一種の観相術をやっている点なんです。

観相術を近代にリバイバルさせたのは、フュスリの友人だったラファーターという人で、彼の『観相学断片』がドイツで十八世紀の終わりに出ます。そこでは職種別に人相の特徴が解説されているんですが、その職種のところに悪魔を入れれば、悪魔の人相はこうだという観相術が当然可能になるわけで、現にバルザックなんかはそれをやっています。彼の作品を通じて出てくるヴォートランという悪漢は、背が高くて異常に鋭い目で……という悪魔的観相術の典型を継いでいる。イギリス・ロマン派では、バイロンが典型です。彼自身が〈邪眼《イーヴル・アイ》〉の持ち主だなどと噂されていたわけで、いわゆるバイロニック・ヒーローというものがロマン派的悪魔像の典型となっていく。この悪魔の観相術というテーマは誰も取り上げていませんが、なぜ〈鋭い目をもった〉と書いただけで、イコール悪魔的存在だと読者も納得するのかという問題は一考に価すると思います。十八世紀の終わりはメスメリズムが出てくる時代でもあって、コールリッジのいう眼光催眠術が流行ったり、そういう当時の疑似的な科学と悪魔がかかわっているという点でも、非常に面白いと思う。

ゴシック・ロマンスの悪魔というと、たとえばぼくが大好きなベックフォードの『ヴァテック』に出てくる、エヴリスという名前の地獄の魔王。このへんは異教的な伝統とオリエンタリズムが一緒になった悪魔のイメージですね。それからM・G・ルイスの『マンク』。これには英文学の中では初めてといってもいい強烈さで、悪魔と性の問題が結びついた形で登場します。性の媒介者・商人としての悪魔のイメージ。そういうふうに悪魔の持っていたいろんな可能性が、ロマン派によってほぼ汲み尽くされていったとぼくは思うんですが、そのなかでも絶対に落とせないのが、マチューリンの『放浪者メルモス』と、ジェイムズ・ホッグの『義認された罪人の回想と告白』（邦題は『悪の誘惑』）。

後者は一八二四年に出ていますが、このへんで悪魔学全体に対する英文学の貢献がはっきり分かってくる。それはひとことで言うと、大変ポスト・モダン的なものだと思うんです。たとえば、誰かから見たものが、ほかの者から見たものと全然違っているというような一種の認識論の問題。『放浪者メルモス』はご存じのように、壮大な失敗作といわれるぐらい、どのレベルで読むかによって解釈が変わってくる作品なんですね。非常に複雑な入れ子構造になっていて、どの入れ子のレベルに自分を置くかによって、どうにでも読めてしまう。その点をもっとつきつめたのがジェイムズ・ホッグです。『義認された罪人の回想と告白』は、ある殺人事件がようやく解決されたところからストーリーが始まる。ところが犯人とされた男が、自分は悪魔と思われるある人物に使嗾《しそう》されてやったのだという告白をしたために、人間が加えた解釈が実は違っているかもしれない可能性が出てくる。それで結局、真犯人がわからないまま終わる。

人間の加える推理と、それをはぐらかしていく悪魔という構図は、極めて推理小説的なものですね。その意味で、この作品はイギリスの推理小説の出発点だともいえると思います。しかも、その推理が正しいという明証性は最初から奪われているわけですから、これは同時に反推理小説の出発点でもある。都市文化の中で何かを認識するむずかしさ、認識行為の困難ということと悪魔が、ここで結びついてくる。本当の犯人はどうも悪魔だという逃げ方。これは非常に画期的だと思うんです。それをひとことでまとめるなら、内面化の問題ということ。つまり、この犯罪の中で悪魔は決して実際の姿をとらない、犯人と思われた男の内面で捏造されているのかもしれない真犯人、それが悪魔だという形で、完全に内面化されてくる。

イギリス・ロマン派によって進められた、悪魔的なものの内面化の一頂点がここにあるといってもいいでしょうね。それがホッグというスコットランド出身の作家によって書かれたというのも注目されます。スコットランドもアイルランドやウェールズと同じく、ケルト文化の濃厚な〈非イングランド〉的周縁部ですから、そういういちばん土俗的な部分を出発点に出てきた作家が、きわめてロンドン的、都市文化的な内面化をやっている。もっとも、スコットランドの長老派教会には、非常にピューリタン的な部分があって、さっき言ったように、内面化はもともとピューリタンはお得意ですから、そういう精神的土壌と関係するのか、それともロンドン的な、つまり推理小説を成り立たせるような都市文化の論理を予めパロディにした形で出てきたものなのか、そのあたりの評価はこれからですが、ともかくこの中に出てくるロバート某という犯人の分析の仕方は、今後の悪魔学と、その中における英文学の正体というものを分析するいちばん大きな手掛かりになると思います。

同じ問題が十九世紀末まで行って、そこで出てきたのが、アイルランドの作家であるブラム・ストーカーが書いた『ドラキュラ』だと思います。これには悪魔自体をストーリーの中心に据えて、抑圧されたケルト文明の、都市文化に対する復讐という形で悪魔が出てくるわけですが、その一方で、不可視の存在である悪魔を目に見えるようにさせる、つまり新聞とか日記、電報、電信といったものをつなぎあわせることで、文字どおりメディアとしての悪魔を確定していく都市文明のありかたという、ふたつの観点がとれると思います。つまり古拙なイギリス人の悪魔観と十九世紀末の非常に近代化された悪魔観がせめぎあった作品だと思う。それで結局、近代的な悪魔観のほうが勝ってしまった。

そのときに負けた側のアイルランドはどうしていたかというと、たとえばオスカー・ワイルドの『ドリアン・グレイの肖像』とか、アイリッシュ・ムーヴメントの中心にいたイェイツの妖精文学、あのへんに全部甦ってきていると考えるべきでしょうね。これはアイリッシュの復興というよりも、伝統的な、ケルティックな悪魔観の復活だとぼくは思うんです。また同じときにオカルティズムとの関係にもっぱら目を向けておりますね。現にいくつかの薔薇十字結社に加盟したことが確認されているわけですが、そうするとアレスター・クロウリーとか、あのへんの文化圏とつながってきて、それをサマセット・モームが『魔術師』に作品化したり、はるかにジョン・ファウルズの『メイガス』（邦題は『魔術師』）までいくわけですが、要するに二十世紀初頭の英国悪魔文学は、基本的に十九世紀末の薔薇十字結社の動きの中で、主人公なりストーリーなりが提供されてくる。そしてそれが一九三〇年代に入って、マリオ・プラーツらの評価を受ける。大雑把にいって、英文学における悪魔観は、そんなふうに変わってきていると思う。

中世的悪魔観の復権へ向けて

次に二十世紀に入ってから英文学の中で書かれた、悪魔そのものを主人公とする作品をいくつかプロットしてみると、世紀末ぎりぎりから一九二〇年代いっぱいに集中してるんですね。マリ・コレルリの『サタンの悲哀』が一八九五年、一見悪魔なんか書きそうにないバーナード・ショーも一九〇一年に『悪魔の弟子』という名作を書いています。それから一九〇五年に、やはり悪魔小説として定評のあるジョン・メイズフィールドの『悪魔と老人』、マックス・ビアボウムの『イノック・ソームズ』が一九一六年、さらに降って一九二七年のノーマン・ダグラス『イン・ザ・ビギニング』あたりまで、このへんは全部、悪魔を茶化しているわけです。

要するに十九世紀末ぎりぎりから一九二〇、三〇年にかけて、悪魔文学そのものは非常にコミカルなものに転じていく。悪魔を犠牲者だとか、喜劇的な馬鹿者として描いているんだけれど、これは悪魔学に対する冒瀆なのではなくて、むしろ中世的な悪魔観のリバイバルだと思うんです。ホフマンスタールがカルデロン・デ・ラ・バルカのお芝居をリバイバルさせて、それをフロイトの精神分析が定式化するのも、ちょうど同じ時期ですね。当時は、大雑把にいうと〈アインシュタイン・ロマンス〉の時代なので、相対性とか不確実性とか曖昧性とかいう概念がもてはやされて、近代の二元論的な認識が全部このへんでコミカルなものに変じていく。そんなものじゃもう捉えられないよ、と転じられた時期に、悪魔的な文学がワッと出てきているわけで、プラーツの悲劇的な悪魔観は、それに対する反動だったという気すらしますね。

ですから、現代は悪魔文学にとっていちばんいい状況がそろってきているというプラーツの言葉も、悲劇的な意味だけじゃなくて、もっと中世的な、道化と区別できない形のエネルギーをもっていた悪魔というものを含めながらのリバイバルでなければ意味がないと思うんです。そういう視点がないので、ぼくなんかプラーツの議論には賛成しかねていたんです。それが一九六〇年ぐらいから、たとえばバフチンのリバイバルが起こる、それに基づいて山口昌男の文化人類学が出てきたり、澁澤龍彦が書き始めたりして、徐々にそういう展望が開けてきた。現代のカウンター・カルチャーが必要としているのは、わけは分からないけれども活力だけはもってる、そういう両義的な悪魔観、世界自体が一種の悪魔の世界なんだと、そういう認識が必要なんだというね。

ところが、それに対応できる悪魔文学があるかというと……残念ながらない。一九八〇年代なんて、むしろ悲劇的な悪魔観に偏ってしまったところがあって、非常にまずいんじゃないかという気がする。エイズの捉え方自体がそうでしょう。もう少し全人類的な、大きなメカニズムの一部として捉えることも必要なので、たとえば人間のエロチックの乱れを神様が裁くために送り込んだヴァイスなんだとかね（笑）、ただ悲劇的な病気として説明しちゃうから差別の問題も起こるわけで、もっと広義的な捉え方が必要だと思う。あるいはエコロジーの問題にしても、簡単に自然を守れとかいうけど、その反面で、人間はずっと自然を悪魔的なものと考えてきたわけでしょう。駆逐すべきものとか、文明のためには滅ぼされてしかるべきものだと実は思いながら、大事にしなければいけないとか言ってるわけだから、そのへんを見据えた真剣な対応がないと今後はやっていけないんじゃないか。そのモデルが、ぼくは悪魔への対応だったと思うし、研究史的にみて、それがいちばんはっきり現われてるのが英文学の場合だと思うわけです。そこからわれわれは現代への警鐘と教訓を汲みとることができるのではないでしょうか。

ペイターのマニエリスム

日本ペイター協会が創立五十周年をお迎えとのこと、おめでとうございます。何か記念になる講演をというお話を昨年いただきまして大変名誉なことと柄にもなく緊張しております。ぼく自身は英文学に係わったのは一九七〇年ということですので、ぼく自身も「芸能生活四十周年」ということでしょうか。いずれにしろ五十年前はきっかり一九六〇年ということで、人文科学に限らず学問全体が大きく変化というか転換を遂げる節目に当っている年だということが徐々にはっきりしてきました。

たとえばウォルター・ペイター研究では何がどう変ったか、いろいろあろうかと思いますが、ぼくのようにここ暫らくマニエリスムというものを研究している人間から言えば、ワイリー・サイファーという今ならストレートに「文化史」家の名で通る巨大スケールの美術史家によってペイターが「ネオ・マニエリスム」と呼ばれた年として記憶されるのであろうと思われます。

ネオ・マニエリスムとは何ものか。「ネオ」のつかない唯のマニエリスムとは何で、それよりどこが新しくてペイターのマニエリスムには「ネオ」が付くのであろうか。その辺から、このきっかり五十年の人文科学の最もめざましい動向のひとつの中でペイターの今日性の一斑を考えてみたいと思います。この講演の一方で行われるシンポジウムの方がペイターの『ルネサンス』をテーマにされているそうで、そちらとも繋がるお話ができるのも僥倖というべきかもしれません。

英文学研究の方でマニエリスム（Mannerism）がそれなりに大きな話題になったのは今名をあげたサイファー教授の名著、『ルネサンス様式の四段階』の邦訳が出てからということですから一九七六年以降ということになります。サイファー紹介は自分がという河村錠一郎先生の渾身のサイファー邦訳事業の代表的な一作となりましたが、表題通りフィールドが十五、十六、十七世紀に限られているものだから、ヴィクトリア朝を研究している人間の射程に仲々入り切らないところがある。ところが同じサイファーに『文学とテクノロジー』という、今日のお話の主役の一方を担うはずの名著があって、野島秀勝先生の邦訳が一九七二年に出た。こちらの主役はヴィクトリア朝後期の唯美主義だから、これはペイター研究家にとっても必読の批評ということになったわけです。仕事の関係で今回『文学とテクノロジー』全巻を精読してみましたが、“mannered”という形容詞が数回あるのみで“mannerism”“manneristic”“mannerist”という、あって欲しい表現が実に一ページ位しか出てこない。原書でいうと、『ルネサンス様式の四段階』が一九五五年、『文学とテクノロジー』が六八年ですから、ルネサンスとヴィクトリア朝を一線で繋げる強い意向があるなら、シェイクスピアやジョン・ダンをペイター、ホプキンズと繋げる「マニエリスム」の観念が『文学とテクノロジー』に溢れていても不思議はなかったはずです。

実はサイファーのこれら二著の間に『ロココからキュビスムへ――十八～二十世紀における文学・美術の変貌』という大著が一九六〇年に出ているのです。すると英語原書に即いてサイファーを読んでいる人間は、『ルネサンス様式の四段階』（一九五五）で、ルネサンスが盛期と晩期に二分されて、栄米のルネサンスが暗黒と倒錯に反転する、泰斗エウジェニオ・バッティスティのいわゆる「夜のルネサンス」を今やマニエリスムの名で呼ぶらしく、問題はかつて「バロック」の名で呼ばれたものを今「マニエリスム」の名で呼ぶことが妥当かどうかということに移りつつあるらしいということを正確に把握したその上で、次の『ロココからキュビスムへ』（六〇）で、このエリザベス朝のマニエリスムが十八世紀を介して十九世紀末の、たとえばペイターに届く、というか両者が谺し合うのだというサイファーの主張を、しっかりと受けとめることができたわけです。

エリザベス朝からロマン派を経てペイター同時代に流れこむはっきりした一線がサイファーには見えていました。だから次作の『文学とテクノロジー』（六八）がマニエリスムの語を敢えて使わないとしても、ファンは何の異和も感じなかったし、ペイターが「ネオ」マニエリストと呼ばれることを訝しむこともなかったのでしょう。残念、邦訳はさらに二十世紀、量子力学と相対性理論で一挙にネオ・マニエリスム化の速度を早めた文学の異貌を、しかもマニエリスムの名を使わずにやったサイファーの『自我の喪失』（七〇）の邦訳が七一年に先ず出、『文学のテクノロジー』が七二年、『ルネサンス様式の四段階』が七六年、それら全てをマニエリスムからネオ・マニエリスムへという壮大な循環史観の中に統一してくれるはずの『ロココからキュビスムへ』が何と八八年、遅きに失した観のある邦訳となりました。

ここにおられる或る年配以上の先生方にそのような迂闊者がいるはずはないですが、邦訳だけを頼りに一生懸命サイファーについて行こうとしている感心な一般読者のことを考えてみるなら、何で文学を勉強したいのに量子物理学なの、と言っていたら、今度は十九世紀末の耽美な美学がエッフェル塔をたてたエンジニアリングと同じものというショッキングな議論の只中でペイターと出合わされることになり、次にはペイターのペの字も出てこないシェイクスピアやミルトンの時代についての大著を読まされることになり、そして一九六〇年代から勢いづいたマニエリスム論一般のほとぼりが一段落、というか冷めかかった頃にペイターやホプキンズをいきなり「ネオ・マニエリスト」呼ばわりする『ロココからキュビスムへ』がのんびり訳されたわけです。

ひょっとしたら現在最も長い射程でウォルター・ペイターの文業を評価できる強力に一貫性ある視座――狭義のマニエリスムを十九世紀末に再生、「ルネサンスさせた」ペイターの洞察――がこうした分断ゆえにとても分かりにくいものにされてしまったわけです。サイファー教授は一九八七年に他界されました。ルイス・マンフォードやペーター・スローターダイク級の不世出の文化史家の全批評を今、我々は日本語で、改めて正しい発表順に読むことができます。

サイファー流にペイターを読む最良の手掛りたる『文学とテクノロジー』が絶版久しく、仲々若い方の手に入らないで困っているという話を先ほど会場ロビーの方で伺いました。ぼく、本日ここで決心しました。文化史の基幹書というべき作品で同じような状況にある本をどんどん復刊してみる企画を計画中なのですが、その一巻に『文学とテクノロジー』を加えてみよう、と。来年、復刊させましょう。今日、ここへ来て良かった（笑）。

今、狭義のマニエリスムと言いました。このことに関してもこの五十年は破壊的とも言える戦線拡大をみているので、しかも絶妙にペイターがらみなので、そのお話もしてみます。ルネサンスの後半、レオナルド・ダ・ヴィンチの死、ローマ劫掠《ごうりゃく》、トマス・ミュンツァーの反乱あたりからエリザベス一世の死あたりにかけてのいわゆる「長過ぎる十六世紀」をマニエリスムと呼び直すことには現在ほとんど異論はありませんが、逆に十六世紀のみを、加うるにいわゆる美術のみ、造型芸術のみをマニエリスム研究の対象とするという縛りが出てきました。一般向け百科事典の代表とされる平凡社大百事典の「マニエリスム」項を今見ると「文学におけるマニエリスト」という長い記述が入っています。隔世の感がします。かつては「マンネリ」なる貶下の意味しか採られなかった英語辞典の"mannerism"の項にも今や十六世紀に流行した気取り、凝り上げの文芸を指すという一、二行が入らぬものはありません。ゆっくり前進はしていますね。事態の急転換がまさしく今から五十年前に生じました。端的にはウィーン美術史学派の流れを汲むマニエリスム論の流れで、グスタフ・ルネ・ホッケの『迷宮としての世界』（一九五七）、その姉妹篇『文学におけるマニエリスム』（五九）が殊に有名です。

調和や均整を良しとする価値観を仮にルネサンスと呼び、それへの反動をバロックとかマニエリスムとか呼ぶという場合、そういう価値観を世界とか社会とかではなく公私双方のガイスト、即ち精神の歴史舞台への表出と考える立場をガイステスゲシヒテ、精神史と呼びます。精神史が大歴史家ヤーコブ・ブルクハルトの『イタリア・ルネサンスの文化』（一八六〇）に端を発することは確かです。国籍・職能を問わず同じガイスト、同じマインドセットを持つ個人と集団の出現に注目して、ブルクハルトはそれを改めて「ルネサンス」と呼んだのです。

それと対蹠的な価値観の集団のマインドセットを「バロック」という名で析出したのがブルクハルトの高弟、ハインリッヒ・ヴェルフリンの『ルネサンスとバロック』（一八八八）であり、「マニエリスム」と名付けたのが精神史の牙城をめざしたヴィーン学派のトップ、マックス・ドヴォルジャークの『精神史としての美術史』（一九二四）でした。

ぼくに言わせれば、言わばこの三人がかりの美術史、文学史の書き換えを全く同時代に併行して一人でやりおおせているペイターの『ルネサンス』の評価が全然できていない。ある精神がうむものへの解釈学ということではブルクハルトやペイター以前に「美術史」という観念さえ存在しない。ヴィーン学派、並行して展開したヴァールブルク研究所で初めて体《てい》をなした美術史学の十九世紀末から二十世紀初頭にかけての動きの中で、ペイターを捉え直す必要もあります。美術史事典として定評ある新潮社『世界美術事典』を今日のお話の直前にのぞいて参りましたが、「ペイター」の立項はなし、「ルネサンス」の項にも「マニエリスム」の項にもペイターの文字はまったくありません。

苛立っていても仕方がありません。ぼくはかつて、ルイス・キャロルをマニエリストとみる高橋康也先生のお仕事の延長線上で、英国にもマニエリスム文学が存在し、エリザベス朝のいわゆるユーフィズム（美文体）ばかりか、ロマン派の過半が、いやヴィクトリア朝のノンセンス文学や探偵小説まで、マニエリスムと呼べるのではないかという主張をなして参りました。『快楽主義者マリウス』中に「ユーフィズム」なる章を構え、自らもユーフィズム文体を駆使したペイターが早晩ぼくの一大関心事にならないわけがない。それをさっさと見抜いてしまわれたのがこの記念講演にぼくを引っぱり出したどなたかの目配りなのではないか。正直頭を掻いています。

が、ぼくが、しゃしゃり出る必要がなくなってしまいました。マニエリスムは十六世紀だけ、美術だけのものでなく、個と集団の意識、リーグルのいわゆる「芸術意思」、ホッケの言う「表現衝動」の発露ということでは時代、国籍、分野を問わず、条件さえ整えば繰り返し、そして何処にも出現するという循環史観ネオ・マニエリスムの間歇的出現という見方が、この世界でははっきり独伊に遅れをとった英語圏でもやっと形をとり始めたのが一九八〇年代。正式のアカデミックな論文では、紹介の遅れたホッケの広義のマニエリスム論を初めて英語圏に紹介したジェイムズ・ミローロの名著、『マニエリスムとルネサンス詩学――概念、様態とデゼーニョ・インテルノ』が一九八四年。シェイクスピアとダンについてのみ許されていた英国マニエリスム文学研究が一挙に「狭義」を克服して面白くなります。そしてその代表的傑作とされる作品が実に真芯にペイターを標的としていて、思わず膝を打つと同時に、心底「やられたっ」と思ったことです。それがポール・バロルスキーという芸術史家の『ウォルター・ペイターのルネサンス』（一九八七）です。

ペンシルヴァニア州立大学出版局はその頃、後に『ポリフィルス狂恋夢』資料のデジタル化で有名になるマニエリスム建築学のエキスパート、ジャンカーロ・マイオリーノとペアでバロルスキー教授の仕事を売りにしようとしており、ぼくは頼まれて二人の仕事の組織的邦訳を知り合いの奇特な書肆をかたらってプロデュースしました。ぼく個人が監訳したバロルスキーの『インフィニット・ジェスト』（一九七八）は、マニエリスム精神史やパフチン文芸理論を駆使してルネサンスの名だたる名画を

「笑える」猥画、滑稽画と読み換える知る人ぞ知るブットビ本で、古典語の天才、伊藤博明氏と一緒に『とめどなく笑う』の邦訳名で出したのが一九九三年。

ペイターが、レオナルド・ダ・ヴィンチが少年時代に大人たちを仰天させた怪物の人工物の話に見るグロテスク趣味、「物好き（curiosità ＝ "curious beauty"）」嗜好に着目するあたりで、このバロルスキーがペイターの『ルネサンス』全体に目を向けたらどんなに面白いかとか、考えていたら、そのものズバリのペイター論出来と相なった次第です。

バロルスキー文芸学のキーワードは "playful (ness)" で、どうやら術語として多用したいらしいので、ひょうきんと読まず、剽軽をひょうけいと読ませて「剽軽体」という訳語をひねりだしたら、大向うからお叱りを受けた。故若桑みどり女史に『朝日新聞』で絶讃していただいたし、『京都新聞』の如きは、こうまで面白いルネサンスを少しも教えてこなかった旧態のルネサンス学者一統は恥を知れとまで書評に書いてくれました。

バロルスキーのペイター論は、まずそれをマニエリスム文芸の傑作として評価している点が画期であると思います。サイファー流に言えばネオ・マニエリストとしてのペイターということですが、問題のくだりは筑摩書房の『ウォルター・ペイター全集』第三巻「付録」として、マリオ・プラーツの『蛇との盟約』中の名文と並べ「遊戯的な手法」の訳名で富士川義之氏が訳載しておられます。この秀れた「付録」に係ったのですが、残りの部分も含め是非一著全体を日本語に移したいと存じます。

ここにお集りの特に若い御方の御意向を伺いたい。専門書としても随分新しい批評が出てきているものと察せられるのですが、文学と美術をひとしなみに扱う自からの批評方法がそっくりペイターの

『ルネサンス』が切り開いた方法であるという大阻な方法意識に徹した「批評」や「方法」をめぐる非常にスマートな批評で、この本に感じた衝撃と親和をこれ以降感じさせたペイター論としてはポスト構造主義批評の雄、J・ヒリス・ミラーの『アリアドネの糸』（一九九五）あるのみ、と敢えて言っておきたい。別にペイター・プロパーの研究ではないが、「ライン（線）」をめぐり、ペイターの「ピカルディーのアポロン」が分析される第一章が前衛批評誌『クリティカル・インクワイアリー』に掲載された時の衝撃は忘れられないです。一九七六年のことですね。二年後がバロルスキー『とめどなく笑う』だから、その辺もペイターの『ルネサンス』に対する見方が急に「ポップ」になるタイミングと見ることができそうに思います。

精神史批評シーンの中でのペイターという図式的な話ばかりして参ったので、少し中身に触れることも述べておきたいのですが、たとえばペイターの強烈なプラトニズム嗜好があります。「純粋な美」の問題ですね。これは一方では十六世紀の醇乎たる（「狭義」の）マニエリスムの抱えた問題でもあったことは、ホッケの『迷宮としての世界』一著に明らかです。ぼくは『迷宮としての世界』の岩波文庫再刊を果たしたばかりですが、初心者、初学者は後半部から読み始めなさいとその「解題」に記して大方のヒンシュクを買いました。前半は外界の模倣がだめになったタイミングでの「デゼーニョ・インテルノ」、マインド内部に生じる「幻想」の表出をこそ、という直ちにイデア美学に直結するマニエリスム美学論なので、マニエリスムって対抗文化やサブカルチャーの元祖くらいに思って気楽に入っていく若い読者はこの段階ですっかり嫌になるらしいのです。

『快楽主義者マリウス』で、マニエリスム美文の礼讃者フラヴィアンを通して、ペイターがマルクス・アウレリウス帝のローマ世界を召喚している点が今考えてみるととても面白い。ハドリアヌス帝の名と主に結びつくいわゆるローマ白銀時代とその直後時代にぴたりと照準が合わせられているからですね。ホッケが師E・R・クルティウスから引き継いだマニエリスム循環史観によれば、ポストモダン（一九五〇年以降）からモダン（一九二〇年代以降）、さらに十九世紀末（象徴派・唯美派）、さらに十八世紀末（ロマン派）、醇乎たるマニエリスムの十六世紀、中世後期へと遡るマニエリスム思潮が最終的に行きつくのがまさしく白銀ローマだからです。つまり十九世紀末において純粋な形式の美に憧れたペイターがその心情を仮託するのに白銀ローマの「華麗文体」を撰んだこと自体が、ホッケ的マニエリスム世界文学史の一部を、早々にしてペイター自身、論でなく物語として体現したと言うべきではないでしょうか。

はや時間が尽きて参りました。サイファー復刊、復権を間近に控えて（笑）、もう一度『文学とテクノロジー』に、今度は少し具体的にふれて、話を終えることにいたします。一方でマニエリストたちに蘇ったプラトニズムの「純粋」「形式」「美」の世界だったものが、しかし極めて十九世紀末的なもう一方の現象とも係わらざるをえないというこれ以上なくペイター的な問題を、『文学とテクノロジー』は鮮やかに俎上に載せてみせました。この本は実際どこを開いてもペイター論と言って良い内容ですが、その数ヵ所をハンドアウトに野島秀勝氏訳でプリントしてありますので、ゆっくり御一読下さい。たとえばこうです。

ウォルター・ペイターが確立した文体規範がどんなにか言語媒体の没個的使用に関するT・S・

エリオットの所論を先取りしているかは、驚嘆に値するだろう。かかる文体概念は畢竟、一つの虚構の戦略にひとしく、それは吝嗇の法則、倹約で過酷な紀律を強いるものなのである。ペイターにとって、文体とは正確さの審美的理想と科学的理想とが交叉するところの方法論である。……作家というものは「自らの語彙をよく篩にかけ、すみずみまで探索する。それから辞書を組織的に読んで、自分が選び出す言葉について明確な意識をもち、自分が捨てさる言葉についてより一層明確な意識をもつものである」ということである。ペイターは方法における繊細さこそは、散文が芸術と化する手段であると考えていた。彼は科学者の事実観察と、感情を「より繊細に調整された言葉」へと書き換える手続きとを比較してさえいるのである。

唯美主義への漠たる憧れを爆砕しかねない議論ですが、「冷えた熱狂」というオクシモロンそのもののこのあり方をこそ別名マニエリスムと呼ぶのです。マニエリスムをそう定義付けるホッケ教徒のマニエリスム観を『文学におけるマニエリスム』はニーチェから句を借りて「感情の饒舌に抗して」と言っています。機械文化にそびらを向けたはずの純粋美の追求が実は機械的きわまる選び抜かれた語の飽くなき順列組み合せ術——ars combinatoria——に堕す、という逆説は、ペイターに極端に現われこそすれ、マニエリスム文学全体に言える根元的な問題なのにちがいありません。プラーツの弟子のジョルジョ・メルキオーリがヘンリー・ジェイムズ他の英語圏マニエリスム文学を、マニエリスム概念がなお曖昧だからと言って"Funanbulism"「綱渡りの文学」と呼んだのが一九五六年。思えば遠くへ来たもんだ、ではありませんか。そう、この五十年の道のりなのです。ジェイムズについてアデライン・ティントナーのした評価をペイターについてしてみたい。〈現在〉が一番必要としているマニエリスム美学――「絶望と確信」（ホッケ）――をもってペイターを改めて神格化しなければならないと感じています。

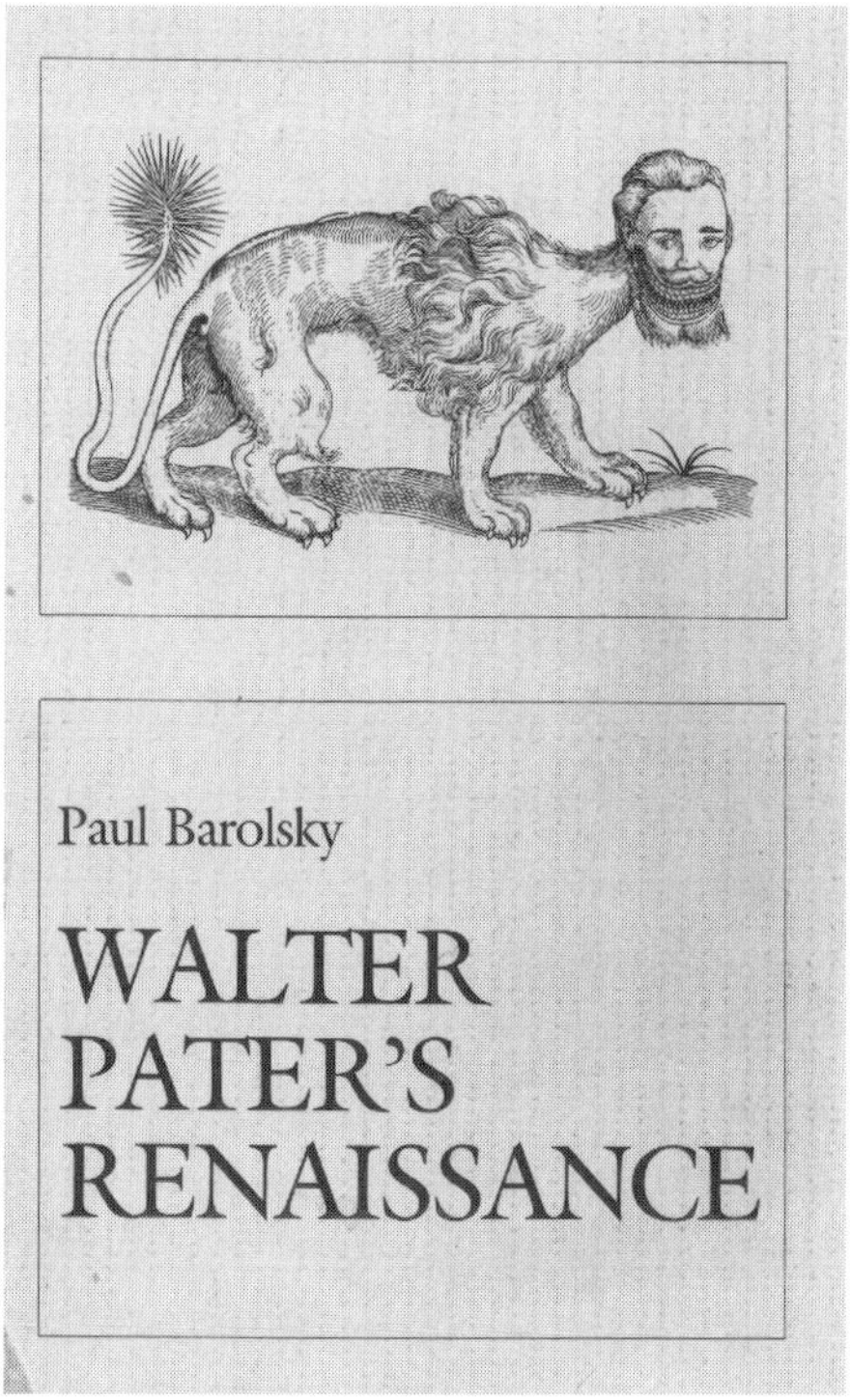

バロルスキー『W・ペイターのルネサンス』の表紙

シャーロック・ホームズのマニエリスム

暇さえあれば渡欧し、さらに暇さえあれば美術館通いを続け、書く小説、書く小説にその成果がストレートに現われる大作家ヘンリー・ジェイムズは要は、シャーロック・ホームズ・シリーズ同時代に頑なまでにルネサンス趣味に徹した人間ということになる。ところがアメリカ文学の研究者はいわゆるアメリカン・ルネサンスまでは遡っても、十九世紀を三世紀も遡る御本家の「伊太利復興期の文藝」（J・ブルクハルト）に遡ることはしない。だから過激なまでにそこに執着する、たとえば入子文子氏の『ホーソーン・《緋文字》・タペストリー』（南雲堂、二〇〇四）から最近の『メランコリーの垂線』（関西大学出版部、二〇一二）にいたる仕事は、はっきり世界水準のものと心から愕き、かつ嬉しかった。エンブレム解読など、シェイクスピアなどばりばりの「純欧」文学の、しかもかなりくろうと好みの衒学的分野ということにされている批評方法の世界観と文学観を、なんとホーソーン、メルヴィルというアメリカ作家にあてはめて成功を収めた。あてはめてなどという浅目の処理ではなく、ルネサンス・ヨーロッパの理解なくて何の三世紀後のアメリカン・ルネサンスかという痛烈なメッセージ。

最近盛んな彼我での「アメリカン・ルネサンス」（F・O・マシーセン）への再点検だが、どうももうひとつという感想でいた中での圧倒的な入子《いりこ》ワールドである。英国人が自分の国にもルネサンスがあったのだと伊人・仏人に向って言える気配になったのは二十世紀後半になってからやっとという感じだが、新たな光の中に浮び上ってきたその英国ルネサンスの総決算、ロバート・バートンの『憂鬱の解剖』（一六二一）にしても、英文学研究者、シェイクスピア研究家一統がいまだに巧く日本語で読めないのに、抄訳ながら肝心な部分を悉く日本語にしたものを付録に収めた『メランコリーの垂線』で、なんとアメリカ文学研究者の方が先に読める。本邦の多分にガラパゴス的なアメリカ文学研究界——例外は勿論巽孝之氏だ——にあって、入子文子の文字通り古くて（超）新しい方法とマイペースな作品読解は衝撃たり、モニュメントたるものと感じ入っている。想像通り、アメリカらしく新しいところ、新しいところに次々目を移し続けるのに忙しい、女史所属の狭い研究界での評価はどう見てもとても低い。こんな世界に、ルネサンス狂いに徹したヘンリー・ジェイムズの底意とか戦略とか分かるのかいな、と思う。

独墺学界に比べて致命的に立ち遅れた英語圏でのマニエリスム研究にあってほとんど一人気を吐いたワイリー・サイファーが、マニエリスム時代の尖鋭な芸術方法論を今日に蘇らせる先覚の族《うから》の代表選手にヘンリー・ジェイムズを挙げて称揚したことの意味が肝心のアメリカ文学研究者たちによく分かられていない実情にはかなり絶望的なものがある。「視点」という訳語で二流三流の売文家風情が自分の「方法」を語っている場面などのべつ見させられるこの頃、そのたびに十九世紀末のヘンリー・ジェイムズの理論的苦闘を思いだす。「ポイント・オヴ・ヴュー」が元々はルネサンスの絵画アートの専門概念でしかなかったものを、そっくり小説アートの概念に切り換えたのがヘンリー・ジェイムズだった、って御存知でしたか。「メソッド」という概念に心底こだわり続けたのはヴァレリー（『レオナルドの方法』）に劣らぬくらいジェイムズであったと喝破した先哲サイファーの『文学とテクノロジー』が全く読まれていないのにはほとんど絶望して、最近とにかく復刊企画を通した。ぼくはえらい！　没年がそういうジェイムズと同じ漱石の、その『文学論』はではどうなのか、とすぐそういうことにもなるだろう。

マニエリスムと言った。三〇〇有余年にわたるルネサンスは「秋」があったり、肝心な十六世紀一〇〇年が「長いルネサンス」「長過ぎる十六世紀」と呼ばれ始めたりして、時代区分自体再点検の必要があるらしいのだが、一五二七年、世界壊滅の代名詞になる「ローマ劫掠」事件の前と後ろで世情が一変したことだけはだれにも否めない。なだれをうって永遠の都に突入した北方の神聖ローマ帝国軍傭兵部隊は略奪略取に放恣の限りを尽くした。多くのアーティストが虐殺され、発狂し、錬金術師に化けていった。オカルト文化（occulture）全盛になっていくのはジェイムズや同時代人コナン・ドイルの十九世紀末とどこも変わらない。ローマ劫掠に始まる約一〇〇年をかつては以前の盛期《ハイ》ルネサンスと比して後期《レイター》ルネサンスと呼んでいたところ、このところ一〇〇年くらい掛けて「マニエリスム（ス）」と呼ぶ傾向にゆっくりと変わってきた。沈滞、断片化、憂鬱、倒錯、狂気、過剰といったキーワードで、いくらでも展開できる負性劣性のマトリックスのような一〇〇年。ヴェロネーゼ、ロッソ・フィオレンティーノ、イル・パルミジャニーノといったその時代の画家たちの異形のアートについての一定の知見もやっとこの半世紀、我々の知るところとなった。

歴史から仲々離れないサイファーのマニエリスムを一挙に現代人自身の実存《エグジステンツ》の課題へと広げたドイツ人哲学者・ジャーナリスト、グスタフ・ルネ・ホッケの『迷宮としての世界』(一九五七)、『文学におけるマニエリスム』(五九)、そして『絶望と確信』(七四)のお蔭である。三冊悉く復刊させてみた。もう一冊、『現代マニエリスム論』も、女ホッケことマリエンネ・タールマンの、ロマン派だってマニエリスムの一サイクルとする水際だった何冊かの名作ともども今、鋭意翻訳企画進行中だ。

ヘンリー・ジェイムズをいつまでぐだぐだと「純」文学——死語だろ?が——の神様にしたてでりゃ気がすむんだい、手はじめにジェイムズを醇乎たるマニエリストだって誰かアメリカ文学界の中から言って大いに論じてくれよと言いたい気分も当然あっての、ぼくのマニエリスム執着はもう少し続くだろう。だれがみてもマニエリストと言うべきE・A・ポーについては、嬉しいことにぼくの「挑発」を受けてとかで、故八木敏雄氏が『マニエリスムのアメリカ』(南雲堂、二〇一一)にまとめた。国際的には『『白鯨』解体』(研究社、一九八六)が余りにも有名な八木氏のマニエリスム論、当然メルヴィルも少し巻きこみはしたが、遡ってはアメリカン・ゴシック、延長線上ではジェイムズやフィッツジェラルド、アプダイクやソンタグ、アシュベリーやミルハウザーを含めて「マニエリスムのアメリカ」の全展望を展《ひろ》げてみせることはなかった。きみがやるんだと仰有っていただいた恩師大橋健三郎先生もふた月前になくなられた。さて、どうするか。

ジェイムズ・マニエリスム論は実は、しかもこれ以上望めぬ包括的な目次を擁してアメリカ・ジェイムズ協会の重鎮アデライン・ティントナーの六、七冊の大著が打って一丸となってやっている。特にその『ジェイムズのミュージアム・ワールド』は厖大な挿絵図版を一瞥するだけで、十九世紀末アメリカにいかに十六世紀イタリアの「マニエリスモ」に惑溺していた人物がいたか、いきなり納得させられる上、「純」なジェイムズの意外なダイム・ミュージアム、フリークス・ショーといった民衆文化、見世物文化への「不純」な入れ込みぶりを剔抉して読者をアッと言わせ、この線はティントナーの『ジェイムズのポップ・ワールド』大冊一巻にそっくり引き継がれる。これ以上望めぬ方法の意識的精錬と、描かれた世界の超視覚文化ぶりの擦り合わせ、今年になって俄然人気の「鑑定士《コノシェンティ》」もの文学・映画の早々と来たエッセンスみたいなこうしたヘンリー・ジェイムズ世界を、是非マニエリスムと呼んでみたい。もう一度言うが他界の年が同じ（一九一六）ということもあって、昨今『文学論』英訳でじっくり盛り上りだした「ソーセキ」を全く同じ線上でマニエリストと位置付けてみたい誘惑もぼくには同じくらいに強い。『漱石事典』（翰林書房）にマニエリスト漱石の項目を幾つか入れさせてもらったが、どういう反応が出るか。

「マニエリスム」とこそ言っていないが、ティントナーという人がそうやってもうやっていると言った。マニエリスムと呼ぶか呼ばないかの問題だけ、とも言えるのだ。ここにひとつ面白い話がある。ヘンリー・ジェイムズ（一八四三―一九一六）の生涯そのものがルネサンス観念やマニエリスム観念の生成史とそっくり重なるのである。御存知のように「印象派」という言葉を用いてマネやモネをアメリカで最初に評価した「美術」評論家がジェイムズである。「マナリズムMannerism」（英語でマニエリスムのことを指せばこの語になる）という語でロッソやパルミジャニーノを評価してみせて少しも不思議はあるまい。が、英語圏のマニエリスム・アート評価の遅れが災いして、それはかなわない。

そういう場合、心強い参考書が『オックスフォード英語辞典（ＯＥＤ）』である。この辞書の編集発意、着手からＡの巻刊行、初版全巻完結にいたる半世紀が（分冊刊行ゆえ長期刊行になったわけだ）、たとえばジェイムズのキャリアと重なり、そしてウォルター・ペイターのそれと重なる点がポイントなのだが、辞典をトゥールとはみても巨大文学テクストとは決してみない既往の「英学」の中からこういう観点はついに出てこない（唯一の例外が『文学とテクノロジー』というわけである）。

なるほど「リナシメント」、復興というイタリア語は昔からある。が、我々が中等教育で叩きこまれたようなルネサンス観――超領域的に覚醒した我《が》の集合体――は精神史の祖、ヤーコプ・ブルクハルトの『伊太利復興期の文藝』まで存在しない。このモニュマンタールな仕事が一八六〇年。これが同じ感覚のウォルター・ペイターの『ルネサンス』（一八七三）と一緒くたになって、我々のルネサンス観の基盤をつくるが、やがて逸脱の側面に目が向いてそれを「バロック」観念と呼び、両者を対峙させる文芸史観が登場した。ブルクハルト一の高弟、ヴェルフリンの鴻業だ。

さらに世紀を跨いですぐの頃からマックス・ドヴォルジャーク（ドボルザーク）がマニエリスム（ス）を論じ始めることになる。ドヴォルジャークの主著『精神史としての美術史』は一九二四年刊行だが、十六世紀画家エル・グレコ描く十二頭身人物たちの強烈なジョジョ立ち、ひねられた長軀にマニエリスムの「蛇状曲線《フィグーラ・セルペンティナータ》」を認めた有名な論文は随分長い間あたためられていたもののようである。こうしてルネサンスからマニエリスムにいたる「ルネサンス」再評価ブームがあったことを知り、それをそっくり自からの鑑識眼に活かしたバーナード・ベレンソン（一八六五―一九五九）がいたという巨大チャートの中で、ヘンリー・ジェイムズをどうとらえるか、そうなると彼の大西洋を跨ぐ強烈な精神的双生児たるウォルター・ペイターをどうとらえるか、問題は最広義の「美学《エステティックス》」の問題に——「批評という名のアート ars critica」（B・M・スタフォード）の問題に、そして挙句は正確にジェイムズやペイターの同時代に同じ美学を——少し変った局面で！——実践してみせたシャーロック・ホームズなる虚構のディテクティヴの問題にならないだろうか。絶対になる！

シャーロック・ホームズ連作をそう単純に大衆文学、民衆の娯楽文学と呼んでよいものか。この名探偵は結果的に、困っている人々を救うが、本質は自らが「機械」そのものたる「独身者」であり、あらゆる意味におけるダンディであり、要するに典型的に貴族的矜持の高みから世上を見下す孤絶した「目」——文字通りの「私立探偵《プライヴェート・アイ》」である。醇乎たるマニエリストの本質とされる——十六世紀マニエリスム宮廷人の成功のルールとされた「さりげなさ *sprezzatura*《スプレッツァトゥーラ》」——を、深い倦怠《アンニュイ》とたまさかの没入の激しい交錯を、これ以上むきだしにした「クールな」人物造形は他に例をみない。

マニエリスム美学論最大の岐路は、おとなしく十六世紀一回ぽっきりの偏倚《へんい》なアートとして片付けるのか、それとも同じマニエリスム観念を、どんどん厄介になっていく混沌の近・現代を自ら糜爛《びらん》しつつ分析してみせるのアルス・クリティカとして、何度も何度も反復的に用いるのかという二つの選択肢のいずれをとるかにある。贅沢な選択だ。独墺圏は知らず、マニエリスム観念そのものがなかった英語圏にはあり得ない選択だった。問題の『ＯＥＤ』初版が店頭に出たのは一九三三年。「マナリズム」を引くと、当然日本語で言う「マンネリ」の意味しか出ていない。丁度五〇年たって刊行された『ＯＥＤ』第二版を見ると、果たして一九二〇年代登場の新しいルネサンス観のこととあって、この大辞典の真の価値たる用例引用部は実にマニエリスム評価史のミニマル・エッセンシャル然として、一体何者が寄稿した項目なのだろうと絶句するほどである。この世界での独壊圏の活動の隆盛と英語圏の遅れをしみじみと訝しがらせる、語学辞典の域を遥かに超えた立項である。江戸や大正を留学生に英語で教えるいくつかの大学でのぼくの名物（？）講義は『ＯＥＤ』第二版の「マナリズム」の項のコピーを座右に、英訳の源内を読み、若冲の動植綵絵を眺める。

二十世紀一〇〇年をめいっぱい使ってマニエリスム概念がゆっくり一般化してきたことが判る。俗に「ポップ・マニエリスム」（日向あき子）といった言い方をして、ポピュラーカルチャーの中の過剰や倒錯の部分をもマニエリスムとして考えようという動きは今日ごく普通だが、マニエリスムがダンディズムに俗化したとみる見方におさまるような、マニエリスム・イコール貴族趣味という旧来の頑固な見方からすれば、シャーロック・ホームズ連作というのはまさしく貴族趣味的マニエリスムが、どうしようもなく世俗化していくいわゆる近現代、大衆の時代とどう出会い、その結果、ポップ・マニエラの新しい種《しゅ》をうみだしうるものか、その現場を眺めさせてくれるのだという、意味深いようなずるいような言い方ができるかもしれない。

貴重な紙幅の半ばを費してまずヘンリー・ジェイムズのことを書いたのも、「純」文学をマニエリスム文学だとするのは両者の貴族的・高踏的趣味からして実はさして難事ではなさそうだが、探偵小説というどう考えてもポピュラー・ジャンルという世界にマニエリスムをもち込めるかという議論のためだった。よしんば両者をマニエリスムと呼べないにしても、ヘンリー・ジェイムズとシャーロック・ホームズ連作を同じ線上に載せることができると判るだけでも、死への麻薬的惑溺ということでは「純」文学も「大衆」文学も何径庭なかったのがヴィクトリア朝世紀末だという、目からウロコというか、ぼく自身の『殺す・集める・読む』（編集は無類の探偵小説マニアの藤原義也。東京創元社）という間尺《ましゃく》浩大な一冊の霊感源となった大社会学者、故リチャード・オールティックの『ヴィクトリア朝の緋色の研究』（国書刊行会）という大きな学恩に対する答《いら》えくらいにはなる。オールティックは名探偵ホームズの一時代の医療や文学の世界での立ち位置を――ホームズにひとことの言及もなくて、というのが実はホームズ研究今後の要と目《もく》すべきキャスリン・M・ハンターの『医者達の物語』と同じくらい――鮮烈に理解させてくれるばかりか、ディテクティヴ（原義「注視する者」）のさぐるエヴィデンス（*evidence* 証拠。元は"*video*"「私ハ見ル」）の、視覚文化史における位置を明らかにしてくれる巨著『ロンドンの見世物』（国書刊行会）をホームズ研究への最大後背地として提供してくれもするオールティック。今なおシャーロック・ホームズ研究のアルパであり得ている、まさしく鴻業だ。

　アルパと言うなら、オメガは何、と問われれば躊躇なく挙げたく思うのが美術史家ポール・バロルスキーの『ウォルター・ペイターのルネサンス』（一九八七）である。見掛け上ホームズ研究の感じはしないが、中に"The Case of the Domesticated Aesthete"という非常にウィッティなシャーロック・ホームズ論があって、以上述べてきたような十九世紀末から二十世紀初めの二つの十年《ディケード》間くらいの、ルネサンスをめぐる評価・再評価の動きの中に、一「お耽美派」ダンディとしての名探偵をとらえ、終に直截シャーロック・ホームズを一人のマニエリストと言い切ってのけた。たとえばヘンリー・ジェイムズをマニエリストと言い切った名作『綱渡りの文学《フュナンビュリスト》』のジョルジォ・メルキオーリ（マリオ・プラーツ一の高弟）にしても作者ジェイムズの修辞学的特徴にマニエリスム時代の晦渋な文体の影響を追うのがせいぜいで、人間の様態や実存にマニエリスム的なものを見るホッケ的な段階には遠い。だから名探偵の「変装」にマニエリスム時代特有の人格二重化だとか演劇的な自己韜晦《とうかい》癖を見たり、探偵の驚異的な頭や手先の働きと、及ぼされるその効果に文字通り「驚異《メラビーリア》」の文芸の現代的表現を見たり（「驚異《メラビーリア》」が十六世紀マニエリスムの根本概念であったことは今日周知であろう）、そもそもがミステリーなるこういうジャンルを呼ぶ場合の名が、いかに同時に宗教的な深い内容を持ち、かつ世俗化も著しいΜυστήριον《ミュステリオーン》に淵源し、調べるほどに探偵を「祭司」とでも呼ぶ他なくなる聖書的、宗教的な概念であるか論じ、かつそもそも謎を解くのが探偵とするなら、そもそも世界を巨大迷宮と感知し出口について思慮をめぐらせる最広義のマニエリスム文学の最も端的な（サブ）ジャンルが探偵小説ではないか、と実に真当な議論をする。謎とは「何ぞ」の訛音だそうだが、「世界夜《ヴェルトナハト》」（ハイデッガー）にあって世界とは何かと問い、答を暗示しようとするディテクティヴ・ストーリーは、とにかくまず世界が大なる謎《エニグマ》だという感覚から出発するとホッケやアルフレート・リーデ（『遊びとしての文学』）が言うマニエリスム文学の最短簡の定義ではあるまいか。

少しイングランドの歴史的現実に近付けると、英国近代固有の文化的「機械」を続々創出した「独身者」集団をヴァーチュオーシ（virtuosi）と呼んだ。ついこのひと月前にやっと鶴首待望の邦訳が出たマージョリー・ニコルソン（「学者の休日の暇潰し」なる探偵小説の名定義でも名高い）の『サミュエル・ピープスの日記と新科学』（白水社）で初めてその全貌が知られる英国でもとびっきりのエキセントリック知識人集団のこと。単体では「ヴァーチュオーソ」と言う。シャーロック・ホームズ批評でしばしば使われる「アマチュア」にほぼ相当。最近はやりの「鑑定士」を言う「コノスール」、「コノシェンティ」にも当る。本来自然科学各分野に向う筈だったヴァーチュオーソの（貴族社会の没落で）行き場を失った情熱が何と犯罪に向い、それによって犯罪学なる「科学」をうんでいく物語と読めて、するとすぐ何故女がいないか、ひょっとして積極的に女嫌い《ミソジニー》の世界かがわかる。またしても十六世紀から十七世紀の歴史に係わるのだが、ロンドン王立協会（一六六〇）における知の世界でのプロテスタンティズムの最終勝利まで、ホームズ連作の精神史は遡る。「リアル」という英語の初出が一六〇一年、「ファクト」は一六三二年、そして「データ」が一六四七年。『OED』は淡々とそうした数字を示す。そして間に王立協会成立をはさんで十七世紀後半にはジョン・ロックの大活躍が象徴するように「サートゥン」、「プロバブル」、そして「リアル」の三大流行語を哲学や宗教、法曹界や文壇が共有した不思議な時代が来る。昔、『パラダイム・ヒストリー』（一九八七）という小さい本でぼく自身そのことを書いた。記号増大の趨勢の中で何が「真」で何が「実」かどんどん分からなくなっていくそういう三〇〇年くらいの経過の最終段階にコナン・ドイルは立ち、シャーロック・ホームズは立つ。

　十六世紀マニエリスムは曖昧や過剰に苦しみ、その逃げ場として無理矢理の単純さ、力まかせの整理術をうんだ。ぼく個人はこれをマニエリスム〈対〉近代という対峙の形ではとらえず、マニエリスムが内包する二段階とみて少し大掛りなマニエリスム近代論を構想してきた。たとえばコンピュータ言語（0／1バイナリー、一六六七発明）はマニエリスムの綺想か、「近代」への突破口か。ルルス主義（最後はジョン・ケージ、一柳慧や松本潔にまで至る）を認めるなら、コンピュータ言語以上の組合せ術的マニエリスムは他にない、ということになる。そういう細かい議論はいくらも可能だ。

　間違いないのは、超越を欠く事物横溢の熱死状態の密室と化してしまった十六世紀末以来の「近代」、という展望であり、終りないディテールの累積という形で、部分ばかり見えて「全体」が見えなくなった世界で、部分を按配して仮想の全体に繋げる祭司の奇蹟のような肉体行動と、そのことを紡ぐテクストの誕生である。主知的思弁の極とも言うべきマニエリスムの出発点が「マヌス manus」即ち「手」である時、頭と化す手こそこれからのアートだと言い放ったミケランジェロの言葉を思いだす。で、そう、それ即ち他ならぬ名探偵シャーロック・ホームズの存在様態でもあるだろう。そう感じて一文を草してみた。ぼくを唯一衝撃した推理小説論、「水面の星座　水底の宝石」の千街晶之氏のさらなるひと押しに期待しつつ。

＊

Barolsky, Paul, *Walter Pater's Renaissance*, Pennsylvania St. Univ. Pr., 1987. 問題のシャーロック・ホームズ論の章に先行するペイター・マニエリスト論の一章は「遊戯的な手法」として、筑摩書房『ウォルター・ペイター全集3』巻末に富士川義之氏訳。シャーロッキアン（Sherlockophiles）諸兄はのきなみ見落としそうなテクストだが、必読の一文。なお同書全体の邦訳は白水社「高山宏セレクション3」の一巻として企画化しようと計画している。ついでながら彼我のシャーロッキアン諸君の見落とし素材を、この拙文周辺で拾ってみた。呵々。見落とし致命度のランク順なるべし。

1　Freedgood, Elaine, *The Ideas in Things*（U. of Chicago Pr., 2006）
2　Wall, Cymthia S., *The Prose of Things*（U. of Chicago Pr., 2006）
3　Hunter, Kathryn, *Doctors' Stories: The Narrative Structure of Medical Knowledge*（Princeton Univ. Pv., 2006）〔のち『ドクターズ・ストーリーズ』として邦訳。新曜社〕
4　Cook, Eleanor, *Enigmas and Riddles in Literature*（Cambridge U. Pr., 2006）

5　Spencer, William D., *Mysterium and Mystery*（UMI Research Pr., 1989.）言及者数名発見。

テーブル・コーディネーター　『不思議の国のアリス』の近代

個人、部分、つまりパーツが集まるから、
それはパーティと呼ばれる
——クリストファー・エイムズ

1　パーティー・コンシャス

二十世紀へとキャロル、アリスのブームをつなげていったいわゆるモダニストの一人、ヴァージニア・ウルフが自身の文学的テーマを問われて「パーティー・コンシャスネス」と答えたのは余りにも有名な話なのだが、大西洋を越えての英語圏モダニズムの核心部分にパーティーという装置もしくは主題がありそうということについては存外、突っ込んだ指摘がない。フィッツジェラルドにだったらなにしろ『偉大なギャッツビー』があるし、同じ一九二五年に右ヴァージニア・ウルフの『ダロウェイ夫人』が発表されている。パーティーがコミュニケーションの場として次第に巧くいかなくなる歴史的プロセスが執拗に問われる。イーヴリン・ウォーとかヘンリー・グリーンとかいう現代社会のディスコミュニケーションを好んでとりあげる皮肉屋がパーティーの消長に無関心なはずはなく、ウォーの『汚れた肉体』（一九三〇）からグリーンの『パーティー・ゴーイング』（三九）まで、その気になれば枚挙にいとまない。仕上げはT・S・エリオットの『カクテル・パーティー』（四九）。ポストモダン最高の「パーティーもの」作家と言えば何しろトマス・ピンチョンの『重力の虹』（七三）かもしれないが、そこでのパーティーは空襲やロケット襲撃の恐怖にさらされた外界から引きこもって、内と外の関係を考え直すための空間としての途方もない緊張感に満ちているし、そんなことを言えばジャクソン・コープの彼にしては一寸意外なメタフィクション研究、『ロバート・クーヴァーの小説』でぐっとなじみの出たクーヴァーの「ジェラルドのパーティー』（一九八五）がある。二つの世界大戦で生じた高速で険悪な外の現実〈対〉逃避と反省の場たるパーティー会場という対峙の構造は、十六世紀マニエリスム、十八世紀末ロマン派に生じたと想像される同様な引き籠り、広場恐怖の異 - 心理学の、多分モダニズム的な一変奏であるに相違ない。

ほほえましい例としてはキャサリーン・マンスフィールドの『園遊会』（一九二二）が思いだされる。金持ちのガーデン・パーティーの準備をしていた娘のローラが、死んだ貧しい雇われ人の未亡人と子供たちの所へパーティーのケーキを持って行くが、そこでパーティー金満社会の外に過酷な社会があることを学ぶ、という典型的に社会派の内〈対〉外パーティー主題そのものである。社会派ではない典型のパーティー文学では何かあるかと言って考えだすに、同じ一九二二年辺に構想が出発したとされるジェイムズ・ジョイスの超絶テクスト、『フィネガンズ・ウェイク』（一九三九）に思いあたらないわけにはいかない。今や世界、宇宙と一体化した原-職人フィネガンの（ハンプティー・ダンプティーさながらな）墜死と、それに伴う〈通夜《ウエイク》〉の、人と言葉のぎゅう詰め蝟集の「式次第」そのものが歴史に残る奇作の一大実態なのである。フィネガンの徹夜祭をしもモダニズム・ヴァージョンのパーティー文学と断じる瞬間、今のハンプティー・ダンプティーとの巧い連想もあって（その名からして「パーティー」と韻を踏んでいる?!）、ジョイスが耽溺したルイス・キャロルの『アリス』物語はではどうなのかという連想の段取りになる。『不思議の国のアリス』（一八六五）の中心（十二章のうち第七章）というか「底《ボトム》」に用意されているのは（今や想像通りの）ティー・パーティーであり、しかも（想像通り）随分「マッド」なパーティーであろう。くるくるぱあティーと訳そう。続篇『鏡の国のアリス』（一八七二）も最終章に余りに劇的にパーティー破壊の大団円を構えて大いに楽しく議論できるのだが、今回『不思議の国のアリス』一五〇年という編集趣意によって、この愛すべき正篇の方に集中して論じてみる。テーマは直截に一個の奇怪なテーブルであり、そのテーブルの周りに蝟集してはくるくるとまわり続けるパーティーに他ならない。これが英文学の極めて骨太な、というかエッセンシャルな大テーマであるばかりか、ひょっとして、一ローカル文学たる英文学を西欧文学の普遍性にと導く大きな手掛かりになるものかもしれない。

2　くるくるぱあティー

そうして問題の「マッド・ティー・パーティー」なのである。何十人ものキャロル・イラストレーターが描き続けてきたこの大型のパーティー・テーブルには不思議に円卓がない。「マッド」とされる帽子屋と三月兎、いつも半覚醒状態のネムリネズミが隅《コーナー》っこにひと塊というので、たしかに丸い卓ではないらしい。円卓には「隅」が存在しないのは、第五章の芋虫の載るキノコに右か左か「側《サイト》」という概念があり得ないという逸話で既に明らかだ。多分このキノコもテーブルの範疇に入っている。問題の第七章の核心的モティーフは時間、そして時計（盤）をめぐるパラドックスであるとして、アリスを含む四人（四匹？）のパーティー参加者がぐるぐると席を替えつつ回転するところをみても、このテーブルそのものが丸い時計の文字盤のアナロジー形づくっているという読み方は間違っていないだろう。消化器系のアナロジーという説（ケネス・バーク）もある。

キャロルは既にトポロジーの基本感覚を持つ数学者だった。位相幾何学である。この定性幾何学によれば、切断といった過激事態がない限り、長方形も円も一本のくねくねした線ということでは何のちがいもない。別にこのテーブルが円卓か、四角な卓か、こだわることはないのかもしれない。

が、そうはいかない。なぜならイメージ、というかアイコンという点からしても、この中心（十二章の丁度真ん中、ともう一度言っておこう）にあるテーブルは、全体として時計文字盤の12が1にぐるりと循環していく形を上から下まで再演し続ける物語の、その「かたち《フィギュア》」を反復していなければならないからだ。問題はむしろ、そうやって本来円形の卓であるべきものが、ここまで徹底して長方形、というか矩形《くけい》として現前するのは何故かということのようである。

テーブルの映像といってまず思いつくものにキリスト最後の晩餐図がある。そもそもテーブルがない、もしくはテーブルの向うに坐るキリストが一番大きく描かれる初期の、もしくはビザンティン的な最後晩餐図が十五世紀末からほぼ一世紀を閲《けみ》するマニエリスム期に強烈な――「加速度的《アッチェラート》」とさえ呼ばれた――遠近法技法見せびらかしの恰好のテーマと化した。極限がティントレットの厖大な宗教画であり、イル・パルミジャニーノ画『長い頸《くび》のマドンナ』（G・R・ホッケの歴史的なマニエリスム論が出発点に選んだ一幅だ）後方の遠近法詐術であろう。個《パート》の強迫的結果、即ちマニエリスムの定義である。

円環に見える世界が長方形に変る、というか長方形に見える。そのことをこれ以上ないほど端的に示す家具がテーブルであることの絶妙さを、まず問題にしてみる。

3　ロマン派別乾坤

ぼくの第一評論集が『アリス狩り』（一九八三）である。同書の前半部がキャロル（というかC・L・ダッドソン）小伝といくつかのキャロル作品論になっていて、後半部が『トリストラム・シャンディ』や『白鯨』、シャーロック・ホームズ・シリーズ、etc. etc. を論じた論叢の体裁になっていて、書評家の方々を悩ませたのがこの前半と後半の接続の具合がもうひとつよく分からない、要は力まかせに何でもぶち込んだ評論集であるというのが大概の評だった。

既発表のエッセーを集める本という構想だったところ、何を思ったか（やにわに）「円卓のセミオティケー　ピーコックの祝祭小説」なる一文を書き下ろして適当な場所へ――『トリストラム・シャンディ』論と『白鯨』論の間へ――配した。何故そういう具合だったのか若気の勢いというもので、現在もよくは思い出せないのだが、今顧みるにそれらひと塊の論で一種「テーブル文学」論といったものを構成し、それが逆に前半の『アリス』論を逆照射し、ついでに最後の英国推理小説論にもつながっていくということが判り、まあまあ全体として一貫した英（米）文学の風変りな通史の体《てい》はなしている。すべて「円卓のセミオティケー」約四十枚が蝶番《ちょうつがい》になってくれるお蔭である。めったに他人の仕事を褒めない斯界のお目付け役の富山太佳夫氏がこの一篇だけは画期的といって褒めてくれたが、そうかここまで見通して言っていたのかと今は思っている。このエッセーで得たヒントはその後、『構造』はテーブルする」というヴィジュアル・エッセーに厖大な図版を結集しながらまとまり（『終末のオルガノン』収録。作品社、一九九四）、その後書く大中小エッセーのほとんど全てのアイディア源となっていったように思う。ぼくの批評は一挙に自己言及の度を強めていく。

西洋文化・文学にとって「テーブル」とは何かという不思議な着眼である。翻って遅くも明治も四〇年代になるまで「卓」という宇宙論《アクシス・ムンディ》をもたなかった、そして脱亜入欧の日常的証しを洋間の中心に配された「洋卓」に求めた現代日本の文化的出発とは一体どういうものだったのかという疑問にも連なった。ある時、フランス語辞書で「ターブル」を引いていて、フランス語で絵を意味する「タブロー」がしっかり「ターブル」に発することを知ったのだが、電撃をくらったような感じになった。一方で展開し始めの「ピクチャレスク」論が、何ということはない、ずばり「テーブル」論と無碍《むげ》に重なっていったからだ（この発見は本当に電撃だった）。そしてもう一方で処置に仲々困っていたフーコーの表象論また、キーワードが「タブローの宇宙」である以上、もはや自分の学業文業にとって避けて通れぬものと判ったりもした。

直截には、どうもちがうと感じ始めていた（英国）ロマン派観が決定的に既往の各論とちがいだした。決定的だったのがロマン派の小説家トマス・ラヴ・ピーコック（一七八五—一八六六）の事跡だった。

フランス革命同時代、稀代の酒好き・食通の造船技師にして、英国最初のモーツァルト評価をした音楽通、死因にしてから火事騒ぎでため込んでいた発禁エロ本エロ画が見つかるのを怖れて火中に身を投じての落命、というバッカス、デュオニソスに愛《め》でられきっての天晴れ至極な快楽人生である。で、想像通りの創作作品群であった。『ヘッドロング・ホール』（一八一六）、『ナイトメア・アベイ』（一八）、『クロチェット・カースル』（三一）、『グリル・グレインジ』（六〇）と、代表的作品を並べるだけで大方どういう世界か見当がつく。閉じられた空間が設定される（「グレインジ」は「穀物倉」）。そこで、忘れがたい奇人《エキセントリック》たちが珍妙な話題からもっと珍妙な話題へ、オランウータン進化論や観相学や婦人参政権やと言った時俗そのもののホットなテーマで語り合い、語り尽くし、確たる結論など野暮の骨頂とばかり、クラレット、マデイラといった美酒で酒盛りする中に物語終了。どれか一冊読めば十分、とどこかに余計なことを書いてお叱りをいただいたことがあるが、しかしたしかにそういう相手である。エキセントリックたちはロマン派の驍将たるコールリッジ、P・B・シェリー、バイロン卿たちと目《もく》されている。「マッド・ティー・パーティー」に直接系譜していくパーティー文学の動向として見落とせまい。「マッド」と言わねばならぬそういうメンバー一統なのである。「フーリッシュ」とでも言っておけばソクラテスの『シュンポシオーン（饗宴）』にまで遡る「道化の文学」（高橋康也）とも「カーニヴァレスクな文学」（M・バフチーン）とも呼ぶこともできるだろう。というか、先ほどのロマン派読み返しの一イメージとして言っておきたいのは、ジョンソン博士ことサミュエル・ジョンソンまで含めて約半世紀にわたるロマン派の文業のかなりな部分が実はテーブル・トークという名の奇態なジャンル、というか超ジャンルで構成される。阿片夢に狂い寂しく側溝に孤独死をとげたロマン派がいないこともないが、大概は酒場やクラブハウスに日長一日たまって文壇うわさ話に花咲かせた文士風情で、ボズウェルの如き優秀な速記者を伴ったジョンソン博士の言行録《ジョンソニアーナ》のような興味尽きない時代固有のジャンルまでうんだ。キーワードは「カンヴァセーション」。コミュニケーションズ・ツールはテーブル。時に「アーギュメンタティヴ」なジャンルと呼ばれることもあるこのジャンルのこうした悠揚迫らぬのたりのたりぶりはロマン派の永遠の悩める青年イメージ捏造のため長く抑圧されてきた。アーギュメント、「議論」とはまたなんと十八世紀合理主義そのものという気がするが、「真理ハ酒ニコソ宿ル」という飲食に凝る肉感の十八世紀と切りはなして考えることのできない「議論」なのだ。こうして『シュンポシオーン』にあらゆる意味で霊感を仰ぐ『トリストラム・シャンディ』（一七五九―六七）に実質的に発する（反）近代テーブル文化は、ローレンス・スターン無二の親友たる戯画家、ウィリアム・ホガース得意の破壊されるテーブル、崩れるプラットフォームの画題を伴いつつ、壊れたテーブル、失効しゆくテーブル・トークの一大文学たる『白鯨』（一八五一）に、大西洋の彼方に何とも皮肉な完成をみるのである。拙著『アリス狩り』を前後一貫した批評書としてみればそういうストーリーなのだと判った今、なぜキャロルの「マッド・ティー・パーティー」をめぐる一考を、その章全体の試訳ともども、適当な場所に入れておかなかったのかと、改めて悔やまれた次第である。だから、それを今回総力特集の核《コア》にしてみる。

4　アリスは、落ちながら

『アリス狩り』にこうして発したテーブル文化・文学論が「『構造』はテーブルする」という奇妙なタ

イトルの一文に一応の決着をみたと先に書いた。動詞として使われる“table”の発見を辞書中でした時も、やっぱり、という感じで軽い衝撃があった。構造のない相手を構造化しようとする一文化のそうした動態あるところ、「テーブル」が動詞として機能するのだ、と。

辞書を引いて、でもなければ平生引いたこともないはずの“table”の名詞項を引くと、どうか。しかもクラウス・ライヒャルトによればキャロルのノンセンス出現のための大きな手掛りのひとつとなった有名な『ロジェの宝典《シソーラス》』（これも一八五一年だ）で引く（図1）。ABC順で引かずいわば主題で引くこの画期的な同義語辞書で編成・構成・構造化という意味の“table”を当たると、びっくりするほど「キャロル的」なキーワードの連続・蝟集ぶりである（図2、もしくは表2．とはつまり「テーブル」2を見よ）。すべてキーワードと思って、“table”が出てくるまで逐一ながめられることを勧める。要するに、おな

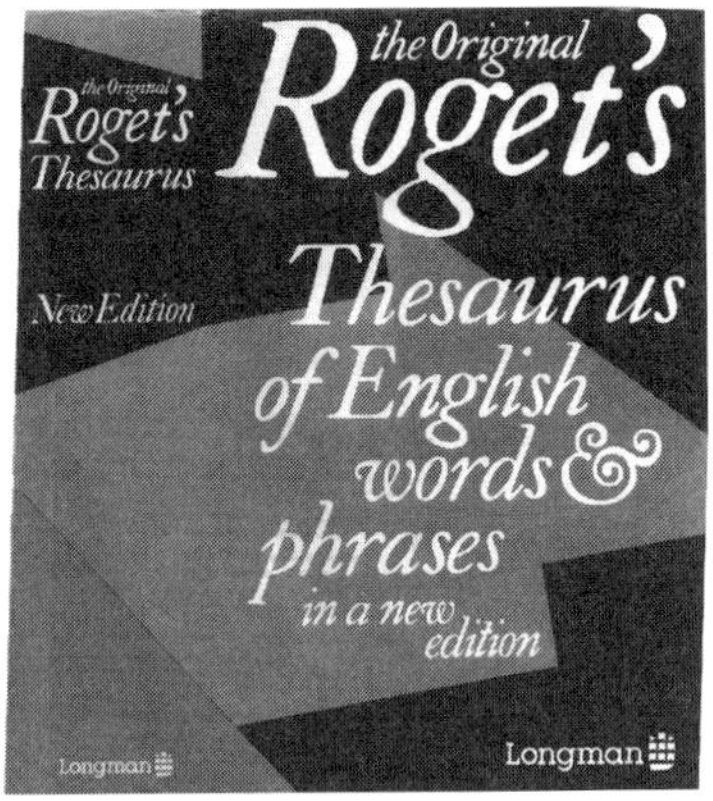

［図1］

higgledy-piggledy, helter-skelter, harum-scarum; in turmoil, in a ferment; on the rampage; at sixes and sevens, at cross purposes; topsy-turvy, upside down 221 *inversely*; inextricably.

62 Arrangement: reduction to order
N. *arrangement,* reduction to order; ordering, disposal, disposition, marshalling, arraying, placing 187 *location*; relocation; collocation, grouping 45 *joining together*, 74 *assemblage*; division, distribution, allocation, allotment 783 *apportionment*; method, systematization, organization, reorganization; rationalization 44 *simplification*; streamlining 654 *improvement*; centralization 48 *coherence*; decentralization, hiving off 49 *noncoherence*; administration, paper-work, staff-work 689 *management*; planning, making arrangements 623 *contrivance*, 669 *preparation*; taxonomy, categorization, classification 561 *nomenclature*; analysis 51 *decomposition*; codification, digestion, con-

［図2］

じみの「家具」のひとつとして周知の「テーブル」とは少々無縁の、見慣れぬ「テーブル」の姿が見えてくる。列挙、分類、命名を意味する一大意味系列。『言葉と物』のフーコーが成立期（一六六〇年代）のロンドン王立協会にさぐり当てた「分類的知性《タクシノミア》」の姿、と言っても良い。第一回万国博覧会の直後世代がそれを背景に、有名なインテリアとその家具を描写し尽くしていったまさにその「描写」と「細密」が問題になるだろう。キャロルに代ってこの点をアリス世界の前面に出したのが、『バーナム博物館』のスティーヴン・ミルハウザーであろう。柴田元幸名訳で、たとえば、

オイルランプがところどころ薄暗く光る闇のなかで、アリスは突然激しい嫌悪感に襲われる。トンネルの壁は気が滅入るし、食器棚なんて死ぬほど退屈だ。もうこれ以上、一秒だってがまんできない――だがそれでも彼女は落ちつづけ、つねに上昇する地図や、絵や、食器棚や、本棚のかたわらを通りすぎていく。湿っぽい、むっとする空気、息も満足にできやしない。これじゃまるで、お喋りもなし、お茶の時間にする望みもなしに、長い汽車旅をしているみたいじゃないの。上を向けば、丸い石柱のような闇が、重く彼女にのしかかる。下を見れば、闇はゆっくりと飛翔し、上の闇に合体して、その高さと重さを増加させる。することなんてまるっきり何もない。ネコはコウモリを食べるか？　コウモリはネコを食べるか？　ネズミはマットを食べるか？　マズミはネットを食べるか？　こんなこといつまでもやってられないわ、とアリスは思う。そして、口を開いて叫ぼうとするが、叫ばない。

＊

落ちているアリスを描いたさし絵は存在しない。だから我々は、テニエル画伯の絵を勝手に想像するしかない。白黒のアリスが、細かい黒の網目模様を背景に落ちている。背景の一角に、食器棚の下隅がうっすらと見える。アリスは黒い靴に、黒っぽい影の入った白い靴下をはき、白いドレスに白いエプロンを着ている。長い髪は顔の両側に持ちあがり、すその広いドレスもたっぷりふくらんでいる。脇があいて、両肘は横に開き、二本の手はそれぞれ違った高さでぎこちなく前方につき出ている。低い方の手の指はぴんと広がり、高い方の手の指は見えないピアノを弾いているみたいに折れ曲がっている。黒い眉の下で、大きく開かれた黒い瞳がもの思いに沈んでいる。エプロンのしわが何箇所か、短い平行線の束で描かれ、腕の影がエプロンの上に、網目模様で描きこんである。右下にはテニエルのモノグラム──大きなTの上に、小さなJが交叉している。さし絵には枠がなく、ページの大半は各行の言葉が絵と並んでその右側を下っていく格好になっているが、いちばん下の六行では絵はなく言葉が全スペースを占めている。したがってアリスは、彼女の落下を描写するテクストと並んで落ちているわけであり、と同時にテクストによって囲いこまれている。もしこれ以上落ちたら、言葉にぶつかってしまうだろう。落ちるという行為のさなかを描かれながら、アリスは動かないままだ。落下のなかに、永遠にとじ込められている。

(「アリスは、落ちながら」)

「絵のある」本にだけ可能な、これ以上は望めないメタクリティカルな『不思議の国のアリス』論と絶句しても良い見事なくだりだが、ここでは差し当り、ヴィクトリアンな描写/細密への情熱を、二十世紀を代表するメタフィクショニストが――キャロルに代って――ふるって見せたくだりなのだということに気付いてもらえばよい。

落下途中の空間描写はキャロル自身が言っているところから随分ねっちりと拡張されていくので、それはそれとして「テーブル化」の一現象としての「描写」を楽しめば良い。

キャロルの却って簡素さが目立つウサギ穴の内壁の模様は原作では「食器棚と本箱、あちこちに地図《マップ》と絵《ピクチャー》とが木釘で止められている」とのみある。この四つ、もはや言うまでもなくヴィクトリア調室内装具のミニマル・エッセンシャルズでありながら、つまりは同時に十九世紀半ば、いわゆる「美的《エステティック》インテリア」大流行の入口部分に到達した二百年に及ぶ「表象 représentation」の標識でなくて何か。

念押しするかのように第五の小道具は直截にも「オレンジ・マーマレイド」と書いた「ラベル」(!)なのであり、しかも当の瓶の中身は「無《エンプティ》」とあるから、事態はもう作品ののっけから表象論の範疇にある。少女は近代という名の落下空間《フォール》にアッシャー・インされたことになるのだ。なにしろ子供相手という建前から描写は極力省くということながら、描写(art of describing)をうむ表象の構造そのものをキャロルは早々と剔抉《てっけつ》し問題化《プロブレマタイズ》してみせる。作品の有名な冒頭部にこうして既に世界をテーブルの周囲に集め、整序してみせる構造はちゃんと姿を現わしている(図3)。『ロジェの宝典』で"table"の直接の前後に並ぶ「本」「地図」「絵」の語に改めて驚くべきかもしれない。そこに分析/分解狂のキャロル(ダッドソン)が忽ち翻って無類の秩序マニアと化す構造を見るところから論を起こすのが、いまだに最高のキャロル論たるエリザベス・シューエルの『ノンセンスの領域』(一九五二)

である。家具調度がすでにして秩序の記号である（キャロル、アリスが繰り返す「きれいなお部屋《タイディ・ルーム》」を思い出そう）。中でも棚や地図・絵は秩序そのものであり、テーブル効果の最高の表われたちばかりである。というか、ここでの「隠れたる神」がテーブルなのである。隠れたテーブルを一貫して捜し、露わなテーブルたちとつなげる興味津々の作用が即ちキャロルであり、『不思議の国のアリス』なのだ、とシューエルのノンセンス論は言う。『ノンセンスの領域』の原書にはなかった図表を訳者の判断で一点入れた。キャロルが三十七年にわたって送受信した手紙、九万八千何百通かの遺漏なき記録簿の一部である（図4）。こういう図表も英語では「テーブル」というのだということがそろそろ勘でもわかってもらえ始めているようなら、この先贅言無用かとも思う。キャロルの手紙の往還を一目でわかるようにタビュレートしてみたというわけだが、タビュレーションが「テーブル」に発する

［図3］

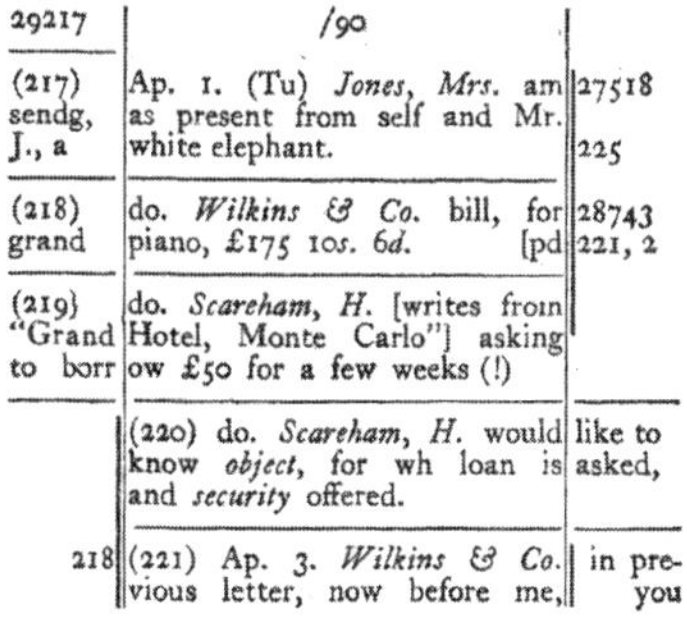

29217	/90	
(217) sendg, J., a	Ap. 1. (Tu) *Jones, Mrs.* am as present from self and Mr. white elephant.	27518 225
(218) grand	do. *Wilkins & Co.* bill, for piano, £175 10*s.* 6*d.* [pd	28743 221, 2
(219) "Grand to borr	do. *Scareham, H.* [writes from Hotel, Monte Carlo"] asking ow £50 for a few weeks (!)	
	(220) do. *Scareham, H.* would know *object*, for wh loan is and *security* offered.	like to asked,
218	(221) Ap. 3. *Wilkins & Co.* previous letter, now before me,	in pre- you

［図4］

整理の営みであることなど、今や自明だからだ。

5　デスクならぬエクスという川……

『不思議の国のアリス』はヴィクトリア朝文化の代名詞とすべき家、部屋、庭…そして自我といったまさしくロマン派以降急に形を帯びつつあった〈内〉《インテリア》を主題にし、舞台に選び取り続ける以上、早晩、家具としてにしろ、図表としてにしろ「テーブル」に我々は出会う。金色の鍵がその上に出現したり忽然消えたりし、アリスがそこに戻ったり離れていったりのリズムが物語のリズムと重合し続ける三脚総ガラスのテーブルが、まずそれである（図5）。実に以後蜿蜒《えんえん》、二つの『アリス』を一貫する世界軸のとば口に、いな、『スナーク狩り』を通し、『シルヴィーとブルーノ』前・後篇を一貫し、オカルトなキャロル／ダッドソンの参加する降霊儀礼のテーブル・ターニングにまで横溢していく一個の実存の軸《アクシス》（「おのずからといえば斧《おの》のことじゃが…」）としての強烈極まる一大テーブル文学のとば口に読者は立っているのだ、この刹那。

そしてそれより前《ぜん》、隠れたテーブルをシューエルの分析は既にあぶりだして見せた。いっそもっと前にあぶりだせないものだろうか。実は物語冒頭の一パラグラフにして既に議論はめいっぱい姿を現わし、どころか十全に煮つまっていた、という話をしてみよう。

少女アリスは退屈していた、と物語は始まる。探偵シャーロック・ホームズの行動要因になる奇怪な退屈については実は拙著『殺す・集める・読む』を使って十全に論じてあるので、ここで深入りはしない。そのときにネタ本と仰いだロバート・マーティン・アダムズの『無《ニル》——十九世紀の無に向い合

[図 6]

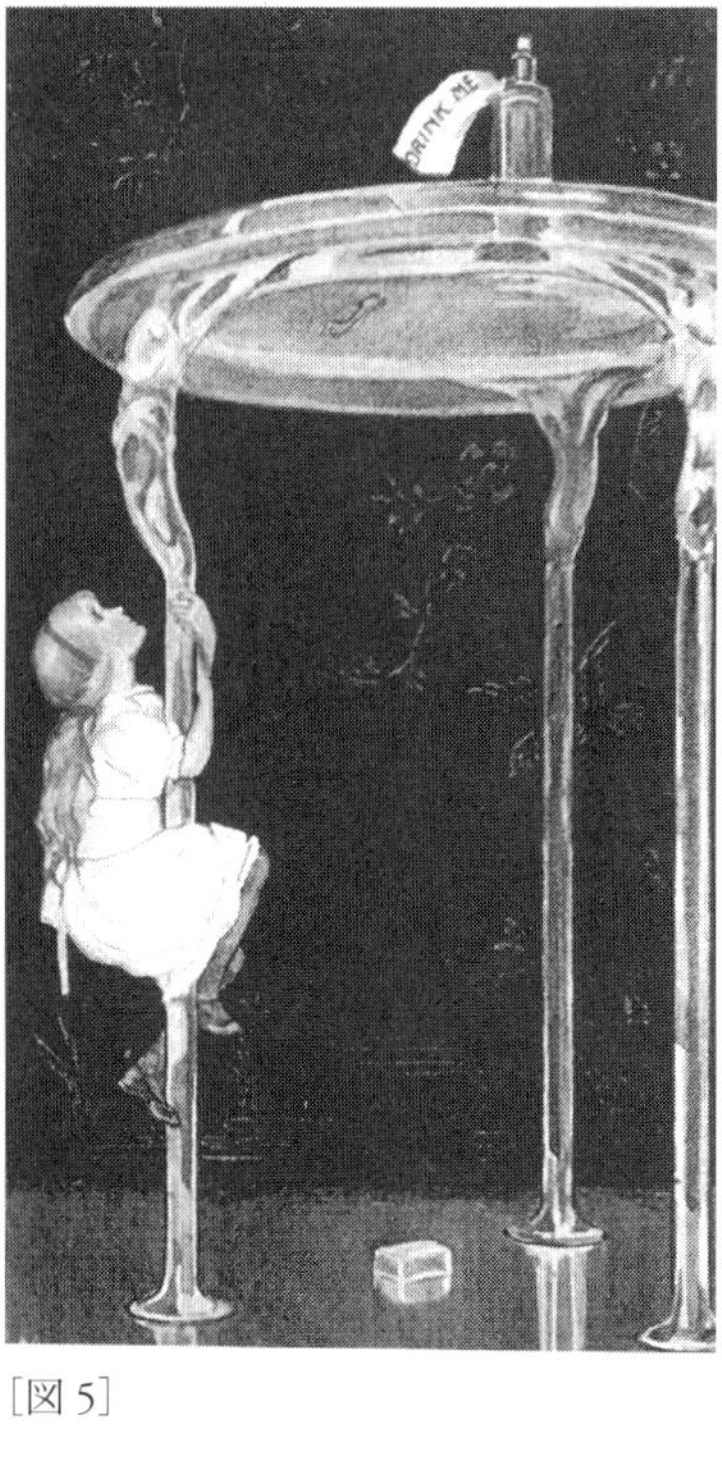

[図 5]

う文学あれこれ』（*Nil*,1966）はマラルメ論としてより何倍もキャロル論として有効と感じたものだが、高橋康也『ノンセンス大全』はじめ文化史的キャロル論の名著ものきなみアダムズ究極書への言及をすっぽりと欠いている。この一点に集中したシューエルの瞠目の遺著、『フランスからの声』（二〇〇八）も、本当はこの『不思議の国のアリス』一五〇周年記念の年に何としても翻訳紹介してみたい一冊ではあった。

どう計算しても「七歳より前」の少女が退屈、それも何と「何もすることがないのに飽き飽き」しているということ自体が、ジュヴナイル文学の冒頭の話柄としては異常だし、いや、全児童労働史の中にも異常事態なのだが、この冒頭の一パッセージに衝撃された気配のあるキャロル論、『アリス』論驚くべく絶無というところに今般のキャロル研究全体のつまらなさの秘密の一端はある。度を越した倦怠へのほとんど唯一の解毒効果として必然のマニエリスムがそこで論じられることも、従ってない。『アリス狩り』はそのことへの疑問、ないし不満として書かれた。何刷りかの帯《ブラブ》に、「アリス研究の審級を一挙に高めた画期的力作」と書かれたが、この倦怠をこそ手掛かりとして、「不思議《ワンダメント》」の謎を解いた多分唯一書という自負は今でも変りない。いつも「退屈なのだ」というバカボン・パパのひとことで狂気のエピソードを繰り返す『天才バカボン』の同じ構造も、いずれ議論してみたい。

こだわりたいのは、この死に至る倦怠（*tedium vitae*）から逃げられるかもとアリスが瞬間的に思うのは近くにあるデイジーを摘んでデイジー・チェインをこしらえること、という点だ。姉は本を読み続け、妹は周りの植物に目をやっている。読書、そして植物学への耽溺、とまとめればこの二つが当時教会が中産・上流の婦女子に公認した唯一究極の「ラショナル・アミューズメント（理にかなう娯楽)」だったという、これもまた事態を、ちゃんと(しかも進化論論争べったりに落とさずに)やった貴重書というのでリン・バーバーの『博物学の黄金時代』一巻、最高の訳文で送り届けてみたが、こちらへの旧套研究界の反応も鈍い。『不思議の国のアリス』の動植物に対する扱いは、デリダの『獣と主権者』が読める今年、ぜひ改めての仕切り直しを願いたい。海彼でも鈍かった反応だが、やっと動きが見え始めている(たとえばが Laurence Talairach-Vielmas, *Fairy Tales, Natural History and Victorian Culture*, 2014)。

問題はこれほどまでに自動化した博物学の異様なブームだ。それが(少なくともある程度富裕な層の)少年少女たちの世界に入り込み、しかも自動化していたことの確認。そのためだけでも衝撃的な問題の冒頭パラグラフは一方で、「絵も会話もない本」など「何の役に立つ」のかと問うアリスの修辞疑問で終る。この短いパラグラフはまさしくアルパであり、オメガである。そう、「絵」も「本」もこれ以上ないテーブル象徴なのだし、「会話」なんてそもそもがテーブルの存在なくしては生まれることも発展することもなかったライフスタイルなのだ。そしてそもそもアリスが一貫して繰り返す「役に立つ(useful)」という発想自体が、テーブルの上に並べて計量し、比較する平面化・表層化の技倆におのれの出発を見た「近代 Modern」そのものの常套句になり上がった常套句中の常套句なのではなかったのだろうか。

平面化する文化が必ず行きつく倦怠《スプリーン》。その倦怠が必ず招く驚異《ワンダー》。この二つは飽くこともなく循環する。地上と地下、現実と夢の間《あわい》の無窮の循環――『不思議の国のアリス』全体でつくりだすこの基調の動きやイメージ生産――は物語第一ページ目にして既に作動している。飽くまで倦怠が招き寄せるホワイト・ラビットであるのだ。平板に飽きたからの「穴」なのだ、墜《フォール》（堕）落なのである。

博物学に通俗化した近代的世界理解の大元にテーブルがあるらしいことが少しわかりずらいかもしれないし、このことがわからないと、冒頭のデイジー・チェインに衝撃が生まれることの意味にぼくがこだわるという点ももうひとつわかってもらえそうにないから、ここではヒントに満ちた次の一文を掲げておく。まさしくテーブルの上に綺麗な花を密集させた十七世紀オランダの静物画《スティルライフ》（「花束《ブーケ》画」）についてその文化史的意味を説く見事に博識なパッセージである。

〔ブーケ画にあっては〕野草を描くことの禁止に劣らず厳しかった禁じ手に、同じ花を二度とは描かないというのがあった。〔……〕反復ということが厳しく避けられるのであり、同一種のものの数をどんどんふやしてみたところで人々の好奇心をひきつけることはできない。〔……〕真に人の目を魅了するものは構成と賦彩の両面における花と花の「間の」差異なのであり、求められるべきは豊穣ではなく、科学的自然主義のレンズを介して見られた「 」なのである。もちろんリネー〔リンネ〕による複雑な植物記述体系はまだ一世紀も先のことなのだが、花々はすでにして、ある花をほかの標本との差異を通じて確定する方式を別に異ともせぬ分類学的知性にさらされていたのである。くり返して描かれた花は何ら目新しい情報を伝えるわけでなく、もはや冗漫なつけ足しに過ぎない。とりわけ面白いのは植物の同一族の中に品種改良でつくり出される差異で、花卉画は予測不能な変種志向に手もなく魅了されていく。〔……〕とりわけ十七世紀の初めに支配的だった妙に平べったい画面は、ここに起因するかもしれない。それは図表的明快のタビューレーション（*tubulation*）の空間なのである。花、貝殻、昆虫、トカゲといった生物が同じ場面に平気で共存している（我々に言わせればシュルレアルな）構造はそこから出てくるのだ。科学的知識を生む支配的モードが分類学《タクソノミー》であるような博物学時代にあっては、一切が精密な分類にさらされる。むろん蝶や蜻蛉《かげろう》を世のはかなさの象徴と見るような、あるいはボスヘールトの絵の上に入りこむ家バエを見て、人もやがて腐るという真理を思いだすというようなルネサンス時代のモードが、なおオランダ静物画中に残存していたのはたしかだ。フーコーも言っているが、知識生産のいくつかのモードが一時代（そして一作品）の中に併存していても少しもおかしくはない。それはそうだが、オランダ花卉画は、最初のミュージアムたる驚異 - 博物館、綺想 - 博物館を生みだしたのと同じ空間の中にあったのだ。根本的な構造や模型を枠組みに変種をはっきり浮かびあがらせようと企てる分類学の空間、図表化の空間の中に、事物を配列することで知識を生産するのを業とした自然珍品収集の箪子《キャビネット》と同じ空間の中に、というわけである。オランダのコレクターたち、かつてウィーンやプラハの宮廷にいた狂的な王族コレクターのブルジョア化された末裔たちにとって、貝殻も科学的珍品も同じ図表的《タビュラー》（tabular）で一望監視的《パノプティック》な空間に属するものなのであった。

フーコー表象論の強烈な影響下に美術史を視覚文化史に変性せしめんというニュー・アートヒストリーの旗手、ノーマン・ブライソンの『見過ごされたもの』からの、綱領文とさえ言ってよい見事なパッセージである。表象論とマニエリスム（「ヴンダーカンマー」）をつなぐ最高のキーワードがテーブルであることをブライソン教授の「タビュラー」観念の絶妙な多義的使い方が示してくれている。博物学またテーブル観念の百態によって成りたっていることは実は我々も既に感覚的にはよく知っているのである（たとえばポケ・モンの金・銀シリーズ「しんかチェック」一覧表を前にしたときの少年少女の脳内の神経伝達細胞の一挙励起のごとし）。

6　テーブルの制度百態

なんと大仰なと言われそうなコンテクストの広げ方をした。本当は今時これくらい易々とやれよと言ってみたいのだが、そのあたりはやっと形になりそうな気配の拙著、永遠の近刊『アリスに驚け』で独善的につっ走ろうかと思っているので、話を少しく微視的なところに戻して、もう一回、第七章「マッド・ティー・パーティー」に帰る。鍵が置いてあるということで意識化されるテーブル（図6）を除いて大して目に付くテーブルはないが、お仲間、というかテーブル象徴を通して隠れたテーブルということで何となく意識され始めていたもの――それあればこそ芋虫の載る大キノコもテーブルに見えてくる（図7）――が、この第七章で間違いなく意識の最前景に出てくる。このマッドなテーブルをいかにもマッドに描いたウィリー・ポガニーの挿絵を掲げておこう（図8）。秩序と社会安定の印たるコミュニケーションが、会話の意味《センス》／方向が中断され、無化され続ける演劇と社会の不条理化というお定まりの議論のこの上ない挿話として引かれる一章だが、その暴力性をちゃんとヴィジュアライズし得ているということでは誰の線もポガニーにはかなわない。問題のテーブルが円卓ではありえず、「加速化」された長方形をしているというイメージはポガニーの一連の絵で不動のものとなった。特に、ネムリネズミがティーポットに押しこまれる一光景の怖さは仲々凄くて、ウサギのイメージも手

［図 9］

［図 7］

［図 8］

伝って、穴に落ちるアリスと「穴」に落ちていくネムリネズミのアナロジー（?!）にどうしても連想が働く。現にこの景の直後、アリス自身が再び木にできた扉をあけて降下を始めることで、このアナロジーは有効と知れ、ということは第七章をもって物語は第一章へと一度プチ循環していくということなのだ。そのひと塊の行程が最後に、世界文学史上もっとも有名なテーブルに行きついたことの意味は大きい。前半（一～七章）において物語からは、「隠れた」テーブルがぐいっと顕在化した。秩序の象徴たるテーブルが今やマッドな宇宙軸と化して、冥府降下を促す。謎《エニグマ》文学史上もっとも有名ななぞなぞ《リドゥル》がカラスと「つくえ」のアナロジーを考えさせるのは絶対に偶然なのではない。テーブル主題であることの意識化の、さらなる念押し、とぼくは確信をもって言う（デスクならぬエクスという川の近くに「レイヴン……」という地名が蝟集していたのをローカルな地図に詳しかったキャロルが利用したというフランシス・ハックスレーの説（Francis Huxley, *The Raven and the Writing Desk* [1976]）がいまなお一番の「答」だろうと認めた上で、ぼくは自分の第七章テーブル文化論読みに自信がある。テーブル文学極めつけの自己言及が「なぞなぞ」として一見答なく開かれてある。このあっけらかんとしたマニエリスム！

第八章から大団円まで、いろいろ展開あるようにみえて、秩序の中心が反秩序そのものということを示すハートのクイーンが宰領する以上、テーブルの制度百態が次々と吟味されるだけの話である。クロケーとトランプなる競技・ゲームの世界。場面もルールもつまりはタビュラー（！）である。モックタートルもグリフォンのやりとりも、教育というタビュラーなもの、コレオグラフィーというタビュラーなものを連続的に嗤《わら》っているだけのことだし、夕方スープもテーブルの上のレシピなるタ

［図 10］

［図 11］

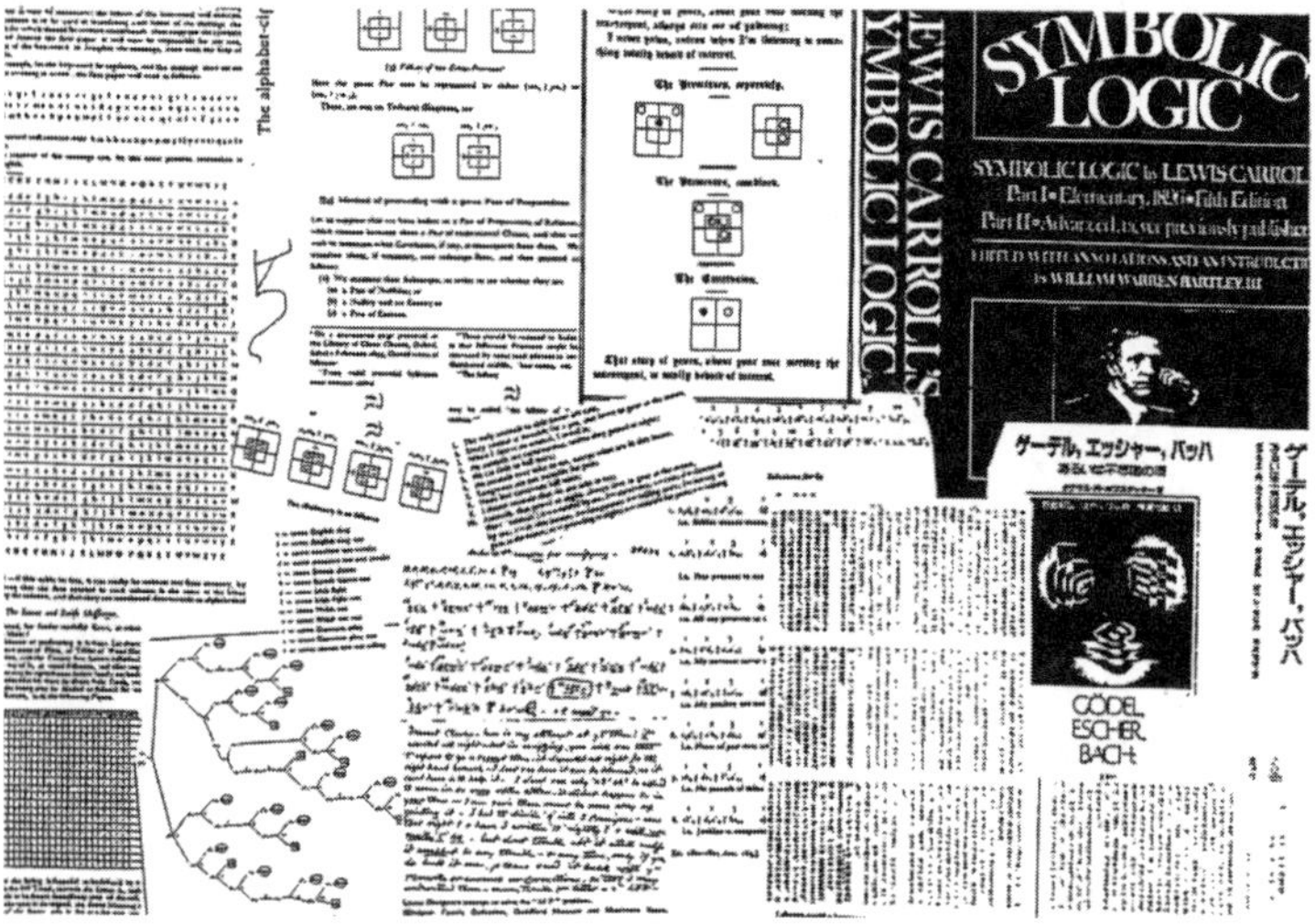

LEWIS CARROLL'S SYMBOLIC LOGIC
SYMBOLIC LOGIC
SYMBOLIC LOGIC by LEWIS CARROLL
ゲーデル, エッシャー, バッハ
ゲーデル, エッシャー, バッハ
GÖDEL, ESCHER, BACH

［図 12］

ビュラーなものへの嗤《モック》いである。そして掉尾の菓子盗み裁判たるや、アリスの法廷破壊以上にテーブル文化への反逆たるものが他にあるか。このカオスモスが、「テーブルの上のこの惑星」（ウォラス・スティーヴンズ）が執拗なまでの吟味を受ける。

大体がインテリア礼讃と世界のチェス・ボード化（図9）に始まり、融ける平面（鏡）、壊れるテーブル（アリスによるパーティー破壊）で語られる『鏡の国のアリス』についてはもはや何をかいわんや（図10）。幽明分かつ鏡のあちらとこちらをテーブル上の事件として描いたラルフ・ステッドマンはテニエルを抜いた！（図11）。空白の地図で航海する『スナーク狩り』は何をかいわんや、パーティーやバンケットが繰り返される話が異次元往還の詳細を予め克明に時刻表化《タイムテーブル》してみせる『シルヴィーとブルーノ』、何をかいわんや。各種遊戯や、専門の記号論理学まで全て表面・平面を記号が浮遊するばかりのプレイナーな世界だろう（図12。これはキャロル主題でぼくがやった講義のプリントである）。そしてクライスト・チャーチ学寮で教授仲間のパーティーを学科長として仕切ったチャールズ・ダッドソンがいる。万事細かいルールをこしらえて同僚たちを苦しめたこの人物は、だれとだれをどう坐らせればいいかというパーティー会場設定に最高の能力を発揮したテーブル・コーディネーターとして名をはせた。オカルトと記号論理学の晩年でさえ、してみるとテーブルのコーディネーションの仕上げとして語ることができそうに思われてくる。そして、住人自身、「牢獄」と呼んだその人の五十年にわたる居室の大テーブルのことまでつい思いだしてもしまうのである。

❷

テオーリアの始まりは終わり　漱石『文学論』管見

1.

まず次の文章を読んでみよう。少し長い引用になるが、漱石の『文学論』を中心とする大文豪の文芸理論の今日必要な評価にとって、ひょっとして決定的なもののようにも思われるし、そういう割には現在簡単には読めない文章であることも考えて、引いてみる。

誰しもほっとしたことだが、二つの文化をめぐる論争もようやくしずまったようである。そもそもこの論争は、どういうわけか双方ともが間違いをおかすところからはじまったのである。たとえば、十九世紀後期およびその後において、詩人も小説家も画家も、しばしば科学者と同じくらいに一切を方法に賭けていたという一点は、のっけから見落とされていたのである。あの唯美的運動も実は方法に深くとらわれていたのであって、ウォルター・ペイターの芸術の香り高い文章でも、そのあるものは一種の文学的技術主義といっていいものであり、それは最後の語句や抑揚にいたるまで計算しつくされ、どんなにこまかい細部でも、すみずみまで巧緻に工夫されている。まことに矛盾することではあるが、最も文学的な文学が、ますます増大する技術的文化に反抗するにあたって自ら用いた手段は、技術の洗練ということだったのである。一方、科学それ自体は一定の方法を正確かつ厳密に適用し、活用することと同じ謂であった。十九世紀について語りながらホワイトヘッドは、「この世紀に特有で新しく、それ以前の世紀と分けるものはなにかといえば、それはテクノロジーである」といっている。十九世紀の偉大な発明は、「発明の方法の発明」ということにほかならなかった。そして同じ時代の芸術もこの意味では発明的だったのであり、いずれも方法を開発することを求めたという点において違いはない。

方法に依存するということは、特に絵画においては、ルネッサンスの特質であり、この時期は中世的な技芸《クラフト》が芸術《アート》と呼ばれる新しい経験秩序へと変わっていった時代である。ついでアカデミーがそれをひきつぐと、芸術は美術《ファイン・アート》となり、制度的な特徴とともに原理や様式の全体系が樹立されることになる。それから十九世紀がそういうアカデミズムに反逆したとき、リアリズム、印象主義、象徴主義、世紀末デカダンスといったそのさまざまな実験は、いわゆる科学的方法と同じく計画的であった。たとえば、ときにスーラはまるで絵を機械技師かなにかのように製作することを望んでいるような語り方をしたし、ゾラもまた小説を技術のように書きたいと願っているかのような言い方をしていた。このように手段を発明しようとやっきになれば、当然そこに技術の過大評価が生まれ、芸術を方法上のさまざまな企画の謂に変えてしまうのは自然の勢いであった。そして、実践的な方法論はたえずさまざまな批評理論によって支持され、ついにはそこからT・E・ヒューム、パウンド、エリオット、リチャーズ、エンプソンの後塵を拝して完成された「新」批評が生まれ、詩を理解するためのおびただしい数の技術が派生することになる。……

もう少し引用すればもはや逃れ難くはっきりするに違いないが、漱石『文学論』がやろうとしていたその「文学的内容」論のみならず、同時代ヨーロッパ文学中に占め得るその位置付けさえ明らかにしてくれそうなこの文章を書ける人間はワイリー・サイファー（一九〇五—八七）を措いて他にあるはずがない。その画期的名著『文学とテクノロジー』（一九六八）の冒頭の一文をそのまま引用した。

このところ「一九六八」とか「一九七二」とか、世界的な知の変革のタイミングとして再評価されようとしている気配だが、そうした時代の動きを代表する名作批評であり、「研究社叢書」の一冊として一九七二年正月に早々に邦訳された。右の引用文はその故野島秀勝氏による訳文である。文学をさえ一種の科学として捉えようとする奇態な立場、といえば日本人なら先ずは漱石『文学論』だろうと、サイファー著を一読していきなり思ったものだが、そのような当り前の漱石再評価の仕事があったようには寡聞にして聞いていていない。

一方、サイファーの名作の方も意外に浸透せず、今度の機会に調べてみたら、右昭和四十七年の初版のみ。ルイス・マンフォードやエゴン・フリーデル級の長射程、目利きの文化史家なのに、この取り扱いの貧しさ、手薄の全体、何であるのか。思うにサイファー四部作と称して、主に十九世紀を扱った『文学とテクノロジー』と相関するように、ルネッサンス、マニエリスムの十六、十七世紀を論じた『ルネッサンス様式の四段階』、ピクチャレスク、ロマン派をキーワードに十八世紀を二十世紀につなげた『ロココからキュビズムへ』の邦訳が出た時、それらの紙幅の半ばを美術の主題が占めた所に美術史の専門家（たち）が「大風呂敷」といって噛みついたのである。残念、それに対して文学畑からのサイファー擁護の論陣はついに張られた気配がない。

幸い『文学とテクノロジー』はほぼ完全に十九世紀末文学をめぐる論である。同趣旨で論をさらに二十世紀半ばのアンチロマン、アンチテアートルにまで広げたのが、四部作の残る一冊、『自我の喪失』ということになる。

ぼくなどより二つほど世代が上の亀井俊介氏が岩波文庫版の、注が有難い『文学論』の巻末解読にいきなり「とっつきにくい」と書いておられる。構造主義からいわゆるポスト構造主義批評に展開し、どうみてもデリダの死、ドゥルーズ自裁で一決着してしまったここ半世紀の「批評への転回《クリティカル・ターン》」にどっぷりだった世代が、今『文学論』を眺めたら、「とっつきにくい」などというとは絶対に思えない。むろん先駆者としての気負いこそが、いかにも「うざい」。何よりかにより、時代が時代だから用語、比喩、言い回しが文字通り時代がかっている。そんなどうでも良いところを別に気に掛けねば、今みて——というか今なればこそ——実に新鮮である。

エズラ・パウンドやT・S・エリオットの名とともにサイファーに挙げられた「リチャーズ」とは当然I・A・リチャーズのことである。ぼくなどの批評世代が二十世紀という「批評の世紀」を考える場合の最初の手掛り、というか「批評」の名に値する最初のものと考えるリチャーズの『文芸批評の諸原則』が出るのが一九二四年のことだということは改めて、しっかり頭に入れておこう。漱石が没するその前年まで二十年間もエディンバラ大学にあって英文学（つまり国文学）と修辞学を教授しながら、次代をウィリアム・エンプソンが引き継ぐいわゆるケンブリッジ・クリティックス集団の中心となった英文学界究極の碩学泰斗と、漱石の帝大三講義、「英文学形式論」、「英文学概論」（これが後の『文学論』）、「十八世紀英文学」（後の『文学評論』）が内容的に十分拮抗し、科学的、といわんよりは一種数理的な体裁をさえ実現した点ではむしろこのエンプソンの『曖昧の七つの型』の遅ればせの到来（一九三〇）をさえ仄望させる意欲作なのである。

今でも英米文学科の学生・院生のほとんどの盲点が詩型論、韻律学、いわゆるプロソディのイロハである。十四行の詩をソネットという位は知っているとして、それ以上何も知らない。シェイクスピアの台詞のかなりな部分が無韻の詩と聞いて、詳しく説明できる人間が少ない。プロソディの全体を過不足なく説明する帝大教師、漱石の姿が帰国直後の「英文学形式論」（一九〇三年三月〜六月）に見られるが、リチャーズの『英国詩型史』が一九〇六年から四年掛りの難渋仕事であったことを考え併せて、やはり驚愕せざるをえないだろう。

詩を内容より形式の美として考える一番過激な運動は誰しも知るニュークリティシズム（「新」批評）であろう。これが実際に舞台前面に出てくるのが一九三〇年代、四〇年代のことなので、その点でも、詩の形式を、そもそも英文学そのものの何たるか自体知られていない日本で先ず取り上げた漱石の壮挙（暴挙？）と、ともかくもその早さには参るほかはない。

英文学の形式という所をはなれて英文学の歴史ということで考えてみても、漱石がそちらのソースとして依拠したらしいG・エドワード・セインツベリーの『英文学小史』がやっと一八九八年の刊行。

詩型論にしろ文学史にしろ、当時の英国人が見て同時代の業、どころか時代の最先端の鴻業と感じるであろう着眼と水準を漱石の三つの文学講義は持っている。当時の、どころか今現在の英国人が見て、これが百年前にかと驚倒する着眼と内容、とさえいってよいと確信する。

大なり小なり出来合いのジャンル論に逃げずに形式としての小説論・小説史がどこまで可能か。詩のように短くて、いわば一望の目が利く相手になら有効かもしれない形式論が長篇小説にはどこまで通じるのだろう。ニュークリティシズムを特徴付けた教育性・啓蒙性はクレアンス・ブルックスたちのいわゆる「アンダスタンディングもの」（『アンダスタンディング・ポエトリー』、『アンダスタンディング・ノヴェルズ』……）で見られるが、分析訓練用に取りあげられているのは全て短篇小説か、長中篇中のひとくさりに限る。長篇への形式論の困難は、ロシア・フォルマリズムの雄ヴィクトル・シクロフスキーが、漱石も大好きな『トリストラム・シャンディ』に試みた形式的分析の伝説的失敗に明らかである。形式批評といってニュークリティックたちと並び称されるロシア・フォルマリズム。バフチンのドストエフスキー論が一九二九年と知ると、ここでも漱石流のフォーマリズムのダントツの早さは、これはやはり世界文学的スケールにおける一大スペクタクルなのである。

2.

「凡そ文学的内容の形式は（F+f）なることを要す。Fは焦点的印象または観念を意味し、fはこれに附着する情緒を意味す。されば上述の公式は印象または観念の二方面即ち認識的要素（F）と情緒的要素（f）との結合を示したるものといひ得べし」。

『文学論』の余りに有名な冒頭部だが、帝大の講義室でひるむ学生たちの表情が目に浮かぶ。先駆する者なしの徒手空拳の不安と気負いに、殖産興業べったりの社会の中で文系が抱えさせられた理系コンプレックスが加わったわけの分からぬ代物が出来した。先に引用したサイファーの文章の冒頭にあった「二つの文化」というのがまさしくこれ。一九五九年、ふたつの世界大戦を経て、文系は失墜し、理系の中では理から、さらに工が分離する。文理融和などあり得ぬが、さてどうしたら良いか。C・P・スノウがそう問うて始まった「二つの文化」論。要するに日清・日露戦後の理工優先文化の只中、日本初の「二つの文化」論の渦中に初期漱石は巻きこまれた。『吾輩は猫である』にも『三四郎』にも癖の強い理系人間が出てくるが、『文学論』は漱石その人が理系のパフォーマンスをしてみせるので直截である。この事情が頭にあって、サイファーの『文学とテクノロジー』を思いださない方がおかしいし、「二つの文化」の間でその漱石が示す身振りを今のところ、サイファーの理論以上に鮮やかに説明してくれるものはないように思うが如何に。

サイファーの近現代西欧文化批判のキーワードは「距離の悲哀」というニーチェ譲りの一語に尽きる。そしてニーチェや、さらにマルクスに遡る人間と世界の間に広がる距離(別名「疎外」)を、俗にいう「美的距離(aesthetic distance)」の問題としてそっくり捉え直すのがサイファーの議論の骨子である。世界を「アルベルティの窓」を通じた遠近法的視野で不動の一点から見る。すると自分と世界に距離ができ、つまり観察という視覚の営みが果然活性化され、対象は客観的に細部まで正確に把握されることになる。科学と同義である客観性、細部の描写に存在価値のあるリアリズム文学、その戯画としての象徴派文学。漱石同時代にヨーロッパの地で成熟し切って煮詰まり、終わり始めていた、視覚的文化という名の「距離の悲哀」を、サイファーは描きだし、するとそれを背景に、「距離」をさし当り「悲哀」としてでなく、文学を、世界を説明させてくれる契機として先ずは自ら体現、というか演じてみせる漱石の姿がはっきりと見えてくる。

『文学論』の隠れたキーワードは「理論」であり、あからさまなキーワードは「解剖（する）」である。漱石自身、理論という評言はそう頻繁には使っていないが、『文学論』が語の原義において歴たる理論であることはたしかである。「理論」という日本語がいつどこに出てきたかは今つまびらかにはしないが、漱石が英語で相手にした“*theory*”のギリシア語原義*θεωρία*《テオーリア》は「見ること」「見られたもの」を意味した。「見ること」といえば、サイファーが（遠近法的に）見る文化の一大象徴と考えた近代西欧のいわゆる額縁劇場は、従って語の原義において“*theatre*”である「見る場所」一般の意であったはず。序でにいえば先に名をあげた美学（*aesthetics*）も、綴りに明らかなように“*θεᾶσθαι*”（「見る」）由来の言葉である。「美学」という言葉・概念が一七三五年をもって知られるようになったこと、「理論」の代名詞となり、厖大な絵図の挿入を必然的に伴ったリネー（リンネ）の分類学また一七三〇年代の事件であったこと、これら皆、偶然の一致などでないことが、視覚文化論（visual culture）なるアプローチで改めて再評価の進む十八世紀研究の中で明らかになりつつある（し、もう一度言うと視覚文化論の今日の隆盛そのものもサイファーが幕あけさせたといえる）。

最初期の秀才留学生にとって西欧の「見る」文化の様相は西欧文化の核なりという強烈な印象をのこしたはずで、この点、漱石の鋭さというか早さは『審美論』や『めさまし草』の鷗外に匹敵する。という以上に広く視覚文化論者として突出した漱石のそうした活動全体の中に、特徴的きわまる一局面として彼の「理論《セオリー》」好きを位置付ける必要がある。『吾輩は猫である』の観相術と探偵批判、『草枕』におけるズバリ「距離」をいう「非人情」のピクチャレスク美学論、『虞美人草』『それから』に狂い咲く植物偏愛、『彼岸過迄』以下の文化の「見える化」と、それにとり残された不可視な「不気味なもの」の漸時の露呈……といった漱石視覚文化論のトータルな枠組の中で、仲々可視化できぬものを可視の対象に化してみせる「理論」なる視覚化＝絵画化＝劇場化行為を捉えてみる必要がある。このところ、詩人テニスンや進化論生物学のダーウィンの、細部拘泥のあり方など視覚文化論的な様態をめぐってヴィクトリア朝世紀末の文化史的研究、いうべくば精神史的な研究が一大隆昌をみているが（漱石が『文学評論』を「精神史」とはっきり名付けているブルックハルト的鋭意も今後研究の対象になる）、ラファエル前派だのラスキンだのの大ファンだったといったよく知られた観点と少しはなれた所から漱石の「理論」好きを考えてはどうかといいたいのである。FがF'を呼び、fがf'、f''からついにfnにいたり、分類が自己増殖して見えにくくなると、こらえ切れずに図表そのものがベタに紙面に姿を現わす辺り、『文学論』にひそむ可視化強迫以外の何ものでもないと、つくづくと面白いのである。

そんなことをいえば漱石の時代、彼が大好きだった浅草には「浅草十二階」、摩天の凌雲閣あり、日本パノラマ館があって大いににぎわっていたわけだが、明治末パノラマ狂《マニア》は『文学論』にこそ認められなければならない。全てを掌握しないではおかぬ巨視と、含まれる要素のいや増さるディテールへの微視がパラドクシカルに同居するパノラマニアックなあり方は意外な場面に、たとえばリン・メリルがテニスンやラファエル前派同時代の博物学を詳論した『博物学のロマンス』（邦訳、国文社）中に驚愕をもって確認できるし、今や文学の博物誌とも称すべき『文学論』のとめどない分類癖・細分化狂に、さらなる驚愕をもって確かめられるのではあるまいか。

『文学論』の中の公然たるキーワード、「解剖」の方にも一言あって然るべきであろう。バラバラになったものが魔術的な力の作用で元の総合的一者に戻る物語をオルフェウス神話という。要は近代西欧文化というものは、十六世紀に生じた世界のバラバラ化を良くないとして、無理を承知で再積分化を構想する方途(これをたとえばマニエリスムと称する。マニエリストたちの「理論」化狂いも有名だろう)と、バラバラ化をもたらした当のものに依然魅力を感じて、なおその線を強化していく方途の交代と混淆のドラマである。後者を表現する語群・概念群の中に"anatomize"はあり、"analyse""decompose"はあり、全て満足な五体をバラバラにする解剖行為を指す。はっきり言葉を定義するという意味の"articulate"もそうだし、"define"もそのたぐいだ。「解剖」という、対象の死を暗示する言葉で、対象を細かに「分析」するという行為が示されるそのあわいに、対象を切開分断する具としての刃のメタファーが介在し、それが江戸古方医術を一挙西欧開腹医学に変えたことを指摘したタイモン・スクリーチの名作『江戸の身体《からだ》を開く』(作品社)を思いだし、スクリーチの霊感源、バーバラ・スタフォードの『ボディ・クリティシズム』(産業図書)を思いだすのは、『文学論』ファンにとって決して無駄なことではない。是非、是非!

「解剖(する)」についてさらに面白いことがあって、「アナトミー」が解剖とともに一種の百科全書的なテーマの扱い方ないし書法を意味するようになっている点で、英文学でいうと漱石も愛読し、それが彼最愛の『トリストラム・シャンディ』にも系譜していったはずのロバート・バートン『メランコリーの解剖《アナトミー》』（一六二一）がその代表作ということになっている。英国病と呼ばれるメランコリーの各病態を網羅的に扱ううちに人事全般を論じる一大百科事典となってしまい、文学寄りの百科というか百科事典的文学の代名詞にこの「アナトミー」はなってしまった。漱石『文学論』を読みながらノースロップ・フライの『批評の解剖《アナトミー》』（一九五七）をどうしても思いだしてしまう理由はひとつにはこれがある。柄谷行人氏が『吾輩は猫である』他を論じるに際して有効活用した「アナトミー」概念はノースロップ・フライ経由のこの歴史的長射程を誇るアナトミー・ジャンルに系譜している。因みに『文学論』を読みつつフライを思いだすもっと大きな理由も重要で、それも「二つの文化」がらみだが、日露戦後の昌業一途の風潮の中、「文学」など一体何になるという世論に対して、文学を他の学、他の文全体の中にポジティヴに位置付け直さねばならなかった漱石の責務と、半世紀の後、カナダ（というか北米）で文学人間が直面させられた同様の事態にフライや、「英文学者」マーシャル・マクルーハンらが果敢に立ち向かった敢為が重ならないではいないからだ。まさしく今現在、東京にても然りの、文系窮状ではないか。

3.

サイファーの『文学とテクノロジー』は十九世紀末西欧のリアリズム、象徴派、頽唐派文芸が、敵とおぼしき科学主義、技術主義に自からも染っていった逆説をまさに剔抉《てっけつ》したのだが、その動向を指して同時代人、ポール・ヴァレリーがいった「方法の征覇」という問題を、もしサイファーが英訳の『文学論』を読めていたなら、極東にもこんな洞察力の文化的見者がいたということで喜んで大きな紙幅を割いたはずなのだ。遅きに失したが、その夢の英訳が見事になった。明治の終わりへの世界的評価がやっとこれから始まる。さて、ぼくにできることといえば、そう、長期絶版のサイファー『文学とテクノロジー』の復刊計画を少し早めることくらいだろうか。そしてその先に、マニエリストたちの「テオーリア」狂いを世に知らしめたG・R・ホッケの『文学におけるマニエリスム』の復刊も待っている。その先にはエルネスト・グラッシの『形象の力』と『幻想の力』の邦訳。必ず『文学論』評価が一変するだろう。真の漱石評価は、これからだ。

「尖端的だわね。」川端康成『浅草紅団』の〈目〉

水族館劇場座主桃山邑に

風が俺に教えてくれた
開かずの踏切の向う側に
幻の街があるんだと
ブリキの月光に照らされた
襤褸《らんる》の楽隊があるんだと

——翠羅臼

「モダアン」、というか「近代」というものが出来上っていく上でザ・ピクチャレスクなる美的感覚の果たした大きな役割を『目の中の劇場　アリス狩りII』（一九八五）で述べてこの方、主に十八世紀英国を舞台とするこの異様な視覚偏重の文化相のことは繰り返し取り上げてきた。そうした英国の文化史・文化事情を直かに知り、研究し得たが故に漱石は『草枕』を見事なばかりの和製ピクチャレスク文学にしおおせたのであるし、『草枕』同年に泉鏡花が『春昼』『春昼後刻』に描いた世界が何故かくまでピクチャレスクであるか、永井荷風の一連の花柳小説がいかに「アーバン・ピクチャレスク」（ピーター・コンラッド『ヴィクトリア朝の宝部屋』）の粋を極めたものであるか、そんなことを言えば『魔術師』の谷崎潤一郎や『押絵と旅する男』の江戸川乱歩がいかに最早都会の只中にもち込まれたピクチャレスクとしてしかまとめ得ないものか、とかとかをずっと論じ続けてきた。時には佐藤春夫の不思議な作品「月かげ」で、英語によって創作する友人の急死をうけて遺稿整理に掛った人物が、英語で書かれた見事にピクチャレスクな風景描写を発見、その中に"picturesque (hues)"という語があったというくだりに遭遇して、大正・昭和初年の欧風文士連中の勉強ぶり、透徹したモダニズム感度に、ほとんど笑うしかないくらいの衝撃を覚えたりした。二十世紀が始まって以来、凡そ四十年くらいのこのピクチャレスク文学の理解度と絢爛たる流行とは何か、と改めて思うのである。

そうなると問題は漠然と「モダアン」の代表作とのみ喧伝され、笑いたいほどピクチャレスクなのに一度としてピクチャレスク文学として論じられたことのない川端康成『浅草紅団』（一九二九—三〇）こそがこれ以上ない標的だ。誰かがこれは翻案されたピクチャレスクだと断じた一文の後には最早はっきりピクチャレスク以外の何かと論じられ得ない乱歩の『パノラマ島奇談』（一九二六）については、その一文をぼく自身、既に「昭和元年のセリバテール」として論じてしまっている（『黒に染める』所収）。川端については、むしろピクチャレスクの欲望が、見えない異域に蔽い隠してきたところの、いわゆる「不気味なもの」をめぐって論じてしまっており（「〈不気味なものが……〉川端幻想文学の新しさ」『風神の袋』所収）、今回ピクチャレスクな浅草にふれるとすれば一種本末顛倒の気味のないでもないのだが、一度本体のピクチャレスク論の方にふれておかないではやはり話にならないと思い、一文を草す。

＊

『浅草紅団』は一九二九年（昭和四年）から翌年（昭和九年）にかけて『朝日新聞』夕刊の新聞小説として連載された。「紅団」なる謎の組織から「紅座」なる一座建立のために芝居を書けとか、組織そのもののことを書いた「紅団物語」を書けとか頼まれ、自分でもその気になっている「私」は要するに作家なのだし、作品へのいわゆるオーソリアル・インタヴェンション（作者介入）を繰り返すので、実は『浅草紅団』はたとえば「不朽の浅草風物誌」ということで固まっている評価を越えて仲々巧妙なメタフィクションなのである。先んずる漱石が「非人情」の名で呼んだ、要するに世界の過酷相をさえ美的感受の対象に変えてくれる、一幅の絵《ピクチャー》、一個の額縁《プロセニアム》におさまった静態に変えてくれるアート——広義のザ・ピクチャレスク——を結局は目指していくメタフィクショニストにとって、その視線——「視点」——最強の比喩は絶対にパノラマでしかない。目の前の混沌世界——「混成」が最高のキーワードたる浅草以上の混沌世界が他にあろうか——を叙述の時系列に静態化していく作家の目そのものがいかにパノラマニアック[1]かを言おうとする『浅草紅団』の底意は、現実に関東大震災のあった数年前まで　高層十二階の凌雲閣《りょううんかく》を売りにし、今では少し低層ながら（「四十メエトル」）相変らず第一級の見ものたるを失わぬ「地下鉄食堂の尖塔」からの展望を売りにするモダン浅草の現実の観光事情と絶妙に重なる。[1]「南へ」、「東へ」、「右へ」、「左へ」と、水平面にばかり広がる描写が拾い出す「浅草の底」、ないし「底」の浅草と、二つの「尖塔」が可能にする「見晴しの街」の対比の強烈こそ、作品読後一番読者の脳裡からはなれぬものではあるまいか。中でも不良少女春子と紅団の若者たちが地下鉄食堂の尖塔から四方を眺める場面は、その徹底と執拗の度において、仲々複合的な機能を持っている。

東の窓は——目の前に神谷酒場《かみやさかば》。その左下の東武鉄道浅草駅建設所は、板囲《いたがこ》いの空地《あきち》。大川《おおかわ》。吾妻橋《あずまばし》——仮橋と銭高組《ぜにだかぐみ》の架橋工事。東武鉄道鉄橋工事、隈田公園——浅草河岸《あさくさがし》は工事中。その岸に石工場《いしこうば》と小船の群れ、言問橋《ことといばし》。向う岸——サッポロ・ビイル会社。錦糸堀駅《きんしほりえき》。大島ガス・タンク。押上駅《おしあげ》。隅田公園、小学校、工場地帯。三囲神社《みめぐりじんじゃ》。大倉別荘。荒川放水路。筑波山《つくばさん》は冬曇りにつつまれている。　（三十六）

こういう「東京の屋根」を展観した春子の「田舎だなあ。東京って」という一言は痛快だ。押上の名が最近のスカイ・ツリーへの当然の連想を誘う。ゆっくりした目の動きを表現するのに有効、と、『アッシャー家の崩壊』というピクチャレスクとは何かを問うピクチャレスク・メタフィクションの傑作の冒頭で意識家E・A・ポーが投入したダッシ（——）の濫用も面白い。

その西窓——芥箱《ごみばこ》が横に倒れたような浅草郵便局。雷おこしの大看板の金文字。浅草区役所。伝法院。広小路《ひろこうじ》——暮の店飾り。その飾りは甲虫の祭のためかと思う程、大通を這う自動車と電車、入営祝いの幟《のぼり》、突きあたりにコンクリイトの専勝寺、銅の屋根が鈍《にぶ》い夕映《ゆうばえ》だ。広小路の右側に、仲見世の屋根と、活動街。左に電話局と、大きい湯屋。上野松坂屋。上野駅。灰色の上野の森と汽車の白い煙。帝室博物館。帝国大学の安田講堂と大学図書館。ニコライ堂。靖国《やすくに》神社。新築の国会議事堂。——そうして広い町波の上に、晴れた朝夕ならば、富士が美しいのだ。

（三十七）

「筑波山」から「富士」へと、おなじみの関東平野パノラマ図が言及されている仕掛け。最早十分とも思えるが、なおたたみかけるように

……その北窓は——ここの屋上の通風筒《つうふうとう》と万国旗。仲見世。今半《いまはん》の金の門。鳩。五重の塔——鯱《しゃちほこ》、仁王門。鳩。五重塔——一番上の屋根瓦《やねがわら》だけが緑だ。落葉盛りの大銀杏《おおいちょう》。修繕中の観音堂は、十二月に入ると直《す》ぐ、足場の上にトタン屋根を張り、周《まわ》りを簾《すだれ》で囲《かこ》いはじめたが、諸君も仁王門脇の本堂修繕寄附受付所《うけつけじょ》の掲示で御覧の通り、その上屋《うわや》の囲いは間口《まぐち》二十七間《けん》、奥行二十八間半、高さ百二十尺、五間から十間の杉丸太五千本、角材二百五十石《こく》、そして波形トタンが四千枚だ。境内の木立の冬枯《ふゆがれ》。吉原《よしはら》。千住《せんじゅ》ガス・タンク——東京の北の果ては、低い冬曇りだ。

（三十七）

地上では、というか『浅草紅団』好みの比喩で言えば「底」ではこれら地名や建物の区々《いちいち》について人間の愚かだったり哀切だったりする物語が、「弓子」、「明《あき》公」、「チビ」、「赤木」、「梅吉」、そして「春

子」をめぐって濃淡自在に語られていく。これら地名のみ、視線と同じ速度でゆっくり続くパノラマ的視は、従ってどろどろした「底」を単純化し、抽象化して、一種作品の目次《テーブル・オヴ・コンテンツ》として機能している。タビュレート（*tabulate*）されて、たとえば隅田川景観など、紙の上に展開された文字とさえ見えて、こんな具合。

言問橋《ことといばし》を染めた桃色の朝日の中には、昨晩の尿《いばり》のあとがだんだら模様だ。しかし隅田公園は大地に描いた設計図のように、装飾が少《すくな》く、清潔なHだ。つまり向島堤と浅草河岸《がし》との二本の直線の真中（まんなか）を、言問橋が結んでいるのだ。

隅田川の流れは、日が射せば黄色く、日がかげれば泥色《どろいろ》だ。しかし、橋の上には軽い櫛《くし》のような欄干《らんかん》と、鉛筆のような照明《しょうみょう》の柱のほかに、何の鉄骨構造もないので、一枚の力強い、単純な鉄板の直線の晴れ晴れしさだ。筑波《つくば》の山々や、まして富士まで見える晴れは珍しいが、橋の上に立つと、どこからとなく関東平野の広々しさが流れてくるのだ。

一五八・五〇メエトルの長さだ。ゆるやかな弧線に膨《ふくら》んでいるが、隅田川の新しい六大橋のうちで、清州橋《きよすばし》が曲線の美しさとすれば、言問橋は直線の美しさなのだ。清州は女だ。言問は男だ。

（五十四）

ほとんどマニエリスティックに抽象的な景観把握だ。たかが橋の上から、という高さではあるが、どこか宙空の一点からのパノラミックな視野であるには相違ない。到る所、こみ入った物語を分節・

分断するようにこうした俯瞰の視野が交錯して、いやでも前田愛流の「都市空間のなかの文学」的アプローチを促すわけだが、ここでは前田氏の意外に不徹底な『浅草紅団』論に言及する代りに、ジュディス・ウェクスラーの依然突出して秀れた関連文献、『人間喜劇――十九世紀パリの観相術とカリチュア』（一九八二。拙訳、一九八七。ありな書房）を参考にしながら話を進めよう。

パノラマニアと呼ばれる一時代の美的趣味が問題だ。俯瞰の高塔が観光のネタになるとしてその装置に「パノラマ」なる商標名がついたのが一七八九年のことという。ちなみに「風船」即ち気球が上ったのも同じ一七八九年、フランス革命勃発の年の、同じパリ上空であった。「飛行船と十二階」という有名な章を構えて、東京飛来のツェッペリン飛行船と浅草凌雲閣に一遍にふれる『浅草紅団』を、バルザックの大「人間喜劇」小説叢書をうむ素因となるべき「生理学もの《フィジオロジー》（physiologie）」なる仲々奇態な文学ジャンルとの関係で捉えないことの方が難しいと思う。すると、たとえば『浅草紅団』の有名な冒頭がいきなり実は周到に方法論的な文章と知れてくるのである。

鹿《しか》のなめし革に赤銅《しゃくどう》の金具《かなぐ》、瑪瑙《めのう》の緒締《おじめ》に銀張りの煙管《きせる》、国府煙草《こくぶたばこ》がかわかぬように青葉の茎を入れた古風な煙草入れを腰にさげ、白股引《しろももひき》と黒脚絆《くろきゃはん》と白い手甲《てっこう》、そして渋い盲縞《めくらじま》の着物を尻はし折《お》って、大江戸の絵草紙《えそうし》そのままの鳥刺《とりさし》の姿が、今もこの東京に見られるという。言う人が警視庁の警部だから、まんざら懐古趣味の戯《たわむ》れでもあるまい。

してみれば、私も江戸風ないいまわしを真似《まね》て、この道は――そうだ、これから諸君を紅団員《くれないだんいん》の住家《すみか》に案内しようとするこの道は、万治寛文《まんじかんぶん》の昔、白革《しらかわ》の袴《はかま》に白鞘《しろざや》の刀、馬まで白いのにまた

がって、馬子に小室節《こむろぶし》を歌わせながら吉原通《よしはらがよ》いをしたという、あの馬道《うまみち》と同じ道かどうかを、調べてみるべきかもしれない。（一）

直後に「私」と女主人公弓子の物語がいきなり始まるので、この引用部分が一種序文の体《てい》なのだが、少し注意深く読むなら、いきなり描写における観相術（physiognomy）というテクニックが、それを可能にした「道」のインフラ史と一緒にして問題化されており、かつその道がうむ人々の外形、表層への関心が警察国家──「警視庁の幹部」──の管理におかれたこの文化相の最終段階に入ってしまっている事態への言及まで含む情報満載の一文だと知れる。しかも、しかもだ、この文化が「江戸の絵草紙」以来続いているいわば伝統の〈絵〉の文化でもありながら、まさしく近代司法警察の介入によってこの文化が何か新しい異質なものに──「懐古趣味の戯れ」でない何かに──変性してしまった、絵の文化、視覚文化上の一大転換にも言及していて、とはつまり広義のピクチャレスク文化とその文学的表現を見続けてきた人間にとってはほとんど例外的に透徹した文化史的テクストと言ってよい冒頭部なのである。

パノラマを知る川端康成が、「パノラマ的視」（ヴォルフガング・シヴェルブシュ）、というかパノラマを焦点につくり上げられていった視覚の文化相全体を感得していなかったとは考えにくい。それでそこを一番分かり易く論じてくれたウェクスラー女史の名作批評を思いだしたわけだが、人間外形への微細な観察と描写が見掛け上の水平的展望と一見相容れぬ宙空の一視点から周く明らかに大観・通観する分類学的な「見晴し塔」の視覚と実は違わぬものであることをウェクスラーは言い、観相術とパノラマがフランス革命同時代にセットで大流行した事実を縷説し、これなくばバルザックが、ダンテの「神聖喜劇（神曲）」を人間界に反転した「人間喜劇」の百科全書的《アナトミカル》な包括ヴィジョンなど持てたはずがないことを大冊一巻で説き去った。「大都会における個人と個人の関係は、耳の活動に対する目の活動の圧倒的な優位ということによって特徴づけられる」と、まるでベンヤミンでもあるかのようにゲオルク・ジンメルが喝破した名文句をエピグラフに掲げるウェクスラー書は仲々捜しづらい現況にあるので、都市眺望の文化論のモデルとも言いうべきその冒頭部のみ、少し長いが引いておく。こうである。

十九世紀中葉、それは鳥瞰（bird's-eye view）の時代である。パノラマが包括し、距離を置く概念的なモードであるばかりか、文学、美術の中ではパースペクティヴというか展観のための仕掛けとなったのである。ヴィクトル・ユゴーの『ノートルダム・ド・パリ』（一八三一）の冒頭部がそうだし、バルザックの『ゴリオ爺さん』（一八三五）ではユジェーヌ・ド・ラスティニャックが墓地からパリを眼下に見おろしている。パリ生活を扱い大人気だった三冊の要覧《コンペンディア》、『パリの悪魔』（一八四五―四六）、エドモン・テクシエ『パリ眺望』（一八五二―五三）、そして『花の都パリ』（一八六二）などの扉絵。広く市民にとってのスペクタクルとして供されたディオラマやパノラマ。中でもルイ＝ジャック＝マンデ・ダゲールのは名高かった。ナダールが彼の気球の上から市街写真を撮《と》っているところをドーミエが描いた有名な戯画。それにダゲール、エセフォール・ニエプス、アンリ・ル・セックなど初期の写真家たちが建物のてっぺんから撮ったパリ風景もある。

私の研究で鍵となる位置を占めるのはバルザックである。文学者としては彼は啓蒙主義に深く泥《なず》み、性格づけと分類学の初期のモデルのあれこれに泥《なず》んでいた。我々に直接関係するのはそのうちの三つ、ラ・ブリュイエールの『人さまざま』こと『当世風俗誌』、ビュフォンの『博物誌』、そしてラファーターの異彩放つ『観相学断片』である。大衆的出版のために明けても暮れても書き続ける旺盛きわまる書き手としてバルザックは格別肩に力を入れることもなくこれらのモデルを融合し、大いに開発することになる。我々のテーマ全体にわたって、その底にはバルザックが抱いていた強迫観念が流れている。社会的条件を表現するものとしての肉体的表現に彼が魅了されていたこと、そして社会的目的のために表現を操作することに彼が深甚の関心を持っていたことを、しっかり覚えておこう。

彼自身の全てを要約するバルザックの核心的イメージといえば、それは彼の主題たる社会を繰りひろげ、上から眺めようとする一個の抽象作用のイメージである。鳥瞰、そしてパノラマ。あるいは類型が一個のマトリックスないしヒエラルキーへと再編制される一枚の地図、図式。小説というものをリアリズムの連中が考えた時の核心的イメージたる「人が街路を歩きながら携えていく鏡」というのとは、これは本質的にちがう。バルザックの「人間喜劇」を構成する八十篇からの小説や綺譚は、完全無欠かつ、そこに一時に姿を現わしてくるものとバルザックが想像した一枚の図式《チャート》に対する探索なのである。

そして「高い位置に視点を持ち、ディテールに目配りを持つべき観察家（observer）」というものへの満腔の讃意をバルザックは有名な狂文「歩行の理論」の中でこう言っているのだそうだ。「観察家というのは異論の余地なく第一級の天才である。人類の発明はすべて分析的観察から生まれる。精神が信じがたい迅速をもって一事をみている、それがこの観察力なのだ。ガル、ラファーター、メスメール、キュヴィエ、ビュフォン、ベルナール・パリッシー、ニュートン、そして偉大な画家、音楽家、彼らはみな観察家である。彼ら崇高な猛禽類は上空高く飛躍しながら、その眼力で下界の出来事を明視する。物事の抽象化も特殊化も能《よ》くし、また正確に分析し、かつ正しく総合する」、と。バルザックが他の誰よりも尊敬していたのが『博物誌』のビュフォンだというのは近代小説史を考える上で最も重要な逸話だと思われるのだが、それはビュフォンが「自然研究を愛するために、精神の互いに矛盾し合う二つの性質が必要となる。万象をひと目で把える熱烈な天才の広闊な展望と、他方、ただひとつの点に集中してはばからぬ熱心な本能の細心きわまる注意力のふたつ」と言った言葉の故、ということらしい。

冒頭の観相学的徴視と「見晴しの街」の巨視が逆のものと見えて、「観察」への異様な関心という点ではまさしく巨細無碍、実は同じ文化のコインの表と裏でしかないことを示すのに少し大仰な議論になってきたかもしれない。まとめてみると、ほぼこうなる。産業化、都市化が急進展して物流が制御を越えるようになると、それを統御する仕掛けとして〈絵〉の文化が発展する。即ち広義のピクチャレスク文化と呼んでもよいものである。既に少しは知られるようになった十八世紀英国のピクチャレスク文化ではあるが、ポイントは絶対主義イデオロギーを反映して良く整形されたフランス庭園に敢えて反抗して荒涼や凄愴をもって美と観じたという狭義の美的ファッションとしてのピクチャレスクが最早問題なのではなく、世界を一幅の「世界像」（ハイデッガー）として切りとり安定したものとして統御する欲望、技術という意味で十分に広義化したピクチャレスクをこそ問題にしなければならない。御本尊の英国でさえ、一九二〇年代後半になるまで、ピクチャレスクな十八世紀のことを完全に忘れていた。だからこそ漱石や佐藤春夫の鋭意たたえるべしと言ってもいるわけだが、「モダアン」をピクチャレスクとして捉え直そうとすれば、ピクチャレスクは一七九四年の或るお馬鹿な学術論争をもって終ったなどといういまだに根強い通説など是非にも駁破せねばならない。

ルネサンスを持たぬが故と勝手に思いこんだ英国人貴顕のイタリア・コンプレックスに端を発したのにもせよ、要するに万象増大の混沌相を前に、切りとり、分類し、静態化してくれる〈絵〉の魅力に文化全体がはまりこんでいった。文字通りの絵画への関心、文学をその絵画に近付け融通させようという試み、等々、〈絵〉が近代文化そのものの喩となりおおせていった事情を改めて深くのみこんでいなければ、『浅草紅団』を「不朽の風物誌」など相変らずいわば惰性で軽く形容はしてみても存外、ではその「風物誌」とは何かという肝心な点が依然よく分かっていないという現状は何も変わらないであろう。

観相学に始まり、高層からの「見晴し」に行きつく『浅草紅団』こそはまさしく、十八世紀ピクチャレスクが点火した視覚モダニズムを一作で駆け抜けてみせる、近代視覚文化の中での文学の運命ないし趨勢を考えさせる究極のテクストではないかと思われる。男女風俗のそれこそ風物誌という体裁こそは、作品の核心的テーマに言う「仮装」であって、考えるほどに「モダアン」を拡大解釈されたピクチャレスクと把えるための最高級のテクストなのではないか、と。〈絵〉に対して改めてめざめた関心が分類的視覚をうみ、観相の技術をうみ、カタストロフに泥《なず》み、パノラマニアに行きついた十八、十九世紀の視覚文化の展開と、その中での文学の機能変化をこそ『浅草紅団』の「ディザスター・キャピタリズム」(ナオミ・クライン)は表沙汰にしているが、そうなると逆に、まさしくそのタイミングでよくぞ日本パノラマ館や浅草十二階が建ってくれましたと、構造か、偶然か、歴史というものの至微、というか玄妙に改めて驚くことになるのである。

こういう視による統御という大テーマを考えるに何が何でも浅草でなければならなかった理由がある。上はパノラマ、高層展望台から下は(「底」は)怪しげなレヴューや見世物まで視覚文化各レヴェルを満載した空間はそうそうあるものではない、といった議論はいくらも可能なわけだが、結局そうやって視覚的に急追してみたところで把えきれない「弓子」の存在がネックなのである。自から貸衣裳屋(「変装屋」)の「マネキン・ガール」と称する弓子と朝の浅草を散歩するところから唐突に始まる物語は油を売る女とお喋りするところで唐突に終わる。この幕切れは、万事に境界的、両義的で究極の両性具有的存在たる女主人公にふさわしいと言えばそれまでだが実に爽快なほど唐突だ。「いよいよ私だってことが分らないでしょう」という油売りの女の一言で『浅草紅団』は終わるのだ。この油を売る女も実は弓子の変装である書きぶりだし、その弓子が言う「油売りが油を売ってるわ。油を売るってあのことよ」という台詞はむろんつまらぬお喋りで暇をつぶすことを指す大層軽めな自己言及の洒落になっていて、何かの深刻めいた意図や作意をこの作品に読みとろうとするたれしもをどたん場で笑いとばす、スターンの『トリストラム・シャンディー』の幕切れにも匹敵し得るうっちゃりわざで、弓子にだまされ通しの「私」や「赤木」同様、読者も「やられたッ!」と気付かされるしかない。こんなにもダジャレ好きな男が何故自裁自決なんか、と改めて不思議に思わざるを得ない作者の軽み。そう、そんなことを言えば諸君、気付いていただろうか。「尖端的だわね。」という、「すさまじい小唄映画」の話が出てくるが（三十二）、「モダアン」をしばしば「尖端」「尖端的」という名で呼ぶ物語の真の主人公が「尖塔」である他ないことの、こみあげる笑いをとどめられない究極の駄洒落《バン》にお気付きだっただろうか。

　そもそも「紅団」とは何か。「赤い洋装の娘」として登場し、「真赤なスカアト」をはいて「赤木」を誘惑する弓子を首魁とする街の不良仲間の集合である（らしい）。この「紅」もだが、「団」の意味するものの方に関心がある。丸い、塊、そして回転運動というものが意味される。紅団はもちろん千社札を符牒にして連絡し合う地下結社で、これが地上には「紅座」という演劇集団として出現する夢を見ている（らしい）という設定が面白い。表層のニセ自我と深層の真自我といった（とりわけユング的な）精神分析的文化論が二重の顔持つ浅草文化の地勢学と余りにもぴったり重なるわけだし、余りにも通俗演劇に堕しながらも演劇とは、芸能とはいかなるものかの議論もできそうな按配である。浅草という芸能の象徴的核部分にいわば地下から迫《せ》り上ってきた「残酷の演劇」の潜勢力が「和洋ジャズ合奏レヴィウ」流行の「混成」へと軽薄にはぐらかされていくのだといった大袈裟な議論も可能だし、明治初年来の演劇改良運動のせいですっかり骨抜きされ綺麗ごとに化した演劇界にこの軽薄な浅草自体、ひとつの「底」の力となって警告し、活力を与えるといった類の議論もいくらもできる。「尖塔」の文化にも意味が生じるのは「団」が意味する不可視の「底」に伏在するものがあるからだ。世俗に敏な女たらしの赤木から見れば埋もれてゆくべき古い文化相だ。「とにかく浅草の人間は古いよ。上《かみ》は香具師《やし》から下《しも》は浮浪人、乞食《こじき》に到《いた》るまでだね。親分子分、それから仲間うちの義理人情——お江戸のばくち打ちそのままじゃないか」。実際には「その底は……古めかしい掟《おきて》の網」だらけの浅草に引っかかりを持たない赤木に、弓子は「ただ物好きに浅草を歩いてらっしゃいまし」と言ってのける。痛烈だ。弓子は「フラヌール」も、そして「アブジェクシオン」も自由に論じる。「昔をいえばきりがない浅草の女だ。水茶屋の茶汲女《ちゃくみおんな》のはじまりが二百年前だ。次が楊枝屋《ようじや》の女だ。楊弓屋《ようきゅうや》の矢取女だ。もう明治だ。銘酒屋《めいしゅや》の元祖《がんそ》だ。そして、新聞縦覧所《じゅうらんじょ》の女だ。碁会所《ごかいしょ》の女だ。麦とろ屋の女だ。——十二階下の銘酒屋だ。もう大正だ。「大正芸者」だ。大地震だ。十二階の塔といっしょに、いろんな女が消えたのだ」と「私」は見事な台詞を吐くが（五十二）、変装の名手たる弓子はこれら何役をも一身に体現した存在なのだろう。「私」が言うには「水茶屋、揚枝屋《ようじや》、楊弓屋《ようきゅうや》、新聞縦覧所《じゅうらんじょ》——この流れの下のもう一つの流れを、諸君は聞いたことがあるにちがいない。けころ、提《さ》げ重、勧進《かんじん》比丘尼《びくに》、夜鷹《よたか》、それから今のゴウカイヤだ。宿なしお勝《かつ》、稲妻《いなずま》のお玉、阿呆《あほう》のお幸《こう》、すが目のお久《ひさ》」（五十三）。女に浅薄を見ながら、浅薄を打つ「底」の力も女の世界とする『浅草日記』（一九三一）の川端の身勝手な女嫌《ミソジニー》いを感じてしまう。結局は「底」の力すべてを象徴する「弓子」に、文化に対する永遠の賦活力を託す『浅草紅団』という作品自体、「永遠に女性的なるもの」に対する男側の身勝手な妄想のように見える。赤木は弓子のする話を「おとぎばなし」と言うし、作者自体、弓子のありようを「姥宮姫宮」の古伝承になぞらえて説明しようとする（二十七）。新奇に流れるものとして女を侮蔑し、伝統に根ざすものとして女を尊ぶ身勝手。

　身勝手は「紅団物語」を綴りつつある作者、「私」のものでもある。全てを見る／書く「私」が実は究極のフラヌールである。印象的なことに、彼は「貸家」をさがす人間として登場し、適当な「空地の奥に貸家札を見つけ」ると、「この門の奥なら、まず人に知られる気づかいはない」と漏らす（三）。一方的な見る立場をこうして確保した「不良文士」は端的に世界を一幅の絵、一幕の劇として眺めるピクチャレスクな視線そのものである。『草枕』主人公の絵描きと同じ問題がこの人物にもある。「昔から浅草好きの私」と言うが、一体、浅草の何が好きなのかが問題だ。

弓子から「紅座がやる芝居を一幕」書けと頼まれる。弓子が町そのものを舞台に男として振舞う時の名を「明公《あき》」というのだが、人物たちが「明公と順々にするように」書いてくれという注文は仲々面白い。川端が文学のマニエリスム的傾向——アルス・コンビナトリア——に関心を抱いていた趣があるからだ。何をと仰有るかもしれないが、これからの文学は自己言及装置（「紋中紋《ミザ・ナピーム》」）を内蔵したものでないとやっていけまいとアンドレ・ジッドが『贋金作りの日記』で喝破した直後の『浅草紅団』ではあるまいか。作中、「私」は「卑《いや》しい女ばかり出る、長い奇妙な小説を書こう」という意向を漏らす。「長い奇妙な小説を書こうと思っていた。——と、この文章のなかのその小説を、諸君、私は十年たった今やっと、この通りに書き出したのだ」（四十四）。そうやって書かれた物語を今読者は『浅草紅団』という標題を持つ一冊として手中にしている構造はそっくりジッドの『贋金作り』だし、『失われた時を求めて』なのだ。遠近法を失効させた一九二〇年代は、見ることと／書くことの、めくってもめくっても自からしか出てこない表象の袋路地を出現させた（「袋路地」だらけの浅草はまた、「私」にそのことを考えさせる街としてもこの上ない「迷宮としての世界」だ。迷宮の上に五重の塔と十二階が上から睥睨《へいげい》する浅草公園はこれ以上ないマニエリスム地勢図ではあるまいか）。

連載の回を追う毎に作者の介入がひどくなる。やはり一九二〇年代に再評価を受けるはずの『トリストラム・シャンディー』と、ここでもよく似ている。

白いモオタア・ボオトが言問橋《こととといばし》の水影を蹴立《けた》てて来る。

というところまで書いて——二月から七月、そうだ、ざっと五月《いつつき》の間、私は「紅団物語」を休んでいたのだ。

「白い外套の腕が、真赤だ、血だぞ。」と、地下鉄食道の尖塔から望遠鏡で見ていた男が叫び、白い外套の弓子は、紅《くれないまる》丸の苫屋《とまや》へ引きずり込まれた。——私はそこから続けなければならないのだ。

（三十八）

こういう作者介入による唐突な中断と継続も単に滑稽な効果というだけではすまない「モダアン」文学の到達点だった。「不朽の浅草風物誌」に自足したかもしれない作品さえ、「文学とテクノロジー」（ワイリー・サイファー）のど真中に巻きこまれる他なかった。高塔から見られるように統御された世界を描けと言ったヘンリー・ジェイムズその人の書く小説はどんどん却って迷宮化していったが、見たままを書くことが巧くいかない、否、そもそも見るとは何をどう見ているのかが問われる瞬間、そもそも「風物誌」とは歴史的に何で、〈今〉どうなっているか、ピクチャレスクが生成史そのものを問われるその時代の、そのジャンルの文学言語に生じた問題を『浅草紅団』は奇跡的なばかり剔抉しおおせた。「常に一切のものの古い型を溶かしては、新しい型に変える鋳物場《いものば》」たる「大衆の浅草」を背景にしてのみ可能な制作だった。浅草六区の水族館に発し、年毎にスペクタクルの「鋳物場」を立ち上げる今現在の水族館劇場の新作を見てきた興奮のまま、一文を草してみた。(2) ちなみにこの話題の劇団が駒込大観音光源寺で演じた『ワールズエンドワルツ』は当然のように『浅草紅団』をそっくり「鋳」直してみせた作品であった。

(1) 細馬宏道『浅草十二階――塔の眺めと〈近代〉のまなざし』青土社、二〇〇一年六月一日刊。
(2) 桃山邑編著『水族館劇場のほうへ』羽鳥書店、二〇一二年六月一〇日刊。

近代「憑」象論・覚え

1 「世紀が迎える六十路」

今なおヨーロッパ十八世紀論として卓越した書と言ってよいジャン・スタロバ(ビ)ンスキーの『自由の発明』中にも、「世紀が迎える六十路《むそじ》」というのは名文句である。歴史的時間百年が一循環する「世紀」という単位がひと一人の一生と完全に平行というわけにはいかないから、一寸微妙なズレがあるのは仕方がないが、近代四百年が通観できるようになった現在、一世紀の六〇年代という観点は実に見事なアナロジーとなっていたことが見えてくる。二十世紀の一九六〇年代が、とりわけその最後の二年ほど、政治や文化、そもそも生きている感覚がそこで一変したことをなお忘れていないという世代が残っているはずだ。ダーウィンとマルクスによる世上席捲の一八六〇年代はもっと遥かに大きな地殻変動の十年《ディケード》だっただろう。そして哲学者フーコーが近代哲学観そのものを一変させた『言葉と物』(これも一九六〇年代の精華と言うべき産物だった)がじっくり対象にしてみせた一六六〇年代については贅言無用だろう（一六六七年にコンピュータ言語が概念的には既に出現しているわけだから）。

残る十八世紀の「六十路《むそじ》」はではどうなのだろう。一七六〇年代という十年《ディケード》。啓蒙時代の絶頂でありながら、啓蒙の真逆とも言ってよい、「啓」「蒙」という光の明度のメタファーで言えばまさしく暗黒《ノワール》の時代の入口ともなったなんとも重層的なこの十年のありようを全体的に、良かれ悪しかれ教科書的に整理し切ってみせたのが、類書模倣作あまたある中に、右スタロバンスキーの名作であった。一世紀の後半が、前半を基盤にいかに捩《ねじ》りや歪めの振舞に出るものか、どの世紀に関してか調べようとする者で『自由の発明』に触れないでいられる者がいようとは思えない。

考えてみると、フランス語圏にヒストリー・オヴ・アイディアズ（観念史学）という概念ないし語彙が発達した気配は何故か全然ないが、例外が『円環の変貌』のジョルジュ・プーレであり、『宇宙と想像力』のエレーヌ・テュゼであり、そして『自由の発明』のスタロバンスキーである。英語圏では彼らの紹介はいまだに必ずヒストリアン・オヴ・アイディアズということになっている。

以下、スタロバンスキーの顰《ひそみ》に倣《なら》って、反－啓蒙の観念史、暗黒晦冥趣味の文化史（の覚書《エスキース》）を試みてみる。ひょっとして既にどこかで読んだという感じを抱かれるかもしれない論旨になる。そう、その通り。この『文学』誌に先回寄稿したピクチャレスク演劇論とも、さらに先々回に書かせていただいた川端浅草文学論とも、さらにその前の漱石文学理論考の一文とも、発想、そして舞台として選ばれたターゲットの時代ともども、一貫して何変りがないからである。つまりはヴィジュアル・カルチャーとして再検討される「近代」が一七六〇年代という世紀の六十路《むそじ》に、どう決定的に新局面突入の華やかなドラマを演じたか、少しはスタロバンスキーより前に出て論じてみよう。一七六〇年代のキーワードは、先回作「ピクチャレスク演劇王の遺産」のそれが、“spectacle”であったのに平行して、“specter”である。即ち幽霊、亡霊。もはや言うまでもないが、「見られたもの」の意味。「ゴースト」は当時、小説でこそ多く使われているが、憑霊論（spectrology）の厖大な評論・エッセーでは、“apparition”の用語が圧倒的に多い。たれもの知る、“appear”の、“appearance”と並ぶ名詞型である。英語の幽霊が「見られたもの」、「見掛け」という語で表わされるという何気ないヒントからこの一文は草されることになる。幽霊などという文字通り曖々然たり昧々然たるぼんやりした語でなく、英語から入ると怪談文化史は瞬時にしてヴィジュアル・カルチャー論に間然するところなき一致・重合を見る。暗黒文学への耽奇オタク趣味などに跼蹐されることのあり得ない広いコンテクストを得るだろう。第一、ヴィジュアル・カルチャーと言った直後、ヴィジュアルの大元である「ヴィジョン（vision）」がそもそも「視力」「展望」から「幻影」から、ついには「幽霊」の意味まで含んでいることを思いださないわけにはいくまい。これは、「ゴースト ghost」が語彙論的に元々は「主《あるじ》」を指す「ホスト host」や「客」を指す「ゲスト guest」と同じ語であるだの、ロマン派理解のキーワードたる「イマジネーション（imagination）」も、形《イメージ》をつくりだす脳の作用を指す十八世紀末憑霊論での大流行語大賞だったようであるだの、視覚文化論は英語で考えるやり方の方が柔軟性に富むみたいだの、ということを、今次このエッセーを綴りながら改めて痛感した（ちなみに“That's your imagination.”訳せますか。少しコンテクストが必要にしろ、これをいきなり「幽霊《ゆめ》でも見てたんじゃない？」と訳せるあなたは、“An idea haunted me.”という面白い言い方ひとつに着目することで近時最強の「ゴシックな」フロイト論を書くことに成功した才媛テリー・キャッスルの仕事を楽しめるのに違いない）。

日本での怪談を材料にこうした高度な批評言語の遊びを楽しめるとすれば、怪談噺の女主人公「累《かさね》」の名くらいなもの。人と物語を次々「重ね」合わさせるパリンプセスト書法の名でもあった。高田衛氏が明るみに出し尽くしたこれはこれで面白い語／概念だが、ひとつにはぼくの（かつての）専門が英国文学（だった）ということもあり、まずはお化け好きナンバーワンの英国の十八世紀半ば、そしてこの点では消長の具合がほとんど完全にパラレルになっているのが面白い宝暦・明和時代の日本の幽霊視覚文化論を以下に。本当に一七六〇年代という十年《ディケード》に洋の東西にほとんど何の径庭もなくなったのではないかと思わせるほど興味津々たるパラレリズムである。

2「憑」象される「内」と「外」

ヨーロッパ十八世紀の「六十路」と言えば、まずは『百科全書』編纂であり、英文学で言うとローレンス・スターンの『トリストラム・シャンディの生涯と意見』（一七五九―六七）であろうか。スターンの奇作長篇は、『トリストラペディア』という百科を綴ろうとして失敗してしまう人間への揶揄でもあり、『百科全書』へのパロディとして読める。この大長篇の狂った時間構成を丁寧に追跡した御苦労様なある博士論文提出者が、この自伝の自伝作者自身、この世に生まれてさえいないという逆説的な結論に呆然としてしまったのだそうだが、空霊というのか、どこか虚無的で不健康なところがこの稀代の滑稽小説にはある。

しかし兎角、時代を反映してどこまでも鷹揚に、何でも取り込み、何でも話題にし、全てを呵々《かか》として笑殺する。第二次の土地囲い込み運動によって異物を外に排し、シャンディ・ホールという半径何マイルだかの閉域に自からの安寧をかちとろうとしている眷族の物語だ。これまたそのことを論じた『自由の発明』の言いぐさだが、エンクロージャーとエンサイクロペディズムが互いに絶妙なアナローグになりおおせたのである。十八世紀半ばからやっと文芸のテーマになり始めた家／部屋のインテリオリティが「広場」から「部屋」へと撤退していく人間の脳、ないし自我の輪郭のこの上ない表象／「憑」象となる。城館／部屋をそうやってpossess（所有）しつつ自我イメージを形成していった十八世紀市民階級の自足による軽い熱死状況を始まりから終りまでたどったのが『トリストラム・シャンディ』だとすると、ちょうどその転換点あたり——一七六四年——にホレイス・ウォルポールの『オトラントの城』が登場して、幽閉の場としての所有空間という側面を百パーセント増幅した。世に言う（英国）ゴシック小説の始まりである。『オックスフォード大英語辞典（OED）』の、“possession”の項でその定義が二つの極の間を揺れるのも想像通りこの辺であるのが面白い。定義その一は勿論「所有（物）」、そしてその二が狐狸や魔縁による「憑依《ひょうい》」。相手を「所有」したつもりが却って相手に「憑依」されることになるという、スティーヴン・グリーンブラットやテリー・キャッスルの近代西欧人固有のontologyならぬ *hauntology*（「憑」象論）は爽快である。キャッスルの関連エッセーは全て『スペクトロピア *Spectropia*』という素晴らしいタイトルの一冊にまとまると予告されていたが、『女体温計』なるタイトルで出た（一九九五）。

　後に堅固たるべき「自我」ないし自意識というものが、ふわふわした状態を少し脱するに必要な手掛りとして建築、とりわけ家《メゾン》や城館《シャトー》、そして部屋という空間愛《トポフィリア》をテーマに選んだということなのである。明治末年まで、ヨーロッパ的な意味での"Raum"〔空間／部屋　英語の"room"へと派生〕を持つことのなかった日本での怪談と西欧近代におけるそれとの最大の違いはそこに由来する。「密室」がなければ作品構成が成り立たぬ推理小説・探偵小説が江戸時代はおろか明治末年まで存在しないのが日本の文学環境だからだ。怪談の怪異部分をどう説明《エクスプレイン・アウェイする》しさるかという切迫した素因から出発したのが即ち推理小説だからである。ゴシック小説が秘めたこの構造をこそ一貫して表沙汰にしてみせたのが、いきなりホレイス・ウォルポールを継ぐ第二世代の（『オトラントの城』刊行のその一七六四年に生まれた）アン・ラドクリフ夫人の、たとえば『ユードルフォの秘密』（一七九四）だということになっている。幽霊、かと思いきや枯尾花だったという、合理化・説明化へのこの一種反クライマックス的な構造を否定する読者はいまい。ラドクリフ定数《ラドクリフィアン・フォーミュラ》とでも名付けて、後に触れてみよう（というか、本エッセーの真の主題がそこにある）。怪談ジャンルを十八世紀半ばに発生させながら三十年もせぬ間にそうやって「終らせ」てしまったものとしてばかりあげつらわれるラドクリフ夫人ではあるが、「始まり」の傑作群として実に色々な問題提起をし、実験意欲に満ちたものとして読むべき価値は全然失われていない。「ザ・ピクチャレスク」の風景という斬新な描写技法ひとつ考えても、それは『ユードルフォの秘密』や『イタリア人』といったラドクリフ夫人の傑作抜きには考えられないが、「ザ・ピクチャレスク」概念自体、ここへ来てやっとの再評価なのである以上、ラドクリフ怪談の近現代的評価もこれからなのである。たとえばジョーン・ドゥジョンという才媛比較文学史家の名作『リテラリー・フォーティフィケーション』を参照したゴシック文学論にいまだに一点もお目に掛からないが、これまでの西欧怪談文学研究が、表向きの盛況とはうらはらの、これが千篇一律の実情とみえる。つくられ始めた新人類の「自我」は十八世紀前半のヴォーバンや（『危険な関係』を書きながら実は大築城家だった）ラクロの手になる城砦をマスターメタファーとして自己成型を遂げたのではないかというドゥジョン女史のとんでもアイディアでゴシック文学が原理的にゴシック「建築」文学である他なかった所以が明々白々であろう（いまだに奇書としか言われないぼくの『カステロフィリア』は実はこのドゥジョンの画期作への学恩の成果、オマージュ以上のものではない）。

要するに「城《キャッスル》」狂いという空間愛《トポフィリア》ひとつとっても、表《おもて》の『トリストラム・シャンディの生涯と意見』と、裏の出発期ゴシック小説の異様な城砦愛《カステロフィリア》が文字通り表裏の存在同士なのであり、とはつまりそれが一七六〇年代という「世紀の六十路」が抱えた分岐点の究極の意味なのである。「おお城《シャトー》よ、おお季節《セゾン》よ」のテーマと言っても良い。牢固かつ白日下に明々白々な理性の象徴としての城が、壁の背後、床《ゆか》の下方に抱えたいまひとつ、こちらは原理的に陰々として鬱然たる空間であるしかない牢屋《ダンジョン》を、「不気味なもの《ウンハイムリッヒ》」を秘める他なかった。時代が、二分化された世界へと、その明と、そしてその暗を一層際立たせていった。自我が強烈に自己投射すべき手頃な気密空間を持ち得た西欧と、端的に『夢十夜』の第三夜だが、明治末年にそれを漱石英国留学を手掛りに輸入するしかなかった本邦での怪談文学史はどうやら根源的に似て非なるもの、とぼくは考えている。

3　宝暦という極東の西洋

ところがその日本、というか江戸に強烈西洋的な瞬間があるという印象も持っている。宝暦の江戸である。一七五一年から一七六三年に当る。あるいは一七六四年が問題になるから次の明和（一七六四

—七〇）まで含めて宝暦明和とでも、ちょうど文化文政と併称するのとそっくりにひとまとめに考えられないこともない。宝暦明和と文化文政が寛政をはさんで日本の怪談文学が「西洋的」ピークに達した二つの時代だとぼくは見ているが、大《おお》南北の化政は良いとして、なぜ宝暦か、なぜ明和か。勿論、刊行は少し遅れるが執筆完了ということならやはり一七六〇年代の『雨月物語』（一七六八。刊行一七七六）一作をとって、その通りだと言い切り、言い捨てることもできるわけだが、ぼくがこの宝暦明和期に日本怪談文学ないし怪異文化の出発点を敢えて見たく思うのは、上田秋成（一七三四—一八〇九）一個人における明暗表裏の構造もだが、江戸文化全体が演じ切った明と暗、光と闇の拮抗、ないし一による他の隠蔽という、民衆文化史の圧倒的なヤマと目さるべき大転換・大変質を、関東と関西二地域が壮大スケールで演じ始めていた事情が如実に確認できるからなのだ。関西に秋成あり、そして関西の人間でありながら人一倍の関東張りを演じてのけた平賀源内（一七二八—七九）あり。源内非業の牢死なくばほぼ正確に同時代人と言っても良いし、鬼だ天狗だの言われた脱領域超ジャンルの大活躍は両者とも一七六〇年代という十年《ディケード》に限られている。源内に怪談があるのだろうか。有名な狂文、『根南志具佐』（宝暦十三年。一七六三）は閻魔が地上の美青年俳優を地獄に誘い入れようとする話で、広い意味で幻怪譚に入れられなくはないが、やはり怪談の範疇には入るまい。ぼくはかねが稀代の起業家たるデフォー（一六六〇—一七三一）と源内を無媒介に一線上に並べる文章を既に何本か書いてきたが、一個の異様なオブジェが天狗の面であるのかないのかという「真贋」をめぐる鑑定《めきき》のああでもない、こうでもないという愉快なエッセーなど読んでいると、幽霊をめぐっての似たようなストーリーなど何時でも書けそうな気がする源内だ。近代英文学最初のゴーストストーリーが、出現した幽霊の真偽をめぐる状況証拠のドキュマンから成るデフォーの『ヴィール夫人の亡霊』(一七〇六)であることを疑う研究者はいないだろうし、論ということでもデフォーの『幽霊論』(一七二七)が先駆的と認めぬ者はいまい(Defoe, *Essay on the History and Reality of Apparitions*)。「ヒストリー」にしろ「リアリティ」にしろ我々が考えているよりは遥かに広く、遥かに茫漠とした定義域で検討が続いていた時代の、その寵児たるべく、生涯「リアル」の問題系全体にほとんど憑依されていたデフォーの人物像をこうやって煮詰めていく毎に、我々はもしゲンナイ牢死せざりしかば、と考えざるを得ない。英才ジャポノロジストのタイモン・スクリーチの名作、『江戸の身体《からだ》を切る』(作品社)は、一切を可視的表層にさらさないではおかぬ十七世紀オランダの知の世界——解剖学と静物画、レンブラントとフェルメール——がいかに極東の奇人「窮理学」者ゲンナイを、外と内を分け、どんどん内を外にさらし出し続ける自分たちと同族の精神と感じて高く評価していたことを言う実に面白い逸話で話を始めていた。一七六〇年代(以後)の江戸の新知奇知を論じるに今や絶対欠かすことのできない逸話と思う。

その源内が「宝暦十と三余りの年」(一七六三)に発表した『根南志具佐』巻の四の有名な冒頭部分を次に引く。ぼく自身、新観点から江戸、特に宝暦以降中・後期の江戸を論じる場合、お約束のようにこのパッセージから話を始めるので、既によく知っておられる読者も少なくないはず。怪談の話に、しかもこれだけの紙幅を費してまで何故と訝《いぶか》しみつつ、まずは一覧されたい。こんな出だしである。

「行(く)川の流《ながれ》はたへずして、しかももとの水にあらず」と、鴨《かも》の長明が筆のすさみ、硯の海のふかきに残《のこる》、すみだ川の流清らにして、武蔵と下総《しもつふさ》のさかいなればとて、両国橋の名も高く、いざこと問（は）むと詠じたる都鳥に引（き）かへ、すれ違ふ舟の行方《へ》は、秋の木の葉の散浮《ちりうかぶ》がごとく、長橋《ちやうきやう》の浪に伏《ふす》は、龍の昼寐《ひるね》をするに似たり。かたへには軽業《かるわざ》の太鞁《たいこ》雲に響《ひゞけ》ば、雷《かみなり》も臍《へそ》をかゝへて逃去《にげ》（り）、素麪《そうめん》の高盛《たかもり》は、降《ふり》つゝの手尓葉《てには》を移《うつし》て、小人嶋の不二山《ふじさん》かと思ほゆ。長命丸の看板《かんばん》に、親子連《つれ》は袖を掩《おほ》ひ、編笠提《あみがささげ》た男には、田舎《いなか》侍《さむらい》懐《ふところ》をおさへてかた寄（り）、利口《りこう》のほうかしは、豆と徳利を覆《くつがへ》し、西瓜《すいくわ》のたち売は、行燈の朱《あけ》を奪《うば》ふ事を憎《にくむ》。虫の声ゝは一荷の秋を荷ひ、ひやつこい〳〵は、清水流《ながれ》ぬ柳陰《やなぎかげ》に立（ち）寄（り）、稽古《けいこ》じやうるりの乙《おつ》は、さんげ〳〵に打消《うちけさ》れ、五十嵐《いがらし》のふん〳〵たるは、かば焼の匂ひにおさる。浮絵《うきゑ》を見るものは、壷中《こちう》の仙を思ひ、硝子細工《びいどろざいく》にたかる群集《くんじゆ》は、夏《なつ》の氷柱《つらゝ》かと疑《うたが》ふ。鉢植《はちうへ》の木は水に蘇《よみがへり》、はりぬきの亀《かめ》は風を以て魂《たましい》とす。沫雪《あはゆき》の塩からく、幾世餅の甘たるく、かんばやしが赤前だれは、つめられた跡所《(ところ)》斑《まだら》に、若盛《わかもり》が二階座敷は好次第の馳走《ちそう》ぶり、灯籠《とうろう》売は世帯《せたい》の闇《やみ》を照《てら》し、こはだの鮓《すし》は諸人の酔《ゑい》を催す。髪結床《かみゆいどこ》には紋を彩《いろどり》、茶店には薬鑵《やくわん》をかゝやかす。講釈師《かうしやくし》の黄色なる声、玉子〳〵の白声《しらごゑ》、あめ売が口の旨《うまき》、榧《かや》の痰切《たんきり》が横なまり、灯籠草《ほゝづき》店は珊瑚樹《さんごじゆ》をならべ、玉蜀黍《とうもろこし》は鮫《さめ》をかざる。無縁寺の鐘《かね》はたそがれの耳に響《ひびき》、浄観坊《じやうくわんぼう》が筆力は、どふらく者の肝先《きもさき》にこたゆ。水馬《すいば》は浪に嘶《いななき》、山猫は二階にひそむ。一文の後生心は、甲に万年の恩を戴《いたゞき》、浅草の代参りは、足《あし》と名付（け）し銭のはたらき。釣竿《つりざほ》を買ふ親仁は、大公望《たいこうぼう》が顔色《がんしよく》を移シ、一枚絵を見る娘は、王昭君《わうせうくん》がおもむきに似たり。天を飛（ぶ）蝙蝠《かうもり》は蚊《か》を取（ら）ん事を思ひ、地にたゞずむよたかは客をとめんことをはかる。水に舩か〳〵の自由あれば、陸《くが》に輿《かご》やろふの手まはしあり。僧あれば俗あり、男あれば女あり、屋敷侍の田舎《いなか》めける、町ものゝ当世姿《すがた》、長櫛短羽織《ながきくしみじかきはおり》、若殿《わかどの》の供はびいどろの金魚をたづさへ、奥方の附ぐ〱は今織《おり》のきせる筒《づゝ》をさげ、もゝのすれる絓《こしもと》は、己《おのれ》が尻《しり》を引（き）ずり、渡り歩行《かち》のいかつがましきは、大小の長（き）に指（さ）れたるがごとし。流行医者《はやりいしや》の人物らしき、俳諧師《はいかいし》の風《ふう》雅《が》くさき、したゝるくてぴんとするものは、色有《（いろあり）》の女妓《おどりこ》と見へ、ぴんとしてしたゝるきものは、長局《ながつぼね》の女中と知らる。剣術者《けんじゆつしや》の身のひねり、六尺の腰のすはり、座頭の鼻《はな》哥、御用達のつぎ上下、浪人の破袴《やぶればかま》、隠居の十徳姿、役者ののらつき、職《しよく》人の小いそがしき、仕事師のはけの長き、百姓の鬢《びん》のそゝけし、蒭蕘《すうぎやう》の者も行（き）薙菟《ちと》の者も来る、さまぐ〱の風俗、色ゝの皃《かほ》つき、押（し）わけられぬ人群集《くんじゆ》は、諸国の人家を空《むなしく》して来るかと思はれ、ごみほこりの空に満（つ）るは、世界の雲も此処より生ずる心地ぞせらる。世の諺《ことわざ》にも、朝より夕まで両国橋の上に、鎗《やり》の三筋たゆる事なしといへるは、常の事なんめり。夏の半より秋の初まで、涼《すゞみ》の盛《さかり》なる時は、鎗《やり》は五筋も十筋も絶《たへ》やらぬ程の人通りなり。名にしおふ四条河原の涼《すゞみ》なんどは、糸鬢《いとびん》にして僕《でつち》にも連（れ）べき程の賑《にぎ》はひにてぞ有（り）ける。又かゝるそうぐ〱しき中にも、恋といへるものゝあればこそ、女太夫に聞（き）とれて、屋敷の中間《ちうげん》門の限《かぎり》を忘れ、或はしほらしき後姿《うしろすがた》に、入を押（し）わけ向へ立（ち）ま〔は〕れば、思ひの外なる皃《かほ》つきにあきれ、先へ行（き）たる器量を誉《ほむ》れば、跡から来る女連《をんなづれ》、己が事かと心得てにつと笑（ふ）もおかし。筒の中から飛（び）出（づ）る玉屋が手ぎは、闇夜《やみよ》の錠《ぢやう》を明（く）る鍵《かぎ》屋が趣向、「ソリヤ花火」といふ程こそあれ、流星《りうせい》其処に居て、見物是に向ふの河岸《かし》から、橋の上まで人なだれを打（つ）てどよめき、川中にも煮売の声〱、田楽《でんがく》酒・諸白酒、汝陽《ぢよやう》が涎《よだれ》・李白《りはく》が吐《へど》、劉伯倫《りうはくりん》は巾着《きんちやく》の底《そこ》をたゝき、猩ゝは焼石を吐（き）出す。茶舟・ひらだ・猪牙《ちよき》・屋根舟、屋形舟の数ゝ、花を餝る吉野が風流《ふうりう》、高尾には踊子《おどりこ》の紅葉の袖《そで》をひるがへし、えびすの笑声は商人の仲ケ間舟、坊主のかこひものは大黒にての出合、酒の海に肴の築嶋《つきしま》せしは、兵庫《ひょうご》とこそは知られたり。琴《こと》あれば三弦《さみせん》あり、楽《がく》あれば囃子《はやし》あり、拳《けん》あれば獅子《しゝ》あり、身ぶりあれば声色《こわいろ》あり、めりやす舟のゆう〱たる、さわぎ舟の拍子《ひやうし》に乗（つ）て、船頭もさつさおせ〱と艫《（ろ）》をはやめ、祇園《ぎおん》ばやしの鉦太鞁、どらにやう鉢のいたづらさわぎ、葛西《かさい》舟の悪《わる》くさきまで、入（り）乱（れ）たる舟・いかだ、誠にかゝる繁栄《はんゑい》は、江戸の外に又有（る）べきにもあらず。

この向日性の明確、明晰は一体何なのかということである。これこそ十八世紀の六十路の一面の真骨頂と感じればこその長い引用である。橋上遥か上から両国橋の賑わいを明らかに見下し、明快に通観大観している目線は十八世紀に完成を見たタクソノミスト（taxonomia）、分類学の目である。源内は草木のタクソノミストを本来の職分としており、さらに長崎遊学も手伝って十八世紀分類学のプロでもあったわけで、このパッセージで人間や群集を見る目は相手を個体の集合と見、相互ににじみなく分離し、いやましに細かく明確化する名を付していくタクソノミストのそれの延長線上にあるのだろう。一切合財の産品や記号を上方《かみがた》から江戸なる改めて強化された中心に集中しようとするいわゆる「諸人入レ込ミ」の政策の当然の結果としての風景なのであり、時代と同じで豊富なのだが一歩間違えば途方もないカオスになり得る、というか戻り得る相当「テンぱった」パッセージとして感じてもらえれば良い。橋／端の上、水の上に浮かぶという条件からして、また両国橋という名にし負う二世界のはざま、ふたつの異域のつなぎ目であるという条件からして、こうしたあざとさが橋上の繁昌ぶりをいやが上にも一層誇張しないではおかない。「陰翳礼讃」とか一体どこに、と言いたくなるほどの明快風景は、「プロスペクト」と呼ばれた、市街の遠近法的通観を楽しむゴーゴリやバルザックといったヨーロッパ人作家の目が眺めたはずのものに近い。そこでのバルザック的リアリズムはよく観相学的（physiognomic）と呼ばれた。世界をキャラクター（文字記号／性格）の集合体と見て、その仔細な観察を通して世界が「読みとれる」と信じるキャラクテロロジー（characterology）と呼んでも面白い。

明確さに徹しようとする『根南志具佐』作者が晴れ上った白昼の橋上に描き尽くした光景は要するに全てが列挙され、命名され、それぞれの位置に布置された、一皮めくればいつでもカオスに転じていくはずの「カオスモス」世界である。そこに日本では稀有なタイプの分析型知性が現われて、混沌と秩序がくるくると反転《フリップフラップ》し続ける観相学的異空間をつくりだした。可能な限りの人間とそれぞれの職能業態を数え上げる手法は『芸術の蒐集』のウンベルト・エーコを欣嬉せしめる体《てい》の「蒐集」欲に憑かれているが、まさしくリンネ分類学と同時代人たる源内の面目を躍如させると同時に、源内その人の社会的、実存的な一「根無草《デラシネ》」として抱え込んでいたに相違ない「のらもの」「ぢれもの」としての闇をも逆に感じさせる。この透徹した主知主義的明かるさは最早マニエリスムの明るさである。「痙攣的な」明るさなのである。本草の士平賀国倫《くにとも》が十七世紀オランダの伝説的花卉《かき》画どもに見たに違いない、ノーマン・ブライソンのいわゆる「平面視《プレイナーな》する世界把握」（『見過ごされたもの』）の典型的瞬間がここにある、とでも言っておこう。フーコーの『言葉と物』に同化しながら十七世紀を見たブライソンは同じ相手を、『監獄の誕生』の言葉にも翻訳し直してみせ、直截に「パノプティコンの眼」と呼んでみせる。両国橋の殷賑を俯瞰する源内は、自からの闇をも照射し尽くそうとする監視者の目を獲得したとまで言って、少しも奇矯でない、それほど転換の時代に融即しきった驚くべき何十行かのパッセージなのである。

宝暦年間の江戸に、分類的知性の到来を待ち望む人事事物の一挙横溢があった。この「カオスモス」をカオスに全面的に譲り渡すことのない一本草学者の「分ける」（が故に「分かり」もする）目があった。「諸人入レ込ミ」の状況と「大取りこみの人」（杉田玄白はこの非運の奇才をそう呼んだ）の出現が重合し、可能にしたパッセージであると総括しておく。

世界を見事に光と闇に二元化し、ほとんど同時代ヨーロッパの先進的知性のたれに比べても遜色ない体《てい》に「光」を選びとってみせた。抑圧された闇の方は表向き、源内のテクストには見えない（文字通り闇の牢獄に縛しめられた彼の実人生なるものを通してしか見えてこない）。

圧倒的なまでにこの闇を言葉にしてみせる役は風来山人から同時代人剪枝畸人上田秋成へと回される。秋成『雨月物語』が飽くまで一七六八年に完成をみていたというデータにぼくは固執してみたい。

一七六六年に『諸道聴耳世間猿』を発表し、続けて六七年には『世間妾形気』を公表していた秋成が「気質《かたぎ》もの」ジャンルの集大成者と呼ばれていることは周知だが、これを要するにキャラクテロロジーの名手ということなのだ。人の口ぶり手ぶり、生き様をその人の内面の「性《さが》」が表に現われた解読記号《キャラクター》と観じるプロだったことになる。江戸で『根南志具佐』の問題のパッセージがかすめとった世態風俗の明るい面を京大坂の地にて分有、ということである。ところがさらにその翌六八年に『雨月物語』ということになると、話は果然面白くなる。収中、冒頭作「白峰」の、その冒頭。

あふ坂の関守《せきもり》にゆるされてより、秌《あき》こし山の黄葉《もみぢ》見過しがたく、浜千鳥の跡ふみつくる鳴海《なるみ》がた、不尽《ふじ》の高嶺《たかね》の煙《けふり》、浮嶋がはら、清見が関、大磯《いそ》小いその浦〻。むらさき艶《にほ》ふ武蔵野の原塩竈《がま》の和《なぎ》たる朝げしき、象泻《きさがた》の蜑《あま》が苫《とま》や、佐野の舟梁《ふなばし》、木曽の桟橋《かけはし》、心のとゞまらぬかたぞなきに、猶西の国の哥枕見まほしとて、仁安三年の秋は、葭《あし》がちる難波を経《へ》て、須磨明石の浦ふく風を身にしめつも、行（く）く讃岐の真尾坂《みおざか》の林《はやし》といふにしばらく筇《つゑ》を植《とゞ》む。草枕はるけき旅路の労《いたはり》にもあらで、観念修行《くはんねんしゆぎやう》の便《たより》せし庵《いほり》なりけり。

この里ちかき白峰といふ所にこそ、新院の陵《みさゝぎ》ありと聞（き）て、拝みたてまつらばやと、十月《かみなづき》のはじめつかたかの山に登《のぼ》る。松柏《まつかしは》は奥ふかく茂《しげ》りあひて、青雲《あをぐも》の軽靡《たなびく》日すら小雨《こさめ》そぼふるがごとし。児《ちご》が嶽《だけ》といふ嶮《けは》しき嶽背《みねうしろ》に聳《そば》だちて、千仭《じん》の谷底《たにそこ》より雲霧《くもきり》おひのぼれば、咫尺《まのあたり》をも鬱悒《おぼつかなき》こゝ地せらる。木立《こだち》わづかに間《すき》たる所に、土墩《つちたか》く積《つみ》たるが上に、石を三かさねに畳《たゝ》みなしたるが、荊蕀薜蘿《うばらかづら》にうづもれてうらがなしきを、これならん御墓《みはか》にやと心もかきくらまされて、さらに夢《ゆめ》現《うつゝ》をもわきがたし。

『根南志具佐』四巻冒頭と似た構造が認められる。「あふ坂の関守……」とあっていきなり両国橋の持っていた通過儀礼としてのパッサージュ（通行／文章）の意味あいに通じるものと掛かり合いつつ、いわゆる道行文の有名名所の文字の上でのバトンリレーが続くあたり、『根南志具佐』パッセージの「行く川の流れ……」以下の超高名な古典言及《アリュージョン》のゆったりしたリズムを思いださせる。源内の作品の場合、これが次段で一挙に都市における人と物の凝集ぶりを示すいわゆる「繁昌もの」の息せききった羅列の高速リズムに転じる、というか展じるところがポイントで、伝統と呼ばれる時空間が都市の新展開とマッチしながら、いそがわしい資本主義の時空に変貌しているという作者の観察を、言葉たちそのものもまた正確にパフォームさせられている。

この転回が明《めい》に向けて疾駆していくのが『根南志具佐』とすれば、暗《あん》に向けて転じていくのが「白峰」ピクチャレスクのパッセージなのだろう、という印象だ。京師大坂《おおざか》の秩序ある中心から白峰（香川県）という人知れぬ異郷へ向けられた眼差しは覿面にピクチャレスクな濃厚な風景描写を伴う。「白峰」冒頭は本邦ピクチャレスク文学の嚆矢である。一七六〇年代後半と言えば、英国版草双子屋が隆昌して、貴族たちの専有的賞玩物だったピクチャレスク趣味を庶民に開放していた時期であるが、さて全き同時代の江戸（「鎖国」のはず）にもひょっとして同じことが……という問いに息せききって是《ぜ》の答を出そうと試みたのが拙著『黒に染める』だった。本邦ピクチャレスク論はそのさらに先に出なくてはならない。必ず同時に発明されないではおかない美的ファッションたる「ザ・ピクチャレスク」、そして「旅」、そして「怪談」の関係は、殊に本邦を舞台にしてはなお十分解明されているとは言い難い。

以上、社会学者リチャード・オールティックの記念碑的労作、『ロンドンの見世物』やぼく自身の一連の十八世紀東西比較文化論を通して分かってきたのは、一七六〇年代という十年《ディケード》に、世界を二分して、コントロール可能な半分をリアリティとして受けいれ、残る半分（コントロール困難）は抑圧し、忘却しようとする感覚の発生もしくは完成ということで、源内が鮮烈に示した明の半分が、秋成が自からの源内的部分（キャラクテロロジー）から連続的に創りだしてみせた暗のもう半分と実は拮抗した関係に入る。さまざまなテーマについて東西を比較するにつけて最後はほぼ必ず一七六〇年代という十年《ディケード》に行きついてしまうぼくの「性《さが》」は、こうして怪談というテーマをめぐっても同じ旅程を歩む。

4 「逆立せる魔邸」（の逆立）

怪談を論じるに一番遠いもののように見える平賀源内を出して、なくもがなの紛糾と余計な紙幅を招いてしまったかもしれない。怪談の東西融通というものに少しく大きめのパースペクティヴを与えてみたかったのだが、もっと遥かに明々白々のケースをひとつあげて、論を締めてみることにしよう。ぐっと新しく佐藤春夫（一八九二―一九六四）の怪談をめぐって、の話である。

一　赤嵌城趾

クツタウカン――字でかけば禿頭港《クツタウカン》。すべて禿頭《クツタウ》といふのは、面白い言葉だが物事の行きづまりを意味する俗語だから、禿頭港《クツタウカン》とはやがて安平港《アンピンカン》の最も奥の港といふことであるらしい。台南市の西端れで安平《アンピン》の廃港に接するあたりではあるが、さうして名前だけの説明を聞けばなるほどと思ふかも知れないが、その場所を事実目前に見た人は、寧ろ却つてそんなところに港《カン》と名づけてゐるのを訝しく感ずるに違ひない。それはただ低い湿つぽい蘆荻の多い泥沼に沿うた貧民窟みたやうなところで、しかも海からは殆んど一里も距つてゐる。沼を埋め立てた塵塚の臭ひが暑さに蒸せ返つて鼻をつく厭な場末で、そんなところに土着の台湾人のせせこましい家が、不行儀に、それもぎつしりと立並んでゐる。土人街のなかでもここらは最も用もない辺なのだが、私はその日、友人の世外民に誘はれるがままに、安平港《アンピンカン》の廃市を見物に行つてのかへり路を、世外民が参考のために持つて来た台湾府古図の導くがままに、ひよつくりこんなところへ来てゐた。

人はよく荒廃の美を説く。又その概念だけなら私にもある。しかし私はまだそれを痛切に実感した事はなかつた。安平《アンピン》へ行つてみて私はやつとそれが判りかかつたやうな気がした。そこにはさまで古くないとは言へ、さまざまの歴史がある。この島の主要な歴史と言へば、蘭人の壮図、鄭成功の雄志、新しくはまた劉永福の野望の末路も皆この一港市に関聯してゐると言つても差支ないのだが、私はここでそれを説かうとも思はないし、また好古家で且詩人たる世外民なら知らないこと、私には出来さうもない。私が安平《アンピン》で荒廃の美に打たれたといふのは、又必ずしもその史的知識の為めではないのである。だから誰でもいい、何も知らずにでもいい。ただ一度そこへ足を踏み込んでみさへすれば、そこの衰頽した市街は直ぐに目に映る。さうして若し心ある人ならば、そのなかから凄然たる美を感じさうなものだと思ふのである。

台南から四十分ほどの間を、土か石かになつたつもりでトロツコで運ばれなければならない。坦々たる殆んど一直線の道の両側は、安平魚《アンピンヒイ》の養魚場なのだが、見た目には、田圃ともつかず沼ともつかぬ。海であつたものが埋まつてしまつた——といふより埋まりつつあるのだが、古図によるともともと遠浅であつたものと見えて、名所図絵式のこの地図に水牛に曳かせた車の輌が半分以上も水に漬つてゐるのは、このあたりの方角であらう。しかし今はたとひ田圃のやうではあつても陸地には違ひない。さうしてそこの、変化もとりとめもない道をトロツコが滑走して行く。熱国のいつも青々として草いきれのする場所でありながら、荒野のやうな印象のせいか、思ひ出すと、草が枯れてゐたやうな気持さへする。これが安平《アンピン》の情調の序曲である。

トロツコの着いたところから、むかし和蘭人が築いたといふ TECASTLE ZEELANDIA 所謂土人の赤嵌城《シヤカムシヤ》を目あてに歩いて行く道では、目につく家といふ家は悉く荒れ果てたままの無住である。あまりふるくない以前に外国人が経営してゐた製糖会社の社宅であるが、その会社が解散すると同時に空屋になつてしまつた。何れも立派な煉瓦づくりの相当な構への洋館で、ちよつとした前栽さへ型ばかりは残つてゐる。しかし砂ばかりの土には雑草もあまり蔓つてはゐない。その並び立つた空屋の窓といふ窓のガラスは、子供たちがいたづらに投げた石の為めででもあらうか、破れて穴があいてないものはなく、その軒には巣でもつくつてゐるのか驚くほどたくさんな雀が、黒く集合して喋りつづけてゐる。

私たちは試みにその一軒のなかへ這入つてみた。内にはこなごなに散ばつて光つてゐるガラスの破片と壊れた窓枠とが塵埃に埋つてゐるよりほかは何もなかつた。しかし二階で人の話声がするので上つて行つてみると、そこのベランダに乞食ではないかと思へるやうな装ひをした老人が、これでも使へるのだらうかと疑はれるぼろぼろになつた漁網をつくろつてゐる傍に、この爺の孫ででもあるか、五つ六つの男の子がしきりにひとり言を喋りながら、手であたりの埃を掻き集めて遊んでゐたらしいのが、我々の足音に驚いて闖入者を見上げた。老漁夫も我々を怖れてゐるやうな目つきをした。彼等はどこか近所の者であらうが、暑さをこの廃屋の二階に避けてゐたのであらう。ともかくもこれほど立派な廃屋が軒を連ねて立つてゐる市街は、私にとつては空想も出来なかつた事実である。(この二三年後に台湾の行政制度が変つて台南の官衙でも急に増員する必要が生じた時、これらの安平《アンピン》の廃屋を一時、官舎にしたらよからうといふ説があつたが、尤もなことである。)

赤嵌城址に登つて見た。ただ名ばかりが残つてゐるので、コンクリートで築かれた古い礎のあとがあるとはいふけれども、どれがどれだかさすがの世外民もそれを知らなかつた。今は税関倶楽部の一部分になつてゐる小高い丘の上である。私の友、世外民はその丘の上で例の古図を取ひろげながら、所謂安平《アンピン》港外の七鯤身のあとを指さし、また古書に見えてゐるといふ鬼工奇絶と評せられる赤嵌城《シヤカムシヤ》の建築などに就て詳しく説明をしてくれたものであるが、私は生憎と皆忘れてしまつた。さうして私の驚いたこととといふのは、むかし安平《アンピン》の内港と称したところのものは今は、全く埋没してしまつてゐるのだといふだけの事であつた――全くあまり単純すぎた話ではあるが。事実、私は歴史なんてものにはてんで興味がないほど若かつた。さうしてもし世外民の影響がなかつたならば、安平《アンピン》などといふ愚にもつかないところへ来て見るやうな心掛さへなかつたらう。さういふ程度の私だから、同じやうな若い身空で世外民がしきりと過去を述べ立てて詠嘆めいた口をきくのを、さすがは支那人の血をうけた詩人は違つたものだ位にしか思つてゐなかつたのである。そのやうな私ではあり、またいくら蘭人壮図の址と言つたところで、その古を偲ぶよすがになるやうなものとても見当らないのだから一向仕方がなかつたけれども、それでもその丘の眺望そのものは人の惰感を唆らずにはゐないものであつた。単に景色としてみても私はあれほど荒涼たる自然がさう沢山あらうとは思はない。私にもし、エドガア・アラン・ポオの筆力があつたとしたら、私は恐らく、この景を描き出して、彼の「アッシヤ家の崩壊」の冒頭に対抗することが出来るらうに。

私の目の前に展がつたのは一面の泥の海であつた。黄ばんだ褐色をして、それがしかもせせつこましい波の穂を無数にあとからあとからと飜して来る、十重二十重といふ言葉はあるが、あのやうに重ねがさねに打ち返す浪を描く言葉は我々の語彙にはないであらう。その浪は水平線までつづいて、それがみな一様に我々の立つてゐる方向へ押寄せて来るのである。昔は赤嵌城《シャカムシャ》の真下まで海であつたといふが、今はこの丘からまだ二三丁も海浜がある。その遠さの為めに浪の音も聞えない程である。それほどに安平《アンピン》の外港も埋まつてしまつたけれども、しかしその無限に重なりつづく濁浪は生温い風と極度の遠浅の砂とに煽られて、今にも丘の脚下まで押寄せて来るやうに感ぜられる。その濁り切つた浪の面には、熱帯の正午に近い太陽さへ、その光を反射させることが出来ないと見える。光のないこの奇怪な海——といふよりも水の枯野原の真中に、無辺際に重りつづく浪と間断なく闘ひながら一葉の舢舨《サンパン》が、何を目的にか、ひたすらに沖へ沖へと急いでゐる。

白く灼けた真昼の下。光を全く吸ひ込んでしまつてゐる海。水平線まで重なり重なる小さな浪頭。洪水を思はせるその色。飜翩《へんぽん》と漂うてゐる小舟。激しい活動的な景色のなかにとして何の物音もひびかない。時折にマラリヤ患者の息吹のやうに蒸れたのろい微風が動いて来る。それらすべてが一種内面的な風景を形成して、象徴めいて、悪夢のやうな不気味さをさへ私に与へたのである。いや、形容だけではない、この景色に接してから後、私は乱酔の後の日などに、ここによく似た殺風景な海浜を悪夢に見て怯かされたことが二三度もあつた。――このやうな海を私がしばらく見入つてゐる間、世外民もまた私と同じやうな感銘を持つたかも知れない、――このよく喋る男もたうとう押默つてしまつてゐた。私は目を低く垂れて思はず溜息を洩した。尤も、多少は感慨のせいであつたかも知れないが、大部分は炎天の暑さに喘いだのである。今更だが、かういふ暑さは蝙蝠傘などのかげで防げるものではない。

「ウ、ウ、ウ、ウ――」

不意に微かに、たとへばこの景色全体が呻くやうな音が響き渡つた、見ると、水平線の上に一隻の蒸気船が黒く小さく、その煙筒や檣などが僅に鮮かに見える程の遠さに浮んでゐた。

台湾に日本の怪談趣味を転じた日本発信のシノワズリ、ないしオリエンタリズムの傑作の冒頭部である。ぼくの好きな火野葦平あたりの「支那もの」怪談かとも観ぜられるが、もっと端正で、もっと物知り。そう、佐藤春夫作『女誡扇綺譚』(一九二五)冒頭。問題は「エドガア・アラン・ポオの筆力があつたとしたら」云々の三行である。で、今さらとも思うが、その「ポオ」の「『アツシヤ家の崩壊』の冒頭」をまず引いてみる。

ひっそりとひそみかえった、もの憂く暗いとある秋の日、空に暗雲の重苦しいばかり低く垂れこめた中を、わたしは終日馬にまたがり、ただひとり不気味にうらぶれた地方を通りすぎていた。

そして夜の帷《とばり》のおりかかるころ、やっと陰鬱なアッシャー家の見えるところまで辿りついた。なぜかは知らぬが――邸の姿を一目見るなり、堪えがたい愁《うれ》いがわたしの胸にしみわたった。堪えがたい、とわたしは形容した。なぜならそのときのわたしの気持は、荒涼たるもの、身の毛もよだつもの、もっとも仮借《かしゃく》ない姿でさえ心が受けとめる、あの詩的なるがゆえに半ば快い感情によって、いささかも和らげられることがなかったからである。わたしは眼前の光景を――何の変哲もない邸とまわりの景色を――寒々とした壁を――うつろな眼《まなこ》のような窓を――生い茂ったわずかな菅草を――朽ち果てた数本の木の白い幹を、めいるような気持で打ち眺めた。さしずめ阿片耽溺者《たんできしゃ》の酔いざめ心地――現実の生活への痛ましい転落――夢の帷《とばり》の怖ろしい脱落――とより他にたとえようもない気持であった。心は凍てつき、沈み、むかつき――いかに想像力をかき立てようと、とうてい崇高なものとはなし得ぬ、救いようもないわびしさに満たされた。いったい何であろう――とわたしは立ち止まって考えた――いったい何であろうか、アッシャー邸を打ち眺めるうち、かくもわたしの気力をくじいてしまったのは。それは解きがたい謎であり、また思いに沈むわたしを見舞った暗いさまざまな妄想と取り組むことも、わたしには出来なかった。世にはごく単純な自然物の結びつきながら、かくもわれわれを捉えるものがたしかに存在するのだ、だがその力を分析することは、われわれの知力を越えたところにある――と、わたしは不満足な結論に縋《すが》らざるを得なかった。この光景の明細を、この一幅の絵画の細部を、わずかばかり配置変えしただけでも、物悲しい印象を与える力を減じ、ないしは消し去るのではあるまいか。こう思ったわたしは、邸のそばにさざ波一つ立てず輝く、黒々と不気味な沼の切り立ったふちにまで馬を進め——前にもまして身の毛のよだつ戦慄を覚えながら——灰色の菅草の、ぞっとする木々の幹の、うつろな目のような窓の、ゆがんだ倒影を見下ろした。

怪談が風景や室内の徹底した記述——descriptions——と同時に誕生したことの意味を改めて問いたくなる名文中の名文で、記述や描写の歴史に大革命を起こさせた「ザ・ピクチャレスク The Picturesque」という感覚そのものの在り様、その発生と発展的解消にまで「自己言及」しつつ、それをそこから発する独特の描写技法そのものを介して描写した見事なまでのパッセージで、本当に学のない人間にはひたすらごたごたした《クラッタードな》一文である。自己パロディと化すまでと昔、ぼくの書いた文章が今日、『アッシャー家の崩壊』論の最低限の出発点になっているようである。[1] そういう場所でぼくは繰り返し、原文で読まなければ何も始まるまいと書いた。ちなみに余りに有名なポーの原文は

During the whole of a dull, dark, and soundless day in the autumn of the year, when the clouds hung oppressively low in the heavens, had been passing alone, on horseback, through a singularly dreary tract of country; and at length found myself, as the shades of the evening drew on, within view of the melancholy House of Usher. I know not how it was—but, with the first glimpse of the building, a sense of insufferable gloom pervaded my spirit. I say insufferable; for the feeling was unrelieved by any of that half-pleasurable, because poetic, sentiment, with which the mind usually receives even the sternest natural images of the desolate or terrible. I looked upon the scene before me—upon the mere house, and the simple landscape features of the domain—upon the bleak walls—upon the vacant eye-like windows—upon a few rank sedges—and upon a few white trunks of decayed trees—with an utter depression of soul which I can compare to no earthly sensation more properly than to the after-dream of the reveller upon opium—the bitter lapse into everyday life—the hideous dropping off of the reveller upon opium —the bitter lapse into everyday life —the hideous dropping off of the veil. There was an iciness, a sinking, a sickening of the heart—an unredeemed dreariness of thought which no goading of the imagination could torture into aught of the sublime. What was it—I paused to think—what was it that so unnerved me in the contemplation of the House of Usher? It was a mystery all insoluble; nor could I grapple with the shadowy fancies that crowded upon me as I pondered. I was forced to fall back upon the unsatisfactory conclusion, that while, beyond doubt, there are combinations of very simple natural objects which have the power of thus affecting us, still the analysis of this power lies among considerations beyond our depth. It was possible, I reflected, that a mere different arrangement of the particulars of the scene, of the details of the picture, would be sufficient to modify, or perhaps to annihilate its capacity for sorrowful impression; and, acting upon this idea, I reined my horse to the precipitous brink of a black and lurid tarn that lay in unruffled lustre by the dwelling, and gazed down—but with a shudder even more thrilling than before—upon the remodelled and inverted images of the gray sedge, and the ghastly tree-stems, and the vacant and eye-like windows.

言いたい内容と、それを言う形式が一体化していく一番厄介なタイプのパッセージだから兎角原文で読めということとの具体的議論は、拙著『目の中の劇場』中の「逆立する魔邸」と、同じく『風神の袋』収中「絵ばかり論じても仕方がない」中の提案を是非お読み願いたく思う。実は「ファンタスマゴリア」がただの「幻」などではないこと、レオ・シュピッツァーも言うように怪談文学のクォリティを決める“atmosphere”［気配］が気象用語からまさしく「気配」に意味が転じたのがこの『アッシャー家の崩壊』中に生じた事件であること、視覚文化にうとい邦訳者がポーに手を出すとどんなにひどいことになるか、その他この他を論じてある。しかし敢えて河野一郎氏訳をあげてみたのは、佐藤春夫が本当のやり方でいかにポーの原文に「対抗」したか、その驚くべき腕の冴えを見てもらいたかったからである。つまりピクチャレスクとは何かを言うために、それを予めピクチャレスクな文体で綴るというポーの秘術をそっくりなぞってみせているからである。どこまで累重《かさね》し、重層して手がこんでいるのだろうか、と。そこで大正期・昭和初期の「洋もの」怪談ブーム（乱歩、谷崎潤一郎・精二兄弟）なるものがいかに我々より秀れた高感度のアンテナを持っていたかを証明してみせてくれているのもまた佐藤春夫だという話も加えておきたい。次を、どう思われるだろう。

Night after night I passed sleeplessly. If sleep, at last, came over me, I would find myself wide awake after a little while. When night advanced, I became more wakeful like an old man though very young. I resorted in vain to several kinds of narcotic, and what I thought to be effective in some degree I tried, taking double the maximum does and half as much; yet no disired effect was produced. The fear of getting poisoned prevented me from using the greater amounts the drug, while I never wanted to invite slumber at all cost, because sleeplessness ceased to cause me so much suffering as before. The consequence of being kept awake many nights running was, however, very unpleasant; I got unnaturally drowsy towards the morning and slept it away so that I never face the forenoon sun in those days. All the afternoon I used to sit in my room dull. weary. and utterly dejected; sometimes I vacantly gazed at the serene magnitude of heaven from the window; and I went on being melancholy. Tears would flow even at the sight of the clouds, if I happened to discover any picturesque hues in them; so easily I was affected. The day was short in that part of the year, and moreover in my case the daytime was thus shortend into half of the whole span; nevertheless I found it awfully long and tedious. True, nothing is worse than ennui. I was no more able to paint pictures, nor in any such mood. But with the arrival of night, my mental functions turned out terribly acitive, no, ‘ active’ is not the word; it was really an inspiration, or rather the untrammelled acitivity of soul itself: exquisite thought continually rose up in my mind, one thought following after another in the most wonderful series of imagination..........

英語通の日本人が「ピクチャレスクな」という英語を使った最初の例だと考えられるが、佐藤春夫の短篇「月かげ」である。英語で文学作品を書いていた友人が遺した遺稿ということで、英語で示された。ポーの『アッシャー家の崩壊』の英語と比べて、佐藤春夫の「ポオ」ぶりが英語レヴェルにまで達しているのだ、と改めて愕然とさせられる。(2) 英国人たち自身が一九二七年のクリストファー・ハッシー著『ザ・ピクチャレスク』が出てやっと気付き、その後一九八〇年代のピクチャレスク研究全開のタイミングまで再び失念、という体たらくであっては別に本邦研究界ばかり責めてよいいわれはないが、本当の乱歩評価、春夫評価、そしてピクチャレスク知悉の気配濃厚な漱石の『夢十夜』への本当の評価等々、実は怪談とピクチャレスクの同期性、同時発明の様相が分かられ始めた今、やっと緒につきかかっているに過ぎない新位相だ。今、怪談が問われるとしたら、研究サイドから当然出てきて然るべき問題提起のひとつであろう。

5　現実は「幻」実とする「憑」象論

ポーの名作怪異譚が出たのは一八四九年。いわゆるロマン派文芸の締めの段階なればこそポーの「自己パロディ」も徹底している。この大きな時間の塊は一七六〇年代、プレロマン派から始まった。怪談を「黒い《ノワールな》ロマン派」と呼び直すなら、いわゆるゴシック文学のことだとして、一七六四年の『オトラントの城』からポーまでの「怪談時代」を考えることができる。実は予定調和の年表を、ただ思わせぶりにいろいろ述べ変えてみせているだけという気もするが、しかしそう結論を出すためのコンテクストはこのところ一途拡大中である。

決定的なのは二十世紀最後の大物人文学者、バーバラ・M・スタフォードの、とりわけ『ボディ・クリティシズム』である。世界を二分し、一方の側を「他者《エイリヤン》」とし、文字通り「外在化《エイリヤ》・疎外《ネイト》」していく構造がぴったり一七六〇年代に絶頂に達したことを、他者化されているものを肉体性とか「物質的下層性」（M・バフチン）とかに限定することで語り尽くした。スタフォードの手に掛ると、『トリストラム・シャンディ』の扱いも斬新の一語だ。人間の意識とはこういうものと言って作者スターンがいわゆる本装幀のマーブリングの絵柄を比較のために示している有名な一ページがある。バケツにさまざまな顔料をといて、揺ったり息を吹きかけたりして美しい混沌図をつくってから、ふっと落とした紙にデザインを写し／移しとる装本技法のことだが、スタフォードによれば当時似たようなカオス柄の壁紙の大流行があって、スターンはたまたまそれを利用しただけという。実に図版も豊富に説得力豊かな議論であって、結果、『トリストラム・シャンディ』創作をめぐる幾久しい甲論乙駁は一挙に霧消した。

この論者の主張を怪談論、怪異の文化論にそっくり転じてみせてくれる強力な援軍が参集中だ。それが名のみ既出しておいたテリー・キャッスルの一連の仕事、とりわけ『女体温計』といい、本来はどうやら『スペクトロピア』という名になるはずだったらしい大著の序章および『ユードルフォの秘密』における他者の幽霊化」、「ファンタスマゴリア、近代の白日夢の隠喩学」（これは『幻想文学』幽霊文学特集号に全文拙訳）、「スペクトラル・ポリティックス、幽霊信仰とロマン派的想像力」各章である。本の中の絵を凝視させて後、暗闇を見させ、生じる網膜上の残像を「幽霊」の正体としたJ・H・ブラウンの奇著『スペクトロピア』（一八六四）を中心に、さらに十九世紀の後半に幽霊論ブームがあり、降霊会オカルチャー（occulture）と、他方、フロイト分析心理学をうんでいく経緯を、ものの見事にチャート化してみせた。幽霊たちが民話の怪物から、脳内の「神経」の作用に転轍されていくよく知られている展開である。こちらにはヘレン・ソード『ゴーストライティング・モダニズム』（二〇〇二）という巽孝之氏好みな二十世紀憑霊文学論がさらなる援軍として加わり、ソード女史が“Necrobardolatry”［沙翁憑敬式］と呼んだ「お化けシェイクスピア」への繰り返される評価についてはマージョリー・ガーバーの『シェイクスピアのゴーストライターたち』（一九八七）が援軍たるべくつとに控えていた（後、『シェイクスピアとポストモダンの幽霊たち』として邦訳）。「ゴースト」が内包する「ホスト」／「ゲスト」の文字通り主客未分の状態を、幽霊迎え入れの「ホスピタリティ」の言語空間としてのゴーストストーリーが追求したとするルーク・サーストン『ヴィクトリア朝からモダニズムへの幽霊文学』（二〇一二）が最新援軍だ。怪談をマニエリスム的「アナモルフォーシス」ジャンルとする視点があくまで斬新である。

今のところ、これらの上に出るレヴェルの怪談文学論があるようにもみえない。「機械の中の幽霊」（A・ケストラー）から「脳の中の幽霊」（V・S・ラマチャンドラン）へと論をいやましに今日的に「内景《インスケープ》」化していく中に「怪談」を置き直してみよう。怪談と言えば怪談噺、怪談と言えば円朝といった狭い文芸ジャンルの論は時折総括しておくのも意味ないことではないが、たとえばその円朝が十八番《おはこ》の『真景累ヶ淵』を「神経累ヶ淵」と称して遊んでいたという傑作逸話にあやかって、脳の内部へ「延長」戦を続けよう。第一、「景」とは何か、まして「真」とは何か、と。

『オックスフォード英語大辞典』で“real”を引く。初出は一六〇一年、とそれは言う。『ハムレット』初演の年というのがポイントだ。憑霊を論じるたれしもがこの「リアル」の初出年を知らないことにぼくは何十回驚かされてきたかしれない。

（1）たとえば加藤耕一「幽霊屋敷考」。河合祥一郎編『幽霊学入門』（新書館、二〇一〇。目次案必読）。

（2）ちなみに「月かげ」中に付された「訳文」も仲々に問題含み。以下のようである。

眠れない晩が幾夜もつづいた。やつと寝ついたと思つても、直ぐに何時の間にか目がさめて居る。夜が更けるにつれて益々目が冴える。丁度お爺さんか何かのやうである。私はまだ若者であるのに。いろいろな眠薬をためして見るけれども一向にききめがない。そのうちでも多少利きさうに思へるのを極量の二倍半までにしてやつて見たけれど、駄目である。それ以上な事をして見るのは、さすがに不気味でちよつとやれない。それに又、何もそれほどにしてまで眠らなくともよいのである。眠れないのも以前のやうに苦しくはないからだ。ただ、夜分に眠れないおかげで、午前の日影を見たことはない。それから、午後になつても、心もからだもぼんやりして、うつろで、むやみともの哀れである。うとうとと雲などを見て居て、**得も言はれぬ美妙な色**などが現はれると、妙に感激して思はず涙ぐむことなどさへある。それにこの日脚の短かい季節に、しかも他の人の半日にしか当らない昼間の、その長いことは、実にほとほと退屈する。世の中に退屈といふ事ほど悪いことはないといふのは本当である。画も描けもしなければ描きたいとも思はぬ。その代りには、夜が来ると、考へが活き活きしてくる。ただ活き活きと言うたぐらゐよりも、霊活といふ字がよく当る。とにかくうまい考へがあとからあとから浮ぶのだ。考へが追つかけつこをして居るのである。

（ボールド体強調　高山）

表象する乱歩を表彰する

乱歩没後五〇年というので一文を草す。汎く人文系学知が表象論（フーコーの『言葉と物』、原著が一九六六年刊）とマニエリスム論（ホッケの『迷宮としての世界』、但し邦訳本が一九六六年）を核芯に一挙ブレークし始めた辺りから半世紀が経った。ぼくなどからみればそういう時の経過であり、さて、ぼくの命と学の遍歴とほぼ重なり合う五〇年ともいえるので一言あっても良いかと思っての一文である。フーコーの『知の考古学』、ホッケの『迷宮としての世界』が文庫本で読める時代が来るなんて、何だかんだいっても、人文のこの五〇年はすばらしく面白い時代だったわけで、そこの評価や位置付けもろくろくできていない間に人文は役に立たないだの、文学部を国公立大学から締めだせだの、わらかせちゃいけないと、そういう思いもあっての一文である。

以下、（一部に）表象論だったらタカヤマが入門篇（！）にぴったりとか、マニエリスム論なら彼でしょうとか（むろん、本当なら澁澤・種村御両所の功績）、ピクチャレスク論は何といっても貴奴かな、とかとかいわれるに到った我れと我が半世紀を顧て、なんだこれ全部、つまりは一九二〇年代、乱歩を創発させるに到った一〇年《ディケード》の単なるおさらい、ないしはオマージュに過ぎないという気が改めてする。むろん乱歩は表象だの、マニエリスム、ピクチャレスクだの一言もいわないが、やったことはどうみても、この世界ではまさしく創発《インヴェンション》の名に値する、出発にしていきなり極致ともいうべき達成をなしている。そのことにオマージュを綴ってぼくの責めを果たす。

1　カネと／のコトバ

まずは短篇「二銭銅貨」。一九二三年、つまり関東大震災の発生した大正十二年、歴史的雑誌『新青年』に載った乱歩の処女作である。乱歩といえば「パノラマ島奇談」や『孤島の鬼』といった凄まじい力量の作にふり回されて、最初期の「恐ろしき錯誤」とか「二癈人」とか一読して忘れてしまったような読書歴で情けないのだが、遅くも『言葉と物』を発端に現今のいわゆる表象論にどっぷり浸った後にたまたま読んだ処女作「二銭銅貨」には改めて心底驚いた。絶対にそれまで読んでいたことはたしかなのだが、これが初めてという衝撃的「出合い」といってもよい、自分の知識の全体的輪郭を一遍に照らしだされたような感覚があり、文字通り畏れ入った。その勢いで我れながら鋭いできばえの一文をしたためた（のち『殺す・集める・読む』［東京創元社］に収録。これ絶版や品切れにするようなら人文に未来はない）。

二銭銅貨が二つに割れた所から南無阿弥陀仏の六文字を一見恣意的に切ったりはったりした不思議な文字群を記した紙が出てくるところから仲々の展開になる。明治大学国際日本学部で「国際日本学」なる珍妙な科目を担当した時、一回この短篇を一緒に読んだ学生土山晃憲君がその後、それをヒントに一本短い映画を撮ったというので見たら、これがさすがにタカヤマの弟子だね仲々キレキレッの痛快作である。皆さん是非是非（東京電球ドレッシング自主制作 https://www.youtube.com/watch?v=rI46k4ld33k&sns=tw Short Film"COIN" Twitter: @Tokyo_D_D）。ああ明大、行ってみても悪くもなかったな。

「二銭銅貨」は右六字組合せの「暗号」解読をめぐる一篇で、「ポーの Gold Bug」に発想したことを作中乱歩自身がいっているから出自は明快なのだが、一九八〇年代、英米文学史をあちこちつまみ食いこそ続けながら一向に自分なりにそれを一本の線につなげられないでいらいらしていたぼくはこの短篇中の十数行にクラクラさせられるような福音をみた。そこには、こうあった。

「さて、若しこの紙片の無意味な文字がひとつの暗号文であるとしたら、それを解くキイはなんだろう。おれはこの部屋の中を歩きまわって考えた。可なりむずかしい、全部拾ってみても、南無阿弥陀仏の六字と読点だけしかない。この七つの記号をもってどういう文句が綴れるだろう。おれは暗号文については、以前にちょっと研究したことがあるんだ。シャーロック・ホームズじゃないが、百六十種くらいの暗号の書き方はおれだって知っているんだ。で、おれは、おのれの知っている限りの暗号記法を、ひとつひとつ頭に浮かべてみた。そして、この紙切れのやつに似ているのを探した。ずいぶん手間取った。確か、そのとき君が飯屋へ行くことを勧めたっけ。おれはそれをことわって一生懸命考えた。で、とうとう少しは似た点があると思うのを二つだけ発見した。そのひとつはベイコンの考案した two letters 暗号法というやつで、それは a と b とのたった二字のいろいろな組み合わせで、どんな文句でも綴ることができるのだ。たとえば fly という言葉を現わすためには aabab, aabba, ababa. と綴るといった調子のものだ。もひとつは、チャールズ一世の王朝時代に、政治上の秘密文書に盛んに用いられたやつで、アルファベットの代りに、ひと組の数字を用いる方法だ。たとえば……」

松村は机の隅に紙片をのべて、左のようなものを書いた。

A　B　C　D……

1111　1112　1121　1211……

「つまりAの代りには一千百十一を置き、B の代りには一千百十二を置くといったふうのやり方だ。おれは、この暗号も、それらの例と同じように、いろは四十八字を南無阿弥陀仏をいろいろに組み合わせて置き換えたものだろうと想像した。さて、こいつを解く方法だが、これが英語かフランス語なら、ポーの Gold bug にあるように e を探しさえすれば訳はないんだが、困ったことに、こいつは日本語にちがいないんだ。念のためにちょっとポー式のディシファリングをやってみたが、少しも解けない。おれはここでハタと行き詰まってしまった。六字の組み合わせ、六字の組み合わせ、おれはそればかり考えて、また部屋を歩きまわった。おれは六字という点に、何か暗示がないかと考えた。そして六つの数でできているものを思い出してみた。[…]」

これはなにげの一文とみえて、実は長年の英文学史記述の盲点を突いた、（時代を考えると）驚くべき斬新な指摘である。今でこそいわゆるカルチュラル・スタディーズの焦点ということで取り沙汰される「アーリー・モダン」期英米文学のキモに当たる部分に目が向けられた。(フランシス・)「ベイコン」から「チャールズ一世の王朝時代」へ、とはつまりシェイクスピア晩年からピューリタン革命突入の時代にかけての半世紀弱、十七世紀中盤の英米文学史こそが、これから自分が日本に輸入するはずの「探偵小説」の実際的起源であることを大正年間に的確に把握していたことになる。人々の意識に変革を迫るたぐいの戦争は言語にも、表象にも変化をもたらす。言語そのものが「暗号」なのであり、理解するには「ディシファリング」の知識が必要だ、と。片方にピューリタン革命、もう片方に日露戦争を配する絶妙のパラレリズムによって、暗号の文学史に必須の一章が提供されるだろう。スウィフトの『桶物語』や『ガリヴァー旅行記』に十七世紀英国の暗号ブームの片鱗がいくらものぞきみられる。思うに天才的英文学者、故高橋康也氏の仕事が、超越味、抽象性の勝ちすぎた『エクスタシーの系譜』から、パースペクティヴ拡大がすばらしい『ノンセンス大全』にと開かれていったのも、その間に十七世紀英国文化・文学のクリプトグラフィック(暗号的)な要素の発見があったからで、その時代の申し子たるスウィフトへの評価もそういう評価軸の変化に沿ってより厚みをます他なかったのだと、ぼくなど改めて思う。

端的にいえばロンドン王立協会の発足(一六六〇)であり、もっと端的に申せば、その自然科学者集団がコトバと、そしてカネのシステムに介入したという歴史的事態が、なんと大正時代の日本に反芻(はんすう)されたということ、そしてそれを誰よりも的確に捉えたのが乱歩、そしてその「二銭銅貨」であったということである。乱歩の処女作は日本探偵小説そのもののジャンル的出発点たると同時に、世界探偵小説史でもおそらく最初のメタクリティカルな行文たり得たのである。スゴッ!!
その王立協会だが、一方ではユニヴァーサル・ランゲージの研究と普及に邁進した。速記術から指(手)話からメモ取り習慣まで、凡そありとあらゆるコミュニケーションズ・トゥールを研究した。その頂点が協会名誉会員ライプニッツ提案のゼロ・ワン・バイナリー、0と1記号による二進法表記、つまりコンピュータ・ランゲージであったことは、今日ジェラール・ジュネットやウンベルト・エーコの該博なる研究を介して周知のところであろう。拙著『メデューサの知』がそこへの問題意識に発してイータロ・カルヴィーノの探偵小説、もしくは探偵小説〈的〉文学へのオマージュで終ったのも今顧みて、約一〇〇年前の「二銭銅貨」の掌(たなごころ)に踊るだけの出来損ないな所業だったにちがいない。「『ドン・キホーテ』の作者、ピエール・メナール」を書いたボルヘスが秀れた探偵小説家であり得るのも決して偶然ではない。

言語の「暗号」的側面に気付く時、同時にカネとは何かという問題も浮上するのはコトバとカネの両方が、社会契約が失効する時、自らも霧消するシニフィアンにすぎないことが改めて発見、確認されるからに他ならず、ここでも大英銀行設立から「南海泡沫事件」(一七二〇)に到る英国金融史と、震災恐慌からウォール街世界恐怖にもまれる大正金融史は正確なパラレリズムとして味読されるのでなければならない。いうまでもないが、カネとコトバこそ、いくらも膨満しうる表象文化論の二大根幹的テーマなのであり、これに暗号をからめ、その暗号がもたらす(ひょっとして贋の)カネをからめる「二銭銅貨」は、成程豪快なアクションにこそ欠けるが、探偵小説・推理小説の“speculative”(市場投機の意味もある)な側面の剔抉《てっけつ》ということでは、掌篇ながらいきなりの透徹と褒めるべき集中力ある名作である。

実に読むたびに何か「表象な」事柄について中小の発見のある「二銭銅貨」なのだが、今回参考のつもりで天才ジョン・アーウィンの評論二点を併読しながら（John Irwin, *American Hieroglyphics* と *The Mystery to a Solution*）、シャンポリオンによるロゼッタ・ストーン謎文字の解読がロマン派的文字解釈、とは即ち探偵たちのする「ディシファリング（解読）」の営みに多大な影響をもたらしたのかもしれないと考え始めたとたん、では「エジプト」が記号として少なくとも伏在していないはずはないと考えるに到った。そう、ポーの問題の『黄金虫』からして、この虫とは古代エジプトの聖虫スカラベのことだったはずではないか。などなど思いながら「二銭銅貨」を読み直すに、現実に泥棒を働いた人物の逮捕をもたらしたもの、それが何と「エジプト煙草」の吸いがらであった、という話なので、いやはや乱歩さん、お手持ちの材料は全部投入ということなんですね（アーウィン本は近々邦訳刊行予定と聞いている。ぴったりの若島正氏訳。おたのしみはこれからだね）。

2 「まるで一つ目の巨人のように」

ぼくが乱歩研究に僅かにせよ貢献できるとすればこれかなあ、という二番目の問題はいわゆる「ザ・ピクチャレスク」趣味のことである。こちらはさらに一世紀後の十八世紀中葉の英国を席捲し、英国で一段落という十九世紀初めにアメリカに移り、中葉期にかけ、またしてもE・A・ポーという頂点に到った。そのポーの濃密、というか濃密が過ぎてメタ、とかパロディに化してしまうほどの風景描写のことはさすがに話題になるのだが、それを厳密にザ・ピクチャレスク趣味として評価する例が少ないことに疑問を呈し、さらに鑑賞者たちに与える驚異・驚愕の念をこそ目的にするに到るという肝心の一点で英国十八世紀ピクチャレスク美学は確実に十六世紀マニエリスム美学の英国版であるという趣旨から、何故これほどにもマニエリストであるポーを「マニエリスト」として評価することができないのかと、何度か書くことがあった。それに応答していただけたのがアメリカ文学者八木敏雄氏の『マニエリスムのアメリカ』（南雲堂）だったが、そういうマニエリスト・ポーの性格をそっくり表象の大正に移植し得ると信じていた乱歩についても研究者御一統に改めて問い、乱歩マニエリスム論を是非お願いしたい。ぼく自身は大分以前、「昭和元年のセリバテール」という一文を以て、大正年間「幻想文学」者一統の鋭敏なアンテナが、英国自身やっと一九二〇年代に再評価の始まった「ザ・ピクチャレスク」を完璧に捉え得ていたことを、驚きつつ評価してみせたのだが、その後もピクチャレスク・ランポの議論の高まりを一向に目にしないのはどうしてなんだろう。池田美紀子『夏目漱石』（国書刊行会）が漱石について、三品理絵『草叢の迷宮』（ナカニシヤ出版）が鏡花についてやった本朝ピクチャレスク＝マニエリスム史記述が、それの塊たる乱歩についてまるで試みられていないのは、今さららしく何をとかいうのは勝手だが、研究全体の均衡からいって大きな瑕瑾であるにはちがいない。

たとえば映像化に加え、宮崎駿氏の絵コンテ（乱歩『幽霊塔』、カラー口絵＝宮崎駿、岩波書店）で現在大きな話題の『幽霊塔』の冒頭部など、いきなり「ザ・ピクチャレスク」の練習問題としか思われない。このように始まる。

それは今から二十年も前、大正のはじめの出来事なのだが、あの事件を思い出すたびに、私は長い恐ろしい夢を見たのではなかったかと、疑わないではいられぬくらいだ。

その事件に出てくるものは、美しい女の幽霊ばかりではない。淋しい山の中に、まるで一つ目の巨人のようにそびえている古い古い時計塔がある。何百万匹、何千万匹というクモが、ウジャウジャとうごめいている、世にも恐ろしい虫屋敷がある。

それから、ああ、あんなことが、たった二十年前のこの日本にあったのだろうか。悪夢としか考えられない。しかし、私は見たのだ。この眼で見たのだ。震災前の東京の賑《にぎ》やかな或《あ》る町に、だれも知らない地下室があった。その地下室で私は見たのだ。見たばかりではない。或る世にも異様な人物と話しさえしたのだ。

その薄暗い地下室になにがあったか。どんな魔術師が住んでいたのか、私はそれを口にするのさえ恐ろしい。そこでは、この世のあらゆる不可能が可能にされていたといっても過言ではない。しかも、理路整然と、あくまで科学的に、それが行なわれていたのだ。

私はこのごろになって、やっと、あの二十年前の悪夢のような一とかたまりの出来事を、詳しく書きとめておこうと思い立った。どんな面白い小説も及ばない私の経験談を、後の世に残しておこうと考えついた。

私はこの一と月ばかりというもの、当時の日記帳や覚え書きの整理に日を暮らした。妻の記憶も借りた。私の妻がどうしてこの事件のことを知っているかは、いずれ読者にわかる時がくるだろう。

そして、いよいよ、私はこの複雑な長い記録の筆をとることになったのだ。

さて、どこから書きはじめよう。そうだ。何よりも先ず、事件の舞台となった、あの時計屋敷のことからはじめるのが、いちばん手っとり早いというものだ。

正確にいえば、それは大正四年の四月二日のことである。空は厚い雲に一面に蔽《おお》われて、ドンヨリと生暖かく、頭の上から圧《おさ》えつけられるような天候であった。私は荒涼とした荒地の中の白い一本道を、汗にまみれて歩いていた。

場所は長崎県の山に包まれた片田舎、Kという小さな町から、半里ばかり奥へはいった山裾《やますそ》である。私は叔父《おじ》の命を受けて、長崎市からわざわざこの山地へ出向いてきたのだ。K町の宿屋に部屋を取っておいて、大して急がぬ用件なので、散歩のつもりで、人影もない田舎道を、ブラブラと、目的の時計屋敷へ歩いて行った。

あちらに一とかたまり、こちらに一とかたまり、林に囲まれた百姓家が、ポツンポツンと散在している寒村を通りぬけると、もう目の前に、その時計屋敷がそびえていた。

話には聞いていたが、見るのははじめてであった。それにしても、なんという不思議な建物であろう。白い空と山と森を背景にして、ヒョイと地面から飛び出したお化けのような……

「長崎県の山に包まれた片田舎」の描写がいわば第一段階のピクチャレスクである。異様の自然に向けられていく目と描写。「私は叔父の命を受けて、長崎市からわざわざこの山地へ……目的の時計屋敷へ歩いて行った」。この何行かの筋立て、そして修辞がポーの『アッシャー家の崩壊』冒頭のそっくり引き写しであることにお気付きだろうか。名作『女誡扇綺談』の佐藤春夫に倣《なら》ってそれは明かさないところが乱歩の教育熱心なところである。

気をつけてくれ給え。くどいようだが、十八世紀の「ザ・ピクチャレスク」趣味における「ピクチャレスク」とは安手の英和辞典がいつも取りこぼしている点だが、十八世紀英国にあっては「絵になる」「絵のように美しい」、「画趣に富む」といった、つまりポジティヴな風景のことではなく、むしろその正反対の、暗然として陰惨なゴシック風景を指した。後のゴシック文学が自からの豊かな風景描写に採ったのがこのピクチャレスク風景であった。荒涼美、悽愴美、というところから、サブライムという一層極端な段階での災害風景礼讃にまで到る。時代の抜きがたい反フランス感情から、フランス人たちの「カワイイ」もの志向に反逆するこういう風景描写の異端美が十八世紀英国に瀰漫《びまん》した。陰々滅々の森や墓場、荒天の気象……。それが論理の必然として、殺伐化していく近代人たちのいわゆる心象風景となっていく。フランス革命前後にこういう「ザ・ピクチャレスク」趣味は一段落、という長く信ぜられてきた通説がどう考えてもウソということが、たとえばピーター・コンラッド名作中の名作、『ヴィクトリア朝の宝部屋』（国書刊行会）をのぞいてみると忽ちに判るだろう。今や大友克洋『AKIRA』が「ザ・ピクチャレスク」（の第二段階）としか感ぜられぬ世界が我々の周りにあるではないか。荒涼美がそっくり森から都市にと（「地下」にまで！）移ったといえば足るか。乱歩の「時計塔」は自然でありながら既に人工でもあるはずのものの両義性、境界性の寓意である。

こうして考えてみると、ザ・ピクチャレスクのこのような転換点も、E・A・ポーのボストン、ニューヨーク（むろんモデルはパリ）経由で乱歩の東京にある。なぜか「喫茶店」の窓越しに眺められる東京の遊歩者《フラヌール》風景である。乱歩の忘れがたい短篇の幾つかは就活中の青年二人の「退屈」しのぎのカフェ通いから始まる。「二銭銅貨」だってそのたぐいだし、「屋根裏の散歩者」、そして「D坂の殺人事件」、皆同類の印象的な冒頭部を持っている。人間関係の希薄化が却って観察眼と好奇心を育んでいく。都会という「見る場所《デアトロン》」の盛況を招くポーの『群衆の人』と坂口安吾の同名作の間に「二銭銅貨」は間違いなくあり、むろんその先達は『それから』、好敵手は『猫町』である。

世界を見る眼差しに急速に生じたこの視覚革命を十八世紀ピクチャレスクという。ここでも乱歩という人の英（米）文化理解は比類なく透徹している。ザ・ピクチャレスクの極みは年表でもそう確認できるが、パノラマという装置なのだが、すると当然であるかのように世界一のパノラマ小説もまた乱歩によって書かれた。「パノラマ島奇談」である。世界第一の……はと考えると、これが「押絵と旅する男」、第三のは……、うーん、朔太郎かなあ。その辺のことを考え出すと種村季弘の書いた「覗く人」をもう一度のぞいてみたくなる（『壺中天奇聞』所収）。むろん松山巖の永遠の名評論、『乱歩と東京』と並べて、という意味だ。しかし、それら名作評論といえど、乱歩や春夫が深く理解していたにちがいない英国十八世紀視覚文化の過激な実情には全く通じていない。

全体、大正から昭和一〇年にかけてのこの英国文化へのもの凄く深い理解力とは何であるのか。改めて驚くのほかかない。

ピクチャレスク演劇王の遺産

1 「スペクタクルム」

なんとなくできたのかという程度の確立しか、なお周りに見ないまさしく生成中の視覚文化論という分野に係っている人間にとっては例えばラテン語辞書で「スペクタクルム（spectaculum）」を引く時の楽しみには格別のものがある。いうまでもなく英語にいうスペクタクルの「語源」に当るラテン語だ。ギリシア語の字引で「テオーマイ（theomai）」を調べる時の娯しみに当るといって、その意味がいきなり分かってもらえる方には以下の文章は文字通り釈迦に説法である。「テオーマイ」は無論「シアター」の大元になった言葉。そしてスペクタクルもシアターも元々の古典語的源にあっては単に「目で見られたもの」という意味でしかないのだが、そこまで帰ることで却って一番新奇な演劇観、劇場観、見世物観が見えてくるパラドックスについて少し考えてみることにする。

たとえば常日頃愛用の田中秀央編『羅和辞典』で「スペクタクルム」を引いて、それが「見る」「観察する」という意味の“specio”（私は見る）に発していることを知る。楽しみといったのはその前後に視覚文化論への一大ヒント集が展開されるからだ。一番ショッキングなのは同語源の“species”もまた「目で見られたもの」の意味が原義と知れることである。ついラテン語であることを忘れて「スピーシーズ」と発音してしまったあなたは、しかし仲々有意義なミスをおかしたことになる。ラテン語の「スペキエス」なのである。この綴りをそのまま英語に移したため、複数でもないのに複数まがいの奇妙な綴りと奇妙に反則的な発音を持つ英語ができてしまった。ちなみに羅和辞典でこの「スペキエス」の意味を見ると、（1）見ること、注視、目つき（2）外見、形（3）まぼろし、幻影（4）美しい姿、美観（5）像（6）観念、概念（7）理想（8）［生物］種《しゅ》……等々、どこからでも視覚文化論のための大小テーマが引き出せそうでワクワクする。ダーウィンの著書名で知られる「種《しゅ》」と刺激的な舞台装置・演出法で一世風靡のデイヴィッド・ギャリックのいわゆる「ドルアリー・レイン・ピクチャレスク」が十八世紀後半、ひょっとしたら同じコインの表裏だとするぼくの悪名高い類推の新文化史学にしても、実はただ単に「スペキエス」と「スペクタクルム」が一冊の小ぶりな羅和辞典のある同じ一ページ上に蠱惑的に並んでいるのを見つけた偶発事に発する。演劇ないし芸能の世界を生物学の同時代的展開と、パラレルに、あるいは敢えてごっちゃに議論しないとすれば、その方が逆にどれだけのものを見過ごしにさせるのか、と。パフォーマンスの巨大世界を演劇と見世物・芸能に分け、「スペクタクル」の語をこの後者にばかり、しかもほとんどいつも貶下的にかぶせるこの百五十年ほども続いてきた批評的惰性を打ち破るばかりではなく、目で見て学ぶ、目で見て娯しむ一大文化相の中で、たとえば生物学と演劇論の「区別」など一度失効させてはじめて「超領域的」の名に恥じぬ新しいスペクタクル論が可能ではないのか。生物学の最も今日的な尖端部分で、ミラー・ニューロン、いわゆる物真似細胞が問題になっているが、外界に生じる事象を目で見るだけで我れと我が「体験」として記憶の中に編集し、蓄積していく神経伝達物質の機能が真っ芯に「演劇」体験、「観」劇行為の定義にもなっていることに気付いているのは見るところ、脳科学最尖端の大学研究室にヒントを求めようとしている俊才、平田オリザただ一人。生物学的詩学についてはパイオニアリングな名著一冊（E・シューエル『オルフェウスの声』）を拙訳したものが今春御覧になれるはずだが（白水社、高山宏セレクション）、そこで謳《うた》われた舞踏《ダンス》の救済力を、もっと真っ芯に演劇の生物学として展開する人が出てきてもよいか。中沢新一氏の『精霊の王』のさらに一歩先へ！

このエッセーが載る同じ『文学』誌上でかつて夏目漱石の『文学論』の「論」の意味した「セオリー」についてその原義（ギリシア語の「テアトロン」）に戻って、「シアター」的世界観の誕生と限界について再考しようと読者に訴えたことがあるが、今日はそれを「スペクタクル」という観念の近・現代史として少し覚え書き程度に述べてみたいと思っているわけである。

それにしても「スペシャル」なんてフツーの言葉（「特別の」）が「私は見る」という言葉の親戚なんて御存知でしたか。もっと大事なところではSF論やメタフィクション論で有名な「スペキュレーション」も実は、実にスペクタキュラーに「スペクタクル」のお仲間であることは鏡もラテン語では「スペクルム」と呼ぶことからもすぐ見当がつく。共通語幹の「スペック」が問題なのだ。

こんな言葉遊び、船を編む「与太話」を続けながら全てが同時に演劇原論と演劇の文化史になっていかざるを得ないことに、改めてぼく自身、驚き、かつ楽しんでいる次第である。

2 「リアライゼーション」

近代文化史上一番スペクタキュラーなものといえば大規模戦争であり、戦争をスペクタクルの喩に変えたさまざまな天災であり、するとスペクタクル嗜好の核になった時代ないし文化がフランス革命からナポレオン戦争にかけての時期であり、その時代相を恐怖でなく新文化として捉えようという感性に新美学を与えたのがピクチャレスクと呼ばれ、もっと徹底してサブライムと呼ばれた美的流行であったことについては、ぼく自身も加わってかなり議論も進んでいることだし、贅言は控える。十八世紀一杯をかけて、世界を一枚の「絵」にフレーム・アップ（枠組に入れる／捏造する）する技術がイングランドを中心に一大展開をみたが、それを定冠詞つき大文字でザ・ピクチャレスクと呼んだのであった。それが一般大衆のものとなるのは、この点では洋の東西に大した径庭がないというのが面白いのだが、一七六〇年代以降のことだ。江戸で草双紙屋、英国でプリントショップと呼ばれた店で人々は初めてといってよい規模で「絵」に接した。この隠れたパラダイム変換の中にこれも東西の演劇もそっくり巻き込まれていったという点が大事な所なのだが、舞台構造そのものが、その気になればただちに一幅の絵になり易いというのが勘どころである。

ヴィクトリア朝演劇の最大特徴は「リアライズ（realize）」ないし「リアライゼーション（realization）」という観念で表わすことができる。実現する／理解するという両義のある言葉だが、何がそこに実現されていくかを分かることこそ、即ち理解するという営みの実態なのだという演劇史的に実に面白い観念である。形なきもの、あるいは単にアイディアでしかないものを「実」に「現」わすという、要するにそこにあるものを通して感受する、ないものは一応あるものに必ず置き換えるという徹底して唯「物」的な演劇が十九世紀演劇史最大の問題と言い切った仕事がマーティン・メイゼルのその名も『リアライゼーションズ』という大著である。副題は「十九世紀英国における物語／絵画／演劇芸術」(Martin Meisel, *Realizations: Narrative, Pictorial, and Theatrical Arts in Nineteenth-Century England*, Princeton Univ. Pr.)。一九八三年に出て、スペクタキュラーな英国演劇史を論じ切るに欠かせぬ画期書としてはリチャード・オールティック『ロンドンの見世物』に匹敵する一大鴻業なのに、余りに途方もない大規模視野のためか、翻訳はおろか言及すら皆無なのには周辺部外者として見ていて、ほとんど慄然とさえする。グループでよいから訳せよ、と。かつてオールティックの大著を仲間うちで訳したのを歌舞伎研究の泰斗、服部幸雄氏が耽読された挙句、氏の江戸演劇研究が「ピクチャレスクな江戸」剔抉へと大きく舵を切ったのを思い出しながら、もう一度融通きかぬ歌舞伎研究に風穴をと祈念し、すると必ず思い出される標的がこのメイゼルの大冊だ。

余計なことをしたとも思うが、ピーター・コンラッドの『ヴィクトリア朝の宝部屋』の邦訳をプロデュースしてしまった。メイゼルが大著四百数十ページに集めに集めた具体資料を除いて骨子のみ要領よく、「絵を読む」文化相に建築からシェイクスピア上演まで徹底して巻き込まれていった息苦しくなるような状況を巧みに要約した有難い一冊である。二著の中間にマイケル・ブース(Michael Booth)という卓越した演劇史家がいて、何冊か当該テーマの基本書を出している。とりわけ *Victorian Spectacular Theatre 1850-1910* (Routledge, 1981)は、掲げられている対象年代からして、フランス革命からナポレオン戦争にいたると書いておいた世上のスペクタクル嗜好がその後、衰弱したのではなく「メロドラマ」や「パントマイム」といった特殊ジャンルに引き継がれて隆盛したことを丁寧に辿った貴重な仕事である。メロドラマはピーター・ブルックス『メロドラマ的想像力』の邦訳をプロデュースしておいたから（産業図書）、日本語でいう「メロドラマ」とは全然違った特殊ゴシック的なスペクタクル劇の呼称であったことがやっと分かられてきて良かったと思うが、「パントマイム」にも同様の日本人的誤解があるのはいかがなものか。アリババと四十人の盗賊といったお伽話的な世界に取材しながら、舞台を数頭の象が走り抜けるとか、本当に激しく揺れる巨船の甲板を設えるなど、人々を驚かせる演出の新工夫にのみ淫したと言えるスペクタキュラー・ジャンルをこそパントマイムと呼んだのである。今日の宝塚や各種ミュージカルの祖型である。分かり易い演目で言えばJ・M・バリーの『ピーター・パン』（一九〇四）。そういった大小の異演劇の十九世紀的流行については現在のところ、メイゼル、ブースの名コンビ以上の旺盛な研究は見当たらない。

そのマイケル・ブースが議論の出発点にしている演劇督視官《エグザミナー・オヴ・プレイズ》ウィリアム・ボダム・ダンという人物の次の言葉がこのタイプの演劇のあり方を巧く要約してくれている。社会史的スペクタクルといえばこれというロンドン万国博覧会（一八五一）にスペクタクルの別位相で何がどういうことになっていたかが端的にわかる。かつて演劇大衆を満足させていたはずのものがもう受けないようだから、何かもっと新しいジャンルを、とこの督視官は言う。

我々は劇場に関する限り、大人しい、一様で、余り感動のない世代になってしまっている。我々の情に触れようと思えば、想像力に照らして本当というものより、物としてリアルなものこそが必要なのである。我々の祖先が心眼を以て見ていた幻が、我々には可触のかたちに具体化しているのでなければならない。全てが心にではなく目に触れるのでなければならない。観客側にこうして想像力が欠けてしまっていることが、これらの舞台の上で演じる者、舞台を造りあげる者双方に等しく影響を与えるはずだ。（傍点高山）

　時代評として余りに痛烈だ。「想像力」はかつてロマン派最大のキーワードだったはずのもの。ないものを頭の中で、有るものに変える。その能力がない世代が産業革命後の物、物、物の中に育ってきたのであって、「エステティック・インテリア」の名で知られる贅美の限りを尽くした調度の室内を見て暮らした上流階級は舞台上にも同じものを見ようとした。「インテリア」という観念が脳ないし精神の喩であったロマン派同時代から、推理小説という新ジャンルに歴然たる十九世紀末の「室内狂い」に移行していったプロセスをぼく自身、かつて『テクスト世紀末』という重量級の一冊にまとめてみせたことがあるが、建築から室内に細密や諸神混淆がいやましに要求されていった時代にあって、原理的に時代のインテリオリティを、「第四の壁」まで持つ舞台の上の空間もまた引き受けないわけにはいかなかった。それはいやましに室内へと撤退していく文化の端的な縮図になる他なかった。

　マイケル・ブースや、『文学とテクノロジー』のワイリー・サイファーがこうした物の横溢とその上を覆う正確さ、細密志向を「考古学的」と称しているのも面白い。物をめぐる歴史考証学研究も隆昌したが、ただちに舞台衣裳の正確さ、細密意匠にも反映されて、端的にはシェイクスピア劇上演がまるで考古学博物館にと一変した。細密といえばラファエル前派の絵だが、それはただ絵画のことに限らない。当時の『ブラックウッド』誌に「舞台のラファエル前派と画廊のラファエル前派の相似形」

という言い方が載っていて直截だ。要するに舞台衣裳家や小道具方が書割りという舞台《いた》の上に移された絵画の担い手に、つまりは画工ないし絵描きと化したといった方が分かり易い。バーン＝ジョーンズとかフォード・マドックス・ブラウンとか、舞台装置に係ったラファエル前派画家も想像通り、少なくはないのである。

舞台と絵といえば先ずは遠近法である。昔拙著『魔の王が見る』に書いたことだが、十七世紀初めに神権王たちの私設劇場に入り込んだ遠近法は、左右が歪みなく正視できる唯一の座席に王が坐るという非常に分かり易いイデオロギー的構造を以て、次代の王たるブルジョワ階級にとっても自己の優位を確認できる嬉しい装置として歓迎された。いわゆるプロセニアム劇場である。巨大な絵の額縁が舞台と観客席を分ける線上に立ち上る。ガルニエ考案のパリ・オペラ座のプロセニアムが有名だが、世界を一幅の絵として、「美的距離」を置きながら見る安堵と快楽の日常的訓練場にプロセニアム劇場はなった。この絵画－劇場の世界観的蠱惑と、そこからのブレヒト的解放を一巻を費やして論じたサイファーの『文学とテクノロジー』は、一九二〇年代の、そしてそれを復権せしめた六〇年代の反体制演劇の密な系譜を改めてきちんと整理した。漱石『草枕』の主人公が絵描きであり、彼のいわゆる「非人情」の芸術なるものが、彼にいろいろと厄介な世界を夢幻能の舞台のように「客観視」させてくれるというストーリーが、日本文学における（アンチ）スペクタクルを考える時の大きなヒントになるかもしれない。額縁に入った一枚絵を「洋風」として日本人が愛好するようになるのも明治末から昭和初年のことらしい。北澤憲昭氏の名著『眼の神殿』（一九八九）もすばらしい増補版も出たことだし（ブリュッケ、二〇一〇）、演劇関係者にこそ読んでもらいたいと思う。

3　ささやかなスペクタクル

環境世界を横長の枠で切り取る技術を「絵」と呼ぶ。これを新時代の魅惑に満ちた新しい技術として受けいれたのがザ・ピクチャレスクの大流行である。アルザス生れのド・ルーテルブール（一七四〇―一八一二）という画家がいて、炎々と炎を噴きあげる炭鉱風景でピクチャレスク美術史に名を残すが、天変地異、戦争というスペクタクル題材をよくしたという以上に、そういう美術をスペクタクル演劇に媒介した画工としてその名は永遠だろう。ピクチャレスク風景をミニチュアのプロセニアム舞台にして観客に見せるエイドフューシコンという興行装置で、幻燈器ファンタスマゴリアで金もうけしたエチエンヌ・ロベールとともに『ロンドンの見世物』の中心的人物である。英国に帰化してフィリップ・ド・ラウザーバーグと英国風に改名した、とここまで聞けばああ彼かと思い当る人もいるだろう。ロマン派時代演劇の王とも呼ぶべき大演劇人、デイヴィッド・ギャリックの右腕ともなり、書割りはじめ舞台芸術に一時代を画したといわれているのがこのド・ラウザーバーグだからである。ギャリックがやがて有力所有者になったドルアリー・レイン劇場は同名の劇場街中にも一代を代表したピクチャレスク／スペクタクル演劇の大発信地であった。一八二〇年代にかけ、クラークソン・スタンフィールド、デイヴィッド・ロバーツといったピクチャレスク画家からピクチャレスク・シナリーの名手に転じた天才を幾多輩出した名門劇場である。「シナリー」（scenery）も「シーン」（scene）とも、語源といい、孕む多義といい、ピクチャレスク演劇を考える時のキーワードである。

スペクタクルを「見られたもの」という原義にまで広げて考えてみると如何、と先に言った。見えないものをとにかく見えるものに変えるいわば「見える化」の一大趨勢を、たとえば壮大な視覚文化論の推進者、バーバラ・スタフォードは追っているが、あらゆる分野にそういう趨勢を読みとる女史がひとり演劇にばかりは手をつけないのを、翻訳しながらぼくはかねがね不満に思ってきた。

十八世紀末のいわゆる観相学、フィジオノミー（physiognomy）については大著『ボディ・クリティシズム』一巻を費やして縷説しながら、である。ぼくは北野武監督の『アウトレイジ・ビヨンド』を『キネマ旬報』で論評した折り、映画人一般の観相学への無知を難じたが、全く同じことを演劇界に対しても言いたい。平田オリザのロボット演劇に驚かされたのもこの表情や身振りという至極当り前のもののように思われている演劇技術が、それはそれでいかに微妙な「見える化」の洞察と工夫の結果の社会的コードであるか、演劇人がどこまで認識しているのか、と。

この一見ささやかなスペクタクルをジェスティキュレーション（gesticulation）とでも呼ぶと、とたんにジェスチャー命の演劇の中心課題と理解してもらえよう。所作術。成程、では「所作」って何ですか。悲しそうな顔をするにもロボットはデジタルな認識の機巧と、それを樹脂性の表層の筋肉に擬された物質に伝える機巧をそなえなければならない。そのもどかしい手間と、しばしの遅延を、向い合っている生身《なま》俳優たちがどう考えてくれるか、そこをロボットたちの立居振舞いが問う。と問う平田オリザは、知的にたるみきった今般演劇界久々の天才である。頼もしい！

見えないものを見える化するスペクタクルをジェスティキュレーションとも、もう少し根源的に「エキスプレッション（expression）」とも言い換えられる局面がアート一般に、とりわけ演劇論にあって良いのでは、と言っているわけである。実はここでも演劇王の果たした役割は大である。エキスプレッションという語ないし観念は時に「表現」、そして時に「表情」と訳され得る。実は仲々難しい語で、表情に現われた表現とでもズルく訳せば演劇そのものの定義にだってできるわけなのだ。

大演劇人ギャリックは劇場支配人でありながら座付の名優でもあったが、とりわけ『リチャード二世』で複雑な性格の主人公を演じた一場面は肖像画になって残っている。大袈裟に開き切った掌を此方に突きだしている姿だが、いかにもオーヴァーに驚愕と拒絶を身振りしているので、身振りとか表現とか、そして舞台《いた》の上の所作術とかいうと必ず引きあいに出される芝居絵の一幅である。

我々はここでギャリックの身振りに仮託されているものの背後に、ギャリックの盟友であった戯画家、ウィリアム・ホガースの名著『美の分析』（一七五三）があることを知っており、ホガースが依拠した十六世紀末マニエリスムのG・P・ロマッツォのプラトニズム論のあることを、たとえばフレデリック・アンタルの『ホガース』によって知らされている。激しい内面の心の動き《エモーション》が筋肉表層の計算され、コード化された動き《モーション》にいかに表わされるかを考えていく人々の大きな系譜がある。こちらはド・ラウザーバーグと同じ帰化英国人「フューゼリ」ことハインリッヒ・フュッスリによって英国に伝えられた、とまで言うと少し曲論だが、すべて「スペクタキュラーな」同時代だということでは、どれも面白い。フレデリック・アンタル『フュッスリ研究』（一九五六）は必ずぼくが訳してみる。

ピクチャレスク演劇王デイヴィッド・ギャリックの「物」と「絵」の演劇が十八世紀末で途切れたとは思わない。丁度一世紀の後にはこちらはライシーアム劇場に拠って、絵好きで有名な大女優エレン・テリーを重用し、『ファウスト』上演のブロッケン現象の現出で一世風靡したヘンリー・アーヴィング卿（一八三八―一九〇五）を思いだす。二人を隔てる百年の間にはオーガスタス・ハリス、チャールズ・キーンといった忘れ難い王たちがいる。演劇を「絵」と「効果」というキーワードで説明しようとしたディドロ発（一七五七）の「リアライゼーション」演劇論は、詩学におけるE・A・ポーの『詩作の哲学』（一七四六）に演劇論の方で対応するエドワード・メイヒューの『舞台効果、或は劇場で成功するための原理』（一八四〇）にひとつの結実を見た。小説全盛の陰でただ衆愚に媚びるばかりの一芸能の評価しか受けてこなかったピクチャレスク演劇王たちの百年があった。それ自体を復権せしめ、そしてさらにそれをモーツァルト楽劇をスペクタクル化しおおせたシカネーダーによる「シカネーデライ（シカネーダーぶり）」や、史上最大級のスペクタクル興行師バーナムによる「バーナマイゼーション」など、丸ごと一世紀がそれに巻き込まれたとさえ見える文化規模の一大「リアライゼーション」現象の中に正しく位置付けてみてはどうかと言いたい。スペクタクルは「お芝居好き」を称する人々のためにのみあるのではないのだ、と。

同時代ヨーロッパの脱領域的アートということばかり話してみたが、実を言うと同時代東西の一致、というか「交響」の現象の方が面白い。たとえば西欧スペクタキュラー演劇に十八世紀末特に流行したタブロー、もしくはタブロー・ヴィヴァン。活人画という邦訳語も仲々巧いが、要するに絵と演劇が結びついた。「絵になる」名場面なのにアクションはどんどん進んでいって、じっくり見るいとまもない。芝居のこの欠陥（？）を補正するものとして、名場面を数十秒そのまま停止させるタブローが大流行した。その須臾《しゅゆ》の間に、許可を得た絵師たちが役者たちの演戯を速筆で絵にする。これが芝居絵である。役者たち一人一人の立居振舞いを肖像にする、大首絵の役者絵というサブジャンルも有卦《うけ》にいった。演劇が絵と交錯した一番分かり易いサブジャンル、と言って良い。同じタブロー方式が十八世紀末の江戸歌舞伎にも出現し、それを「（繪面《ゑめん》の）見得《みえ》」と呼んだのだ、とは服部幸雄『大いなる小屋』が我々に伝える最大メッセージのひとつであろう。逆に服部氏が西欧視覚文化を研究しているぼくの側からピクチャレスク演劇という観念を取りだした刹那、『さかさまの幽霊』なる「ピクチャレスク論の名作」（高田衛）が生れたことも併せて是非報告しておこう。

4　桃山邑に

現在一番深くピクチャレスク演劇、スペクタクル演劇に意識的に係っているのは水族館劇場主宰者の桃山邑氏であろうと思う。彼が自称「大工」で、常日頃やっている建設工事の経験をそのまま活かして、実に堅牢ではあるが小屋掛けには違いない自らの劇場を鉄パイプで組み立てていくやり方そのものにぼくは常日頃「演劇人」には決して抱かない共感を抱いた。日本でいえば初世並木正三とか大《おお》南北の機械や大仕掛けに淫する、いわばメカネー、テクネーとしての演劇や劇場に関心を持つぼくは現代でいえば寺山修司に、そしてこういう桃山邑に手もなく参るのである。私設劇団なのに本水《ほんみず》スペクタクルに徹するところが気に入りだ。本水使いの嚆矢は初世の並木正三。ピクチャレスクの牙城、ローマのフランス・アカデミーでは大物画家たちは一様に「機械画工《マシニスト》」を名乗る。絵画術もまさしく「メカネーのアルス」だったのだ。このアルスの南北ぶりを、完全に欠いた最近の俳優座の『東海道四谷怪談』に呆れかえったので、この一文を草しているといってもよい。

桃山邑の芝居にはずっと「後戸《うしろど》の神」が表になり裏になりして登場する。山本ひろ子の『異神論』や彌永信美の大黒天研究を経て、これも服部幸雄著の大作『宿神論』に行きつく一連の研究で、表の世界に演劇と技術工学の形で表われるものを、地下で、そして背後で宰領し、冥助しているのが宿神であるというのが、これらの議論を巧みに演劇論に結びつけた中沢新一『精霊の王』の主張である。たまたまそういう企画を立てられる立場にあったぼくは早速、桃山邑氏に明治大学に来てもらって、中沢新一氏と公開の対論をしてもらった。中沢氏は早速にも手際よくアルトーの『演劇とその分身』を持ちだしたが、ぼくは鳶《とび》の身なりで姿を現わした桃山邑に一瞬にして共感した。氏の口にする「驚異の演劇」において、驚異は天から下る機械仕掛けの神ではなく、一人のダイダロスが一から組み上げる独身者機械、とにかく「見られるもの」を客の眼前にリアライズしてみせようという「驚知」(荒俣宏)の所産だ。桃山邑が並木正三やヘンリー・アーヴィングに似てなければ、ぼく、ファンになったかどうか。水族館劇場は「スペクタクルとテアトロンの原義に戻るべき劇団である」、とかつてぼくは桃山邑のことを書いた。そのことの説明のために今回この一文を書いたという気もする。ダイダロスたるきみ、鉄パイプでテアトロンをつくれ続けよ、と。

見ることの九州　桃山邑の幻魔術　讃

ぼくは北九州と聞くと先ずはイエズス会を思いだす「文化史」とやらをやる妙な学究であり、イエズス会士らがラテン語もポルトガル語も解せぬはずの未来の隠れキリシタンの民に布教を目的に見せた気配のある聖史劇のことを想像し、出雲からそう遠からぬ地に旅してきた神聖娼婦がその「切支丹伴天連の使う幻魔術」に目をきらきらさせながら見入る姿をかなりな鮮明度をもって瞼の裏に思い浮かべることのできる、相当珍妙なる東西演劇史の専門家でもあった。でもあった？　じゃ今はちがうのかと言われれば、「演劇」を、そう、スペクタクルと言い換えて貰えるなら、今でもちゃんとスペクタクル史の専門家だ、と答えることはできそうだ。「スペクタクル」とは何かということに捉えられて十有余年、自分なりに視野を展げた総仕上げのタイミングで水族館劇場と、そこを宰領する桃山邑と出遭った。スペクタクル狂いの氏とは、スペクタクルがめざすもののひとつたる〈驚異〉とか〈恫喝〉というものが何である（らしい）かをめぐって話がはずみ、挙句、氏の好きな異界からの予言者という役どころで水族館劇場の夜の天空に舞う羽目になった。懐しい。

阿国と呼ばれる出雲からの巫女が北九州で目にしたかもしれないのはアウトサクラメンタールという名で知られるイエズス会の布教劇であっただろう。おそらくはその体験を少くともひとつの霊感源としたのが、その阿国を発祥とする（たれしもの知る）歌舞伎なのであるとするなら、と、ぼくは当時存命であった歌舞伎研究の第一人者、服部幸雄先生にぼくの思い付きを滔々と述べたて続けた。懸案の宿神論が先、というお話で、それからという楽しいお話であったところ、宿神論完成の直後、氏は他界されてしまった。イエズス会の現在の牙城たる上智大学のインモース師も出雲阿国とイエズス会の出会いを想定しておられたし、こちらも先日物故された丸谷才一氏が面白がって同調されるということもあって、出雲という記号の示す日本記紀古神話・伝承の世界と、遠き異国発のキリスト教が切り結ぶ中、広義のスペクタクル文化史の一大結節点が生じたのだというぼくの妄想文化史はかなりな確信に変っていったのだった。阿国歌舞伎では彼女の佩《は》いた黄金の大刀よりも、その首にさげられた十字架こそが今にいたってもなお大きな魅惑の謎なのである。

言葉が余り通じない所で、神の子の供犠の物語を多神教の異民族に理解してもらおうとなれば当然、モノと象徴を駆使した視覚－演劇にならざるを得なかっただろうと、ぼくなど想像する。そして今まさに「視覚文化論」と名付けられた（ぼくが名付けた）分野で一貫してイエズス会の果たしている役割――現在のテレビ・メディア論を世界的に推した最初の人物、マーシャル・マクルーハンという自称「カトリック・パラノイア」のトロント周辺の取り巻きがほとんどＳＪ、即ちイエズス会士であることのブッとぶような意味合い――を考え併せると、演劇を視覚文化全体の中でもう一度考え直す絶好の脈絡を、ほぼ確実に阿国が姿を現わした北九州と、桃山水族館劇場との、運命的とも必然的とも言える出会いに見て、やっぱりそうだよなあと思わざるを得ないのだ。北九州は桃山邑がずっとこだわり続けてきた地下＝冥府を筑豊というリアルな地名として与えたし、今回の『ドグラ・マグラ』劇で浮上した大陸渡りの「半島」文化論にもぴったりの地勢的条件を恵んだ。中心からは（今やフクシマ同様）最周縁に当り、あまつさえ半島文化と接続して移動と変換のあらゆるテーマの展開を許す北九州。桃山氏による『ドグラ・マグラ』の選択は、舞台が九州帝国大学であるからというだけの理由からではない。筑豊も生かせ、水や海も生かせ、そして朝鮮やロシア（「ナジャ」）も活かすことができる。山口昌男氏健在ならば何と言っただろう。そしてぼくに言わせるなら「切支丹伴天連の使う幻魔術」が、阿国の表象する日本古来の民衆的霊性の舞踏術と出会った究極の場所だから、ということになるのである。

面白そうな話を、しかし大分遠回しに勿体ぶって前振りしてきたが、ズバリ言おう。「切支丹伴天連の使う幻魔術」という絶妙な表現をして我々を瞠目させたのが他ならぬ夢野久作『ドグラ・マグラ』であるからの連想三昧だった次第だ。イエズス会士たちが光と身振り手振りの斬新布教劇で舞台《いた》の上にのせた趣向を長崎の方言でドグラ・マグラと呼んだのだと、『ドグラ・マグラ』中に夢野久作自身注解しているのは周知のところだろう。

幻燈器の研究をしたことがある。阿国デビューの頃に生まれたから少しだけ時代は後にズレるが、幻燈器マジック・ランタンを「ランテルナ・マギカ」として発明したアタナシウス・キルヒャーも高名なイエズス会士である。キルヒャーは「カメラ・オブスクーラ」の発明者としても知られている。

カメラ・オブスクーラ、「暗い部屋」は省略形になった「カメラ」の名で現在もなお我々の言う写真機になって日常に生き残っているわけだが、これを大元の暗い部屋という意味で捉えるなら、それがいきなり今回の桃山作品の舞台空間そのものなのだ。

夢野久作が「切支丹……」と言った所をはずして「幻魔術」と呼んだ不思議な言葉のみ口の中で幻魔術、幻魔術……と呟いてみる。幻魔の術なのか幻の魔術なのか。ぼくは昔、ある有名な幻燈興行のことを「幻魔術」と訳したことがあるのだが、いまこの文章を綴っていてハッと、そうか夢野の名文句が頭のどこかに残っていたのかもと気付いた。

元の言葉はファンタスマゴリアという。一昔前、いわゆるロマン派のヨーロッパ文学に溢れたこの鍵語の訳が一様に幻か幻想かになっていて、視覚文化と称して一体何をどう並べていいものやら博捜中だったぼくは、これがフランス革命を機に百年間、映画前史を彩った幻燈器による大成功興行のパテント名、ブランド名だと知って、小さな論争というか、悪趣味な誤訳指摘をやって一寸憎まれたことがある。マルクスの『資本論』中、一番肝心な作品疎外論で繰り返される「ファンタスマゴリア」をただ幻想と訳したのではわけがわからんと指摘しているのは流石にヴァルター・ベンヤミンただ一人であった。スクリーンの背後から像を投射する面白い幻燈器興行ファンタスマゴリアそのものについては、何故ロマン派の時代、フランス革命の同時代に出現して百年か、そしてそれが十九世紀末の映画と深層心理学の中に引き継がれ、「内面化」され、ドイツ表現主義映画の中に結像し『カリガリ博士』、そしてつまりは『ドグラ・マグラ』に入っていったかというアイディアは、やっとこの三十年くらい、ゆっくりと浸透していったように思う。ぼくの仕事の最大理解者を称してくれている桃山邑が、ぼくの『目の中の劇場』、ぼく（ら）の訳したリチャード・オールティックの『ロンドンの見世物』、ぼくの訳載したテリー・キャッスルの「ファンタスマゴリア」（『幻想文学』誌）、ぼくがプロデュースしたマックス・ミルネール『ファンタスマゴリア』、皆熟読してくれていることは明らかなので、彼が夢野久作をダシに（!?）自分の劇場そのものを強烈なファンタスマゴリアにしてみせたというふうに、ぼくは楽しく想像することができたのである。

ロマン派最大の鍵語「想像力」は元の英語ではイマジネーション。文字通りに「イメージ」を現前させることのできる能力のことだ。人と世界、人と神、男と女の融和ばかり言ってきた旧式なロマン派観がこのところ、パノラマとファンタスマゴリアを――つまりはモダンな視覚（的）文化を――うんだロマン派という見方に一変中。すると小説全盛期だった同時代（たとえばゴシック、バルザック）に演劇が低調だったという通俗文学史も一変せざるを得なくなる。面白いことに日本、というか江戸でも同じ状況で、テクノロジーないしエンジニアリングが演劇に入りこみ、台詞や所作術以上に、奈落の歯車や機械類、そして舞台装置、ピクチャレスクな書割り、照明革命などが演劇の世界そのものを一新した。そう、今やお芝居も歴たるスペクタクルなのだ。「見られるもの」なのである。劇場は文字通り「シアター」、即ち「見る場所」に一挙、先祖帰りする。水族館劇場は、かつてのアングラ演劇の尻尾を引きずってうじうじしてるようなタマじゃない。「スペクタクル」と「テアトロン」（シアターのギリシア語原義）の、まさしく原義、原点に帰るべき劇団である。

『ＮＡＤＪＡ　夜と骰子とドグラマグラ』最大の魅力はそうした「見る」ことに惑溺してきた文化を目の前で歴史的に追体験させてくれるばかりではなく、そういう文化を生み、楽しむ脳というか神経の構造まで舞台《いた》の上に断面させてみせたことで、これはまさしくズバリ夢野の名作を選んだことのもたらした会心のアイディアであろう。西欧流の脳科学が入ってきた昭和十年（一九三五）前後の日本文化を風俗史としてなぞりながら、「脳」に退却、というか深化していく知の世界の状況も反映される。平田オリザが脳科学と結びつくことで演劇の所作術のロボット化をめざしている傍で、『ＮＡＤＪＡ』は観客が対峙している舞台そのものがいかに記憶や愛憎が併存し、明滅し合う「脳」のアナロジーたり得るかを如実に見せた。舞台は客から見て非常に垂直化していて、照明術の妙を得て、あちらが照らされ、こちらが消えという連続は、脳内を神経伝達物質なるものがいそがわしく移動していく様を、巧みに断面図として見せ、これぞ「正木教授」の夢見ていた世界、とぼくなど腑に落ちた。記憶だの、信心だの、愛だの、結局は神経の、こうした作用なんだ、と。

見えないものを何としても「見えるもの」に変えてみせる。近代という文化相が抱くこの妄想を劇場そのものを打って一丸として見せる挑山劇場を堪能して、それを「桃山時代の到来」と名付けたぼくは、そうか出雲阿国も桃山時代のカリスマ芸術家だったと思って、笑う。にしても一度だけでも桃山邑を山口昌男に引き会わせたかった。それだけは無念である。

「刑死者鎮魂」

奈落の底にそのさなぎ、まどろみ夢む、
我執の空に怨み舞うてふてふ。

やみがたきその豪奢のパッシオンを人は受苦、
間違いの喜劇と称す、無知の涙と。
野のはてにその虫、まろびつ夢む。
理に溺れた韃靼のうからの海を
驚かせわたる血の色の蝶とならまし。
――高山宏　水族館劇場公演〈Ninfa 嘆きの天使〉に

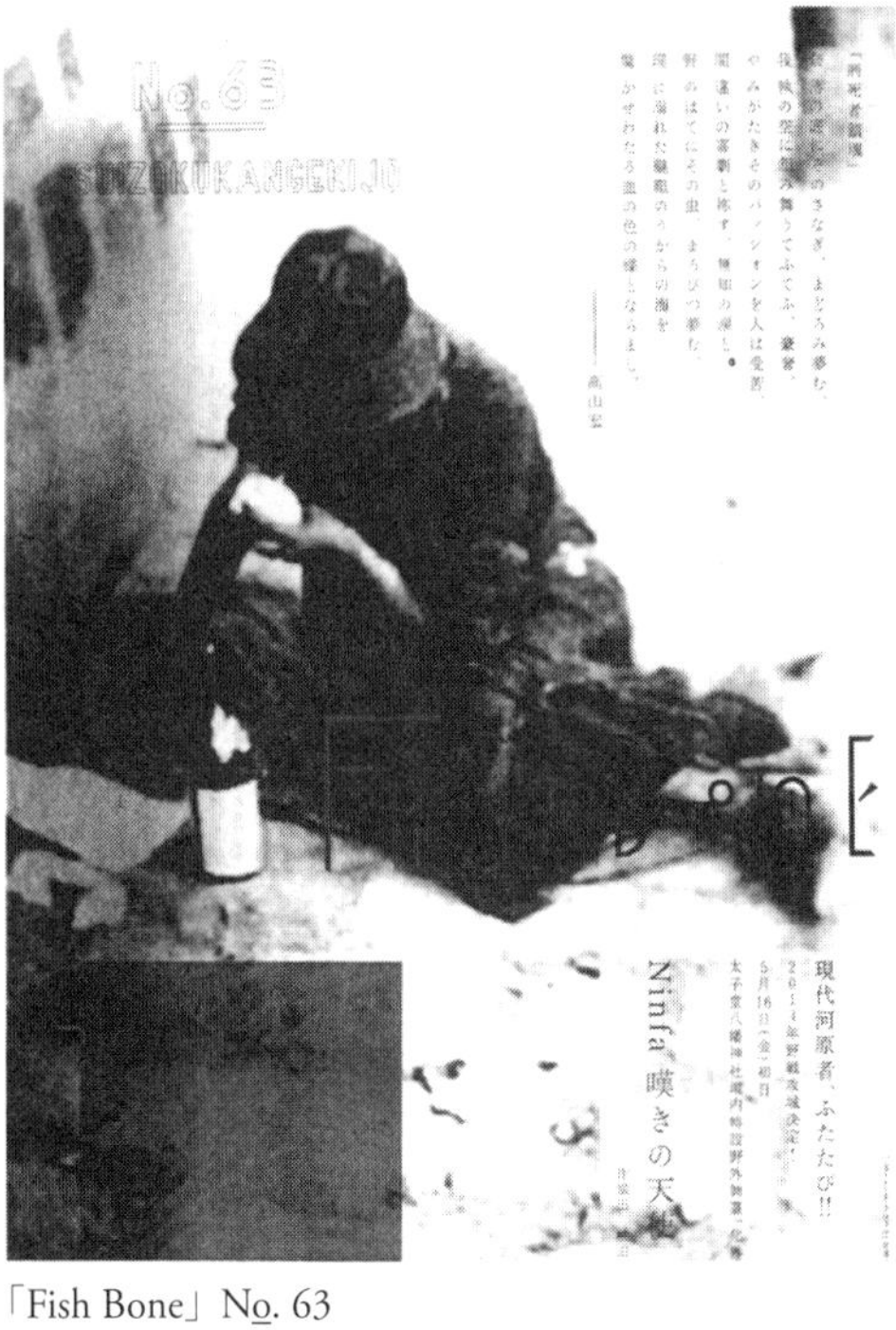

「Fish Bone」No. 63

めくる、めくる、めくるめく

「驚異の部屋《メラヴィリア》」の芸術工学

アダルジーザ・ルーリに
その早逝、口惜し

1．「マニエリスム」が「物量」をキーワードに語り始められる

一九五〇年代、マニエリスムの復活◎「マニエリスム」は一九五〇年代半ばまで完全に黙殺されてきた概念です。ところが一九五〇年代の後半になって、突如としてアメリカ、ドイツ、東ヨーロッパでよみがえる。第二次大戦を経て、それまでヨーロッパ世界を支配してきた理性と合理に代表されるいわゆる人文主義思想が揺らぎ、そこに台頭してきたのが美学の分野ではマニエリスムだったわけで、その代表がグスタフ・ルネ・ホッケの『迷宮としての世界』（一九五七）でした。仏訳版では副題が「シュルレアリスムの根」となっています。ドイツ起源のマニエリスム論をフランス人は一九二〇年代のシュルレアリスムの元祖として認識していたわけですね。ただし仏訳版は表紙にアルチンボルドのいわゆる寄せ絵、コンポジット画を使っている点が注目に値します。なぜならマニエリスムの根源には、

できるだけ多くのものを集めて独自の方法で再編集するという一種のエディトリアルの問題があり、こうした考えをアルチンボルドの絵が象徴しているからです。「アルチンボルデスク」と呼ばれるようになる斜合アートですね。

物量のプレッシャーから生まれる「めまい」◎物量の横溢、マーケットに物があふれている現代の状況の原点は、十七世紀の半ばにオランダで頂点に達するチューリップ狂いにあると言われています。世界最初の経済恐慌は、その時代のオランダのチューリップ相場で起こったとされているようですが面白い。

このチューリップのように、一つの種の分化、色と形の豊富なヴァリエーションは、マニエリスムの出現を語る際の格好のテーマとなります。少ない要素から膨大な量のヴァリエーションを作りあげることを発明と呼ぶべきでしょう。「発明 invention」の語源は、二つのものの間に入るということ。別々の物を繋げると言ってもよいのでしょうが、してみると発明（ars inveniendi）の必要条件は、周囲に今まで見たこともない圧倒的な物たちがあふれていることです。

十六世紀末から初期資本主義の蓄積が始まり、いわゆる市場経済が発展します。物々交換が一般的だった世界から見れば、市場で物が動き、それがお金に代わっていくシステム自体、巨大な発明でした。こうして人々の身の回りには、物がどんどんあふれていく。物量のプレッシャーが空前のものになったと感じたとき、人々がそれに対応する技術としてマニエリスムが生まれるというお話をしましょう。そしてそれが伴う「めまい」ないし「めくるめき」のことをお話します。

2.「驚異」を仕掛け、認識を揺るがす展覧革命

ヴンターブーフの密集◎もっと日本で知られてよいイタリア人評論家マンリオ・ブルーサティンの『驚異の芸術 *Arte della Meraviglia*』という最近の本には、鮫の顎、猫とコウモリがくっついた絵、人の形をした貝殻や象人間の絵など、珍しい図版が数多く集められています。十六世紀末のマニエリスムの研究書であるとともに、この本そのものがマニエリスムの様式をそなえていると言っていいわけですね。ヴンダーブーフ（Wunderbuch）とでも呼んでみましょうか。驚異（Wonder 独語 Wunder）なものを扱い、それらを提示する方法が独特であるというアートディレクションの感覚を必要とする本づくりで、世界的デザイナー杉浦康平先生の御本などすべてこれですね。めくる、めくる、めくるめく！

十七〜十八世紀初期のヴンダーブーフの扉を見てみると、絵と文が凝集して、いわゆる真空恐怖に近い密集ぶりです。当時はあらゆるところに物量があふれていた。とにかく空白（スペース）は許さないという緊迫した文化ができめんに本の構造にも影響を与えているのです。異様なものが空白を埋め尽くしています。

ヴンダーブーフとマニエリスムは、こうしてきわめて近い関係にあります。普通なら並ぶはずがない絵が並んでしまい、その理由は読者の想像力に委ねられる。これがヴンダーブーフであり、マニエリスムの美学のポイントでもあります。ヨーロッパではこのような本は従来レヴェルを低く見られがちでしたが、ある画期的な展覧会がそうした状況を一変させました。

驚異の展覧革命◎展覧会「驚異の時代」（THE AGE OF THE MARVELOUS）」は一九九〇年代初

めにアメリカ中を巡回し、二十世紀の世紀末の最後の二十年にもう一度「驚異」という概念について、ギリシアにおけるそれ（Tò θαυμαστόν《ト・タウマストン》）から十八世紀のそれまで考えるきっかけを提供してくれました。

この種の展覧会がこの二十年間くらい旋風のように文化の中心部を吹きぬけていきましたね。たとえば一九八〇年代の終わりには、覗きからくり発祥の地たるイタリアの町バッサーノ・デル・グラッパで開催された「新世界（IL MONDO NUOVO）」展、副題は「一七〇〇年から映画誕生までの視覚的驚異」。パノラマとかディオラマ、驚異博物館であるとか、人の前に何かを展覧する技術そのものを驚異の範疇のものにしています。見る者をいかに驚かせ、認識のズレを生じさせることができるのか、その方法を主題としたメタ展覧会とでも言うべきものです。それ以前にマニエリスムの驚異をテーマとした連続した展覧会が一九八七年から九一年にかけて、ヨーロッパやアメリカでつぎつぎと行われています。展覧会そのものがマニエリスムの方法論によるものとなってきたという点が重要なのであって、ただ驚かせるだけでなく、そこに並べられているものを見て、なぜこの二つが隣りあっているのか、見る側に考えさせ認識の変化を生じさせる。そうした装置としての展覧会、まさに「展覧革命」です。残念ながら、こういう動きがあることをわれわれにはなかなか知らされていません。

3．近代はネガティヴな「孤独」に始まっている

『アリストテレスの望遠鏡』のマニエリスモ評◎テサウロという人の『アリストテレスの望遠鏡』という、一六五〇年代に書かれ出版された本があります。この年号はとても重要かもしれません。

この有名な詩論は、当時よく知られたマリーノという詩人をほめたたえています。マリーノだけにしかできないことがあると。恋人を幾何のコンパスの二本の脚にたとえるなどというのは、それまでの長い歴史の中では罵鹿げたことだった。ところが、このマリーノやまったく同時代のイギリスの「形而上」的詩人ジョン・ダンなどは、そうした一見関係なさそうなものを恋人たちを表現する比喩として使います。数学から平行線の定理を持ち出して「ふたりは愛し合う平行線」なんて詩を書いたのは同じく形而上派のマーヴェルという詩人でした。このような傾向の詩が十六世紀末から半世紀ぐらいヨーロッパを席捲します。少し前までは、これを大まかにバロックと称していましたが、その代表選手がジャンバディスタ・マリーノだった。

「マリニスモ」と呼ばれたこれらの詩をテサウロは新時代のすばらしい詩だとたたえた。なぜ、ダンにおいて恋人同士がコンパスの脚にたとえられるのでしょうか？　じつは、これは浮気男の自己正当化のための詩なのです。女性を一方の脚とすると、男はそのまわりをぐるぐる回る他方の脚。男の理屈でいうと「どんなに僕がほかの女性に近づいていっても、君のまわりを回る僕は、けっきょくは君から離れることなんかできないんだよ」というわけです。もちろん、詩の正統派からは「なぜ直接表現すればいいものを、へんな比喩を使ってまわりくどく説明するのか」という批判が出ます。が、『アリストテレスの望遠鏡』は、恋人とコンパスの結びつきなどといった、はなはだまわりくどい詩を「これぞメラヴィリア！」と絶賛するわけです。皮肉にもまさしくこの本が出た時期からそうした詩は急速に姿を潜めていくのですが、それが一六六〇年代くらいだったという点を覚えておいてください。

カルロ・グリヴェッリ「受胎告知」

クンラート聖堂、1602 年

遠近法と遊び、1605 年

「物量」と「孤独」の再編集◎近代史を見ていく上で重要なのはそもそも「近代」はいつから始まったのかという点ですが、一六六〇年代と考えて間違いないでしょう。先ほど述べたオランダのチューリップ市場の大暴落だって一六三七年、つまり十六世紀中盤、ほぼ同時期のことだった。

物量があふれていた時代というと、なんだかポジティヴに聞こえますね。しかし、人間の意識内部からこの時代を見た場合、かなりネガティヴな問題となっていました。十六世紀末はヨーロッパ人にとって、まず宗教改革の時期にあたります。プロテスタントが力をつけてきて、カトリックの権威が揺らぎ始める。そこでトレント公会議を行っていわゆる反動宗教改革を実施しようとした。それまでのカトリックとちがってプロテスタントは一人一人が密室にこもって聖書を読み、神と一対一で語り合おうとしました。宗教もきわめて個人的なものになっていく。政治も今までの馴れ合い政治から、マキャベリズムが台頭してきて「政治は表で言っていることと、裏側が違っていて当然」などと言いだす。経済面でも市場経済という非情のメカニズムが動き始めます。人間と社会、人間と神、人間同士、そういうあらゆる関係がいったん切れる。そういうネガティヴな状況がありました。

自分と世界が「切れる」ことと、オブジェ（もの）が増えていくこととは表裏です。人間が世界に対する観察者という立場になったりして、とにかく世界と分離されていく。そこでのキーワードは全体からの孤立、〝孤独〟です。

「物量」と「孤独」、この二つをどうつなげていくのか。そこでマニエリスムの理論が要請されます。マニエリスムにはいろんな定義がありますが、ここで必要なのは再編集のテクネーという定義です。広くカテゴリーを超えて、いろいろなものをつなぐという想像力を、マニエリスムの驚異として拡大解釈してみましょう。「すべてのものが一つの中にある」ということばが、あのテサウロの本の扉でアナモルフォーズとされていることがたいへん象徴的です。

4．目で見て理解し、分類する編集の快楽を知る

キャビネット・ペインティング◎オランダの十七世紀はまたスティル・ライフの本場でした。静物画です。それにしても静物画には、なぜあれほどテーブルが必須の要素なのか？ 面白い問いでしょう？ 「テーブル」は、本来は図表とか一覧表という意味です。このテーブルの上にあるものを分けていくことから事-割り、つまり理《ことわり》による分類学が始まります。分類学の表《ひょう》のことを英語で「テーブル」と言います。

十七世紀には、こうしたテーブルの役割を部屋も果たしたのです。その話を少しいたします。“Wunderkammer ＝ Cabinet” と称される部屋があり、そこに集められた絵や物の様子を描くキャビネット・ペインティングなる絵のジャンルがあるのです。十八世紀初めまでキャビネットをもっていることは貴族の証しでした。珍しい貴重なものを集めて、それを陳列する部屋とか戸棚、机の引き出しのことをヨーロッパ人は「キャビネ」、「キャビネット」と呼んできました。ドイツ語では「ヴンダーカンマー」。英語に直訳すると「ワンダールーム」です。十七世紀ヨーロッパの貴族は互いのコレクションの優劣を競い合ってばかりいたようです。この集めるという発想は、花の絵などにも象徴的です。なぜかどこか不自然なのは、温室もない時代なのに春に咲く花と秋に咲く花が一つの花瓶に平気で並んでいるためです。べつに間違ってそうなっているわけではなく、その絵を描かせた人物がそん

なふうな反自然の奇跡を可能にするほどの権力なり資力を具えていたことを示しているのです。そうした財力を誇示するための絵というわけです。

分類の妙と「目」への注目◎たくさん集めると、次にはそれらを分類する快楽が生まれてきます。視覚的快楽が一レベル、アップします。たくさんのものを、それぞれ異なるものと認識すること、二つのものの間に空白を認めること、これが分類の妙味であり、そしてこの行為が合理や理性の直截な定義でもあります。

一六六〇年がキーポイントだと先ほど言いましたね。空間的にはオランダです。文化史家ミッシェル・フーコーは『言葉と物』（一九六六）の中で、より多くのものごとを分けることができる人をより近代的だと呼ぶ傾向が一六六〇年代にあるという。視覚的な謎だらけの絵、ベラスケスの『ラス・メニーナス』の出た頃ですね。当時は人間の視覚について研究が盛んなときでもあります。西洋哲学は長い間、神様は外に存在するという形のOntology（存在論）をやってきたが、それが十六世紀末で終わる。そこからEpistemology（認識論）が展開していきます。外にいる神と自分がどう対峙するかということではなく、なぜ自分は神がいると思うのに、他の人はそう思わないのか、それぞれの認識構造はどう違っているのかというふうに変わる。外に向けられていた意識が人間の内側に向かってくる。そうなると当然、外からの情報の最大の入力装置である「目」の能力に注目が集まってくるわけです。十六世紀後半、オランダから認識論が出てきます。デカルトやメルセンヌといった近代認識論の先駆者たちの主要な作は、じつは屈折光学や反射光学についてのものです。今ふうに言う哲学プロパーのものではなかった。鏡の哲学です。英語では、「私」を指す「アイ」と目を意味する「アイ」が、綴りこそ違え、同じ音として通い合うことを手掛りに、要するに「私は目」とだじゃれを言いながら実は認識の難問《アポリア》を解くという文学、即ちマニエリスム文学が一大流行をみています。

5．世界を掌中にする記憶術・普遍言語・遠近法・額縁

影の哲学「記憶術」◎一九五〇年代以降の人文科学の成果は、このマニエリスム論ともう一つ、フランセス・A・イエイツの『記憶術』です。わけのわからない世界を図式的に整理して覚えてしまい、その記憶をもとに次の世界が整理できてしまう。つまり世界の還元の仕方を論じている。複雑な世界を、記憶するのにより適した世界に還元してしまう技術が「記憶術」です。十六世紀末から十七世紀にかけて、ヨーロッパの影の哲学として存在していた世界編集の技術史だとされています。

トピック（Topic）という英語がありますが、その語源はギリシア語の“Topos＝場所”です。ある場所に固定したものを固定したアングルで見て、論じているのがトピックであり、つまりトポスのもう一つの意味が「話題」というわけです。中世ラテン修辞学では“topica”といいます。世界は複雑かもしれない、しかしそれを単純化したモデルとしての〃トポス〃を覚えよう、次のより複雑な世界に対処するためにというわけです。ずいぶんとヴィジュアルな哲学でした。十六世紀末から十七世紀にかけて、このタイプの哲学はあらゆるものをルーレット状の円環にして世界の構造を認識していた。

半円形の劇場のアナロジーで世界を考えるという哲学があり、劇場、庭、本という小さなものに大きな世界を映し、その小さな世界をそっくり頭の中に入れようという無駄のないコンパクトな記憶法が存在しました。イメージを介することによって、人間の記憶はより確かなものになっていく。そう

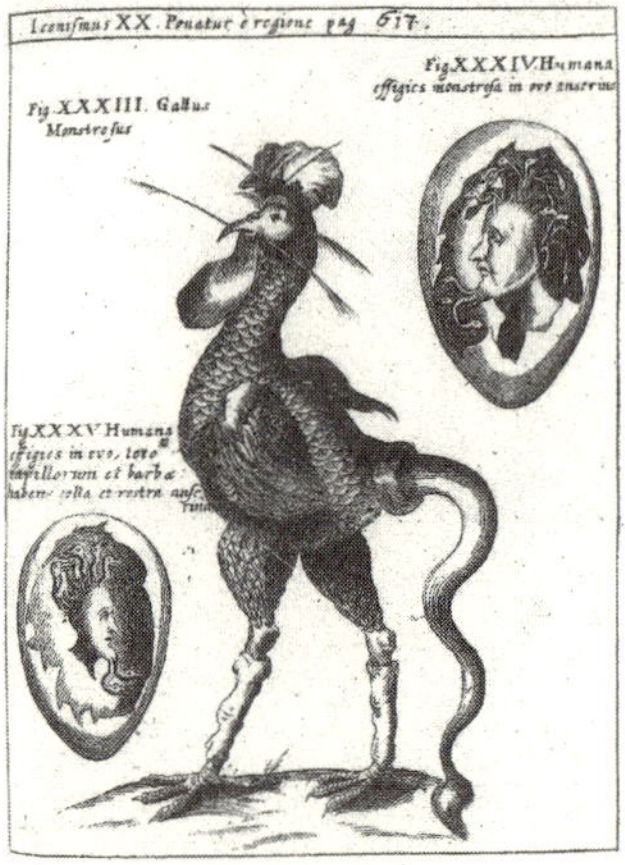

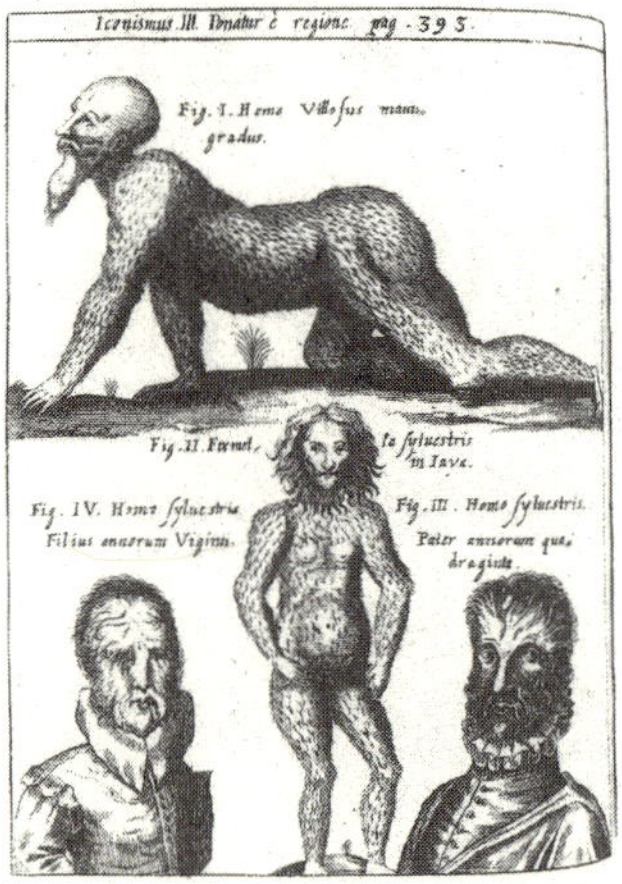

Da Caspa Schott,*Physica curiosa*.

M・ルブラン
「情念の諸性格について」
1698年

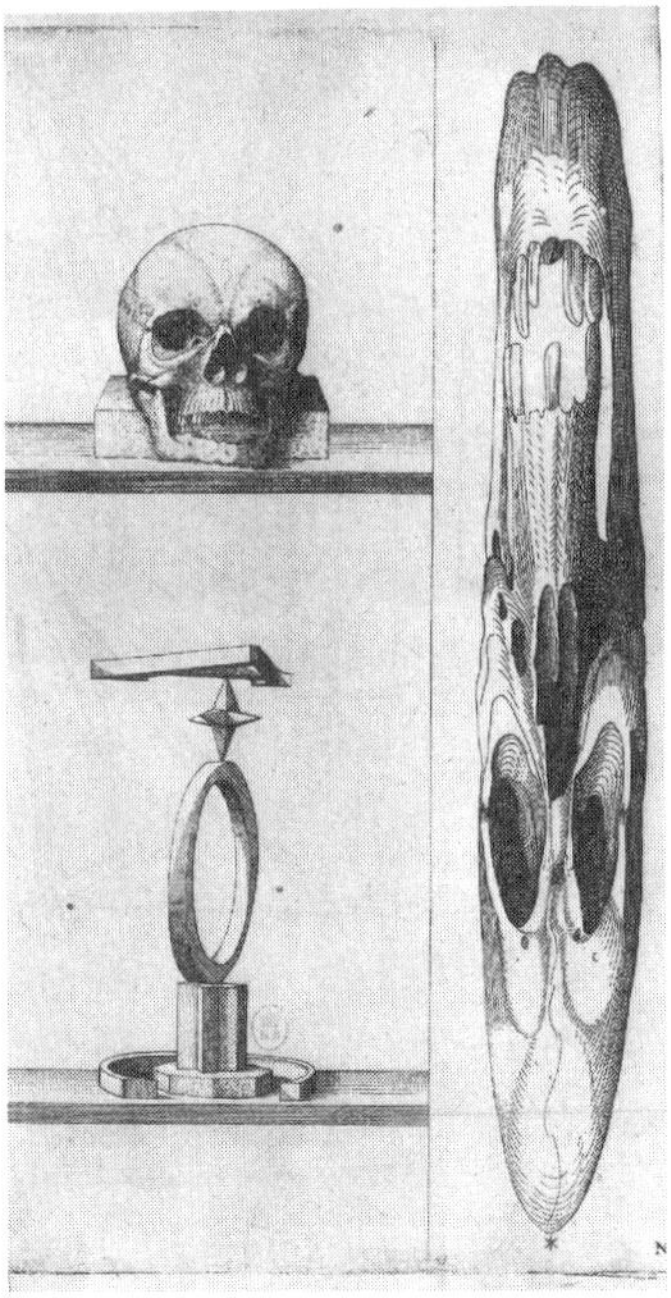

頭部のアナモルフォーシス

いう基本的な認識を十七世紀の人は持っていました。

メタフィクショナルな意識◎分類に対する興味もだんだん大きくなっていきます。十七世紀の半ばにはノアの箱船の絵ばかりが描かれた不思議な何十年かがあります。アタナシウス・キルヒャーの絵では、箱が断面図のようになって倉庫のように見える。分類学の出現を示す基本的ヴィジュアルになっていますね。次には、現在の合理とか理性とかの認識のあり方を支えた十八世紀の百科全書派の人々が、世界を分類するために用いたツリー図、概念の分岐図が登場します。この時期は驚異キャビネットの文化から、博物学・分類学の文化が現われるまでの百年間にあたります。一七五一年のハンス・スローンというコレクターが寄贈した物がブリティッシュ・ミュージアム法によって大英博物館になったことで様相が大きくチェンジしました。

絵を描く方法の一つである遠近法が発明されたのは十五世紀末のこと。そして、この手法が圧倒的な量の物を秩序化する力を持つことを発見したのが十七世紀のオランダでした。サーンレダムなどといったまさしくめくるめく遠近法家が出ました。そして十八世紀の啓蒙主義の時代にかけて、書斎、図書館などの知的空間を描く際に遠近法が駆使されました。神に代わって人間という消失点を持つ構造、いや増しにふえる物量をいくらでも詰めこめるという秩序です。

遠近法は額縁のパラダイムのものだと、たとえば歴史的名著『文学とテクノロジー』でワイリー・サイファーは言っています。世界をあるもので限定し、その中が自足すればいいとする。限定することで分類学はじめ思考は精密化していくわけだが、同時に外の何かを捨ててしまったことにもなる。額縁の中の虚構を愛しながら、外を捨てた自分が気にかかってしょうがない。

これがメタフィクショナルな意識と呼ばれるものです。マニエリストたちが得意とした分野でした。絵の中に額縁を描いてしまう。従来は額縁をいかに意識させないようにするかを追及したアートが逆に額縁を意識させる絵のスタイルにめざめる。絵を描くことを描く、つまり表象行為そのものに目覚めた絵の世界です。実体があって後からパロディが出てくるのではなくて、実体とパロディが同時に出てくるのがヨーロッパ近代の面白いところと言えます。「メタフィクション」は「リフレクション」と言ってよいかもしれない。「リフレクション」は、鏡に映ったものを見るという意味ですが、十七世紀の初めには主にものをよく考えるという意味になる。鏡という意味が思考という意味に変わった。これ自体、めまいがするような語源考ですね。まさしく合わせ鏡のように、こうした思弁には終わりというものがないのです。

6. 世界は「無限」であるというめまい

円環の破壊◎ガリレオによる新しい天文学が登場すると、月から上が完璧な世界で、月から下が不完全な世界であるというそれまでの二元論的宇宙観が崩れてしまいます。地球だけがダメで、天体はみな完璧であって時間の変化さえ受けないのだとしたアリストテレス＝プトレマイオス宇宙観がバラバラになってしまった。こういうドミノ的転換を「パラダイム変換」と呼びます。

ぼくはマージョリー・ホープ・ニコルソンという大変魅力的な研究者を尊敬しているのですが、この人の『円環の破壊』という本がこのへんのことをわかりやすく書いています。望遠鏡が発明された一六〇〇年頃、ジョルダーノ・ブルーノという学僧が焚刑になります。記憶術の哲学者でもあったのですが、宇宙無限論を唱え、異端として殺された。無数にある地球に無数のアダムとイヴがいたのではないかと主張したのです。『円環の破壊』では、自分の世界は閉じられていたと考えていた人間が、一人の天文学者によりその常識が覆された瞬間に、今まで自分を守ってくれたものであった完璧な「円環」が、逆に恐ろしいネガティヴなもの（たとえば悪循環）になってしまうことを論じています。有限ということに馴れた人々は、この「無限」観念を前に宙ぶらりんになった自分を感じたはずだと。まさしく世界史的なめまいでした。

めくるめく「深淵」を振る舞う◎マニエリスム、そしてバロックに特徴的な浮遊感。ベルニーニの「聖テレジアの恍惚」のような彫刻に触発されて、多くの人がエクスタシーについて論じます。

ここでいうエクスタシーとは、「自分が自分でない何者かになる」というギリシア語本来の意味で使われています。エクスス・スターシス、脱自ですね。神と一体化する神秘体験を説明する。自分の魂が自分の体から離れて、魂同士が好きだとか嫌いだとか話している。そんな自分の魂の振る舞いを、ぬけがらとなって残った体が見ている。そういう内容の詩が多く書かれました。舞踏にもそういうところがある。

ノーベル賞をとったエリアス・カネッティは、舞踏の基本パターンは人間が立っている基盤が突然なくなり落下するとき、人体がとる自然発生の身振りにほかならないと論じています。「めくるめき」に「深淵」はつきものですが、ドイツ語の「深淵《アップグルント》（Abgrund）」は、ずばり足もとの地べたが消えて無底になってしまうという意味なんですね。すごい。

カトリックの僧が決めた壁、古い天文学が決めてしまった世界の果てがあります。それに向って、宇宙とはこうあるべきだと自分が作りあげた構造を投影したものが、たとえばホロスコープということになります。しかし、その有限界の向こうに無限空間がないと思っている人には、いかなる創造的な「めくるめき」もまたありえるはずがありません。

7．階段・レンズ・暗く高い山…「サブライム」の感覚

マニエリスムと階段◎ではここで、マニエリスムに関わる「めくるめき」のテーマをどんどん拾っていってみましょう。

人間はなぜ階段に魅了されるのか。起伏、同じリズムが繰り返す陶酔的時間、上下関係が生む認識の違い、同じものが見る場所によって違って見えることの驚き……。人間の認識論に関心がある時代、つまりマニエリスムの時期と、建築構造としての階段が注目される時代が重なっているのは、たぶん偶然ではありません。

スーパーマニエリスト、ティントレットの屈曲した階段の絵には、いろいろな人物が配置されています。そのうちの一人の老人が絵の中で絵全体を説明するという一種のメタフィクションにもなっています。またマニエリスムといえば必ず登場するパルミジャニーノの傑作「長い首のマドンナ」などもそうですが、こんなふうに人が空中に浮かんでいるように描かれること、またみんなの視線の方向がまるで一致していないことに注目してください。絵の後ろに描かれた建築的な根拠の希薄な円柱――加速された遠近法――にも注目しましょうか。

十九世紀末ヴィクトリア時代の画家バーン・ジョーンズも階段が大好きですが、図像として階段の

優れているのは、一人の人間のいろいろな姿を配置できる点です。一種のファッション・プレートといえる。ファッション画のデザイナーは人間の前、横、下から見た姿を描きます。コンピュータがない時代に、パース（ペクティヴ）を駆使できない人が二次元の画面に描こうとするときは階段を使うのがてっとり早い。これを極限まで追求したのが、マルセル・デュシャンです。またエッシャーは、認識論的なめくるめきを意図する人が二次元の静的な画面を使ってできることの限界に挑む怖ろしい画家です。エッシャーは一九五〇年代マニエリスム理論出現の同時代の画家です。

高みの深淵に落ちていく◎マニエリスムの時期、迷宮の図もいろいろ描かれています。その時の肖像画の中で、ぼくがいちばん好きなのは、人物の服のデザインが迷路になっていて、人物が手でそれをなぞっているところを描いた絵です。これはルネサンス人なりの脳のアナロジーと言える。ヨーロッパの大きな教会に行くと、よく床に迷路が描かれています。これを歩いてたどることが神の国に到る一種のミニ巡礼行になっているのです。床の反対といえば天井ですね。こちらにもめまいの道具がある。アンドレア・ポッツォの名で知られる天井画です。ソッティン・スーと呼ばれます。床に大きな鏡が置いてあり、天井を見上げなくても楽に見られるようになっているケースもある。こうなると詩人ボードレールがうたったように、見る人は高みの「深淵」へと落ちて行く。上か下かもうはっきりしない。

上を見て感じるめくるめきと言えば、サブライムという名の感覚がいわゆるロマン派から今日まで及ぼしてきた影響のことを言わずにはすみません。ここでも先に出したニコルソンという研究者の業績にわれわれは多くを負っています。

科学者ニコルソンの研究◎マージョリー・ホープ・ニコルソンは二十世紀最大の科学史啓蒙家ですが、何十キロも続く風景をえんえんと描写するのみの十八世紀のヨーロッパのいわゆる眺望詩が、なぜ人気があったのかを『ニュートンが美神を召喚する』という著書で初めて解説したりという、前代未聞のアイディアで周囲をびっくりさせました。「観念の歴史学」という新しい人文学の草分け的存在でした。

望遠鏡や顕微鏡のレンズが文化全体に与えたインパクトについてはとくに熱心で、何冊かの本で論じています。たとえば『科学と想像力』という本では、十七世紀の大詩人ミルトンの『失楽園』について言及しています。ミルトンが描く悪魔セイタンは、太陽の表面を動く黒点であり、それが地球へと舞降りてくる。『失楽園』を描く以前、イタリア旅行中のミルトンはガリレオの家で現に望遠鏡を覗かせてもらっています。このこと自体は何でもないエピソードですが、その後ヨーロッパを大きく変えたといわれる『失楽園』という詩は、すべて新時代の天文学のもたらした光学的なショックがモチーフとなっているのです。

こうした例を見ると、文学と科学の間にある「文学科学史」のような学問領域横断の可能性が開け、ニコルソンは研究を続けていきます。今までは等倍率でしか見ていなかったものを、拡大して見るときに覚えるめまい、凝縮された世界が拡大されて見えてくるときのめまいに、学界で初めて焦点を合わせたのがニコルソンでした。

スウィフトが書いた詩の中で、「のみの中にさらに小さなのみがいて、そののみの中に……」という描写がえんえんと続きます。ロバート・フックの『ミクログラフィア』の中でもっとも有名なのは、

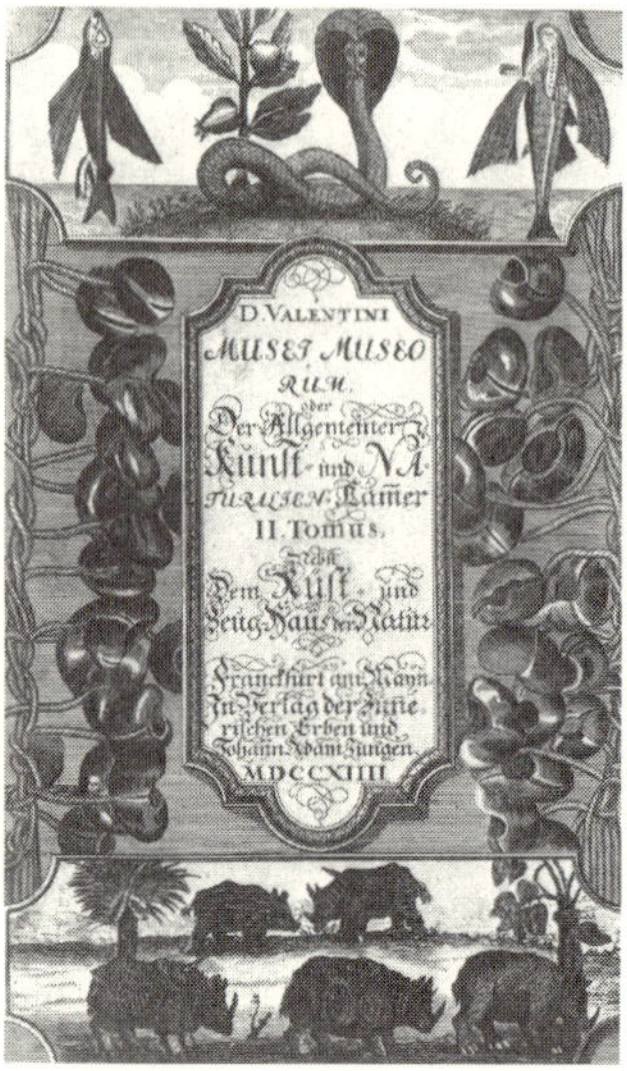

B・ヴァレンティーニ「*Museuo museorum*」1704 － 14 年　左右共に

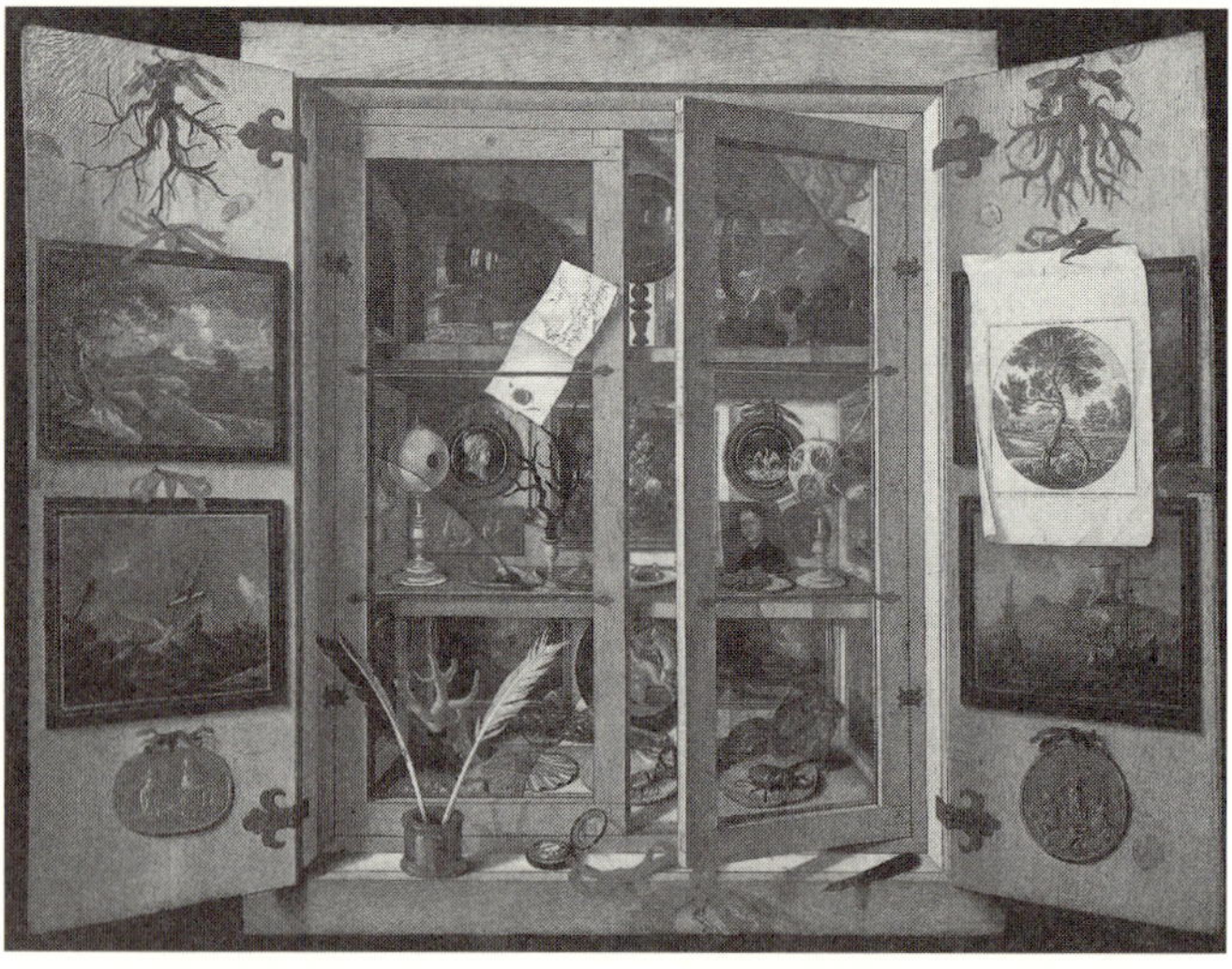

ヨーロッパ・ヴンダーカンマーの百学連環コレクション

ヴィンセント・ルヴァン、1706年　共に

◎驚異の部屋　1

のみを描いた絵ですが、フックや彼の属した王立協会の実態を初めて研究したのもニコルソンでした。

サブライム＝境界を越える◎問題はそのニコルソンの『暗い山と栄光の山』という大きな本です。ヨーロッパ人にとって、もともと山というのは世捨て人が入る場所、「暗い山」だった。しかし一六八〇年代のジョン・デニスというイギリス人のアルプスでの体験が変化をもたらします。彼はイギリスの山とは比べようもないアルプスの四千メートル級の山々を見たとき「怖い、でもきれいだ」という感想をいだく。この矛盾した感動（「でも」）を表現するのに適当な英語がなかったため、後にエドマンド・バークは「サブライム（sublime）」ということばを使いました。一七五七年のことです。sublime は「境界」という意味で、それを「越える」感覚ですね。ケチャップがいっぱいかかったスパゲティーで口のまわりを吸血鬼みたいに真赤にしながら、居間でスプラッタ・ムーヴィーを見ることができるのはなぜでしょうか？　それを説明してくれるおせっかいな本です。われわれが凄惨な流血シーンに感じるのはビューティフルではなく、サブライムだと、バークなら言うでしょう。

一九二〇年代、ドイツの比較宗教学者ルードルフ・オットーが『聖なるもの』という論文を書きます。民衆（mass）とは一人の個人にとって巨大な山のようなもので、それへの同調圧力、その威圧感は聖なるものとしか説明できないと。この理論は後にヒトラーに利用されたりもしますが、二十世紀のスペクタクル技術の聖性信仰につながっていきます。この「サブライム」の美学をきちんと研究した最初の人たちが右に言ったように「観念史派」と呼ばれるグループで、一九二〇年代のジョンズ・ホプキンズ大学を中心に活動していました。そしてニコルソンはその一人でした。人文学の守備範囲をあちこち境界を越えて広げていった、ぼくたちにとって恩人と言える人たちの一人。

8．百科全書とアルファベットによる合理のかたち

アルファベット検索という人工秩序◎その十八世紀半ばは一般的には「啓蒙主義の始まり」とされています。というのも百科全書が最初に出たのが一七五〇年代だからです。しかしその前に『サイクロペディア』（一七二八）という百科全書のはしりが出ています。この本で初めて〝図解＝イラストレーション〟の教育的価値が知らされたことも重要ですが、ヨーロッパで初めてアルファベット順の検索方式を採用した事典でもあった。これはじつはすごいことでした。

それまで言ってみれば人は「おとうさん」と「おかあさん」を区別しなかった、「おじさん」と「おばさん」を区別することもなかった。みな自分の家族、縁者としてワンセットの概念で覚えるわけです。ヨーロッパの辞書やレファレンス・ブックも長い間、そういう構造で編集されていました。これをディクショナリー（Dictionary）に対してレキシコン（Lexicon）と言います。family という概念さえわかっていれば、father も mother も uncle も aunt もまとめて覚えることができる。

ところが検索のためにアルファベットを使うということは、uncle は u の項目にあるけれど、aunt は a の項目にあるということです。世界のありようを反映させるという約束事でできていた本の中に、実際にはぜったいありえない人工の秩序が出てきてしまった。アルファベット順を採用した瞬間に起きてしまった現象です。これは、検索に便利だという理由だけでできあがった情報の原罪といえます。そのためこの本は、やむなくヨーロッパで最初にクロス・レファレンスを採用した屈辱的な辞典にもなりました。father を引くと、mother も見よ、という矢印があって、引く人は二つべつべつに

見て頭の中で両者を結びつけなければいけないという迷惑な構造です。

合理と身体のめくるめき◎アルファベット検索という原罪をつぐなうための措置の一つが、クロス・リファレンスだとすると、もう一つがイラストレーションの多用でした。先ほど紹介したチェンバーズの『サイクロペディア』という本の「アナトミー」という項目についた人体解剖のイラストレーションはその精密さで伝説的なものです。この絵が出て、約五十年後に日本で『解体新書』が翻訳されるわけですね。日本の近代は五十年遅れてヨーロッパについていく。その後のあらゆる分類学は、解体された体の構造のアナロジーになって作られていきます。まさしく「分ける」から「分かる」ようになるわけです。この時期、すぐれたナイフが出現し、人体を細かく解剖できるようになるのです。

日本人は日本の刃の切れ味については、かなり自信をもっていますが、十八世紀後半にオランダから来たドイツのシーボルトがもっていた執刀メスの切れ味を見たときの日本人医師たちの感覚は、まさに「めくるめき」であったことを最近タイモン・スクリーチという英国人研究者が「鋭く切って」います。簡単に分析とか定義とか言いますが、フランス語では articulation。フランス人が Vous aritculez（はっきり言え）といってケンカするときに口にするのが articuler、もともとは手足をバラバラにしてしまうぞという意味です。Analysis（分析）は、骨格から体の部分を切断するという意味のギリシア語から来ています。

合理的に何かを切りわけてする分析は、基本的に身体切断の行為があって、それのアナロジーになっている。イラストはその結果であって、それまで見えなかった神経系までが見られるようになりました。切り開く、光が入る、見える／わかるの順ですね。顕微鏡もからんでいます。そしてこうした驚異を与えてくれる「眼」に対する十八世紀的興味にもすごいものがあります。「人間は自分の眼だけは見ることができない」という古来のパラドクスに挑戦した眼球の解剖図絵が現われます。それにしても合理は、どこから切断される身体のめくるめきと表裏のものだと感じられ始めたでしょうか。

合理の果ての幻想と言えば、十八世紀のイタリアを席捲した絵の手法にプロスペティーヴァ・アッチェラータ（加速遠近法）やヴェドゥータ（眺望図）があります。ヴェドゥータはある一点から街全体を眺望するという、遠近法を極端に使った絵で、いわゆる眼鏡絵用に円山応挙の京都などでも話題になりました。江戸では「浮絵」また逆に「くぼみ絵」と呼ばれ、一種の3D画として江戸人士のめくるめきのネタとなりました。合理vs狂気ではなく、合理もまた帰謬法的につきつめると、本来それがそうであったためまいする幻想や狂気にいつでも転換してしまうという良い例でしょう。

9．博物学、トータル・ノヴェル、パノラマのリアリズム

十八世紀、博物学の登場◎「知るためには殺さなければならない」とは哲学者ミッシェル・セールの名台詞です。バッタを仔細に観察するためには、一本の虫ピンが威力を発揮します。その極致がジョージ・スタッブズという「屠殺画家」の絵です。彼の父親は皮革業。絵のリアリズムを確立した人は、馬の解体屋だったのです。スタッブズの馬の絵は揃いものになっていて、最初は普通の馬の絵ですが、その次の絵には皮一枚分はいだ馬が描かれています。そして最後の一枚は肉のない完全な骨格だけの絵。次の一枚があるとすれば、それは白紙！「存在する」ということはいったい何かをめぐる絵といえます。この画家にとって生命とは何だったのか。アナリシス（分析・解体）というパラダ

イムの行き着く果ては、こうした非生命的な場所たるデザインにならざるをえないというわけです。

こうした時代を経て、十八世紀には博物学が完成しました。ナチュラル・ヒストリーと言います。物量が増大し、物があふれてきたので、それを分類しなければいけなくなったためです。それは都市文化の拡大にともなう人間の量についても言えました。

一八〇〇年以前、パリの人口は三〇万人くらいでしょう。ところが五十年後には江戸と同じメガロポリスになる。三〇万の人間がわずか五十年間で一〇〇万人になる。すると、どういう問題が起こるか。人間を分類する必要が出てきます。観相学が登場しました。


バルザックとパノラマ写真◎百のアティチュード、百態のポスチュアを描きつくす情熱、これからリアリズムが生まれてくることになるのは、じつに見やすい道理です。人間の外見に現われるものへの関心ですね。

リアリズムの元祖とされる大小説家バルザックには二つの欲望がありました。それは、大量のことばを使って徹頭徹尾人間を描写することと同時に、自分たちのスケールを超えてしまいつつあるパリという大都市を丸ごと自分の小説に取りこむためにはどうしたらいいのか。これは今でいう「トータル・ノヴェル」の元祖で、彼の「人間喜劇」はじつに全九一巻におよぶ。登場人物は二千人を超えます。バルザックがか小説を書き始めた頃、ダゲールという男がパリで活躍し始めます。このダゲールはパリの空中撮影を行った人です。

高い所から低い所を見下ろす快楽。見えなかったものが、高みから見下ろすと見えるようになる。これか気球だったり、パノラマだったりしました。そして一七八〇年から一八五〇年にかけて、パノラマの視覚的快楽は完成されていきます。パノラマ館がぞくぞくとできました。

パノラマ館に入る前に暗いトンネルを通らねばならないのですが、これはトンネルを通るうちにいろいろな日常的価値基準をいったん捨てさせるのではないかと思います。そして一気に光がふりそそぐパノラマの中に放り込まれるわけですから、遠近感、大小感、上下感がない状態でイリュージョンを見せられていたのではないかと思います。めくるめきを商業的もしくは政治的に利用する人びとが出てくる可能性が見えてきましたね。

まさしくこの時代にヨーロッパの監獄を改革しようとしたジェレミー・ベンサムという人物は監獄をパノラマにしてしまえば、管理が簡単ではないかと考えました。このアイディアはあまりに非人間的だったので実現しませんでした。パノラマのブラックな戯画といえそうなものですね。

10. イリュージョンに満ちたメラヴィリア

「うねる曲線美」の風景◎十八世紀末にかけてもう一つ面白いめくるめきの仕掛けがあります。十六世紀マニエリスムが「フィグーラ・セルペンティナータ」と呼んだ、究極の美とは蛇のようにうねる曲線であるという考え方が十八世紀半ばに復活します。庭の中の川も園路自体ももともとまっすぐだったのに、あえて蛇行させることで、歩行者にとっていろんなものが変化に富んで見えてくる。アングル、視覚のヴァラエティが生まれる。一本の塔しかなくとも、その回りを蛇行する道から望めば、まるで塔が百本あるようにさえ感じられる。いろんな角度からものを見ることを、当時の人びとは「ヴァラエティ」と呼んで絶賛しました。

B・ベスラー、1616年

◎驚異の部屋 2

P・ランベキウス、1700 年

A・キルヒャー、1678 年

十八世紀後半の美学のキーワードは先に言った「サブライム」と、この「ヴァラエティ」です。要するに視線を眩惑する「めくるめき」の方法論ではないでしょうか。一つのものを一つの角度でしか見てはいけないと教えられつつあった啓蒙時代の人々が、一つのものを視覚を変えることによって、いろいろなものに見させる技術をもっていたことに注目してください。蛇行した園路を開発した当時、「英国支那式」と呼ばれた庭園はこうして遊戯論のロジェ・カイヨワのいわゆる「イリンクス（眩惑）」を方法化し、今日の遊園地のさまざまなめくるめき装置の原型となりました。

英国支那式もしくはピクチャレスク式と呼ばれるこれらの庭園は一種のコンポジションです。本来なら自分の庭にないはずのものを「メラヴィリア」として集め、訪ねてきたお客に「メラヴィリア」として見せていた。できるだけ遠い所の土地、今とかけはなれた時代の要素ばかりを集めている。たとえば遺跡とかを組み合わせる。コンポーズする。だからハドリアヌス帝の廟の隣りに孔子をまつった廟があったりする。十八世紀の造園業者のカタログにはよく「これだけの設備をご提供します」という絵があります。それらを組み合わせて庭をつくる。当時イタリアのアカデミーを牛耳っていた男にパンニーニという画家がいて、彼は「カプリッチォ」と呼ばれる種類の絵の描き方を発明しました。それは巨大な画面に時代と空間が異なるはずの建物を複数組み合わせるイリュージョンです。風景自体がアルチンボルドの絵と化すわけですね。ロマン派前夜にだってちゃんとマニエリスムが姿を現わしていることにもっと注目すべきです。カプリッチオ、山羊の歩みという意味だそう。直線路からの逸脱ですよね。

11. 「めくるめき」に夢中な十九世紀

ロマン派と螺旋階段◎十九世紀はロマン派と呼ばれるアートの運動で幕をあけました。ルジウス・ケレルという人の『ピラネージと螺旋階段の神話』という名著が、ロマン派の難しい思想を「螺旋階段」のテーマの流行を通して説明しようとしています。ロマン派が体験しためまいを空間から攻めようというわけです。ロマン派は人工的にめくるめきを作るための方法として「アヘンチンキ」の常用に走ります。これは十八世紀から薬用として使用されていたものですが、禁止されたのは二十世紀の初めになってから。十九世紀にはポピュラーなドラッグ・カルチャーでした。ジョージ・クラッブ、ボードレール、ポオなどは、これの濫用によって意識的に無意識の世界に下りていくことを覚えたのです。ロマン派の時代は同時にブルジョワ文化が始まったころでもありますね。アートによる反抗はさまざまな「めくるめき」に夢中になりました。

方法としての「ヒプノティズム」もこの中から生まれる。意図的に人間にめまいを起こさせて、その人間でなくさせ自我を失わせる技術が登場します。それがシャルコーから始まってフロイトで大成する「ヒプノティズム」。俗にいう催眠療法です。

一九〇〇年に発狂したクビーンという画家が「塔」という絵を描いています。これを見て思いだすのはロマン派作家E・T・A・ホフマンの『砂男』という作品です。ぜひ読んでください。ぞんぶんにめくるめくことができますよ(笑)。フロイトがその無意識の文化論を初めて文学に応用したのが、ロマン派を代表するホフマンの作品でした。逆にこの不思議な作品は、フロイトの「不気味なものについて」(一九一九)というエッセーによって評価を高めます。主人公が最後に塔から身をなげて死んでしまうのですが、これまで見てきた螺旋階段の塔の意味する文化が二十世紀の頭にもう一回復習されるわけです。

鉄道のショック・アブソーバー◎十九世紀初めと二十世紀初めをつなぐ「めくるめき」文化がもう一つすぐ思いうかぶ。フランス革命は「エネルギー」という概念を持ち込んでおり、百年後の世紀末は、さらにそれに「運動」という概念を加えました。それが映画の元祖になるマイブリッジのフィルムです。当時の人にとって、映画とか幻燈とかはめくるめきとしか受け止められなかった。こちらに向かって突進してくる汽車のフィルムで、見ている人はみんな逃げだしたという有名なエピソードがあります。リアリティとイリュージョンの区別がまったくありません。

シベルブシュという人の『鉄道の歴史』は、鉄道旅行を素材にしながら十九世紀の文化的転換をすべて論じてしまおうというとても面白い本です。前半はあえて「ショック」という概念の分析にあてられています。ショックということばは十八世紀以前にはなかった。

ナポレオンが中央突破と一斉射撃という戦術を編みだしたために、ヨーロッパ人が初めて「ショック」という概念を身につけてしまったらしく、それをやわらげるためにショックの塊であった鉄道汽車の内部に、ショック・アブソーバーを工夫することを初期の鉄道のエンジニアたちは考えた。早く進む技術よりもいかに中が揺れないかという技術によって鉄道は出発していく。シベルブシュの本を読んで浮かんでくる問題は「インテリア」です。信じられないことに、しかし実際に鉄道の客車内の内装からインテリアの歴史が始まります。カーテンや布やゴム、ありとあらゆる素材を使って揺れないことが目指されています。ショックのめくるめきから身を守ろうという文化ですね。

鉄道の客車のショック・アブソーバーとして始まったインテリアの技術を、鉄道会社はインテリア会社に売ったわけです。これが十九世紀末に代表的なエステティック・インテリアです。この間の不思議な経過はピーター・コンラッドの『ヴィクトリア朝の宝部屋』以上に面白く読める本はありません。我々のまわりでなら澁澤龍彦、金子國義両氏のインテリアが「エステティック」で有名です。

「観光」の変態性◎創造的な文化的めくるめきから身を守ってしまうといえば、十九世紀に出てくる観光もそうでしょう。遠くに行ったにもかかわらず、けっきょく自分のインテリアから一歩も出たことになっていない観光の論理とでもいうべきものが最初から観光にはくっついていました。ぼくが「カール・ベーデカーの世界」と呼ぶものですね。そう、熱力学から小説に入ったピンチョンの小説『V.』を読むと、十九世紀末に発明され二十世紀に至る「観光」という行為がいかに変態的かがよくわかります。たとえば観光客は流行のサファリルックを着て、飛行機の窓からアフリカを見ている。観光と表象の関係はこのようなポスターを見れば一目瞭然。全部風景がフレームでおおわれていますね。これがかかえる自己言及、自己意識、自己パロディの問題にはなかなか面白いところがあります。めくるめかせる旅の価値が見失われてしまう。いわゆる「オリエンタリズム」の矛盾ですね。

12. 人はなぜデパートに魅せられやすいのか

商業におけるサブライム◎めくるめきというテーマを立てると、名著なのになかなかうまく扱えない面白い何冊かの本が一本の線につながるようです。まず『生活のバッテリー』という、電気がどれだけ人間の生活を変えたかについて論じたクリストフ・アーゼンドルフという人の本があって、電気

◎アルチンボルド派

左—中央（上より）
大気—春
夏—火
大地—秋
冬（右上）—水（右下）

無名の画家たちによる

によりテクノロジーがいかに変わったかと同時に、人間の視覚にどんな影響を与えたかを詳細に論じています。産業革命が終わって電気につながっていく中で、人間は山だけじゃなくて自らが生みだしたテクノロジーにまでサブライムの感覚を持つに至った。トンネルを掘削するための機械と人間の大きさを比べてみてください。テクノロジーがサブライムになる時代が万国博覧会を生んできました。都市の中にめくるめきがある。自然を相手にしてめくるめく時代はもう終わった。十九世紀末、万博の電気館などはすごいものです。ピーター・コンラッドという秀れた文化史家はそれを、「アーバン・ピクチャレスク」と呼んでいます。

デパートと万博と見世物。スミソニアン協会が行った十九世紀のライフスタイル展のカタログのフランス語版 *L'art de Vivre* の表紙があります。主にフランス第二帝政期を扱っている。それからニューヨークのドーヴァーという本屋が出している『水晶宮博覧会カタログ』。商品のカタログというものがいかにわれわれに「物を買わせる」ことに長けているかがわかります。

万博のすぐれた研究書にフィリップ・アモンの『エキスポジシオン』があります。"expose" は中にあるものを外に置くという意味から「展示」の意まで含む。これは万博の研究書であると同時に、十九世紀のフランス文化が全部説明できると豪語している本です。翻訳する必要を感じています。

商業とめくるめきとが結びついた環境があるんだということがこうしたものを見ているとじつによくわかる。そこでの商戦略は、全部高い所から低い所を見させる、または低い所から高い所を仰ぎ見させる手法です。もうおわかりでしょう。完全にサブライムの世界です。デパートというものが一八五二年にアリスティッド・ブーシコーによってつくられましたが、この点から見るととても面白い。

さまよいのデパート空間◎デパート王ブーシコーによる空間の広さを見ると、物量と空間の広がりの関係が、ものを買わせる技術だという証明であることがわかります。そこで発行された通販カタログを見ると、この選択肢の多さは博物学から受け継いだものだということがわかります。博物学の陳列棚と商業カタログ。とても面白いつながり。そして女性たちがその中で迷う商空間が生まれます。

ショーウィンドウも同じ。その向こうに、女性たちがこうなりたいと願う理想の世界がある。そこにガラスがあるために自分の顔が写る。欲望とガラスのうまい結びつき。一八五〇年にガラス税が撤廃されると、大量の板ガラスが登場します。自己と他者の区別を曖昧にさせる格好の媒体です。

デパートの入口のホールというのは、必ずといっていいほど巨大な吹き抜けになっています。たくさんの階を重ねる建物でもデパートの入口は必ずアトリウムになる。自分の価値や大きさをわからなくさせるにはアトリウムがもっとも効果的だったのです。そこへ入った女性たちがどういう気持になるか、あるデパート小説の挿し絵があります。「クレプトマニア」という神経症がありますが、フロイトはこれの分析をしました。いわゆる「デパート性突発万引き」です。自分の財布にお金があるにもかかわらず、なぜか盗んでしまう。これを説明するために十九世紀の行動社会学や集団心理学がスタートした。不思議な病気です。この病にかかるのはブルジョワの奥さんばかりです。べつにお金が惜しいわけではないので、話が神経病医たるフロイトの所にもちこまれたのです。

誰もデパートを表象論として追及しなかった時代に、初めて表象としてのデパート論に取り組んだのがロザリンド・H・ウィリアムズの『夢の消費革命』です。デパートのような商業が扱ってきた分野を表象論として、特に貧富の差とかイデオロギーをきちんと扱う分野をcultural materialismといって、これから十年間の表象論の中心になるはずです。かつての学問ではどこにも属さなかった境界領域です。そこで「めくるめき」がキーワードになるだろうことを、日本初のデパート漫画、高野文子の『ラッキー嬢ちゃんの新しい仕事』を見つつ、確認しておきましょうか。

13. 合理と非合理は「めくるめく」反転をする

手書き文字と活字のあいだ◎表象ということばが出てきたところで、現代につながるめくるめきの一局面にふれて、お話を終えることにしましょう。

ギリシアに牛耕文字というのがあります。牛を使って耕すように字を書いていく。まず文字を左から書き、すると次の行は右から書いていくという方法です。右からだけ、左からだけ、上からだけといった、ページの上を進んでいく視線も、文化によって違うというのは、じつに面白く、この点でも十八世紀は面白い。文章の行《ぎょう》は英語では「ライン」というわけですが、いろんな意味を含めて「ラインの文化史」というものが何としても必要です。

ものを読むという習慣が一般化したのは十八世紀後半からです。近眼で有名だったサミュエル・ジョンソンは、まさに凝視するといった読み方をしている。読み、書く人間なんてこんなものは今では絵の画題になりえませんが、十八世紀には机上で何かをしている、鉛筆で紙の上に何かを書いていくというのが最新のメディア・テクノロジーだったのです。

絵と文字の関係、ある時点まで絵でやってきたことが活字の文化になるとき、そこには合理という名のめくるめきがある。つまり字と絵の関係が崩れたときのめくるめきです。逆のベクトルも当然ある。日本の江戸文化はそういうものを持っていました。字なのか絵なのかが曖昧になる。ヨーロッパにも昔からあるものですが、今はこれが筆記の問題になっています。手書きの「I love you」とワープロ文字の「愛してます」では価値が違うと思われる。情緒的なものは手書きで、客観的な情報は活字でという思い込みがあります。なぜ正確な情報を手書きで送ってはいけないのか。われわれは完全にそうした思い込みにとらわれています。それが十八世紀からの活字技術がもつ政治的問題なのかもしれない。加えて客観科学が活字と結びついたことも重要です。客観的で正確な情報を活字が伝えてくれるというウソがまかりとおる。映像やカメラが正確な情報を伝えるというけれど、もともとの映像は詐術的なものに徹した、とても見世物的なものではなかったでしょうか。ぼくは生涯、手書きを捨てません!

現代の「渦巻くテクスト」◎子供図鑑の精密な機関車の絵、これがアートと呼ばれる。この紙の上を支配する「正確」さを問題にしましょう。この正確さ自体、めくるめきでしたが、その「うそ」さをあばくことも今や文化的めくるめきを生みます。見てみましょう。静物画のパロディ、裸の女性のブロンズ像、いたずらアート。リアルすぎてかえってうそっぽくなるハイパーリアル。

自己言及で有名なエッシャーの「描く手を描く手」。自己言及の問題はべつに現代に限ったものではありません。中世の絵に自分の姿を描く画家の絵が出ています。そしてポストモダンの「自らを描く絵」。フランス革命時の典型的自己言及の絵。自分の肖像画を描いている画家の自画像…。じつに面白い。

一九六〇年代半ばには道化論といわれるものがたいへん盛んでした。その理由はたとえば上下左右が逆になることが一種の英知への入口になるのではないか、上と下が固定化しすぎた社会に対して、上も下も相対化してしまう道化というものを、六〇年代にたとえば山口昌男さんの象徴人類学が甦らせました。めくるめきのギアが入れかわった。

グロテスクアートが流行ったのもそういうことです。マンガが持つ可能性という意味でたとえば大作家萩尾望都先生の『マージナル』の一ページ。人間の視線とか理解力は、本来線的には動かず紙面全体に拡散するように動くと生物学者も言っている。リニアでなくサイマルテーニャスだ、と。なのに、そうではないようにしてきたわれわれの文化に対して、マンガはコマを戦略的に割ることで、どこをどう見てもいいような紙面を工夫するわけです。ターナーの「汽車」という絵には、十九世紀人の感じた混沌が描かれている。ターナーを研究するミッシェル・セールに言わせると、時代が気候的なもの、つまり蒸気とか雲とか固体でないものがこの世を構成していて、エネルギーとか目に見えないものが世界を動かしているという、一種の「場の理論」がすでに自覚されていたと言います。マンガでいえば、こういう静態突破の究極は赤塚不二夫の道化マンガ、狂気マンガの実験でしょう。

デザイナーはみな、何らかの渦のようなものを対象にし、画家はこうした印象派の延長線上にあるようなものを勉強する。批評家は固体的なものにもとづかない気象学的な、熱力学のモデルにもとづくような世界を書こうとする。ここに挙げたのはMinahenという人の*Vortex/t*という本ですが、vortexとは渦の意味で、それにtextが絡んでいます。「渦巻くテクスト」として現代哲学のトップにいるデリダやセールを読むための批評が出てきているのです。なかなかうまいことばですよね。

絵を見ていただきながらのなんともスピードのあるお話でしたが、少しはめくるめいてもらえましたか（笑）。一つ一つは面白いことが知られながら全体としてつなげられていないいくつかの文化現象を「めくるめく」ということをキーワードにしてつなぐヒントということでお話しいたしました。世間で「高山学」とか呼ばれ始めている、いってみれば自前の表象論をかつて『パラダイム・ヒストリー』という本で、テーマの目次案というような形にしてみせたことがありますが、その目次案の目次案ということでしょうか。これをリニアにお読みになったでしょうか、それともサイマルテーニャスにおたのしみいただけたでしょうか、みなさんの感覚を問う厄介なエッセーだったと思いますが、如何でしたか。

❸

オペラティックス　横尾忠則の「美しき手法」

これだけコラージュつくってんだ、ひとつくらい鋏《はさみ》出せ、と思っていた。成程そのギリシア語源からいえば、「コラージュ」はペースト、というか糊で貼る仕事なのだが、どう考えても先ずはハサミでしょう、と。先ず、切るのである。

横尾作品は随分丹念に追ってきたつもりだが、全部見たとは言い切れない。漏れはいくつもあるのだろうが、鋏は見ない。刃物はいろいろと記憶がある。《城壁と刃物》など、生理的に「痛い」くらいの刃物美術史の傑作だ。しかし出刃や匕首《あいくち》で雑誌から気に入りの絵を切りとるわけにもいかないでしょう、そこは先ずやっぱり鋏でしょう。シザーズハンド、見たい。

と思っていたら《Operation》（二〇〇一）。膨大な横尾ブックス中の最新刊、『横尾忠則コラージュ1972-2012』（国書刊行会、二〇一二）を開けた途端、というかランダムにぱらりと開いた見開き一ページの「紙にコラージュ」作品に、ぼくは絶句した。横尾コラージュの鋏、鮮烈！　実は、話題の『芸術新潮』横尾忠則特集に一度フィーチャーされていたが、忘れていたのだ！　ちなみにこの最新刊は「紙にコラージュ」の最新作《愛》（二〇一二）を、そこだけ観音開きというか折り込みにして、要するに目立たせていて、これにも鋏と刃が登場し、たぶん《Operation》とペアになっている。いずれにしろ横尾の鋏が直かに見られただけでも、この最新刊は貴重極まるものだ。愛蔵する。

先端医療の現場が劇映画の中心テーマになったのはおそらく大ヒットTVシリーズ、『ベン・ケーシー』から後のことだろうが（医学漫談のケーシー高峰の芸名の由来）、最近ではもう全然フツーで、そして劇中の名医たちが口にする「オペ」なども全然フツーに理解される言葉だ。手術という意味のオペレーションのジャーゴン的略語である。手術を「シリツ」と言うマンガなどもはやったっけ。

コラージュ《Operation》も先ずは手術の光景である。画面の縦一杯、脚のつけ根から頭部を仰視していく形で一人の人間の体幹、というか胴部が全て描きだされるのだが、首から鼠蹊部までそれこそ縦一文字に切開されている。体内を左右に切り開き、思いきり開示した、一種の巨大ポップアップ本解剖図という見立てである。展覧会での展示とはちがって本の形のものを見ると、ノドの位置の巧拙もあるが、本を開くことが、テーマたる（何かの）体《バディ》を「開く」ことのメタファー的行為にならざるをえない、大変面白い位相も現われる。ペーパーナイフのメタフォリックスである。

左手の鋏がこの切開手術の張本人らしい。右手も刃物を持っているが、ボス（ボッシュ）の地獄図で耳を突き刺す匕首《ひしゅ》のパロディ然とハンバーガーを突き刺していて、手術そのものには関係なさそうだ。鋏には鮮血がしたたっている（よく見れば刃物メーカーの赤い文字の商標なのが皮肉）。鋏にしろナイフにしろ手指との関係で、とても強い力がかかるようには見えないところがまた面白いのだが、自己切開、自己剖見の主役がこれらの刃物だということは間違いない。手、そして腕の位置からして御本人の手、腕による自己切開であるのも間違いない。

　余りにも面白そうな人物の切開体内に目を向ける前に左上、霧だか硝煙だかで霞む景色の中を行く兵士たちの影が見える。実はこれも「オペレーション」である。普段そんなことは忘れているが、今、東日本大震災の時、直ちに救援活動に出て感謝された米軍の動きをＡＦＮ（米軍ラジオネットワーク）が「オペレーション・トモダチ」と呼んで昼夜自画自賛し続けたこともあって、オペレーションが作戦行動であることは皆知っている。

「手術」と「作戦」の両方が「オペレーション」ということになると、このコラージュは何なのか。連想は無意識裡にというのがコラージュの妙というが、こんな辞書的レヴェルでの「解読」で解けてよいのだろうか。それとも辞書という超合理的な秩序《オルドー》も実はコラージュ的構造を孕んでいるものなのか。

　面白がって英語辞書をのぞいてみると、“operation”［名詞］１ａ（機械などの）運転、運用、操作。工作、作業。操業。施行、実施　ｂはたらき、作用。効力、効験　２ａ計画、事業、［軍］作戦　ｂ（市場の）操作　３手術　４［数］運算、［電算］演算…とある。かなり面白い。元はといえばラテン語だから序でに羅和字典で“operor”を引くと、［動詞］従事スル、没頭スル。供犠スル、ササゲル、とかあるが、その名詞がたとえば“opera”で、労働、暇、一日仕事とある。大元の名詞“opus”ともなればもう頭がいたくなるほど横尾的で、１作業、仕事、活動、行為　２努力、骨折り　３勤務、事業　４人工、技術、芸術　５作品、完成品、芸術品　６建物　７築城、堡塁　８著作物、書籍…ということになる。そうか、ヴェルディなんかのオペラという奴、こういう概念のかたまりに浮くうたかたのひとつだったのか、である。ウンベルト・エーコの出世作『オペラ・アペルタ』が『開かれた作品』と訳されるのも、そういうことだったのか。ぼくは、アルジェリアの外人部隊の作戦行動とメタ演劇の演出術をどちらがどちらとも区別できない「オペラシオン」という言葉でぶっつけてくるフレデリック・フィスバック演出の、ジャン・ジュネ『屛風』のことを横尾氏のこの綺想コラージュを一瞥していきなり思いだしてしまった。量子力学に発して二〇世紀各アートシーンを席巻した「オペレーショニズム」なんか思い出すより全然先に。操作主義《オペレーショニズム》は世界についてのイメージは人間の側の「操作」が介入してつくられるものなのだ、とする。操作と聞いてもうひとつ“maneuver”を思いだすなら、《Operation》はさらに面白く見えだす。[名詞] 1 a作戦的行動 b技術を要する操作（方法）、[医] 用手分娩、ひらりと身をかわす動作、[空] 運動（旋回・横転など） 2巧みな措置、妙策。計略、策略、奸策。マネージメント論や社会システム論最大のキーワード、「マヌーヴァー」がこうしてアートの（というかもっと広義にアルテ arte の）最大キーワード、アルテ中のアルテたるマニエリスム・アートの最大キーワードでもあることを、ぼくは驚きながら改めて思いだす。多分、ラテン語の“ingenium”[1天賦のもの 2天性 3気質 4才能 5想像力 6天才 7妙案…] が“engine”“engineer（ing）”の語源であること以上に横尾芸術「工学」の究極を突く事態はないとかねがね思って、彼のマニエリストとしての仕事を追ってきたが、そうか「オペラ」「オプス」という切り口ありきかと、《Operation》一作を前に痛快至極の哄笑がこみ上げてきた。エルネスト・グラッシ『形象の力』のキモ！

鋏でなくても良い。先ずは手が欲しい。鋏を「手にした」手なら、コラージュの自己批評として最高。《Operation》はズバリそこへ来た。母子像たるところからおそらくは鉗子《フォセプス》の役も果たしているらしい《愛》の鋏は、それを握る手を持たないが、《Operation》の鋏には手、もしくは指が欲しいわけがある。「オペレーション」概念の両(多)義なることで遊ぶこうした感覚を英語で歴史的に“wit”といい、男女性愛の図を足を開いたコンパスと「併置」したジョン・ダンの詩、というか言葉でやったコラージュを“witty”と呼びならわしてきたが、大方周知のように現在はそういう綺想のあり方、綺想文芸はマニエリスム(mannerism)の名で呼ばれることが多い。「影響の不安」というか、全て先行世代がやってしまっているが、さて自分には何ができるかと考える制作のゼロ度から、模倣と、そしてアルス・コンビナトリア(マニエリスム版コラージュ)が始まる。先行世代の業績をとにかく真似てみる。十六世紀、盛期ルネサンス没落後のその一〇〇年間、「美しき手法《ベルラ・マニエラ》」と呼ばれた模倣、模写のアートが続いた。所詮模倣というので長い間低い評価しか下されなかったが、アルス・コンビナトリアに昇華されていく模倣なりという形で「マニエリスム」の上向き評価が行われたのがまさしく、(澁澤龍彦、種村季弘両氏の「インゲニウム」のお陰で)日独仏ほぼ同時の一九六〇年代の一〇年《ディケード》であり、『みづゑ』その他の媒体に平気で「マニエリスム」の語が溢れた一九七〇年代前半であり、そこでデビュし、一挙その趨勢の寵児となったのが横尾忠則だった。澁澤龍彦、横尾龍彦、横尾忠則、でき過ぎのトリオの区別が巧くついていない『みづゑ』愛読者が仲間うちにいたが、懐しい。高知育ち、絵金[絵師金蔵]で有名な朝倉神社で遊び育ったぼくは、『みづゑ』七八九号(一九七〇年一〇月号)「絵金=幕末土佐地狂言怨念」特集で、「前近代への嫌悪」という横尾忠則の文章を読んだのが、その後何でこんなにも書くのという膨大量の書きものとのお付合いの始まりである。かなりな数の評家が横尾と絵金を「土俗」ということで繋げようとしていることへの否《ノン》を表明していて、マニエリストがそうそう簡単に自分は土俗ですなんていっちゃいけないよねと共感したことも思いだすのである。澁澤や種村といった碩学のマニエリスム・アート論が間断なく出、日向あき子のポップ・マニエラ論が話題になる『みづゑ』誌上で、しかし横尾忠則がマニエリストと呼ばれたことは、ぼくがなお大判だった『みづゑ』を毎月耽読していた時分、一度もなかった。

「やくざな」マニエリスム（由良君美）でなく、まともなマニエリスムといえば若桑みどりであると思い、名企画『横尾忠則　森羅万象』（美術出版社、二〇〇二）の若桑みどりによる序文（「横尾忠則論　脱神話化」）を読み直してみて、「横尾氏は土着の画家である。彼の原点は、空間軸をとれば故郷の西脇であり、時間軸をとればそれは〈昭和〉である」レヴェルから全然出ない評価に、改めてがっくりきた。「横尾氏のミュゼ・イマジネールは豊富な視覚のリソースを彼に提供する」なんて気が利いたことを書く暇に、先生あなたがやれば一番効果ありなんだから、一発ヨコオはマニエリストなんだでなんで切り出さないんだ、と。コラージュを定義し、だからシュルレアリスムと関係がある、「昭和錦絵」だ、カルチュラル・スタディーズだ、フェミニズムだと片はしから論じながら、「ミスキャスト」の「あわれな美術史家」の筆は、余りにもマニエリストな相手に直面してみじめに萎縮してしまった。ひとことヨコオはマニエリストだといい切ってしまえば相手は「手の《マヌス》」芸術家の「手」法《マニエラ》、セルペンティーナにもコンビナトリアにも事欠かぬ鮮烈の存在に見えたろうに、ね、残念。月刊誌『ユリイカ』でマニエリスム特集の目次案をつくった時、若桑女史には現代日本最高のマニエリストについて思うところをと注文を出しておいたら意想外な「イッセイ・ミヤケ」論が来て、なんでヨコオじゃないの、と不満を漏らしてしまった。この一点の瑕瑾なくば美術史家として最大の評価を下してもいい女史の、唯一無念の仕事。故人になってみると、それも妙に懐しくはあるが。

主著中唯一未訳のG・R・ホッケの「ネオ・マニエリスム」論も現在原研二という適材を得てゆっくり進行中だが、もしホッケが《Operation》を見られていたら、ファブリティオ・クレリチに与えたと同じくらいの紙幅をヨコオに与えていたはず、というのがストレートな印象である。一六世紀マニエリスムがシュルレアリスムを経て一九六〇年代に蘇るという驚天動地のホッケ流マニエリスム論、『迷宮としての世界』の岩波文庫復刊をはたしたぼくにして、それがほとんど新千年紀《ミレニアム》を越えての横尾忠則評価の準備にすぎなかったのかと、今、愉快でたまらぬ心境である。

『迷宮としての世界』は、マニエリスムであることが何よりもはっきりするテーマは「浮遊」であるとした。テーマとしては勿論、コラージュという形式をも浮遊テーマに組みこんだ徹底の度において、それには我れらが横尾以上の者はいないではないか。テーマを支える文字通り「原表現衝動」（ホッケ）ということでも、横尾のコラージュは「不一致の一致」概念の極致と言う他あるまい。「習作」礼讃、「未完」讃美もマニエリスムそのものだ。とりわけ横尾固有のマニエリスムということで、コラージュの目下の材料としての雑誌がある。「マガジン」と呼び直すと大元は倉庫、貯蔵庫の謂である。これが十九世紀に「雑誌」の意味になるその過程に明らかにマニエリストたちのヴンダーカンマーがある。できるだけ互いに自然のつながりを持たぬ、可能な限り奇異なものをストックしてある、これこそ「ミュゼ・イマジネール」なもの。ストレートにコレクターとしての横尾の相貌も凄い。滝にしろ、宝塚のスターにしろ、ポストカードやブロマイドの集め方、はんぱでない。仏の涅槃像のコレク

ションは伝説的だ。というより氏の頭の中、というか記憶そのものが例外的なヴンダーカンマーなのだ。横尾氏といえば「デジタル・テクナメーション」だが、新千年紀のマニエリスム的傾向を「アイコニック・ターン」として捉えることを提案する、フリードリッヒ・キットラー、ペーター・スローターダイク、ホルスト・ブレーデカンプ共著の話題作の名をそっくり借りて、「デジタル・ヴンダーカンマー」(二〇一二)の名を横尾氏の頭脳にささげたい。それは「繋ぐアート」(B・M・スタフォード)の構造を神経物質の伝達で説明しようとする「神経系美学」(田中純)の問題であるが、ここではひとまずはネオ・マニエリスムとしての議論としておこう。とりわけ新聞・雑誌というヴンダーカンマーとの「ポップ・マニエラ」な関係、ぜひ確認しておこう。最新刊『横尾忠則コラージュ 1972-2012』の魅力のひとつは、横尾の人と作品ばかりが記事になった The New Yokoo Times なる新聞記事のコラージュ紙面の巻末採録であろう。横尾が欧綴りになるたびにYokooではヨクーとしか読まれないとか余計な心配をしていたが、ここではそれが見事に生きた。こういうの「ウィッティ」というのだ。も一度いうが、ダジャレもウィッティである限り、マニエリスムの入口になる。そのことは同じホッケの『文学におけるマニエリスム』(一九五九)に明らか。こちらも最近、復刊してある。上は横尾最大

横尾忠則「Operation」、2001年

のマニエリスム的空間たる「Y字路」の「Y」がヨコオのイニシャルだと判ることから生じるさまざまな批評的展開（Tという形《フィギュア》へのこだわりはタダノリのイニシャルだから、か。そのようであるが、*Trivium*［三叉路］のTでもある）から、下は本当にしょうもないダジャレまで（「天才ハ　忘レタ　コロニイ　ヤッテ　狂ウ」）、そんなところもマニエリスト横尾論の立派な一章になるし、キルヒャーや若冲、北斎にも通じるスタイルとテーマの全部通過、全網羅への意欲は、これをエンサイクロペディズム（「森羅万象」！）とでも呼べば問題は既に、死と虚とを充と満とで埋める逆説狂いのマニエリスト全体のサイコロジーに他ならない。石ノ森章太郎の「萬画」論しかり。

その全てが《Operation》から始まる。何故解剖か。何故解剖腹中の「オペラ」ハウスか。何故ミケランジェロか。開示される内と外を隔てる／繋ぐめくられた人体は突兀《とっこつ》たるピクチャレスク山巓である。ピクチャレスクまた、自然に加えられたオペレーショニズム、マニエリスムの一変奏である。謎は全て鋏持つこの手にある。マヌーヴァーは勿論のこと、マニエリスム（mannerism）もマナー（manner）も全て「手《マヌス》（manus）」に発するからである。

アルス・エルディータ　澁澤龍彦と山口昌男

書物と博学に淫した一九五〇年代から八〇年代にかけての時期には、今でもそのあちこちのパッセージを暗誦さえできる素晴らしい綱領的な文章が幾つも出て読書子を狂喜驚倒せしめたのだが、中でも忘れられぬ一文は次のように始まっている。一九六九年二月に読まれた文章。直前に東大安田講堂を機動隊が囲繞して東大全共闘による長の封鎖を解除した。騒然沸騰の気に学生と大学を取り巻く環境が湧き立った。それが一月一九日。丁度一ヵ月して学生反抗のいまひとつの砦、日大全共闘の抵抗も機動隊導入で瓦解を余儀なくされる。まさしくその渦中にこの文章は読まれた。

単に美術史のみに限らず、あらゆる文化史の領域で、今日、私たちは大きく方向転換を迫られているように思われる。つまり、方法論の問題である。どうやら、これまでの年代記的な発想法はすでに無効となったらしい。直線的な歴史的時間の継起の上に、たとえば様式の変遷と社会の変動とを並列して論じて行くというような方法が、これまでの美術史の年代記的な発想法だったとすれば、そういう方法はすでに形骸と化して、私たちを満足させないのである。このような年表的歴史観は、むしろ叩きこわすべきなのであって、その叩きこわされたあとに残った空白に、私たちは、二十世紀に入ってから著しい発展をとげた深層心理学、人類学、民俗学などの最新の成果を積極的に注入しなければならないのである。

じつは最近、鵠沼に隠棲せられるH先生からいただいたお手紙にも、ほぼ以上のごとき主旨のことが述べられていたので、私は意を強うして、のっけから、こんな大上段の言辞を弄してしまった次第なのである。

「叩きこわす」とか、破壊的なことを言おうとしている割りには随分おっとりした文章だと思う。現にその後、四半世紀ほどをかけて、ここに示されているような美術史の新動向はかなりの部分が紹介・翻訳され、このマニフェストの「正しさ」が確認されることになった。鵠沼のH先生とは博学博読で鳴る林達夫氏の他にないわけで、どうして褒めるのにH先生など書かねばならないのか、改めて読むと不思議である（林達夫「精神史」も一九六九年）。

問題の引用文は、こう続く。

むろん、いま私が述べたような主張がみちびき出されるにいたったのは、二十世紀の深層心理学や民俗学や人類学の領域で、まことに衝撃的と言ってもよいほどの、目ざましい成果が次々に公表されつつある現状を知っているからであって、それに目をつぶっているわけには行かない、と思う気持の切実なものがあるからである。しかし、そればかりではない。もともと私には、歴史よりも神話を、観念よりもイメージを、抽象的観念よりも象徴を、そしてハーバート・リード風に言えば「イデア」よりも「イコン」を好む先天的な傾向があって、この私の生来の気質が養分を吸収すべく、おのずから探り当てた土壌が、すなわち神話や象徴やイメージの宝庫とも言うべき深層心理学や民俗学の土壌だったわけである。私は学者ではないから、それらの学問の領域に、なんらシステマティックな接近を企てたわけでもなく、読み漁った書物もごく限られた範囲にすぎないけれども、ただ、自分の気質に確信をもっているということが、いわば私の強味なのではないかと思っている。

具体的な革命的仕事ということでこの書き手が即挙げるのがアンドレ・ブルトンがジェラール・ルグランと共著した『魔術的芸術』（一九五七）で、ブルトンが「ホルバインもゴヤもアントワヌ・カロンも、さらに原始美術からルネサンス期の錬金術書の挿絵に見られる版画のようなものにいたるまで含めて、これらをすべてシュルレアリスムの系譜に属するものとして捉えようとするとき、美術思潮やエコールの交替によって説明される美術史の定型は破壊され、思想によって、世界観によって、時間的継起を超えたところから捉え直そうとする、新たな美術史の再編成への志向が読み取れる」とし、そのブルトンが立論の基礎にするクリティックとして「タイラー、フレーザー、デュルケーム、レヴィ＝ブリュールからはじまって、フロイト、レヴィ＝ストロース、ホイジンガ、マルセル・モース、ミルチャ・エリアーデ、ロジェ・カイヨワなど」の名が並べられるに及んで、志ある人文学書読者の半分はこれが山口昌男編『未開と文明』（平凡社）の編者総序に当る歴史的マニフェスト、「失われた世界の復権」だったはず、とつい思ってしまいかねない。では、この「私は学者ではないから」とは何か。「読み漁った書物もごく限られ」ているなど、いつも徹底的に参照資料を網羅する山口昌男らしくもない。

それはそうだ、問題の文章は故澁澤龍彥氏の「魔的なものの復活」なのである。当時から『みづゑ』『美術手帖』とともに、そうした美術史と他分野の境界越えの現場のひとつとなっていく『芸術新潮』誌一九六九年二月号の掲載記事で、同じ頃の復刊『ユリイカ』誌の復刊一号誌に同じ澁澤氏の載せた幻想文学論がその後爆発していく幻想文学ブームのマニフェストとなったのと見事に併行している。その同じ二月に（奥付によると二月二〇日に）『未開と文明』刊行。ということは「魔的なものの復活」と「失われた世界の復権」はまさしく同じ緊迫のタイミングに世に問われたということ。タイトルの異様な酷似にすぐ吃驚したのだが、今改めて見てみて余りにパラレルな主張——労働性や効率しかみない価値観によって表面を覆われてきた世界の深層を掘り起こすアーケオロジー、始原の新知を今こそ——に驚き、並べられる素材の酷似に驚く。そして一番の驚きは同じ「H先生」を強力霊感源として同じ結論をめざす、互いに珍らかな存在でありながら、にも拘らず互いの名を出すことが一度もないことである。たとえば澁澤一番の霊感源がユルギス・バルトルシャイティスであることは『バルトルシャイティス著作集』邦訳全四巻をプロデュースしながら半ば呆れ、にも拘らず半ば感心して良く知っているが、バルトルシャイティス『幻想の中世』を日本読書界に紹介した人ということで、山口が時々バルトルシャイティスを持出す場合にも決して澁澤の名が並び言及されることがない。一九六九年二月発表ということで、それぞれのエッセーを読むという作業ができなかったに相違ないが、しかし澁澤の画期書、『夢の宇宙誌』が一九六四年に出て議論としては存分に「魔的なもの」の仔細――狂気と逆説の魔術的マニエリスムの諸相――については論じ始め、その後その線の仕事が継続されていた筈だから、同族という意識は大の読書家山口昌男になかったわけはない。同じ一九七〇年直前、同じような仕事をしていた独文学の百科全書派種村季弘、英文学の偏倚派由良君美など含めて、これらの人が互いに言及し合うことが極めて少いのが昔から不思議である。もっとも種村、山口は主に映画をめぐって今も凌駕されぬ対談を幾つも残していて直接の交渉で十分得心がいき合ったのかもしれない。それにしてもこれらのひとに直の行き交いが余りに少いのはやはり不思議だ。『本の神話学』中に新プラトン主義による図像学的解釈のくだりが由良君美による一文をそっくり引いているのが、山口が由良に触れた唯一個所で、却ってそうかちゃんと意識はしているのだと知れてびっくりもし、嬉しくも思った記憶がある。

にしても、表面上黙殺、と言ってよいのが澁澤と山口である。澁澤は『言葉と物』のミシェル・フーコーを唯一の例外として所謂「現代思想」に対する完全無視を貫いた（時に「あっはっは、ポストモダン様式ですよ」と露骨に嗤《わら》いながら）。ジョルジュ・バタイユにずっぽり、でいながら「現代思想」なんて知らないよと主張する場合、その侮蔑と無視は氏の感じる浮薄な誌紙に溢れる「デリダ」や「ボードリヤール」だったのだが、ある有名なコラムで、「パラダイム・チェンジ」を口癖にしている学者を嘲弄して細君と大笑いする日常だと記していたことがあり、当時到る所でパラダイム、パラダイムと言っていた代表格が流行作家ならぬ流行学者だった山口昌男なので、澁澤は山口がはっきり嫌いなのだと我々読者なりにお二人の布置をそう了解したものである。こんなに近いメッセージを共有しながら、これほど互いに無視を極めるとは全体何か。澁澤氏とは一度、山口氏とは幾度となく面晤の栄に浴したが、いずれも親密に打ちとけすぎて、この種のつまらなく危うい質問にはいたらなかった。尋ねて答は如何、など別にどうでもよいのだが、今でも不思議は不思議だ。

思うに、ブルトンを通すことで、シュルレアリスムから「シュルレアリスムの根」（コルネリウス・ヘーム）としてのマニエリスムへと目を向けて行った澁澤の右マニフェストに明らかな脱領域感覚は所詮、広義のアルスにまで至らず多少隣接諸学と必要な限りの出入りを許すという程度の狭義のアート、芸術・美術という意味のアートから実はそう出ていなかったように思う。たとえば民俗学が言及される場合もあくまで美術史へ援用できる限り、ということで、今見ると少し風《ふう》の変った新美術史、そういう個人の「生来の気質」で書かれる美術史がひとつ位あっても良いか、というほどの位置付けである。

澁澤が「学者」にゆずると言ってのけた仕事を総力戦として引き受けたのが山口昌男なのだから、テクストの肌理《きめ》が徹底的にちがうのはむしろ当然だ。澁澤がアートの牙城扱いするシュルレアリスムについて「失われた世界の復権」の山口昌男ははっきりもっとずっと懐深い感覚を示していて、こうである。

シュールリアリズム運動は、近代西欧を支配した日常生活における論理的整合性を前提とする合理主義的世界観に対する反逆であり、そのような世界で黙視されてきたものの復権運動である。そこでは先ず、計量可能な時間・空間的因果性に対する破壊が起こる。そのような因果性は人間が世界を意識する方法のごく一部でしかないとシュールリアリスト達は主張する。そして真に意味ある世界は、そのような因果性の論理を超えたイメージ相互の自由な結合を通して姿を現わすとする。そこでは因果性の論理は想像力の論理に置きかえられる。そしてその「想像力は幻想に触発されて、事物や出来事の中に思考の及ばない内的論理を設定するのである」（マルセル・ブリヨン『幻想芸術』）。この想像力の論理のなかでは、因果論的整合性の上に描かれる日常世界のなかでは結びつかないものが結びつき、まったく意味をなさないものが深い意味を帯びて来る。これは感受性の豊かな人類学者が己れの属している世界を出て他の文化のなかに入り込んで行くとき体験する性質の世界の重心の変動のようなものである。そのような変動を可能にするために人は一つの錯乱を体験しなければならない（メルロ・ポンティは「モースからレヴィ＝ストロースまで」という文章のなかで西欧の世界体験の拡大の実験的な試みとしての人類学の意味をそのように捉えている）。そして、アントナン・アルトーが唱える「残酷性の演劇」もこのような日常性の意識空間の破壊がすべての真に演劇的なる形象の発露の出発点とする。他の文化との邂逅を通じて、自分の依拠していた世界体験が崩れて、しかも新しい文化環境になじめず、アイデンティティーを失ってノイローゼにかかることを、人類学では「文化的ショック」という言葉で表現するが、シュールリアリズム運動は始終このようなショックを前提とした日常生活的現実の破壊運動であった。「驚異的なもの」「残酷なもの」といった表現は、古代ギリシアのエレウシスをはじめとする秘儀結社の入社式が必ず要求したラビリンス（迷宮）体験に似たものを喚び起こす装置であった（「演劇は精神を狂気に招いて、その活力を発揮させる」A・アルトー）

見事なシュルレアリスム／マニエリスムの定義だと思うが、パラグラフ半ばの「これは感受性豊かな人類学者が己れの属している……」以下が相互援用関係以上の人類学＝シュルレアリスム、学知＝芸術という絶妙の融合を言う山口学の真骨頂で、つまり澁澤には身心の確信を以ては書けない部分なのである。学知また（時としてシュルレアルな）アート、「アルス」であり得ることを結局、澁澤龍彥は知らなかった。

早い話が澁澤の旅ぎらい、移動ぎらいと、天下の移動者《ホモ・モビエンス》・山口昌男のちがいと言えば、話は単純になりすぎるが分かり易い。切符差配だの通訳をつとめてくれる現地の日本人手配だの、晩年にかけての澁澤の旅行記群の軽佻についてはぼく自身「鉱物の食譜」という長文で皮肉を言って随分憎まれた（『痙攣する地獄』所収）。現地に行ったから書けるの書けないのというたぐいの文章論を心から信じるものではないが、生身でさらされる「文化《カルチャー》ショック」に閉ざされた極限の人と、開かれた極限の人の対照ということでは、当代きっての書物人間二人のこの対照ほど面白いものはない（ちなみに、動かぬということではぼく自身、澁澤の何倍も論外である。一寸した取材旅行のお相伴の他、いわゆる留学体験が一度もない（多分この先も一度もないであろう）。ある公開対談でそのことを素直に言うと、満座がどよめく一方、山口氏は一度も行かないでそうまで知り尽くしているのがむしろいかに面白く痛快事かと大いに話柄を広げてみせて、冷汗をかきながら山口節の自在無碍に驚かされた。二度ならず三度も。本当に変幻の人である）。

澁澤龍彦が我々に教えてくれたアートの最大のものがマニエリスムであった。『夢の宇宙誌』（一九六四）刊行の時点ではグスタフ・ルネ・ホッケの『迷宮としての世界』（一九五七）の仏訳本（『幻想芸術の迷宮』）は出ていない（一九六七刊）。種村季弘・矢川澄子共訳の邦訳本が出るのが一九六六年の二月だから、ドイツ語もやっておけばなと相当苦労しつつのホッケ消化作業の結果は、しかし『夢の宇宙誌』中に、キルヒャーの「妖異博物館」論以下、諸所に巧く表わされている。

「魔的なものの復活」と「失われた世界の復権」に共通するキーワードは「コインキデンツィア・オポシトールム（相反物の一致）」である。言うまでもなく中世哲学者ニコラウス・クザーヌス、ルネサンス哲学史上の「協調の王」ピコ・デルラ・ミランドーラ、近代新プラトン主義思想、いわゆるオカルト哲学を貫くのがこの哲学原理であり、それらを持続的に反映した芸術表現としてのマニエリスムの原理であった。従って比較的澁澤寄りの山口『本の神話学』、そして『道化の民俗学』中の「第二のルネサンス」「もうひとつのルネサンス」を論ずる部分は「相反物の一致」をめぐる議論が紙幅を埋める。そういう場面ではアルノルト・ハウザーのマニエリスム論が言及される位で、「マニエリスム」プロパーの議論は皆無だ、「ホッケ」や「マニエリスム」が出てくるのは誰にも想像がつくようにアンドロギュノスないしヘルマフロディトゥス、つまり両性具有を人類学、そしてアートのテーマとして論じる個所のみで、エリアーデや『シェイクスピアはわれらの同時代人』を材料に論じる限り、澁澤にも山口にも何径庭ない。

道化も生ける「相反物の一致」であるとすれば、道化＝マニエリスム論だって可能だし、『道化の民俗学』中の「相反物の一致」体として道化を論じた部分を基に君、あなたで自由に試みてみれば良い。山口氏とぼくの知的共有財産第一号となったウィリアム・ウィルフォード『道化と笏杖《しゃくじょう》』（これまた一九六九年！）が、神秘主義にまで突き抜けた「相反物の一致」を「道化」とみて、山口氏に言わせれば氏のさらに先へ行っているが、どちらかと言えば澁澤が得手《えて》とするユング分析心理学ふうに「道化という元型《アルヒエテュプス》」を論じ尽くすウィルフォード書でマニエリスム論が追求できれば凄いことになるだろう。今後の宿題である。

　晩年の山口学は人と人の隠れた文化的交流の考古学、即ち歴史人類学を中心的主題とし、収集を方法ともテーマともした。人と人の文化交流研究だって、そのほとんどがコレクターとして尋常ならざる奇人起業家たちの収集、その巨細の交流関係の飽くなき収集という形をとった。その道の先達たるクシシトフ・ポミアンと通じ、別途にぼくが鋭意紹介中だったバーバラ・スタフォードやホルスト・ブレーデカンプの「デジタル・ヴンダーカンマー」論に逸早く賛同してくれたのも山口氏である。スタフォードの偉業を熱く推輓してくれたのは間違いなく「千夜千冊」行《ぎょう》中の松岡正剛氏だが、迅速評価は流石に山口昌男だった（「この間もコンピュータの会社に頼まれて、サイバー・ネットワークとヒューマン・ネットワークということで話をしたわけなんだけど、この頃高山宏氏が騒いでいるアメリカの歴史家でバーバラ・スタフォード、十八世紀のイギリスの焦点の展示物や何かをやっている……彼女がこの前の号の『アイズ』という美術雑誌に高山宏訳で論文が載っていて（「電子コラージュ」、二〇〇〇）、それがまさに、対比しながら最終的にどこに行き着くのかということを論じていて面白いんだよね」）。澁澤が「妖異博物館」と訳した「ヴンダーカンマー」は「収集」の営みそのもののマニエリスム性を言うこの上なく面白い装置だ。山口氏との幾度も繰り返されたぼくの対談企画は何を論じてもヴンダーカンマーの文化史の体裁となった（典型は「都市は劇場」対談。『エクスタシー　高山宏椀飯振舞I』所収。松柏社）。

ここまで来ると、山口昌男がアートを論じる、のではなく、（特にアートを）論じる山口昌男の論文そのものがアート（ないしアルス）であるという議論になる。つまりコラージュもしくはブリコラージュという同時にテーマでもあるし方法でもあるものが問題だ。ブリコラージュこそ「相反物の一致」の実現にこれ以上なく好個の主題／方法なのだとぼくが言おうとしていることを念頭に、もう一文、山口『本の神話学』からの引用を。

……ありあわせの物を、身振りを媒介としてある一定の関係に置き換えてみるというのは、即興のことであるが、これは少し気取って言うと、レヴィ＝ストロースの言うブリコラージュと対応するということになる。

レヴィ＝ストロースの語るのは、知的な次元でのブリコラージュである。「われわれのうちには、技術的な局面で、われわれが〈原始的な〉というより〈先〉という接頭辞を冠したく思うような科学というものが、思弁的な局面で何ものであったかという点について、きわめて明快な理解を与えるような行動がそなわっている。これがフランス語で〝ブリコラージュ〟と呼ばれているものである。古い用法では〝ブリコレ〟というのは球戯や撞球、狩猟、乗馬に使われていた。今日〝ブリコルール〟は依然として、手仕事に携わり、一定の規準に従って仕事をする職人とも違った、曲線コースを好む人間のことである。神話的思考の特殊性はそれが、広汎であるにもかかわらず、一定数に限定を受けている互いに異質なるものの寄せ集めを使って自己表現するというところにある。とにかく、神話的思考はそれが表現しようとするものが何であれ、他に手持ちがないので、この持ちこまを駆使しなければならない。神話的思考は、それゆえ、知的な〝ブリコラージュ〟であるということになるのだ。たとえそれがいかにかけはなれていても二つのものの間に存在しうる関係を説き明かすものだから」(『野生の思考』)。どんな分野にも媒体と、駆使する身体の部分の違いこそあれ、ブリコラージュの要素は幾分かはあるはずである。私のごとき二流の知性でも、本の買い方、本棚での並べ方によって、それを行なっているかもしれないのだ。

そう、論文の書き方そのものによっても、山口は「それを行なっている」のだ、というのが、はや半世紀、この嬉戯せる天才的な幼な神と付合ってきた一学魔究極の感想である。

澁澤はアートを論じたが、自らその論においてアーティストたり得たか、「オルフェウスの声」(エリザベス・シューエル)たり得たか。「生来の気質」によって逸脱と脱線のシンタクシス、というよりパラタクシスを構成したその文章は立派にひとつのアートたり、と『黒に染める』や『魔の王が見る』他の澁澤龍彥論で、結構苦労してぼくは論じてきたが、同じことが遥かにストレートに引用と逸脱の山口氏の文章について言える。人類学者によるブリコラージュ、パンセ・ソヴァージュが即ち定義上、「異質なるものの寄せ集め」たるマニエリスムのアルス実践に転じるからだ。こんな地点まで突き抜けたのはたしかにバーバラ・スタフォードのみ。山口流の「思考の科学」また見事にスタフォードの言う「アートフル・サイエンス」に自から成りえている。人類学で一瞬にしろこの域に達したのは『さかしまの世界』（邦訳、岩波書店）序文他におけるバーバラ・バブコックである。このもう一人のバーバラの本邦紹介に逸早く力を入れたのも、言うまでもなく山口昌男であった。戦前教育学の世界に、玉川学園の創建者、小原國義がいる。実は西田幾太郎の無二の友だったこの教育界の革命的実業家がその有名な「全人教育」の根本原理を「アルス・コンビナトリア」だと言い切っている。教育とマニエリスム！　やがて、いじめ問題が社会的関心事になって山口氏が初中等教員の問題に目を向けた時、氏が小原國義を取り上げるのを待っていたが、無念、病魔の足の方が迅速だった。

山口氏が現実に道化＝マニエリスム原理をアートとして論じた貴重な論文と、マニエリスム美術をうむとして道化元型を論じた名著への氏の好感覚な書評を『ユリイカ』山口昌男追悼特集号に併せ再録できたのは何よりだ。日本では不当に貶下の語感が入り込む ars erudita［博読博雅］が、この半世紀に一人の天才の中では学知マニエリスムの ars combinatoria であり得たことを澁澤氏、知っていたら、ひとこと位あってよかったはずと思うのだ。

ポ（ル）ノグラフィクス　金子國義讃

夜のうちに発見した
新しいポーズを試してみるの
——大岡信

1　追悼

なににつけ美しいもの、美しいこと、美しいということにのみ入れあげていった金子國義さんは文章についても当然一家言あって、鏡花と花柳章太郎を理想とあおぐ金子さんその人の文章も、必ずや自伝がらみにならざるをえない短いエッセーにいたるまで、繰り返し読みたくさせる魅力をどれもが持っている。

ありがたいことに画集『金子國義　アリスの画廊』や、同じく『金子國義〈青空〉』で、澁澤龍彦やら高橋睦郎、伊藤俊治といった面々による金子氏オマージュやら冴えた論らにまじって、そういう大事なエッセーはみな読めた。ごく最近も、「書き上げた」（と御本人はそう言っている）というよりは、そうした過去の珠玉のエッセーをはっきりオートバイオグラフィー、自伝（原義「みずからを」表わした絵）ということで、線的な時系列に並び換えたものというのが正しい一冊、『美貌帖』が出てきたことで、絵やグラフィズムと離れた所で氏の文章がたしかなアルス、術《じゅつ》としてあったことを丁寧に論じてみざるをえなくなったように思われる。以下、ぼくなりに少しだけその試みに出てみようと思う。

こうして金子國義の周りでなにやらにぎにぎしく始まったように思われる二〇一五年は、キャロルの『不思議の国のアリス』初版刊行百五十年に当たるということで、ついこの間もこの『ユリイカ』でその主旨の臨時増刊号を大冊で出させてもらった（西館一郎氏編集）。お蔭さまで望外の好評を得たが、意図的にぼくより年下の書き手を選んで寄稿を頼んでみた。すると、そうか、もう澁澤と種村［季弘］も吉岡［実］も、かつて一九七〇年代、八〇年代のキャロル・ブームの立役者は一人も存命でないのねという感想がネットにあらわれて、改めてホントだという粛然とした気分になった。当然出てくる感想だろうのに虚をつかれた（「そうか、ぼくは一寸、生き過ぎてしまった」）。

その時、もう一方で瞬間的に思ったのが「なに、金子國義がいるじゃない、第一、ほぼぼくと同い年の建石修志が元気でいるじゃない」ということだった。唐十郎氏のなにやら不穏な健康状態がうわさされている一方で、金子画伯はとても元気らしく、ごく最近もその『美貌帖』刊行を記念してBUNKAMURAが催した集まりに、金子ファンのつれが出かけ、先生のお元気な姿を見られてうれしかったという話を耳にしたばかりのところだった。

『アリス』百五十年記念をぼくなりのやり方でやってみようと思っていて、キャロル的だろうかキャロル的ではないかもしれないのか、そこいら知りたいなということもあって、『やっぱりおおかみ』で大ファンになった佐々木マキさんとの意外なタッグが成った。そして一九七〇年代アリス・ブームを一方で代表した建石修志さんともその後の友誼のしるしということもあって、二つの『アリス』物語とも、再びの気合い入れ直しの新訳、絵は建石画伯ということで出す話も併行して進めてきている。そして、そしてである。「アリス」というイコンをめぐってはどう考えてもやれそうなことは全てやり尽したはずのマエストロ、金子國義とのコラボレーションはなおあり得るか、あり得るとすれば今さらどういう形のものになるのだろうか、一方で考え詰めていったところでの――訃報。心筋梗塞、七十八歳と報道に出た。やっぱり虚をつかれた。久しぶりにちゃらけて時流に乗った企画をいろいろやってみる気になっていた我れと我が年甲斐もない浮薄をずっと反省し、今は粛然たる気分でいる。「アリス」挿絵を集めた国際的なイラストレーションの本のページをめくるうちにも、金子アリスは終りの予感とグロテスクを秘めたエッジの鋭さで異彩を放っている。金子國義において「それ以上」はない、とだれしもが思うだろう。それでもなお、ぼくが右に述べたような野望、というか悲望を抱くにいたっていたには、ひとつささやかなエピソードが原因なので、そのことを述べ、かつ故人への深い感謝の気持とさせていただこうと思う。澁澤龍彦氏との邂逅と同じく、たった一度限《ぎ》りの出会いのこと、である。

お会いできたのは一九九三年のこと。当時、丸善からアートブック専門のカタログ雑誌『EYES』を編集・刊行していて、毎号これでもかという有名どころに寄稿をお願いして回っていた仕事で、大森の美邸に参上することになった。きみのこと、いろいろ聞いている、喜んで時間をつくるよといわれて、さすが強心臓の、無頼のといわれるばかりのぼくもせいぜいお洒落し、緊張しっぱなしの、最初の、そしてそれ限《ぎ》り最後の対面がなった。今は独立してユーリカ・プレスという洋書復刻の野心的な会社を経営している、(当時は)丸善の小森高郎氏が、もの珍しがってついにいろんなものに触れてしまい、入ってみえた画伯にお叱りを受けた光景が、今はほほえましい思い出である。迂闊にもそこまで神経の張りつめた部屋とは、その時の我々、想像できていなかったから、ひらあやまりあるばかりだった。美邸というか、十九世紀末ヨーロッパのいわゆるエステティック・インテリアを絵に描いたような室内のすごさは『金子國義〈青空〉』のグラビア写真でよく知っていたつもりが、迂闊だった。J・K・ユイスマンスの主人公デゼッサントの「さかしま」邸もこういう微細な気配りあって維持されたのか、と改めて感心しきりだった。

なぜか気に入っていただけたのが不思議だ。当時ぼくの気に入りは白い縞シャツだった。だぶっとした白いシャツにブルーの横縞が入った奴で、画伯がとても好きな柄と聞いているから是非着て行くようにという「忠告」を、松岡正剛さんの所にいた(現在の)つれからされた記憶がある。皮肉屋のぼくは、だから敢えてフツーの格好して会いに行ったのだが、お洒落だねといわれ、話そのものは大層面白く、はずんだ。ああいう頭のいい人、好きだと、えらく直截なコメントを、あとで人に漏らして下さっていたとかで、御寄稿いただいた『EYES』も、巷にいつにも増しての好評を得た。

不愉快な出会いではなかった証拠に、すぐ後で、ドライ・ポイントの版画集 METONYMIE(一九九二)のご恵贈にあずかった。限定版だの自署名入りだの、平生は何とも思わぬぼくにしてこの署名の入った限定版は非常に嬉しかった。だから室伏哲郎氏宰領の雑誌『プリンツ21』が一九九三、九六年、続けざまに二度、金子國義特集をやった時、力に余るなと思いつつ即答で寄稿を引きうけたのである。一文は「メトニミックス」、もう一文は「インテリオフィリア」といって、それぞれ顔に対する関心の深さの起源、金子ブランドの室内装飾狂いについて書いた。二つともぼくの『風神の袋』に再録されている。要するに、顔と部屋の二点にぼくなりの金子國義論は尽きている、だから言いたいことはもう言ってあるという気はしている。なのに今回新たに、おそらくはまた顔と部屋をめぐって書こうと思い立ったのも、一回限《ぎ》りの出会いの時に、近々『アリス』の訳を試みるのだが、今更ながら金子さんの絵ほしいですねといったら、面白いねと仰有ってもらえた、本心であるかどうかなどどうでもいい楽しいやりとりを決して忘れなければこそなのである。初対面でいきなり気に入られて、「きれい」、「似てる」といわれてずいぶんとまた直截な人なのね、と嬉しくてびっくりしたあの夢のひと時の追想のために、以下の一文を綴る。

2　部屋のフィジオノミー

聖侯爵サドやジョルジュ・バタイユが、人生や仕事の上での数少ない転換点になった人物、その点で澁澤龍彥との出会いが決定的だった人物、その澁澤氏からの強い希望あって『O嬢の物語』に記念碑的挿画を提供したことが知られている金子國義画伯についてポルノグラフィーを語らない方が難しいが、いかにも英語風にそれを「ポーノグラフィー」と発音するたびに、相手は金子國義なんだから、これ仲々発展のある絶品の言葉遊びだよねえと、したりが顔で悦に入っていた頃の自分が懐かしい。

金子國義を十八世紀末フィジオノミーに由来する人と仕事とみるエッセー、「メトニミックス」を綴った時の思い付きだったのだが、その時は文字通りの顔に対する画家の関心に注意を向けること自体に精一杯で、たとえば後のエッセー、「インテリオフィリア」がとりあげるであろう部屋という主題との必然的な関連とか展開とかまではとても気が回らなかった。このあり得べき関連について今感じていることにふれてみるのが今回この第三のエッセーの任ということになる。

　時空のどこかに何かを置く、配置する、並べてみるという、たとえば画家にとっては大前提である営み自体に関心のあった金子國義を、時々氏自身がそう自称することのあるホモ・ルーデンス、遊ぶヒト、遊びあるヒトとの類推で「ホモ・ポーネンス」と名付けられたら面白かろう、というのが、ぼくの思いつきだった。ラテン語で「置く」とか「配置する」とかを意味する動詞原型の“pōnere”から、私は置く、私は並べるという一人称の活用形ができると当然「ポーノー pōno」になるはずで、その一見多岐にわたる美的活動が「配置」という衝動一点から出てくるのだと言いきってよい金子國義を、そのエロティック趣味を含めて「ポ（ル）ノグラフィック」と呼んでみるといいと思いついたわけだ。「師」に当る澁澤龍彦その人もひょっとしてサド侯爵を「置くヒト」、「並べるヒト」と観じたればこそのめり込んでいったのか、とその名文「愛の植物学」を読みながら確信していたぼくにとって、この「ポ（ル）ノグラフィック」という表記は仲々のスマッシュ・ヒットであると思った。「置く術《ポーノグラフィティ》」がさらにポルノグラフィーと区別し難いとはまたなんと金子國義にぴったりな事態か、と。「娼婦 pornē」のことを書く・描くというところからポルノグラフィーという言葉ができたのは周知のことだろう。こういう重層するポ（ル）ノグラフィティーが、自分自身のことを書く・描くオートバイオグラフィーと間然するところがない境位―ほぼ三昧の境地―、つまりはそれが金子國義的なるものの全てであろう、と。

澁澤龍彥「愛の植物学」は澁澤が、自分はすべてを陶酔ある混沌につき戻すからエロティシズムに即（つ）くのではなく、逆にすべてを整然と「置く」、配置し、再配置し直すアルスであればこそサド侯爵を介してエロティシズムを称揚するのであると言い放って、単純な澁澤エロティシズムの追随者一統を驚かせた。サドがリンネ、かの十八世紀タクソノミア（分類学）の祖と同じだからこそ、自分にとってサドは重要なのだと言い切ったのだった。今さらリンネかと思わされつつ我々は澁澤の勧めに従い、フーコーの『言葉と物』（一九六六）を経由してリンネ分類学を再学習し、そして澁澤のシナリオ通り、置く術、アルス・ポーネンシスとしてのサド性愛学に新たに逢着することになった。さっさと愛を「解剖学」「機械学」と見切っていた種村季弘の仕事とも、それで改めて出会うことになる。

澁澤のポスト構造主義嫌いは有名だが、唯一の例外がフーコーの『言葉と物』で、愛読した気配を故人自身、隠さない。要するに一世紀が丸々「置く術」の表現にはまり切った十八世紀から目を離せない人間にとって『言葉と物』ほど頼りになる教科書、百科全書は他に見当たらないということなのだが、気質プラス画期的博学ということで澁澤が摑んだこういう十八世紀を、ピュア・アンド・シンプルにその気質のみで生きたのが金子國義。二人の出会いは当然にして必然という気が改めてするし、いきざまからすれば金子の方がずっと透明で純粋という気さえする。ずぶに十八世紀人である、と。

金子國義と十八世紀ヨーロッパということになれば先ずは部屋である。現在この問題に一番詳しい柏木博氏がお書きになるのが一番だと思うから、ここでそのこと自体にぼくは深く立ち入ることはしないが、かといって触れないわけにはいかないパッセージがあるので少しく紙幅を頂戴する。『美貌帖』の「序」でありつつ、当然画家自身の全画業、全活動のまとめの役も果たすべき「部屋の中」という単純にして奥行きも秘めた文章のことだ。『美貌帖』とは勿論備忘帖との言葉遊びで、しかも「美」と「貌」、美なる貌にこだわり抜いた一人の人生の記憶のための備忘でもあり、「帖」は「帖」で金子の着物ぐるい、そして織布（textus）としての文章ぐるいを重層的に伝えるこれ以上の字はない（元来は絹布に記されたテクストを「帖」と書いたのである）。帖は蝶にも通じ、翔をひろげる虫（や人）という金子の不思議なテーマも思い出させる、云々かんぬんで、ともかくよくぞ選んだ、絶妙至極の標題である。日向あき子はかつて『みづゑ』誌上で金子國義のことを「ポップ・マニエリスム」の代表選手に選んだことがあるが、「ポップ」などと言わず単純に醇乎たるマニエリストと言い切って十分というところが、このレヴェルの言葉遊びも十分通じそうな相手ではないのだろうか。

第一回個展「花咲く乙女たち」（一九七六）の紺青《アジュール》の野外風景から第三回個展「お遊戯」、そして大阪皮切りの「アリスの夢」展までの怒濤の十年を『金子國義　アリスの画廊』の掉尾を飾る文章、「青空の部屋」が総括し切っていたように、『美貌帖』序文の「部屋の中」が金子國義の全行程を総括し切っているが、結局、金子自身認識している生とは即ち「部屋」なのである。『美貌帖』本体の三章は「生家」、「四谷の家」、「大森の家」となっていて、問題を「家」として論じても多分同じなのだが、やはり「生きられた家」（多木浩二）の中の家たる部屋だろう。それにしても「青空の部屋」とは、これ、金子國義自作の最高の自画にして自賛ではなかろうか。矛盾形容語法の傑作ともいえるし、そして「青空」が「部屋」に回収され内閉されていった行程と言える矛盾形容の時代、十八世紀への最も正確な評言とも言える（ということがヴェネチアの青空を描き狂ったカナレットやフランチェスコ・グァルディのピトレスコな風景画を以て十八世紀ヨーロッパ精神史全体を総括させたスタロバンスキーの『自由の発明』一巻を傍らに置いてみるなら、いきなりはっきりする。同じ相手をスタロバンスキーやフーコーは研究し、カネコ・クニヨシはまんま生きたのである）。

「青空の部屋」と「部屋の中」がふれないではすまない面白いパッセージであると言ったのにはいろいろ重層的な意味がある。どんどん物、というか家具調度がふえていく部屋の全貌を捉えたくて、それを描くパッセージの方も次々に物の上を通過《パセ》していき、画文交響《エクフラシス》の極致とみなされる一局面が開拓されていく。十八世紀末、いわゆるロマン派時代の文芸の陥ったインテリア・カルトのことを、だから金子は自から識らずして、「生きた」のだと言える。端的には伯爵グザヴィエ・ド・メーストルの名作「我が部屋をめぐる旅 Voyage autour de ma chambre」（一七九四）がひとまとめし、かつ次世代のバイブルともなっていった奇態なジャンルで、これの最もできの良い典型的末裔が金子氏の「青空の部屋」なのだと言っておこう。ド・メーストルの名作の出た年が、パノラマを元にパノプティコン牢獄の案が出された年でもあることは記憶しておこう。青空と部屋をもじったかと思われるW・B・キャノハンの名著『監禁と飛翔――十八世紀英文学試論』（一九七七。前田愛『都市空間の中の文学』の直截のネタ本）にこの辺りのことは譲りたいと思うが、見えにくくなった世界を完全管理のミクロな小宇宙にして一望したいという欲望――金子氏自体、自分のそうした側面を「空間恐怖症」の名で、しばしば分析しようとしている――は十八世紀ピクチャレスクやロマン派の中で絶頂に達した。それはE・A・ポーの「家具の哲学」というエッセーに行きつき、「部屋のフィジオノミー」（ベンヤミン）として推理小説をうむことになる。と、これはもう柏木エッセーの守備範囲かと思うのである。『美貌帖』の「序　部屋の中」は金子ファンにとってはなんとも既視感一杯のエッセーである。最初に五行ほど鏡をめぐる文章があって、こう続く。

少年の頃より鏡を見るのが好きだった。冷たくも多面的な要素をもった鏡という存在そのものを好んできた。コレクションを華麗に見せてくれるのも鏡で、家の奥まった部屋にある鏡付きの飾り棚に、僕は繊細なグラスをゆっくりと時間をかけながら並べる。

目について嫌なものは片づけ、代わりに自分の好きなものを並べていく。部屋は買い集めたコレクションで溢れている。和洋とり混ぜて飾られてある。お気に入りのものたちが勢揃いした部屋は、まるで標本箱のようである。

玄関を入って右側の部屋には、イギリスの図書館で見るような重厚なテーブルが置いてある。上にはグリーンの布地装幀がほどこされた六代目菊五郎の写真集。それを覆うように朱塗りの八足の台が載せてある。緑と朱色のコントラストがなんとも言えない。

八の台には、京都の骨董屋のウィンドウに見出した、黒の鉄製の波のしぶきに載った直径五センチほどの水晶の玉を、日の出に見立てて置いてある。その下にも小さめの水晶が二つ鎮座している。これらを背景に、江戸の頃の作でやはり鉄製のうさぎの置物を飾ってみると、この取り合わせたるや絶品と自分でもほれぼれする。根来の朱、鉄の黒、水晶、と言うことなしのバランスだ。

テーブルの一方にはジャン・コクトーの『オルフェ』、ジャン・ジュネの『黒人たち』、木村伊兵衛撮影による十五世中村羽左衛門の写真集、映画「赤い靴」を一冊にしたようなマーゴ・フォンテーンの『Sadler's Wells Ballet Goes Abroad』。

中村雀右衛門が「妲己」を演じた時のブロマイドは、学生時代からの親友の五十嵐晶くんから無理矢理もらったものだ。このブロマイドが部屋を華やかにしている。

周りの壁には、雑誌『演劇界』から切り抜いて緑色のガラスの額縁に入れた、中村歌右衛門の「八ツ橋」。ドリアン・レイを撮ったリチャード・アドベンのオリジナル・プリント。片腕を上げ黒ずんだ乳房をつき出した伯爵夫人クリスチーナ・パオロッツィのヌード。昼寝をしているロバート・ワグナー。足組みをして、しゃがんでいるエレン・ステュアート。ロミー・シュナイダーとブッフホルツによる映画「わたしの可愛いひと」の一場面。お土産用の白いスコッチ・テリアの絵葉書。十代のラス・タンブリン。テレビ画面からポラロイドで撮った映画「ガラスの靴」でコックの変装をしているマイケル・ワイルディング。同じように……

あと、これでもかと賞玩物のリストが続いてから一応の結論。

壁と飾り棚の中も机やテーブルの上も、毎日のように気づくと変わっている。あたかも絵や写真や本や雑誌や小さな置物が、おのずから手をかえ品をかえて部屋を飾り、僕に居心地のよい空間を形作ってくれている。

で終わりかと思うと、「一階の奥まった部屋では……」とまた、ひとしきり調度のこまごまとしたリストが続き、そしてまた……（ad infinitum）……やっと結論は

部屋を飾り立てる嗜好の原点は、コクトー原作の映画「恐るべき子供たち」でエリザベートとポールがいる、あの乱雑の極致とも言うべき部屋にあるのではないかと思う。切り抜きや複製や安っぽいガラクタがゴミのように繁殖してゆく、この部屋が好きだ。

秩序と混沌がすれすれのこの部屋が好き、というそれだけのことを、秩序を、混沌を体感させることで納得させようとしてのリスト累積。文字通りシンタクスが構成される（syn-tax「事物《タクソン》」を一列に並べるが原義のはず）。ところでほぼ四十年前の「青空の部屋」を読み併せて、愕然とし、同時にほほえましく思い、そして成程、頭いい！と感心せざるをえなかった。冒頭部のみ取りだして、既にそういうややこしい気分になる。こうだ。

なんとなく和洋とりまぜていろいろなものが置いてある部屋、それが僕のいつもいる部屋だ。目について嫌なものは直ぐに片付けてしまうんで、部屋に飾ってあるのは気に入ったものだけということになるこれら、お気に入りのものたちが勢揃いした標本箱のような部屋を、順番に、ぐるっと見まわしてみると―。

大きな図書館用のテーブルが置いてあるのは、玄関を入って右側の部屋。このテーブルの上には、グリーンの布地装幀をほどこした六代目菊五郎の写真集。それを覆うようにテーブルの上にのせてあるのが朱塗りの八足の台、この緑色と朱色のコントラストがなんともいえない。……

最早、後続のリスティング、ウンベルト・エーコの名アンソロジーの邦題名を借りて「芸術の蒐集」の営みの典型ともいうべき愛好品羅列の物とカタカナの行列は引用するまでもない。すべておんなじ。そしてこちらの結論も、当然

僕の部屋を飾り立てている嗜好の原点はと、いまさら考えてみると、コクトオの映画『恐るべき子供たち』のエリザベートの居る、あの乱雑の極致とも言うべき部屋にあるのではないかと思うのだが……。

キリヌキや複製や安っぽいガラクタがごみのように繁殖してゆく、この僕の部屋が大好きだ。

全体の結論としては「青空の部屋」と「部屋の中」でこうしてめでたく一致したわけだが「キリヌキ」が「切り抜き」に変っているし、「この僕の部屋」が「この部屋」に、第一、「大好きだ」が「好きだ」に変っている。細か過ぎてどうでもいい位のものだが、『美貌帖』が一体どういう作業によって「書き上げ」られていったものか、いろいろ想像させる。先行する「青空の部屋」を換骨脱胎して、あれこれ小さな工夫を加えたというところだろうか。ただ単に持っているものを全部並べてみたいだけ

という先行作品の「順番に、ぐるっと見まわしてみると―」というところは直截にド・メーストルふうで面白かったが、これが消された。どこがふえ、どこが消えたかというふうに見ていくいとまはないが、「並べ方」とか「取り合わせ」とかいう鍵語に明らかになるように、この二つのパッセージで大事な所は「置く」営みそのものなのだという点なのである。調度を置く、そして時々には並べ換えるという営みを、それを記録する文章また真似る、という言い方ができるかもしれない。第一の文章で見た行句が第二の文章の全然別の場所に移し変えられることが多い。別の文脈で別の機能をになうことになる。並ぶ物とその順序は同じだが、第二の文章では羅列される物に新たな形容詞や修飾句が付けられ、新たなリストとか幻覚されるが、物自体は実はその存在、その順序、全然変わりがない。

発表の場が違うのだし、そんな面倒な作業をしないで、初発の「青空の部屋」をそっくり再録しても構わないのであるが、時系列にそっての「自伝」化というような要請、「書き上げ」という執筆形式の要請があっての細部の変更、再配置が行われたわけなのだろう。

結果は四十年にもわたって蒐《あつ》められたオブジェそのものが変わっていない、その趣味の画伯御自分でも仰有っている頑固さに驚かされるということもあるが、結局、「好き」ということで収集された物たちは一定かつ有限ということだから、金子氏の部屋は「驚異の部屋」というよりは組合せ術の部屋の体《てい》になり、バロックに近いマニエリスムというよりは分類の近代の方に開かれた十八世紀マニエリスムというべきものになる他ない。もう既に『言葉と物』の世界に入ってしまっているのである。ヴンダーカンマーというよりはもうはっきりとアルス・コンビナトリアの世界、と言ったらもう少しはっきりするるか。借りもののレッテルではなく言おうとすれば、そこの物たちは置かれ方で関心をもたれ、それを記録する文章は、既往の語彙や喩がひたすら断片化されて並び換えられて、そこに「毎日のように気づくと変わっている」という幻想の気散《ディヴェルティスマン》じをうみだすアルスに化している。「おのずから手をかえ品をかえて」というのはイリュージョンで、この少しずつの変化、偽りの新しさをうみだしているのはマニエリスム手妻師たる金子國義その人であることは言うまでもない。

　一定の材料の中での無限の組合せ、となれば料理《キュイジーン》で、金子氏の料理狂いもほとんどレジェンドであるが、絶対偶然ではない。「私の料理好きは、絵を描くことと平行してだんだん甚《ひど》くなっていたようだ」と画伯は書いている「CUISINE JAPONAISE」（『婦人画報』一九七二年一月号）。画業と室内装飾とが料理を喩として、こう語られる。すばらしいアナロギアの文章だ。

> どうやら私は絵を描いている時も、そのでき上がった絵を部屋の何処に飾ろうかと考えたり、その絵をどんな額縁に合わせようかと胸をときめかせている時の方が最高に楽しく、西洋骨董《アンティック》屋で古い小さな額縁を見付けた時など、内にどんな切り抜きやブロマイドを入れて飾ろうかと考えている時より、その造られた料理をどの器に盛り付けようかと考えたり、工夫を凝らしているほうが好きなようである。
>
> （『金子國義　アリスの画廊』八五ページ）

　ぼく自身、料理術がまさしく高位の「術《アルス》」であり、しかも一般芸術で言うアルス・コンビナトリアが料理の方では「アルス・マカロニカ」（ミッシェル・ジャンヌレ）と呼ばれて料理術マニエリスムの出発点たり得ることを、『綺想の饗宴』という本の中で説いたことがあって、開高健の文業まで追いながら、金子國義の文業まで引き合いに出せなかったのを久しく残念に思っていたのだが、右一文の存在をすっかり失念していたためである。

部屋と料理双方に組合わせ術としての側面がはっきりしたのはフランス革命前後、即ち十八世紀末の英仏においてである。久しく貴族たちの独立的テーストと言われてきたマニエリスムが一挙に俗化していったその事情は、澁澤とか金子の名で知られていた高踏趣味が二十世紀末この方、どうやらいわゆるサブ・カルチャーの中核部分に化しつつある事情と通じ合っているようである。サド誕生が一七四〇年、二世紀隔てて、澁澤、金子がそれぞれ一九二八、三六年。二世紀隔ててのこのパラレリズムは結構面白いかもしれない。料理についていえば、ベシャメル、エスパニョールといった限りある数のソースが一挙に今日の「パリめし」レヴェルにと飛躍するのは、革命騒動で全国から首都に召集されたシェフたちの交通をとおして地方の郷土料理が比較と糾合を験《けみ》した十八世紀末から以降のことなのである。ここでも十八世紀末なのだ。

衣食住の衣のことをまだ語ってないわけだが金子國義というか金子家という超女系家族の日常のことが金子國義自伝中にハイライトである。元来、織物業で有名な家系だから画伯の祖母、そして母も金子と同じくらい服飾にはうるさい。何の着物には何の帯が良いかといった服飾論議に夢中の三人がいて、そこから父親がしめ出されてしまう図が金子氏の文章中、一番の愉快図であるが、その服飾コーディネーションの文化こそ、俗化して別の名で「マニエラ」からファッションへと名を変えていく大文化革命でなくて何であったか。

どうやら肝心の画業のことのみ、置きざりにしてきた。実はその点について少し変った議論をするためのウォーミングアップをしてきたのである。ポスチュアやポーズをキーコンセプトにしたアートが十八世紀末に登場して、金子氏の画業がどうもそこに淵源しているのだという議論ができて初めて以上の論に目鼻がついていくように思われるのである。

金子國義「球遊び」1967

またしても「置く」という意味のラテン語“ponere”に帰るが、そのど真中から姿勢、姿態を指す「ポスチュア（posture）」も、「ポーズ（pose）」も出てくるからである。ずばり「置く」という意味の“posit”も出てくるし、そうなれば“impose”［押しつける］も“expose”［内をさらす／展示する］も“propose”［提供する／提案する］も、いろいろ面白いコンセプトが派生してくる。そしてとりわけ“compose”［構成する／構図する］が我々の議論には重要だ。十八世紀末ヨーロッパを席捲したピクチャレスク風景画の最大の鍵語がこの「構図《コンポジション》」というものである（のだが、我々がそのことを知るのは十九世紀におけるその文学的応用編、ポーのエッセー「コンポジションの哲学」によってでしかない）。写真用語（「陽画《ポジ》」）にもなっていく多義的きわまる“positive”もこの十八世紀ホモ・ポーネンスの文化のうんだものだとしたらどうなのだろう。ある時からポラロイド写真に擬り上げていった金子コンポジション術の必然を飯沢耕太郎のエッセー「欲望の劇場」が巧く書いていて、重要である。
（『プリンツ21』一九九三年八月号）。

第一に舞台美術家でもあり、役者でもあった金子画伯が十八世紀末タイプの感性に由来と主張する場合、当時の演劇界の核心に所作術というかポーズ、ポスチュア、加えてアティテュード（attitude ついでに“aptitude”）、そしてジェスチュア（gesture　ラテン語のgerereについても調べられたい）といった語群で語られる表面化・表現化の文化ないし技術の世界があったことを一緒に思いだされねばならない。これらの重要概念の区別の区々についてここでふれる紙幅はないけれども、小さなスケッチ類まで含めてその作品の一枚として人間の顔と肉体的姿勢への強烈関心で描かれてないものがないということには、くどいくらい語を費やしておきたい。

プリミティヴ・アート、ナイーヴ絵画と同類のものとしてまとめられる『花咲く乙女たち』シリーズは圧倒的な紺青《アジュール》の野外（青空）を描く。これがサドやバタイユやバルテュスを知るうちに牢獄的室内にと大転回していった。従来金子画業の転換はそういうふうに「内閉」を説明してきた。これをぼくふうに言えば世界の実感をどんどん喪い、額縁の中のリアリティへと内攻していった「ザ・ピクチャレスク」と呼ばれる新風景美学の、一世紀にかけての全行程に他ならない。公式には『花咲く乙女たち』の圧倒的な空間と遠望されるあくまで白く、大体は二棟パラレルに建つ建物、その前面に立つ一人、もしくはパラレルな二人の人物。一見とても古典主義的、というか反マニエリスムのものと見えるこれらすべての要素があらゆる意味での過度な強調を介して却って暗黒と左右非相称への誘惑でしかないのだ、とぼくなど感じる。パラレルで実はないものを強力なパラレルと感じさせる強烈な詐術だ、と。この過剰な明るさはピクチャレスクへの入口なのであって、従って時間を経ての牢獄趣味は、こちらはこちらで「アーバン・ピクチャレスク」（ピーター・コンラッド）と呼んで然るべき流れのものではないかと思う。金子氏の画業は一貫してメタ・ピクチャレスクだという意味で、そこに近代が胚胎するところの十八世紀視覚文化の落とし子であろう、と。初期の異様な窓、カーテン、そして箱、そして直截に絵といったメタクリティカルな小道具への徹底した関心がピクチャレスクに一貫した造形的自閉・自律の衝動を一寸例がないまでに剝きだしにしている。

ピクチャレスクないしメタ・ピクチャレスクが建物のファサードという形で世界の表層化にかかわったように、それは人間を徹底して一定の外見、有限個の身振り挙措の順列組合せへと表層化していった。十八世紀末、ラファーターというスイス人牧師の手になる『観相学断片』（一七七五）という一種の外見研究の百科ないし指南書の大流行ぶりを知らない美術史家が多いのには驚く。そんな彼らでも少し早く出てきたウィリアム・ホガースの『美の分析』（一七五三）は知っているだろう。折りしも盛行し始めた比較解剖学の知見を盛ったキネシックス、プロクセミックスの元祖のような名作。どういう姿勢をとると何が表現されていることになるかが、一種理系的に説明され、それが演劇や美術といった文系の世界に奔出していった。当時の言葉で言えばフィジオノミー（physionomy）、顔や身体の「線」がどういう内面を表出、表現しているかを言う「表情 expression」論であって、ラファーターが言うように人間の外形がそっくり人間にあり得べき「内面」をエクスポーズ、外在化させているものという発想が全てであった。金子の人物たちの特異なところは、この文化の顔ないし外形への関心を共有しながら、差異によって内面をさまざま解釈し得るという観相の可能性を、いつも同じ顔に描くことで予め不可能にしてしまっているメタ・フィジオノミー、アンチ・フィジオノミーであることであろう。白すぎ、正面すぎる百の顔は差異の無化によって却って内面を不可視に変える。内面はどんどんむしろ遠のいていくだろう。骨折して垣間見たレントゲン撮映が引き金となったとうわさされる後期金子の切開された胴や脚部の骨をエクスポーズしている奇妙なグロテスクリにしても、ここまでやってもあり得べき内面は見えてこないという皮肉なメッセージを伝えるばかりではないか。十八世紀末が試みた解剖趣味と、それでも見えてこない「内面《インスケープ》」に対する苛立ちを、バーバラ・スタフォードの巨大な十八世紀末身体文化論、『ボディ・クリティシズム』を傍らに追体験してみることが、やわな金子趣味の人間には今、絶対必要と思うのだが、如何？

おそらく十八世紀末メタ・ピクチャレスクの源流にはマニエリスム・アートがあるだろう。一人屹立した人物を描いても二人、もしくはそれ以上の人間を描いても、前者は世界との骨冷えする無関係を、後者は厄介にもつれ合う「関係」の過剰を浮き彫りにして、いずれにしろマニエリスムの典型的表現だ。早い時期の「ヘアーカット」、少し後の「アリアドネの糸」など、世界的にみてもマニエリスムの最高傑作に属すと思う。ここでもマニエリスムの俗流化に出会う。金子國義が男と女のあらゆる姿態を次々と組合せ、数え尽くそうと繰り返すアルス・コンビナトリアの映像が、いわゆる「フーゾク」世界がネットや雑誌で売りまくる諸「体位《ラーゲ》」の百科と言うべき「商品」とどこが違うのか、不謹慎ながらやはりそのあり得べき違いは金子ファン全員に尋ねてみたい。たとえばアルテール、シェルシェーヴの共著、『体位の文化史』（邦訳、作品社）をつらつら眺めてみた後で、金子ワールドばかり特権視できるいわれが、わからなくなる。ホモ・ポーネンスの文化、行きつくところは多分、フーゾクの３Ｐや４Ｐやらの、身体各部位の接触の仕方でポスチュアが蛇状曲線状に、トポロジカルにつながっていく画像のはずだが、これは所詮フーゾクで、金子ワールドはバタイユを読んでいるし、『Ｏ嬢の物語』を知っているしで、だからフーゾクとは隔絶していると、どうして断言できるか。むしろフーゾク画像を形而上化する方向があっても良いとぼくなど思っているが、部屋と顔かたちの文化がダイナミックにつながった十八世紀末西欧文化の「地獄《アンフェール》」が育んだものということで、そこいら皆、たのしい同族なのではないか、個人的にそう思っている。

「置く」という営みを問題として浮上させるアルス・ポーネンスとしての室内装飾、そして室内装飾の重要な具としてのみ追求された画業はどこまでも特異である。社会や世界の中に自からの存在を置いて安堵してみようとする顔や姿かたちの図像学、その営みを外界から守ってくれる器としての絵、そして部屋。金子國義の世界では、こうした営みにかかわらないものは、何ひとつない。

絵が触れる、絵に触れる、気がふれる。
ふれるものさまざまだ

――瀧口修造

シュンガ・マニエリスム

1. チャートは大きく

アートがアルス・コンビナトリア、組合せの術であると明言したのは、十八世紀末のいわゆるロマン派芸術の真諦を十九世紀半ばにそうまとめた作家、エドガー・アラン・ポーである。そして一七六〇年ほどに始まり、一八三〇年くらいにかけてひと塊の文化となったロマン派のアートこそは一言にして尽くすなら大衆レヴェルでの「絵」への開眼ということでまとめられる。

大衆レヴェルでのということになれば、何だか芸術先進国のように思われる西欧でのいわゆるプリント・ショップ、版画美術を街頭で商売に変えた商店と、江戸草双紙屋の出現と繁昌はかなり厳密に同じ一七六〇年代からの突発現象といえる。一寸意外な気もするが、リチャード・オールティックの名著『ロンドンの見世物』の厖大な収録図版を順次総覧するに、空間を二次元化し、さらに方形の別空間――今なら表象空間と呼ばれるそれ――へと切り取るこの「絵」という新種の芸ないし見世物がまとめて眺められる店頭に民衆が群がっている、考えようによっては画期的な光景が現われてくるのがフランス革命直前のことだということが分かる。

江戸でも絵と文をまぜこぜにし、まぜこぜになった絵／文を一緒くたに売る草双紙屋、「蔦重《つたじゅう》」（蔦屋重三郎）の編集工学、メディア・ミックスの半世紀が、まるで同じタイミングで出現した。そしてその上に錦絵の発明と大流行が重なり、線と色が対立して芸術観念を形づくってきた時間のはてに両者の交錯が、他ならぬ春画の上に生じた。

春画は近代を舞台に相応の歴史を持つが、鈴木春信による錦絵の普及を一大転機に完全に別次元に入っていく。やはり一七六〇年代の事態であり、それを何がもたらしたか考える大ヒントたる平賀源内『根南志具佐』また一七六三年。「浮絵」や「一枚絵」という重要キーワードが他のもろもろの巷間の「見世物」と区別なく、なにげなく登場するのだが、「諸人入レ込ミ」の文物横溢、表象爆発の時代へと、文化が大きく舵をきっていたその何よりの証拠である。仔細はJMOOC動画レクチャーとして近々配信するので、そちらでもどうぞ。「絵」に開眼した同時代西欧の文化全般を指して「ザ・ピクチャレスク」趣味という。細かいことは抜きにして、要するに世界を一枚の紙や帛《きぬ》の上に「見切る」アートとしての「絵」の魅力に人々が驚奇し、狂喜した。ほぼ同じことが何故か鎖国の筈の極東にも簇生したということで、ぼくは『黒に染める』以下の一連の仕事を通じ、日本のピクチャレスクとして説明し切れるかの実験を続けてきた。

ザ・ピクチャレスクはその絶頂たるザ・サブライム、崇高美学との関係その他仲々に厄介な観念なのだが、これが十六世紀マニエリスム芸術の十八世紀における反復現象といえるかもしれないのは両者のキーワードが「驚異」であるという一点からしてもかなり明らか、という気がしている。議論はすると、十八世紀ロマン派（ザ・ピクチャレスクというテイストに自からを凝縮した）と十六世紀マニエリスムの「通底」という大掛りな議論に行きつくに違いない。

マニエリスムをもはや当然のもののごとく扱うドイツ語文化圏でなら、『迷宮としての世界』のグスタフ・ホッケ、女ホッケを任じるマリアンネ・タールマンやザビーネ・ロスバッハの浩瀚宏大の研究書を通して、もはや何の論証もいらないこの「通底」関係なのだが、これに江戸までのっけるということになると相当の反論が予想される難行苦行になるだろう。マニエリスム、ザ・ピクチャレスク、「エド」をひとつながりにしてみよう。今のところ賛成してくれたのは服部幸雄、そして松田修両氏のみというつながり。

そのヒント（のひとつ）がエロティック美術にあるという面白そうな予想は、澁澤・種村氏ラインの読者なら忽ち膝を打つはずだが、適当に選ばれた春画コレクション画本とジャック・ブースケの名著中の名著、『マニエリスム絵画』（一九六四）の収録図版を見比べると「当り！」ということが分かる。

2．「モード」にこんな意味が

なんとなく外にあるものを写すのが楽しいということから始まるだろう絵と、早晩、三次元を二次元に移すことのウソ他、自から抱える色々のウソにははっきり気付きだす。「諸人入レ込ミ」の江戸一極集中文化はいやでも文物の爆発的増加を招来し、当然、『北斎漫画』に極を見る「全てを絵に」という百科事典的絵手本の板行に行きつくが、一方で見、描く側の自意識の深まりをもたらした。富士を三六とか一〇〇とかの見え方（それも皆がアッというような「奇覧」「奇観」）で見、揃いものという板行形式で売った北斎がここでも極致だが、要するに視覚、アングルの問題である。フト気付くのだが、春画というジャンルまた八とか、三六とか揃いものになじみ易い。季節との照応を売りにするから一二枚一組の作だって多い。

簡単にそういう断じ方をしてはいけないとはよくいわれるが、春画はまずポスチュア、ポジション自体への関心のアートである。要するに体位。いわゆる閨事四十八手のマニュアル本の世界。ひとつの性交体位でも、見る側、描く側の目の位置によって結構な数のヴァリアントがあり、どんどん奇異な体位に関心が向いていくのも理と商いの必然である。現在も夜毎コンビニ店で青少年男子をひきつけてやまぬエロ雑誌に、ぼく自身、なお若干の関心あるとすれば、業者日々に懸命なこの新しいヴァリアントとの出会いという一事に尽きる。

まず男対女。男対男。女対女。男一人、女一人にそれぞれの顔があり、それぞれの体型があり性癖があるから、組合せは無限と思われて、実はそうでもない。性行為自体と多分同じで、紙上の体位アルス・コンビナトリアもなぜか早晩飽きる。所詮は二本の手、二本の脚、せいぜいで一〇本の指。たったひとつの舌。基本組合せは限られている。この基本的に限られている――部屋の概念が前ロマン派的に未熟な十八世紀江戸では様々工夫された障子やついたての組合せがこの「限られた」という大テーマを強調する――の中でのせいぜいのコンビネーション。それはアルス・コンビナトリアとしてのマニエリスムそのものの定義、あからさまな具体化でなくて何か、とまず思う。「手《マヌス》」そのものが「手」法、いや荒木経惟氏ふうにいえば「指」想であるからだ、この世界では！　思想以前に！

西欧マニエリスムで性交体位への関心自体をアートにした例として、おそらくたれしもが思い当るのが銅版画家マルカントーニオ・ライモンディの連作銅版作品、『イ・モーディ』(一五二三頃)だろう。その師匠はたれあろう、ジューリオ・ロマーノである。倒錯と絢爛が交錯する十六世紀マニエリスムの代表的な画家。シェイクスピアがマニエリスム演劇『冬物語』中にメインとして引合いに出したから、マニエリスム趣味ある英文学者一統の中では高名な存在である。死せる像が実は生きた人間だったという機械仕掛けの神を利用して、シェイクスピア驚異劇場は見る者を呆然たらしめた。

そのジューリオ・ロマーノが描いた秘画をマルカントーニオ・ライモンディが銅版に刻線として写した。この世界に衝撃された有名な詩人ピエトロ・アレッティーノが『猥褻詩篇』を製した。面白いのは忽ち当局の告発を受けたが、罰せられ投獄までされたのが、いわばただ彫り師でしかなかったマルカントーニオただ一人、ジューリオもアレッティーノもなんの咎めだてもなかったという経緯である。

人類史上、とりわけ絵画史上、初めて法的処断を下された猥褻芸術裁判事件はこのマルカントーニオ『イ・モーディ』事件とされる。『ユリイカ』の性文学特集全体の中でも長く白眉とされた臨時増刊総特集「禁断のエロティシズム」号冒頭に田中雅志氏が「幻の好色版画〈イ・モーディ〉をめぐって」というすばらしい一文を草せられていて団塊世代一統、それを読みながら、手鎖の刑罰をこうむり屈辱のうちに急逝していった歌麿の秘画のことを思い併せたものだ。

西欧の人が歌麿の秘画を研究して、この『イ・モーディ』に言及しないではすむまいと思っていたら、たまたま若い俊才、ロンドン大学のタイモン・スクリーチ氏の『シュンガ』を訳すことになり、いきなり収録図版中にマルカントーニオを確認、「よし引き受けた」と即答したことを憶えている。スクリーチ本は『イ・モーディ』が銅版、江戸の春画が木版であることのメディア的ちがいを色々拡大解釈していて面白かった。そうこうしているうちに Bette Talvacchia, *Taking Position:On the Erotic in Renaissance Culture* が出て、秘画の体位アートをマニエリスムとして論じる奇矯の観点に突破口を開いた。圧倒的パン・エロティシズム論。いくら待っても本邦の秘画研究者の中からこの一大奇書への言及が一行もないのだけは、やはりと思う以上に、残念至極な思いである。議論停滞を突破せよ。

『イ・モーディ *I Modi*』。英語でいうと、というかフランス語の方が話は早いが、「モード」のことである。無論、性交の体位各様のことだが、流行からはじめて様態、方式、つまりは「美しき手法《ペルラ・マニエラ》」一切にかかわる。そういう意味では狭く体位《ラーゲ》の意味になる「ポジション」が実は分類学全体にかかわる文化的にとても広い定義域を持って、ドゥルーズの「襞《ひだ》」論風のエッセーがいくらでも書けそうな広範概念であるのとよく似ている。

マルカントーニオ・ライモンディがマニエリスムを思いだす上で特別な意味を持っているのは、余りにも有名な一五二七年の一大カタストロフィーとの関係の故だ。神聖ローマ帝国軍がローマを襲い、文化と芸術を根こそぎにした「ローマ劫掠《サッコ・ディ・ローマ》」事件で、多くの生き残りアーティストがローマを脱出し、以後、「夜のルネサンス」と呼ばれても仕方のない糜爛と無神の反ルネサンスが約一〇〇年続いてからバロック文化に接続されていく。この時のローマ脱出組の一人が銅版画家マルカントーニオであると知ると、秘画のヨーロッパとマニエリスム・アートとの密な姦係、いや関係は歴史的にも明らかだろうと思って、右逸事を記した。問題の一〇〇年を今日、マニエリスムと呼ぶのである。

『イ・モーディ』は完全な形では今日、見られない。当局による追求と破壊がいかに徹底していたか、それで分かるのだそうである。

3. アモール・セルペンティナート

amoria vulnus idem sanat, qui facit

最近の文化史研究で一番感心させられたのはティム・インゴルドの『ラインズ　線の文化史』（左右社）である。同様にマンガ史研究の分野ではティエリ・グルンステンの名著、『線が顔になるとき　バンドデシネとグラフィックアート』（人文書院）である。そして今現在、ぼく自身が一所懸命翻訳中なのがバーバラ・スタフォードの処女評論、『象徴と神話　ユンベール・ド・シュペルヴィルの芸術絶対記号論』（産業図書、近刊）。これに、少し古い話題になるがヒリス＝ミラーの『アリアドネの糸』（英宝社）を加えると、壮大な「線の文化史」が描けるが、読み進むほどに焦点はやはりフランス革命前後の、たとえばロマン派芸術の中の「線」である。西欧でも同時代江戸でも、それはまずフィジオノミー、観相学の「線」として爆発的に出現、流行した。そして同時代江戸の中の、とまでいって即思い当るのが春画という勝義《パル・エクセレンス》に線でつくり上げられているアートのことである。

本邦の春画研究のエキスパートたちがウィリアム・ホガースの歴史的名著、『美の分析』（邦訳『美の解析』、中央公論美術出版）のことに言及したケースがどれほどあるものか、実は余りよくは知らない。昔、一七五三年刊行というから、このエッセーが標的にしている約半世紀の時間の塊のとっ端《ぱな》に当る。高田衛氏主宰の『江戸文学』誌に山東京伝『江戸生艶気樺焼』のエクフラーシス的感覚（画文交響的感覚）をホガースからブレークに至る版木上の線の扱い方の系譜に連ねてジャパノロジスト、アール・マイナー氏が論じた超国境・超文化のエッセーは全文訳載させてもらったことがあるが、出発点はやはり問題のウィリアム・ホガース（一七六四没）であった。そのことに気付かしてくれたのはハンガリー人美術評論家フレデリック・アンタルの『ホガース』（英潮社）である。アンタルの同系列の『フユッスリ研究』も含め、一九七〇年代英文学者由良君美氏の美術評論の中核的テーマとなっていたのは周知の通りである。

ホガースが、文章の各行《ライン》を時代の「線の文化史」と重ねて記述しようとしたローレンス・スターンの『トリストラム・シャンディ』（一七五九―六七）に何点か挿絵を提供したばかりか、啓蒙時代のど真中にあって、やってきた「近代」のマッチョぶりを直線にたとえ、逆に人間の生理や筋肉の動きに見合った生宇宙的《ビオコスミック》な世界観万般を曲線にたとえてみせた。随分と抽象的なまとめ方をしているが、ロンドン遊郭に通じ、あまつさえ王立ベドラム瘋癲院の実情にまで詳しくて蕩児の末路を皮肉たっぷり描いたようなカリカチュリストの実際の線描アート観が曲線讃美と聞いて、この人物「女体」に手をつけないわけがない。

相当小さい英語辞書にも「ライン」の項に「ライン・オヴ・ビューティー」の連語が記載されているか、別項目立てさえされているかするが、これが女性身体の輪郭線を指し、一時悪名高かったビューティー・コンテストや「ミス・コン」企画のキーワードになった。いわゆるスリーサイズ神話の出発である。はっきりモノ扱いのカタログといってよいフーゾク系の女性紹介の仕方が極く簡略化されると、名前の他（名前だって偽名というかゲンジ名に決っているわけだが）上から……センチといって三つの蠱惑的数字が並んでいるだけ（85・60・90）という非礼極まる記載法《ディスクリプション》なども元々、ホガース命名のこの「美の曲線」もしくは十八世紀後半の分類学整備の時代に端を発するのである。「デスクリプション」という語自体が生物を単純なデータに変える博物学の方法（「記載」）を指した。絵画と分類学は近代においては全く同列並行な表象作用として論じなければならない。それこそまさしく東西の秘画の近代史に集約的に生じた事態なのではあるまいか。フーコーの「大いなる閉じ込め」批評連作によるまでもなく、一六六〇年代から文・井原西鶴、絵・菱川師宣（一六九四没）コンビの艶色文化が立ち上っていく。一方でプロの分類学者だった平賀源内（植物の分類からそのキャリアは出発している）が当然のようにポルノグラフィーにも手を染めて、そして問題の一七六〇年代以後の半世紀につながっていく。

源内とスターン／ホガース／（そして分類学の集大成者）カール・リネー［リンネ］を並べることで、秘画隆昌史の東西並行、というか洋の東西に何径庭もないことを諄々と説いてみせたのが、大分以前に書いた『黒に染める』の中心的テーマだった（霊感源は澁澤龍彦の名エッセー「愛の植物学」）。大雑把に大衆文化とエリート文化それぞれに生じた表象の精緻化について述べてみたのだが、それが少し河岸《かし》を変えて性戯の観相アートの近代史に背景を与えたものだったのだと、こうしてぼくとしては珍しく（というか多分初めて）秘画をめぐって一文を草する機会を得て、改めてよくわかった。とても驚いていている次第である。

ハインリッヒ・ヴェルフリンが古典主義に対してバロックを定義する時に、閉じに対し開けを言う一方で、直線に対し曲線の優位を言った。これはロココからアール・ヌーヴォーに至る曲線表現讃美の美学全体の理論的支柱になっているわけだが、だったらホガースを介して、これはまたしてもマニエリスムにそっくり通じていくのである。

由良君美氏はアンタルの『ホガース』と『フュッスリ研究』をネタに、ホガースの「美の曲線」が十六世紀マニエリスム理論中に有名な蛇状曲線礼讃につながりあるものだということを力説した『みづゑ』掲載の何本かのエッセーで、英国ロマン派研究の視野を一挙に拡大した。十六世紀末、ジョヴァンニ・パオロ・ロマッツォという人物が、美とは畢竟、蛇がうねくる時生じるS字をたてに引きのばしたような曲線から発するという議論をした。立位で背や腰をひねってできる捩《ね》じれた曲線(「ジョジョ立ち」。そう、荒木飛呂彦のマニエリスムのイタリア狂い!)がこうして蛇体の線、リネア・セルペンティナータと呼ばれ、マニエリスム全体の至上のエンブレムと化した。もう一度いうが、この時代のマニエリスムを二〇〇年後に再演した西欧ロマン派がこの蛇の線を「アラベスク」、アラビアの線と呼んだ事情はジョン・ノイバウアーの『アルス・コンビナトリア』に詳しい。人文学に展望なしとか阿呆どもが大騒ぎしているが、人文に大展望を開くアンタルとかノイバウアーとかが書肆の力不足で一向に手に入らなくなっている所にこそ問題あり、腹を立てているのだが、微力ながらこれらを片はしから復刊していこうか。でなければ力動感ある江戸春画論なんて出てきっこない。

江戸春画のキモは「勃」然たる巨大ペニスであるが、実はそれをそっくり呑みこむ巨大ウァギナを考えてみればこちらの方が断然凄いわけではないか。うああ、すごい、こわれちゃう、というのがフーゾク・サブカルチャーでお定りの男性力礼讃だが、本当に江戸春画一般の巨根アートには息を呑むが、こわれもしないで淡々といくウァギナの方が実は、これは相当凄い。

エレクチオ、エレクションといえば巨根勃起状態をいきなりさす。ホモ・エレクトゥスとはよく耳にする言葉だが、人類学でいう「二足直立人間」のことだと思う一方、ぼくなどホモの勃起したペニスの図を思っていつも忍び笑いをもらす（いろんなもの、もらすのであるなあ、男って動物は）。

もはや直立、直行の最強のシンボルが勃起巨根であるのなら、「美の線」最強のシンボルがこの巨根を呑む巨大ウァギナであるとぼくはいつも感服してしまう。紙幅の関係で、着衣のままのセックスがなぜ江戸にばかり多いのかというテクスタイルの問題には今回ふれないが、着た衣服のパターンやデザインの方に凝り上げていく全盛期最後の段階においてさえ（たとえば国貞の一八三〇年代）、そうした圧倒的な縞や襞の集積から独立するかのように無地・無色の白々した一空間に、毛むくじゃらな巨根巨膣だけはいつだって律儀に描き込まれている。

何がどうなったって、シュンガの「張り」はここだよ、曲直密集のこの線の戯れだよといいたげなその変らぬ律儀さが大好きだし、理屈をつければ、余計な色や形に紛らわされるな、結局春画のエロは「線」に尽きるのだといい張ってやまぬその部分ゆえに江戸春画は絶対なのだと思うのである。

直線のきわみと曲線の極限の交合。しかも曲線の側が呑みこむという図に、セックスをもっぱら戦いに比喩してきた西欧ポルノグラフィーとは全くちがった「なごみ」をいつも感じる。西欧好色図を剣呑にする“adversarial”（敵対的）な感じがない江戸春画を、それ故に愛し、論じるというタイモン・スクリーチ氏の『シュンガ』にいたく同感すればこそ邦訳を引きうけた。フェミニスト女子諸姉からの男性優位、西欧至上といったいかにもというスクリーチ批判が続いたやに聞くが、笑止である。

一寸だけ内緒話。そのスクリーチの本は最初タイプ原稿でぼく宛てに届いたものを、面白いというので即攻、日本語にしていった。学会向けの議論が息苦しいので、御本人の承諾を得、リーダブルを合言葉にかなりカットすることを条件に講談社が邦訳刊行を実現してくれた。いきなりの十七刷り、『朝日新聞』の「売れてる本」欄に、「あるす・あまとりあ」の奇才、高橋鐵氏の『浮世絵』以来の当該テーマ画期書と秀才中条省平氏に紹介された。『イ・モーディ』との比較、必ず入れるんだよと提案などしたのはぼくだが、残念、マニエリスムとのつながりにはスクリーチ氏、一行の言及もなかった。今回、その下手くそな補遺というか脚注のつもりでこの一文を草した次第だ。ヒロはほんとに横文字好き過ぎ、とスクリーチにはいつものように言われた。

邦訳が出て大分たって肝心の「原書」が出た（ふしぎな状況だよね）。その原書を読んでびっくり仰天した。主張は変らぬがディテールがめちゃくちゃふえている。なにより驚いたのは収録図版の一変である。ええっ、ていう「あぶな絵」が一杯。その一枚をのみ掲げておく。国貞（三代豊国）である。英泉とか国貞のこうした超の付く即物的な笑い絵をもって、春画が本当に面白い一五〇年ほどの一サイクルは終わるのだ。ぜひ、スクリーチ『春画』は原書で読むべしっ。

馬鹿本パニック・ルーム　「バカ塚不二夫」レトロスペクティヴ

――ヘンリク・イプセンこと赤塚不二夫です
（『天才バカボン』竹書房版　第十九巻）

1　そうか、もう五十年たったのだ

ナンセンスの大王という感じでお書き願いたいと、赤塚不二夫特集に原稿を頼まれて、思いだすまま人気作品を読み散らかしてやっと一文成るかなという今のこのタイミングで「こち亀」こと「こちら葛飾区亀有公園前派出所」（秋本治作）の『週刊少年ジャンプ』連載が一回の休載もないまま四十年目を迎えたがこれを機会に最終回にすると集英社が発表という新聞記事が目に入った。この最終回も入れた単行本も丁度二百巻目になるそうで、実に絶妙の引き際と感心した。半ばは警官漫画といってよい赤塚不二夫の国民的漫画『天才バカボン』が実質的に終了したとぼくなど考えているのが『週刊少年マガジン』でのその連載終了の一九七六年で、完全に警官が主人公の「こち亀」が、展開もしくは跡継ぎという形で頭に入ってきたという繋がりなのだが、同じ滑稽漫画といっても、下町人情べったりのユーモラスな「こち亀」とは全然ちがう赤塚のポリス漫画の異様な感覚が改めて浮き彫りになっただけのことだった。ユーモアとは何の関係もない底意地の悪い笑いが『週刊少年マガジン』誌上に『天才バカボン』が出現した一九六七年から丁度十年ほどにのみ出現し、そしてゆっくりとその役目を終っていったのだなあという、ここ久しく論じ忘れていた展望が改めて開かれてきた感じだ。

さっき引き際ということをいったが、『天才バカボン』の方は、伝説と化すまでの引き際の悪さで、リアルタイムの少年読者——すぐに青年読者に化したのは、一九六八年東大紛争の渦中、反体制学生が片方の手に『朝日ジャーナル』、もう片方の手に『少年マガジン』を持っているという都市伝説がジャーナリズムの話題になったことで記憶されることになる——の読書感覚を惑乱させた。登場人物が、挙句は作者その人までもが画中で、さあ終る、さあ次が最終回と言い続けながら終らない。少し頭のいい少年なら、物語が終るとはどういうことか、そもそも終りとは何か、では始まりとはどういう状態なのかと一ランク上の思弁に誘われざるをえなかったものと思う。大学に入ったばかり、おまけに紛争大学のロックアウトでものを考え詰める暇にだけはやたらと恵まれていた二十才《はたち》のコミック好き青少年は赤塚不二夫を通してメディアの自己回帰的、自己言及的なあり方を生き生きと体感しえたのだと思う。「バカ」を内容として始まった『天才バカボン』は漫画という形式自体がいかに「バカ《フーリッシュ》」なものかを分からせる所まで突き抜けた。いうところのメタフィクションの漫画で、展開されていく物語の、次は次はという興味でずっと漫画に付き合ってきた読者にメタフィクションとは何かまで教えきった。批評用語として「メタフィクション」という語が登場したのが、一九七〇年きっかりであるというから、『天才バカボン』は文化教育としてもど真中、直球だったのだなあと今更ながら驚く。今、二〇一六年、改めて赤塚不二夫生誕八十年記念を気合いに読み直してみて、一九六七年から約十年間、幼い世界を笑い崩したあの世界は今も可能か、可能とすれば今の時代の何が見えてくることになるのか、どうも不可能ということならば一体この間に何がどう変ったといえることになるのか。リアルタイム読者でもあるし、少しレトロスペクティヴにみてみたい。回顧的になるけど御免というほどの意味。五十年ほど前のことというので、ある程度の批評的パースペクティヴも可能というふうに思われるが如何だろう。何が「レトロ」なんだろう。

2 レトロスペクティヴ

限られた紙幅で実はもの凄いことをいおうとしているので是非とも、議論をつなぎとめてくれる核になるテーマなりイメージが必要だ。家にしよう。いえ／うち。英語でならハウスもしくはホーム。そしてドイツ語ならハイム。何故ドイツ語で、というところでハハアンと閃いたあなたは、以下はその通りの話になっていくので、この先もう読まないでよろしい。

漫画の歴史にもレトロスペクティヴなタイミングはたしかに来ていて、今年二〇一六年でいえば、国民的漫画「サザエさん」が『朝日新聞』で連載が始まって丁度七十年なのだそうで展覧会その他、企画話がかまびすしい。片や生誕八十年、片や代表作初出から七十年、と比べるのも一寸無理がないこともないし、「サザエさん」を国民的漫画と呼べるのと同じ意味でたとえば『天才バカボン』を「国民的」と呼べるか否かには議論が必要だろうが、十年という時間の大きなひと塊をそっくり映しとった意力の凄さということでは「サザエさん」に匹敵するというか、時代限定ということでいえば遥かに強力という点では十分に国民的といってよい。人物たちがバンバン死ぬ、それも大概は血みどろや黒こげの惨死である。餓死も多い。はっきり食に窮していた戦後すぐの時代の日毎夜毎見る飢えの悪夢をずっと『天才バカボン』は引きずり続ける。要するに軽くメタフィクショナルなとかいって読みとばすには余りにも重たく、一九六七年〜七六年という転換の十年の民衆的感覚を、食えるか、住めるかを引きずっている。

戦後スグもスグの一九四六年に出発した「サザエさん」は、せいぜいでチクリ程度の皮肉をこめる程度で流せる四コマ一回ぎりという大制約のお蔭で、価値観一変の大変動期社会の抱えた矛盾という矛盾を、そうした矛盾を作者とその家族の関係にひっそり、じっくり負わせるという形で、カラッと何もないかのように日々笑い流していった。「サザエさん」出発のその同じ一九四六年は満州生れ満州育ちの赤塚藤雄少年が幼い家族を次々死なせながら満州から引き揚げて来た年に当る。父親が満州で日本軍の憲兵だったと聞くだけで、どういう酷薄な引き揚げ行だったか想像できる。父親は長くシベリア抑留された後、帰国。飢えと差別の苦しい少年時代のことは赤塚氏自身で自伝にも綴っているし、漫画家でいえば『あしたのジョー』のちばてつや（一九三九―　生れは東京）の満州国奉天からの引き揚げに匹敵する大惨劇を経験している。『あしたのジョー』のマゾヒズム的闘争心にひょっとして終戦直前直後のちばてつやの心の闇を感じとることができるきみ、あなたにしてバカボン・パパの過激な振る舞いにそれと通じる何かを感得できるか、ひたすらそこが問題なのだ。実相寺昭雄、にも！「サザエさん」は家族親和の物語だ。この一家の余りの仲の良さが却ってそこに謎だの秘密だのをさぐろうとする妙なマニア趣味をかきたてたことがあるのだが、日々独立した四コマに付合っている分には矛盾だの、破綻だのとは隔絶したハッピーな世界である。読者から自分の家族の間でこんな滑稽なやりとりがあったという手紙が一杯舞込んでくるのを巧くネタにしたのが長谷川町子氏のあの驚異的に息の長い創作法だったそうだが、日本中の家庭が日々の「あるある感」を通して、磯野家・フグ田家を、あるべきファミリーのモデルとしたのである。かく申すぼくの家などその典型だから、そう断言しておく。毎朝新聞受けをのぞき、夕方には父親愛読の新聞小説と最終社会面左肩のこの四コマ・ファミリー漫画を切り抜いて、姉弟の使い古しのノートに丁寧に貼り付ける。読んで自分の家族の日常と比べる。日本全国津々浦々、こんな家族だらけだったので、世界に誇る国民的漫画といえば、やはりのらくろやアトムを押えて「サザエさん」に指を屈すべきものと思う。だから主人公は互いに交錯して一軒と感じられる二家族の成員、そしてその家が舞台。他者が登場しても、なにしろ泥棒と警官に情がかようような世界なので、要するに家族の延長みたいなもの、外の世界も大した境目なく「うち」のそっくり拡大されたものという感覚だった。個人的回想に徹するなら、ぼく自身、一九四七年生れ、ということはそっくり四七を引っくり返した七四年に連載終了した「サザエさん」が丸々ぼくの少年・青年時代の尊い伴走者だったということになる。七四年、大学院を修了してぼくがまがりなりにも社会人になった年でもある。問題はその間《かん》というか、ぼくが大学、大学院で勉強していた時期に「サザエさん離れ」が個人レヴェルで生じていたことである。後にＴＶアニメ化された「サザエさん」のこのところの視聴率の激低下ぶりが「サザエさん離れ」の名の下で報道され議論されているが、寂しい気がする反面、当然という気がする。それをうみ、それをモデルにもした社会なり世界の構造の一変ぶりを、遅まきながらしっかり理解すべきなのだ。一寸、デパート商法が苦しんでいる不可避な壁と同じことだ。「サザエさん」の人物たちの憧れの世界が百貨店だったのだが、さて今は……という話でもある。

3「大いなる閉じこめ」

何が起きたのかを『天才バカボン』ひとつで説明できる。そこがレトロスペクティヴの強味だ。リアルタイムだと週刊少年誌が媒体ということで一週ずつ間があく、ということは大きなひとまとめとして眺めるということは余程マニアックな読者でないと、ない。しかも大学受験の真際中、田舎の受験名門校、国家公務員の堅い家風……とかとかうまくない要因がそろって『少年マガジン』や『少年サンデー』から遠ざかっていたところ、一九九四年という遅いタイミングに『天才バカボン』その他を出発点からまとめて通読できる好機に恵まれた。『荒俣宏の少年マガジン大博覧会』(講談社)という大きな企画に加わって、絵の方は大荒俣がやるから、お前は年ごとの『少年マガジン』の内容を文章として記録せよという仕事で、たかが少年誌、たかが漫画誌とタカをくくって始めたところ、一九五九年創刊号から『あしたのジョー』連載終了の一九七三年まで、チリも積ればで、朝から晩まで読んでも読んでも終りがない。ついに夏休み丸々ひとつ、文京区音羽にとまり込みでやっと全巻読破。講談社各部門が出す懸賞の賞品倉庫の床に寝ながら漫画を読んでると大兵荒俣宏大先生が差し入れといってやって来ては夜の白むまで喋った。レトロ話の極みだがレトロっ! 青春だねっ!!

そうやってひとまとまりに読み込んで悟ったのが『天才バカボン』の真のテーマが「家」の持つ多

様な意味の重層、というか輻輳なのであり、「家」のうちで成り立つファミリーという観念の生成と融解なのであるということだった。なんとなくひとつながりである、そしてそれが良いことなのだというあの「サザエさん」感覚が何故かもう信じられていないということを、はっきり感じたように思う。間にこういう一クッションをはさんで、ひとまとめに『天才バカボン』を通読できたが、文化史のひと通りの着眼方法、批評法を順々に身につけてきた身にして、大分説明らしい説明がつけられるように感じたので、以下その辺のことを記す。

『天才バカボン』の真の主人公（たち）はまず全員が「バカ」である。なにしろ自称「バカ塚不二夫」が雑誌『少年バカジン』に描く漫画なので、それ以上でもそれ以下でもある筈がない（担当編集者は「バカラシ」氏。五十嵐のもじり）。毎週一話で十年ほども頭をひねってれば当然と思うが、上へも下へもバカの定義域の限界を越えてそれこそこれでもかのバカ百科、バカ大全、あらゆるバカ行為の百科事典、というか百科図鑑の趣がある。どんなバカでも登場可能という合理的な仕掛けがある。バカボン・パパが「みやこのせいほーく」の「バカ田大学」の出身ということで、そのおバカな後輩や教授たちという名目で次々に現われる。生物に関わるギャグの回ならバカ田大学生物学部の後輩が、エジプト・ネタの回ならバカ田大学考古学部の後輩が、という形でこの大学《ユニヴァシティ》には世界《ユニヴァース》に対応する猛烈なキャパシティがある。夢学部からサギ学部、ついには「自信ない学部」などというものまであって、おのおのに見合うバカ・ネタをバカボンの家に持ち込んでくる。ちなみにバカボン・パパはバカ田大学クイズ科卒ということになっているが、全体何を教える所なのか。学部の他にサークル各部もあるから、実際どんな後輩がやって来て、どうそれに見合った話になるかは自由自在、バカのネタは世に尽きまじという巧妙な仕掛け。従って物語の過半の舞台は玄関である。英語でならさしずめエントランス。これは一寸無理筋かも知れないがエン・トランスと音綴（ナカグロ）で切ると「トランス状態」に入るという洒落にもなって、これが狂気の憑依状態に入っていく『天才バカボン』各物語の「導入」部に何ともぴったりなのだ。

玄関から招じ入れられた「客」は今度は家の中を歩く。この客が泥棒のことも多いが、そうなると物語は中をのぞく、鍵をはずす、部屋や家財を見て回る展開になるので、物語は家の構造、というか設計図面そのものをなぞることになる。第一、バカボン・パパの職は何？という有名な議論がある。植木職人というのだが、定説はない。そもそも全集最初の一ページでは「くつや」の看板の下、スルメで靴をつくっているパパがいる。そもそもがバカボンがバカなボンボン、バカ・ボン（ボン）から来ているというが、浮浪者、漂遊者を指すバガボン（ド）とも響き合っている筈で、定位定住の印たる「家」とバカボン・パパは本来、というか原理的に合わない。

一切が一時しのぎのアルバイトであるらしいのだが（例えばガードマン）、中でも比較的よくやるのが大工仕事であるのが意味深長だ。バカ大工なのだから原理的にろくな家を建てない。周辺の本職大工たちも、住む人間の顔そっくりな家を建てたり、M・C・エッシャーばりの居住不能住宅を建てたり、趣味が将棋だからといって将棋駒そっくりの家を建てて注文主を発狂させる。家をつくるだけでなく『天才バカボン』では実に簡単に家が破壊される。バカボン・パパもあるライヴァルと張り合って自宅に火を放ち、かけつけた消防車の台数の多い少ないでいばり合う。へえ、家焼けちゃったんだ、と思うと連載の次の回ではちゃんと燃える前の家があって話が進む。この一切が、同じ家と家族の話でも「サザエさん」では絶対にあり得ない。つくる／こわすという大きな物語的弁証法ありきで、その中にぴったり家のテーマが嵌め込まれているのが『天才バカボン』の家テーマの際立った構造である。

たとえばバカ田大学関係者が物語に契機を与えるのが玄関だとするならば、おなじみ「レレレ」の掃除おじさんは何なのだろう。立ち位置から、また或るものを掃《は》き清める象徴的具たるホウキを持物《じぶつ》にしている点などから、いわゆる境界神、境界柱《ヘルメス》のバカボン版以外の何ものでもない。要するにここまでが「内」、そこからが「外」というバカボン・パパ的意識の反映。一寸先走っていうと究極、「うち」と「外」の二元論の問題化と宙吊り化をめがける『天才バカボン』の問題意識はこのレレレのおじさんの「おでかけですか」にいきなりはっきりせられる。外が内に侵入し、内が外に溢れ出ていくその境界線を、山口昌男漫画学的にいうなら、このヘルメース柱が表わしている。

こうして捏造される「内」の管理者は公安警察（警官）と衛生警察（医者）であるのだが、当然、『天才バカボン』の中で警察や医家が大変大きな、そして狂った権威をふるうことになっている。戦災で家を失い、めざすのは文化住宅に入ることであった庶民にとっての「家」が、余計者はすべて外部に、暗部に押し出し、押し込む国家権力とピクチャレスク美学の夢みる内に否応なく重なっていく。そう、それこそが一九六七年から十年の間、『天才バカボン』最盛期の十年に生じたことなのである。

4　この家に折りこまれた襞《ひだ》

一九六六年、多摩ニュータウン事業が始まり、七一年には入居開始、その中で『天才バカボン』の家のことを考えようという場合、ひとつの見事なモデルがある。一九一八年に大企業家、渋沢栄一が田園都市株式会社を設け、田園調布を高級住宅地としてたち上げた前後の住宅憧憬を江戸川乱歩の狂った都市小説の中に克明に読み込んでみせた松山巖氏の名著、『乱歩と東京』を、この際そっくり一九五〇年代から十数年の庶民の憧れの家と家族のイメージの中に再び読み込み直してみてはどうか。佐藤春夫の長篇『病める薔薇』（一九一七）がタイトルを『田園の憂鬱』と変更して出し直したとたん（一九一九）ベストセラーになった経緯を、ということだが、一九二〇年代モダニズムと一九五〇、六〇年代ポストモダンの通底といった高踏の議論だって、庶民の家持つ夢というとても下世話なところで、実はちゃんとした裏がとれる筈、とぼくはいっているのだ。一九五一年発表ということで51C型と呼ばれた公営住宅の国民的基本モデルを建築設計学の吉武泰水と鈴木成文が出して、「リビング」、「ダイニングキッチン」、そして「個室」といった観念が人々の間に浸透中だった。家のことを鈴木成文は「家族を容れるハコ」と言い切った。

バカボン・パパが「剝製《はくせい》」に凝った挙句、というか理の必然として「バカボンの家」を剝製化する話がある。竹書房文庫『天才バカボン』第十九巻（図1）。閉じられた器の中身を出してうつろにした所に詰め物をして、器の外身《そとみ》の恒久不変をはかる。これと同第十八巻の「36年目の初顔あわせなのだ」の回が併さると、とんでもなく怖しい世界イメージが出来する。まるで加門七海の「たてもの怪談」！　訪ねてみると、人の気配はあるのに人は誰も最後まで顔を出さない。人が住んでいてこその「うち」が中身なし。まさしく剝製化した家である（図2）。

ひと一人一人が居住する家を、国家のありように広げ、ついに世界に、宇宙にまで広げてみたいという説明の強迫にとって、だから一九六六年から七五年にかけての社会学者、哲学者ミッシェル・フーコーの『言葉と物』、『狂気の歴史』そして『監獄の誕生』三部作はまさしく旱天の慈雨であった。言葉によって世界を合理と秩序の世界に変えていくものに抗わんとするノ（ナ）ンセンス言語、監獄によって野放し状態の狂気を内に閉じ込めようという「大いなる閉じ込め」の制度、近代をこうした

図 1

図 2

した。

「うち」の成立にからめて解きほぐそうとするフーコーの目は完全に同時代の赤塚不二夫の目と一致

狂った世界を最後に医者が出て、これ全部病人という病院落ちも、夢落ちと並んで赤塚の得意とするところだが、なかでも瘋癲院、精神病院落ちはそのものズバリ、フーコーの見ていたものを赤塚も見たというべきだろう（竹書房版第21巻二七ページ）。しかも狂人扱いを受けるのがもの書きとその編集者たちだったりすると、これはもうメタフィクションとフーコー理論という何とも嬉しくなるくらい解きほぐし難い厄介千万な構造になる。座敷牢というか鉄檻の入った部屋で作家がいう、「ああ　いいものを　かいたあとは気もちがいい!!」編集者「先生！　原稿いただいていきます！」「ありがとうございました!!」バカボン・パパ「あの人たち　どこも　へんなとこはないのだ!!」精神病科医師「しかし　あの人たち　ほんとうは作家でも記者でもないんだよ」チャンチャン（図3）。

その存在を知って『天才バカボン』読みが更に一段深まるというのは、フーコーの次にはフロイトの名を当然挙げることができる。先にもふれた『田園の憂鬱』という、内へという衝迫に於て人の心と人の家（部屋）が一体化してしまうというポスト・ロマン派的感覚をそっくり日本化してみせた問題作が売れに売れた一九一九という同じ年に出たウィーンの神経科医ジークムント・フロイトの歴史的論文「不気味なものについて」を思いだしてもらおう。都合悪いものを地下へ、外へ、壁の向うに押し込め、押しだして自立したかに見える「居心地良い」コージーコーナーとしての「ハイム」が狂気やグロテスクといったいかにウンハイムリッヒな、「不気味なもの」をうむかという文化全体の秘められた二重構造を、これだけ「家」というものとのアナロジーによって説明しおおせた議論は他にないので、今後の『天才バカボン』論の基本的出発点になる筈であろう。

家の中の人間たちをひとまずファミリーと呼ぶとして、では「家族」って何なのか。バカボン・パパは一寸したことで平気でバカボンを殺そうとし、ハジメちゃんを売りとばそうとする。この尋常ならぬ殺伐はただナンセンスだからといって軽くみ過ごすことができるのだろうか。昨日まで当然と思っていたものが突然、見知らぬ異物と化してその扱いを受けるこういう構造をマルクスやフロイトは「異化」と呼んだそうである。ドイツ語ではフェアフレムドゥンク、そして英語ではエイリアネーションというのだが、別の巧みな訳ではデファミリアライゼーション（de*familiar*ization）という英語になる。ファミリーとは何ぞ。「種《しゅ》」と訳せば、ウナギイヌのグロテスクリー出来、そして「家族」と採れば、それが即ちバカボン・ファミリーの現実、とそういうことだ。

図3

図4

いうまでもないことをひとつ。それは一九六八年から十数年にわたる山口昌男氏のトリックスター論で、だれもがバカの話といい切ってはばかることない『天才バカボン』を山口象徴人類学にのせて説明するなど、余りに見え透いたことのように感ぜられて今回は省略させてもらった。国際的にも一九六〇年代末に大いに盛り上ったフール（道化／愚者）論だが、そこに『天才バカボン』を嵌めてみせることは、今や作業としては全然難しいものではない。

人間存在としてのフールを言語が身振りすればそれがナンセンスであり、ナンセンスの核にあるパラドックスである。「うそのようだが　ほんとうだ！」「はんたいのさんせい」「思いだそうとしてもわすれられない」……と連発される人物たちの言葉が、昨今「パラドックスの文学」（R・L・コリー）と呼ばれて本格的に検討の始まった、世界を「うち」化しようとする体制的言語を空無化し、異化しようとする異言語現象そのものを定義するものでなくて何であろう。

言語ばかりではない。秩序化し静態化してしまおうとする言語を、それとの間に生じるチグハグを用いて批判しようとする絵画的表現さえ、赤塚漫画は激しく（自己）批判しようとしている。それは大きい所では、下手な線の漫画の中にやたら精密で巧い漫画をまぜて一瞬にこれはマンガなんだと意識させるといったメタ手法の飽きることなき工夫であろうし、一寸珍しい所ではいわゆる「夜の犬」の挿入コマの存在である。自から「夜景にしか出演しない」というおバカな犬がやたらと精密な町や自然の夜の風景の中に登場する、周りに比べて当然黒いので目立つコマがある。大体がそこで一夜明けるという時間の経過を示すためのコマらしいのだが、今や空虚になるほど秩序立った「うち」の明るい昼の世界に押し出されたもうひとつの時空の表現らしく思われる。進行していく昼の時間、明快な線の空間による夜と闇の時空の抑圧。「うち」をつくり出すピクチャレスクの美学が一方で夜と闇の世界に魅了されていく怪体なプロセスを赤塚不二夫は体得している。「うち」が何を外に締めだしたかをこうやってちゃんと思いださせる。突然家の壁を突き破って侵入してくる他者という常套の画題を、こうして夜の時空が一瞬見振りする（図4・5）。

図5

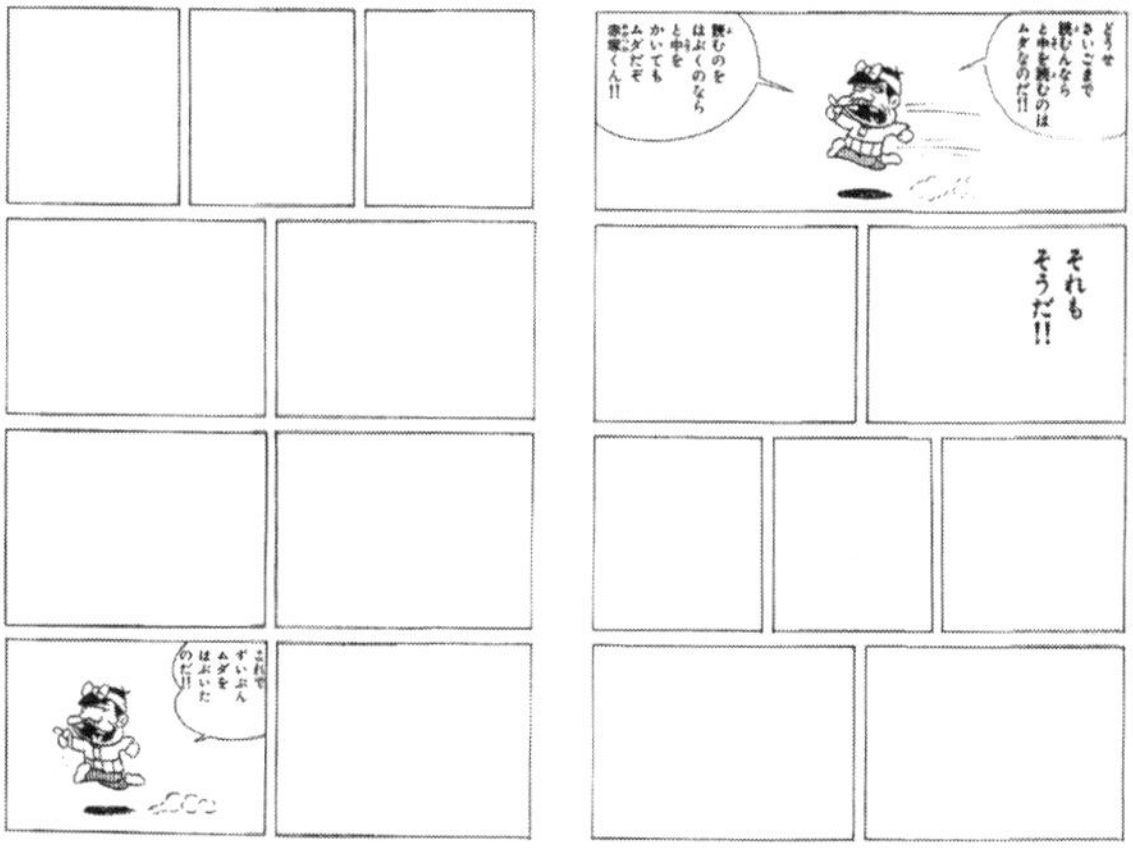

図6

そもそも絵に描くとは世界に何をしてしまうのかという根源的な議論は『天才バカボン』全体ののっけから実は徹底している。竹書房版第2巻の冒頭に、タイトルからして素晴らしい「バカかガカか」という傑作があるので是非。ストーリーが「家」であり、コマ割りのフレームが「壁」。世界の表象たらんとして結局は世界を明と暗、聖と愚と二分化することではどこも変るところのない言語、加えて絵の無力を愛しつつも批判的に突き放したところに、終熄にかけてこれでもかっと頻出する白紙ページ（図6）の魅力はある。漫画界のマレーヴィッチ！

竹書房文庫の『天才バカボン』は巻末に一寸した赤塚不二夫創作技法の解説・解題の付録が付いていて、これが仲々魅力的。その第五巻の付録に、ハジメちゃんが歩いたので皆で祝おうとしたらもの凄い数の人間が集ったという一コマを使って赤塚氏のフラッシュモブ・シーン趣味を論じて（図7）、面白い。「バカボンの家は、これだけの人数を収録できるほど広いのだ!?」という説明に嬉しくなったのである。

「バカ」をキーワードに丸ごとひとつの世界を包摂した。文庫本にして二十一巻眺めてみるだけで、そう、『天才バカボン』は『神曲』や『重力の虹』クラスの「百科全書」ジャンルの包摂力を持ったことで体感できる。しかるに、というかそれ故の逆説的な空白《ブランシェール》。この内《インテリア》化していく世界全体のヴィジョンを、まさにそれぴったりの高度経済成長期に「家」の成立と、多分同時に始まったその頽壊の物語として、それをしかも一個の巨大な狂気の物語として描き切ったところに『天才バカボン』の不滅の価値がある。それは「ヘンリク・イプセンの『人形の家』なのだ」（第21巻）。そしてその作者は「ヘンリク・イプセンこと赤塚不二夫です」だってさ。お見事！

＊ちょっとフツーには出てこない参考書一点を紹介。Susan Bernstein, *Housing Problems: Writing and Architecture in Goethe, Walpole, Freud, and Heidegger* (Stanford Univ, Pr. 2008). キーワードは“accommodation”（「家族を容れるハコ」！）である。

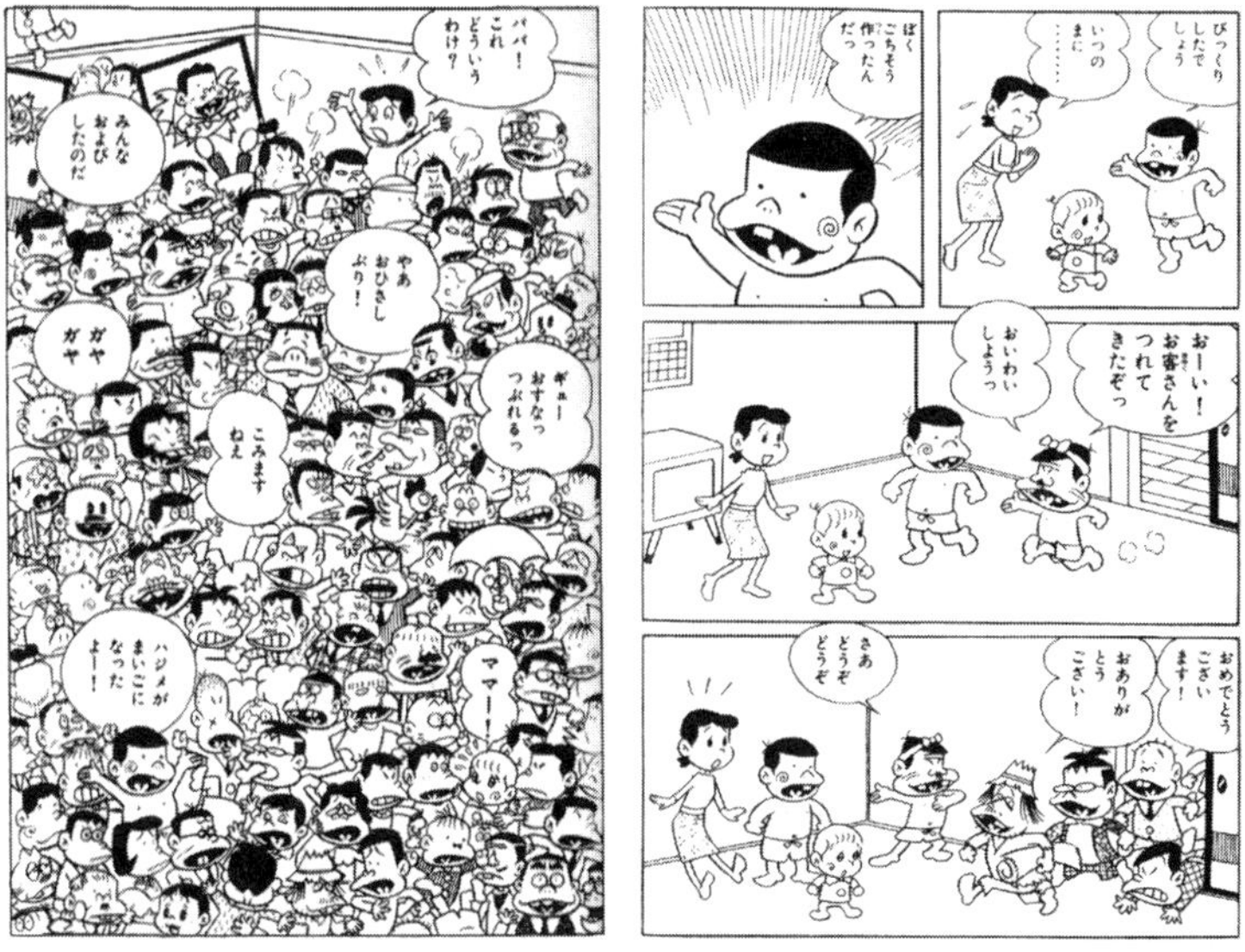

図 7

❹

「常数」としてのマニエリスム　ホッケ『迷宮としての世界』解題

1 「ブーム」をつくりだす

グスタフ・ルネ・ホッケ（一九〇八年三月一日生―一九八五年七月十四日没）の『迷宮としての世界』（一九五七）の種村季弘・矢川澄子訳が美術出版社から邦訳刊行されたのは一九六六年。少し大袈裟にいえば、日本の息せききって進めてきた西欧化・近代化の下でさまざま蓄積された矛盾が戦後の荒廃がひとしきり収まったところで改めて問われるタイミングで、「マニエリスム」がじっくりとキーワードになっていった。東京オリンピックから大阪万国博後にかけての十有余年。所得倍増の掛け声に躍らされて要するに一文化全体がそっくり何もかも忘れて走ったその年月のピークがどういう歴史の変り目だったかが、今では一九六八、とか一九六九とかいう数字を目にするだけで、さまざまな情況と光景がたちまち脳裏に浮かんでくる。「混沌渇仰」（モース・ペッカム）の世相だった。世界的な大学紛争の流れとつながるかつながらないか、当事者は何も知らないまま、しかしたしかに入学したばかりの大学はロックアウトされ、たとえば東京大学が歴史的な入学試験中止に追いこまれ、そして機動隊導入の騒乱にいたった。その時代の大学生像として右手に『朝日ジャーナル』、左手に『少年マガジン』というのがあって、一昔前の感覚でいえば高度の知性と幼稚な漫画という取り合わせが――既にマニエリスム的で？――話題になったが、現場にいて周りを見るにそんなふうな学生など一度も見たことがない。紛争中の大学祭ポスターとして有名になった橋本治・絵「とめてくれるな　おっかさん　背中のいちょうが　泣いている　男東大どこへ行く」の下で、その代りに学生がよく読んでいた本の一冊がホッケの『迷宮としての世界』だった。サド裁判や、玩具礼讃、機械憧憬、両性具有といった（まるで当今のサブカルチャー論を予め理論的に総括し切った感のないではない）「異端」書、『夢の宇宙誌』（一九六四）で澁澤龍彥が話題になりだしていたし、一寸グロいが理解に頭の要る映画文化の流行に見合ったようにえらく博学な映画評論家、種村季弘の「ジョン・フランケンハイマー論」に芯からびっくりしたが、これら澁澤・種村の一九六〇年代の仕事は二人の伝説的交遊関係もあって、取材資料がかなり共通しており、その代表選手がホッケの『迷宮としての世界』であった。『迷宮としての世界』邦訳がはやらせた言葉が「驚異博物館」（「ヴンダーカマー」の訳語）だが、訳本が出る前のことで、澁澤氏の初期の文章がこれを「妖異博物館」と訳しているあたり、懐しい。

欧州旅行の小説家大岡昇平氏がドイツ語原書を買って帰り、面白そうな本があるといって澁澤氏に渡したが、ドイツ語なら友人の種村氏の方が良い、それに当時澁澤夫人だった矢川澄子女史も良い、というので話は御両人共訳ということでまとまったのだそうだ。一度ぎりの北鎌倉の澁澤邸探訪の折り、澁澤氏御当人からこの噂の正しいことを聞かされた記憶がある。

ぼくが最初に落掌したのは一九六九年刊の第四版。当時の貧乏学生に千九百円は出費だったが、モンス・デジデリオの「スザンナと長老たち」という、「知性を経て狂気に至る」マニエリスム原理そのものという豪華な絵を大きくあしらったハードカヴァー、クリーム紙、いよいよこれをもって「地獄の釜が開く」という三島由紀夫氏の推薦文の載った箱入りの、韋編三絶に耐える素晴らしい本だった。原書や仏訳本の安っぽい袖珍本に比べるにつけ、当時人文系の華やかな領域横断の熱情の核たらんとした美術出版社の覇気、それに澁澤・種村という伝説的名コンビとこの本とのまことに慶賀すべき遭遇に、改めて拍手を送りたい気分である。

多少ともドイツ語を読むので言えるが、なまなかの原文ではない。コンチェット、コンチェッティスモの訳語をひねりだすのに、英漢・漢英両辞書を抱えて駿河台山の上ホテルにこもり切りという苦労話を、これも御本人から楽しく聞かされた。結果が「綺想体」、「綺想異風派」。巧いなあ。基本的にどこまで行ってもヨーロッパ的「問題人間《プロブレマチカー》」の問題としか見えないマニエリスムを説得的に日本の舞台にもってきた最初の記念碑的一文は種村季弘「伊藤若冲——物好きの集合論」であるに相違ないが、この一文を載せた、当時種村マニエリスム論展開の独壇場だった美術雑誌『みづゑ』の八百号記念特集(一九七一年九月号)は表題を「綺想異風派の復権　若冲と蕭白」と言ったが、何の異和感もないくらい、種村訳は我々に十分に浸透していた。西周ほどではないが、種村式訳語はそれ自体大きな興を催させる。まさしくその西周の発明した「エンサイクロペディア」への訳語、「百学連環」も種村氏は自分の発明品みたいに楽しげに濫発しているし、「八宗兼学」とか別に種村氏発明でもないこういう便利な「マニエリスム的」訳語をぼくたち最初期の読者はそのままそっくり身につけたのである。晦渋な本ではあるが意味のない晦渋などではない。この晦渋さそのものも実はマニエリスム原理なので、原書の晦渋をそっくり見事に日本語の晦渋に置き換えた至芸、種村節に一刻も早く慣れられよ（原文を易しくかみ砕いた等というのが既に余りにも非マニエリスム的発想なのだ）。

原著『迷宮としての世界』は一九五七年、幻想美術を扱ったこの大著の姉妹篇『文学におけるマニエリスム――言語錬金術ならびに秘教的組み合わせ術』の原著は一九五九年。前著邦訳の粒々辛苦は半端でなかったようで、姉妹篇は別人が、しかし是非にも早く、と種村氏は言っているが、他のたれにできるものか。こうして、これも新しい人文学を美術史（を「精神史」に精錬したもの）を核に再編成する動きのいまひとつの中心たらんとしていた現代思潮社から上下二巻本で邦訳された（むろんこちらは種村氏個人訳）。

十六世紀と（ロマン派と）現代を互いに重々交映させる作業を美術、そして文学をいわば狂言回しにやりおおせたこの二冊の次はさすがのホッケも一息入れて、核の脅威とコンピュータと脳科学の二十世紀末の「現在」に右二作の成果をぶつけて現状分析と警世の書とする『絶望と確信――20世紀末の芸術と文学のために』を一九七四年に、『現代絵画――ネオ・マニエリスム』を一九七五年に出している。『絶望と確信』は前衛批評誌『エピステーメー』の中野幹隆氏が大の種村狂で訳を連載していたものが（一九七五年十月号～七七年一月号）、一九七七年、大冊として上梓された。生物学にウェイトを置いた絶望の人類像は「こころの哲学」を言う二十一世紀初め、「脳の十年」（一九九〇年代）以降にあり得べきマニエリスム論のモデルと言うべき壮大な出来ばえである。もう一冊、『現代絵画――ネオ・マニエリスム』は一部分が『みづゑ』一九七〇年十、十一、十二月号、一九七一年十二月号に雑誌掲載稿のコピーを基に種村氏訳で連載されたきり、種村氏の名も登場する本体の方は未邦訳のまま残された。バルトルシャイティス著『アベラシオン』の国書刊行会邦訳以来、ささやかながら種村マニエリスム学の仕事をプロデュースしてきたぼくの心残りその一である。もうひとつの心残りとして大きいのはホッケの『迷宮としての世界』、『文学におけるマニエリスム』原著の巨大な合本が一九八七年に、クルト・グリュッツマッヒャーによるホッケ論等、さまざま付加価値が楽しい体裁で出た折り、邦訳絶版がいかにも勿体ないということでこの合本を底本に改訳の話を企てたが、権利関係が巧くいかず挫折したことである。雑誌『ユリイカ』に増頁特集「マニエリスムの現在　想像力の深層へ」号を組織して、かなりの好評をいただいたが、その責任編集者としては右グリュッツマッヒャー博士のホッケ論だけでも種村氏訳で日本語にしておきたいという一念が凝ったものであったのが懐かしい。こうして見果てぬ夢もあった代わりにホッケ編の『ヨーロッパの日記』（石丸昭二訳）の他にマニエリスム紀行小説『マグナ・グラエキア』（一九六〇）の種村訳成ってファン一統、狂喜したのも懐しい（邦訳平凡社、一九九六）。仕掛人二宮隆洋氏の鋭意を顕彰したい。二宮氏、はや故人、というのがやはり痛恨の極み。

こうして改めて眺めてみると、一九七〇年前後のマニエリスム本邦紹介の仕事はやはり一寸すごい。たしかに「ブーム」と言えるものだったのである。完全無視か、“mannerism”を「マンネリ」に近い貶下の語感でしか捉えないマニエリスム観が今なお根強い。出発点というか御本家の美術史学でも、ミケランジェロ他の巨匠の技術《マニエラ》を模倣し続けるしか能のないアートの堕落と衰退の形式という以上の評価がなかったのを、文化の危機的状況、過渡的状況に見合った積極性を持つものという評価に変えさせるきっかけになったのがヴィーン派と呼ばれる新しい美術史学の中心人物、マックス・ドヴォルシャックの論文「グレコとマニエリスム」（一九一八）。この論文が入ったドヴォルシャックの歴史的名著『精神史としての美術史』改訳再版が一九六六年。『迷宮としての世界』の邦訳と同年。ここから日本におけるマニエリスム研究は始まると言ってよい。

ハンガリー出身の芸術社会学者、アーノルド［アルノルト］・ハウザーの『芸術と文学の社会史』全三巻の邦訳が一九六八年にあって（平凡社）、たとえば市場経済・初期資本主義の発展、宗教改革、そしてマキャヴェルリ政治学といった社会背景あってのマニエリスム文芸であったことを文字通り縷説した。マニエリスム的人間の類型学に徹する余り、社会学的データがお留守になる（すっとばす）気味のあるホッケと絶妙の補完関係にある（社会学を名乗るマニエリスム研究としてはクシシトフ・ポミアン『コレクション』（一九八七。邦訳、平凡社）もすばらしい）。大著の一部分のみがマニエリスムに割かれたハウザーの名作だったが、一九七〇年、若桑みどり氏訳で大冊『マニエリスム』邦訳が出た（原著、一九六五）。上巻概論、中巻美術・建築、下巻文学という構成で邦訳は三巻本。これを出した岩崎美術社は一九七三年にはもうひとつ、マニエリスム研究の基本書、ヴァルター・フリートレンダーの『マニエリスムとバロックの成立』（原著、またしても一九五七）の邦訳も出していて、これらに限らず一九七〇年前後のマニエリスム研究「ブーム」を熱気だけで上ずってしまうただの流行に終らせない基本理論書を陸続邦訳していった岩崎美術社の「美術名著選書」の功績や大と、改めて顕彰しておきたいと思う。

雑誌類が目はしが利いたのも幸いした。澁澤・種村に加えて英文学の由良君美、国文学の松田修・笠原伸夫といった美術史プロパーの圏外の人たちが美術誌・文芸誌によくもよくもという健筆を揮《ふる》って、マニエリスム概念の流通の起動力となった。流行小説の掲載のイメージしかない文芸誌『すばる』が一九七〇年出発した時の大判創刊号が何とマニエリスムの特集だった。美術史学界の泰斗だから、ホッケのような奔放な観念の拡大解釈に対しては慎重な高階秀爾氏が中心になって、マニエリスム初学者にもよく分かる良い特集だったが、同じ年に文芸誌『海』が、当時切れ味良い特集を連発して世間を驚かせていた中にも「綺想と迷宮」なるズバリ、ホッケ＝種村路線の充実した特集を組んだ（日本に来たホッケと種村氏の対談も掲載）。「超」編集者の誉れ高い安原顯氏が「暗躍」したようだが、安原氏と言えばこれもぶっとんだ企画を連発した人気雑誌『パイデイア』が、オレンジ色の紙に赤インクの文字という破壊的なページフェイスの錬金術特集を組んだが、これが氏の仕事で、この号に近刊予告中のホッケ『文学におけるマニエリスム』の「隠喩至上主義」の章の種村訳が一部事前掲載された時の鳥肌立つ興奮が、今改めてじっと湧いてくるようだ。

要するに「ブーム」だったのだ。ほとんど熱に浮かされていた。実証的データでしかものを言わない美術史家たちと、半可通の美術史的知識を手掛かりにむしろ思想・哲学・文学へと観念の枠を広げていこうとするもの書きたちが入り乱れての対談など一杯あって、結局折り合うはずもなく議論百出、挙句、だれかが「面白けりゃいいんじゃないですか、面白けりゃマニエリスムだ（笑）」というようなことを口走るパターンだった。実はホッケより二年も早く一九五五年という時期に、マニエリスムには徹底して弱いとされている英語圏でワイリー・サイファーの様式史の名著、『ルネサンス様式の四段階』が出ていたのが、七六年に邦訳。訳は河村錠一郎氏。高橋康也、川崎寿彦両氏とともに英文学のマニエリスム研究の大きな一翼を担った河村氏が学生社主催のパネルでサイファーを弁護したら高階氏に大風呂敷きは困ったものだと言われて、そのまま黙ってしまったのは仲々衝撃的かつ、（たとえば日本における）マニエリスム受容を象徴するひとコマだった。あくまで十六世紀一回ぽっきりの、それも美術の世界の（狭い）観念としてのマニエリスムをメインにする流れから大きくはぶれないでいながら、現代のネオ・マニエリスムと呼び得る類似現象も忘れていないという仲々微妙なスタンスがひとつあり得て、それがいやみでもなくまとまった仕事になる稀有な例が先にハウザー訳者として名の出た若桑みどり氏の『マニエリスム芸術論』で一九八〇年刊（現在はちくま学芸文庫で読める）。このスタンスは稀有と言ったが、二十一世紀初めの現時点で本邦美術史学を牽引する俊才、岡田温司氏の『肖像のエニグマ――新たなイメージ論に向けて』（岩波書店、二〇〇八）など、えらく古典的にヴァザーリのテクストにつきながら本全体としてはそれを現代に開くという点ではホッケに近い方法的覇気を感じさせる名品である。注も含めてマニエリスム研究の流れを簡潔に整理してもくれていて、有難い。

岡田温司氏の翻訳も含めての仕事を例外として、少し遡るが谷川渥『表象の迷宮――マニエリスムからモダニズムへ』（ありな書房、一九九二）を例外として、一九八〇年以後（その年は若桑女史の大著の他に川崎寿彦『鏡のマニエリスム』（研究社出版）という光学的文学の観念史《ヒストリー・オヴ・アイディアズ》とでも呼ぶべき名作が出た）、本邦でのマニエリスム研究ははっきり言って休眠状態である。川崎氏の衣鉢を継いだ蒲池美鶴『シェイクスピアのアナモルフォーズ』（研究社出版、一九九九）というヒット作も忘れがたいが。

時代の青春が混沌の世界を見るにマルクス以外の目を通してそうしたかもしれないとすれば、それがグスタフ・ルネ・ホッケの目だった。それは十五年ほど知的世界を文字通り席捲した。世界も、そして知的世界も古い世界の新しい組み換えを夢みられた十五年だったかもしれない。黒人暴動や学生の闘争のその時代を人はクレイジー・ホットサマーと呼んだ（あの夏の光と影はどこへ行ってしまったの）。

2 ホッケの影の下に

文芸誌『ユリイカ』も当然のように「マニエリスム」特集を組んでいる。それが一九七九年六月号。若桑みどり氏差配で、ホッケが「芸術におけるマニエリスム」展（一九七二）のカタログのために書いた一文を、「ヨーロッパにおけるネオ・マニエリスム」の邦題を付けて種村氏が訳したものが「訳者あとがき」とともに載っている。その『ユリイカ』が再び同テーマで特集を組んだのが前掲の一九九五年の「マニエリスムの現在」号。差配ははばかりながらぼくである。バランスの人、若桑みどり氏が「イッセイ・ミヤケこそ最大のマニエリストだ！」と書いて、おそらくは旧套美術史学会のヒンシュクを買ったはず（女史は今頃、天国で微苦笑されていることであろう）。ぼくの狙いは翻訳論文であった。ジョイ・ケンセス「驚異の時代」、マンリオ・ブルーサティン「驚異の術」、マルティン・ヴァルンケ「手の中の頭」、ポントゥス・フルテン「アルチンボルド効果」、マリア・ガゼッティ「甘美な恋の攻撃」、ギイ・スカルペッタ「トランス・バロック」、タイモン・スクリーチ「鬼幻燈」。これに前掲グリュッツマッヒャー「ホッケ『迷宮としての世界』後書」が種村訳で加わっている。

ぼく自身、「マニエリスム、今日は——九〇年代のマニエリスム」という総括論文を寄せたのだが、すべては一九八七年のふたつの大展覧会に対する驚愕に端を発する。まずその年はホッケの二大姉妹篇の合本が出た年だということは既に紹介した。しかしその年は（『迷宮としての世界』三十周年にもなるわけだが）「メドゥーサの魔法」展、「アルチンボルド効果」展、ふたつの大展覧会によって美術史研究の歴史に残るに違いないのである。その経緯を当時ぼくはこんなふうに整理している。

ホッケ合本版と同じ一九八七年にヴェルナー・ホフマンのヴィーン美術史美術館で「メドゥーサの魔法――ヨーロッパ・マニエリスム」展が開かれ、またポントゥス・フルテン差配の「アルチンボルド効果」展も雁行して開かれた。前者は七百ページ、後者は四百ページという超大型、図版満載のカタログも出て、これらはマニエリスム研究を離れて出版史一般を考えても二十世紀末に燦然と輝く大ヒットであろう。そういうパラダイム変換に資する可能性を持った大規模展覧会にかかわる情報をぼくはついに日本語で見たことがない。ましてや今、世紀末のヨーロッパでさまざまな展覧アレンジメントの技術に何か異変が生じつつあり、しかもなぜだかそれらが一様にマニエリスムがらみであるというのはどういう事態なのか、などという多少とも組織的な「紹介」さえついに美術史畑からは一報も出てこなかった。というか、きっと美術史ばかりを責めるのは酷なのだ。オブジェや概念を糾合し、編成し、配置するという超知的な情報編集術たるマニエリスムのような鵺《ぬえ》じみた現象を相手に出来る受皿が、少くとも今の日本にはどこにもない。少くとも旧套な専門《ディシプリン》の中にはない。従って、超《トランス》ー、脱《エキストラ》ー、間《インター》ーをめがけるしかないマニエリスムのような大テーマは、それ自らが諸物糾合・整理の編集の場たる展覧会、そしてそのカタログ、そしてこの『ユリイカ』のような雑誌の紙面でリフレクシヴに追いかけていくのが一番ふさわしいと思う。

（……）

「メドゥーサの魔法」展のカタログには冒頭に手短かな論叢があって、マニエリスム概念史をきちんとまとめてくれた有難い論から、ホルスト・ブレーデカンプのマニエリストたちの夢形象を扱った文章、ゴンブリックのジュリオ・ロマーノ論、ギュンター・ハインツのオランダの「マニエラ」

論、『驚異の部屋』（邦訳、平凡社）で世間をアッと言わせた驚異の部屋《ヴンダーカマー》研究の第一人者エリザベート・シャイヒャーの宮廷祝祭論、マリア・ガゼッティのマニエリスムの汎性愛嗜好論、そしてシュールレアリスムからフェティシズムにいたる「即物」マニエリスムの二十世紀をやり抜いたヴォルフガング・ドレクスラーの論など、だれが見てもマニエリスムというファイン・アートから、歪んだ家具調度だの、象眼テーブル《ピエトレ・ドゥーレ》だの、解剖図譜、博物図譜、グロテスクな過剰装飾品、等々、どこに統一コンセプトがと訝からせる厖大な図版コレクションと相俟って、久々にマニエリスム概念そのものの——G・R・ホッケ以来の——拡大の試みに立ち会っているというそれこそ満身に鳥肌立つような衝撃を味わわせられた。

「アルチンボルド効果」展は、編集方法に創意ありという展覧会の蔭には必ず（「独身者の機械」展のハラルト・スツェーマンかこの人かが必ずいるといわれるくらいのスウェーデンの鬼才キュレーター、ポントゥス・フルテンが大車輪の企画だった。ジュセッペ・アルチンボルドの名で有名な人面寄せ絵の系譜を総覧させる化け物じみた規模のものであったことが、英仏伊語同時出版の巨大カタログからもよくわかる。『魔術の帝国』（平凡社、現在はちくま学芸文庫、上・下）一冊で、ダコスタ・コーフマン、E・シャイヒャーと並ぶ「魔のプラハ」（A・リッペリーノ）研究の超エキスパートたる力量を存分に誇示したロバート・J・W・エヴァンズや、そのトマス・ダコスタ・コーフマン、そしてマックス・ドヴォルシャック、フレデリック・アンタル、アルノルト・ハウザー、エドガル・ヴィント以来、マニエリスム研究の伏流をなし続けてきた東中欧の〈今《セイチェント》〉を代表するルドルフ二世研究のナンバー・ワン、エリシュカ・フチコーヴァとかで十七世紀をびしっと固め、さらには

〈今〉へと開くジャン・クレールやサルヴァドール・ダリからカタストロフィー物理学理論のルネ・トム、散逸構造物理学のイリヤ・プリゴジンなど、ホッケや、そのホッケと同じ一九五〇年代にマニエリスム研究を独自に二十世紀警世文化史に展開させていったワイリー・サイファーのような、マニエリスム的「問題人間《プロブレマチカー》」を時代総体の中で捉えようとする、美術史範疇など軽く一蹴する傾向が一九八七年以降、一挙顕在化した。(……)

マニエリスムの展覧会といえば、それだけでしてやったりと膝を打ちたくなるのだが、よく考えてみれば巨大な同語反復《トートロジー》という気がする。断片化していく世界という一般的な認識がある。それがどう人為的な「手法《マニエラ》」で再糾合できるかという方法意識がマニエリスムだと今定義するならば、マニエリスムにコレクションというのはいわば骨がらみの結果というか、主題であるからだ。どうにもとろい展覧会ばっかりでうんざりしていた我々の周囲でも、栃木県立美術館の小勝禮子氏キュレーションの「死にいたる美術」展とか、いつもごった返していた伊勢丹美術館を皮切りの「視覚の魔術」展とか、マニエリスムがらみの展覧会がぼつぼつ愉しめるようになって、ひょっとしてこれは良い傾向かと思う。印象派馬鹿の画商、御用学者の捏造せる「ファイン・アート」範疇の、ひたすら時代順にホワイト・キューブに横一列に並べられた絵というなんとも静的な「絵」の世界に当分おさらばして、材料もさまざまな材料と次元にわたるものを集め、コンセプトも訳のわからぬ、要するに今日までの美学が「悪趣味《バッド・テイスト》」、「B級《エフェメラ》」(荒俣宏)と呼んできたヴィジュアルの再編集が始まりかけている。(……)

(「マニエリスム、今日は」)

少し長い引用になった。少々口の悪いのは若気のいたり、というか「綱領《マニフェスト》」の啖呵なので御寛恕願いたい。要するに、十六世紀一回ぽっきりの衰退現象、堕落形態を、(一)時代や地域を越えて広げ、(二)扱う相手を美術から文学、哲学、ライフスタイル、人間類型にまで奔放に広げていき、(三)従って方法も、文献学や図像学から現象学、実存分析、観相学、筆跡学、性格学と、まさしく百学連環を地で行くホッケ的マニエリスム研究に、ルネサンス研究の「本場」たるイタリア、そしてフランス、挙句は英米の狭隘な学界に気をつかって〈否《ノン》〉をつきつけて、そういう安心立命の象牙の塔に引き籠っていった一九八〇年以後の本邦美術史学に、ドイツ、オーストリア、そして東中欧圏に根ざす「精神史的」と呼ばれるオルタナティヴな美術史学があり、その成果をホッケが一挙に何重かの意味で拡大していった流れが依然続いていること(ザビーネ・ロスバッハ)、〈現代〉に引きつけて十六世紀や十七世紀を考えようとするその覇気に感染するかのように、甚本的にマニエリスムを十六世紀一回きりと考える人々の姿勢というか感覚にはっきり「広がり」を意識するところが出てきている動きのあること(エウジェニオ・バッティスティ、マンリオ・ブルーサティン、バトリック・モリエス、ダニエル・アラス、そしてパトリシア・ファルギュイエール五人の名を挙げておこう)を、しっかり記憶にとどめてもらいたいからだ。ホッケの影の下に、マニエリスム的人間類型は条件が揃い、必要あるならいずこにでも現前してくるという「常数《コンスタンツ》としてのマニエリスム」観は、実はなお一層の展開と人気を誇っている。ダダ研究と翻訳に時間を費やされた種村大人《うし》に代って、一九八〇年代から約二十年のそうした反古典主義的美学・美術史の研究地図をノートし、広く一般にも知らしめていくというのが、とりとめなしと叱られること多いぼくのほとんど唯一誇れる仕事かもしれないし、ありな書房・作品社の深い御理解を得てマニエリスム論の本を幾つか書き、マニエリスム研究の要石たる大著邦訳をプロデュースしたり（マリオ・プラーツ『官能の庭』、バルトルシャイティス著作集）、自ら翻訳したり（ポール・バロルスキー『とめどなく笑う』、ジャンカルロ・マイオリーノ『アルチンボルド』（ともにありな書房刊））、あまた解題を寄稿したりした。一九九九年、マリオ・プラーツが文化現象を「筆跡《ドウクトウス》」と見て解読する方法をホッケと共有した『ムネモシュネ』を拙訳し、十六世紀固執派では一番ホッケ寄りの放胆さを見せる御大アンドレ・シャステルの『ルネサンスの危機』に長文解題を書いた。表向き、ぼくとホッケ・マニエリスム論とのつながりはひとつの千年紀の終りとともに終った、ように見える。こうして一九八〇年代から二十年ほど、少くとも本邦最高最速を自負したぼくのアンテナが捕捉したグローバルなマニエリスム研究の消長情報はぼくの『魔の王が見る』（ありな書房）、『カステロフィリア』（作品社）、そして『綺想の饗宴』（青土社）三著に余さず盛ってあるので、気が向けば是非参照されると良い。

ホッケを一九八五年に、種村季弘を二〇〇四年に我々は喪ってしまった。その頃、ぼくは単に趣味が合うからというので、ヴィーン学派のセンスを脳科学にまで接続し止まぬ稀有の美術史家バーバラ・スタフォードの大著を次々と訳していて、「繋げる力」を説くマニエリスムと脳科学をパラレルに論じる批評の新しい展開に一驚を喫した。別にびっくりすることはない。いまだに英訳なく、肯定的・積極的意味に転じた「マナリズム」のことを大方の関係者がなお知りもしない英語圏で、ヴィーンで育ったスタフォードは自由にホッケを利用し、同じく「年の半分をドイツ、半分をアメリカで過ごす」ジョン・ノイバウアーがルルスからライプニッツ、ノヴァーリスにいたるコンピュータ概念を全面的にホッケに依拠して書いた労作、『象徴主義と記号論理学』（邦訳『アルス・コンビナトリア』ありな書房）を利用して鮮烈きわまるマニエリスム論を展開していることになる。その『ヴィジュアル・アナロジー――つなぐ技術としての人間意識』（一九九九。邦訳産業図書、二〇〇六）にぼくはこらえきれず「電脳的ネオ・マニエリスム　電脳に蘇れ愛《エロス》、懊悩を癒せ魔《マギナ》！」と帯に書いた。『絶望と確信』でホッケが、『形象の力』『幻想の力』でエルネスト・グラッシが仄望《そくぼう》していたはずのものが、二十一世紀初め、主として相変らずドイツ語圏で、たとえば（スタフォードの盟友でもある）ホルスト・ブレーデカンプの精力的きわまる仕事に生きている（『古代憧憬と機械信仰』一九九二。邦訳法政大学出版局。『モナドの窓』二〇〇八。邦訳産業図書）。

すべてホッケの影の下に、なのである。少しも古びず、絶望イコール確信であるようなパラドキシカルな現代においてむしろ日に日にそのメッセージは新しい。

パラドキシカルな、と言ってすぐ思い出すのが、英語圏から発表されてルネサンスのパラドックス研究を一躍リードした本、ロザリー・J・コリーの『パラドクシア・エピデミカ』（一九六六。拙訳、白水社、二〇一一）である。ぼくの知る限り、「ホッケ、誰《フー》？」という情けない体《てい》たらくの英語圏で初めて『迷宮としての世界』が参考文献表に並んだのがコリー女史のこの大冊である。特に本邦英文学でさかんだったマニエリスム研究の精華、高橋康也著『エクスタシーの系譜』（一九六六）は旺盛なコリー援用を通じてホッケ圏《スフィア》に属す異数の名著であった。

3　読み方、上から下まで

美術史などと威張ってみても、要はイタリア・ルネサンス研究の「精神形態学」を創始したヤーコプ・ブルックハルトからやっと美術作品が「精神《ガイスト》」の表現であるということになり、エルヴィン・パノフスキーやアビ・ヴァールブルクの図像学を俟《ま》ってやっと絵に「意味」が求められ始めたのだから、十九世紀後半から約一世紀の間のできごとに過ぎない。その中核を担ったのがフランツ・ヴィックホーフ、アロイス・リーグル、ドヴォルシャック、そしてやがてハンス・ゼーデルマイヤーと錚々たる大物に率いられていくヴィーン美術史学派で、様式と時代区分の基本的枠組をつくり上げていく中に、時代や社会の精神――「芸術意思」（A・リーグル）――の発現としてアートを捉えるいわゆる精神史《ガイステスゲシヒテ》的感覚を強めていく。調和と秩序の精神たる古典主義〈対〉混乱と再編成の精神たるバロック／マニエリスムの精神の対比は早晩出現を予見されるテーマであった。しかも美術の問題としてばかりか、たとえば文学の場にそれを移して考えることだって可能としたのがホッケの直接の師たるエルンスト・クルティウスだった。二十世紀を代表する批評の学匠仕事、その『ヨーロッパ文学とラテン中世』（邦訳、みすず書房）は一方で「劇場としての世界」等々、文学の定型化した主題の研究、いわゆる主題研究《トポスフォルシュンク》の名作でもある。考えてみると、迷宮、擬人化された風景、時の目としての時計、不死鳥、ヘルマフロディトゥス……と、『迷宮としての世界』は、ロマン派の民話熱に根差して世界文学の最高水準を行くドイツ文芸学の伝統に掉さしているとも言える。マニエリスム研究のトポス研究としてはフランスにジャック・ブースケ『マニエリスム絵画』（一九六四）、イタリアにエウジェニオ・バッティスティ『反ルネサンス』（一九六二）という、まるで主題を字引を引くように検索できる名作があるが、モティーフ、トポス研究ではドイツに一日の長あり、その点ではホッケに雁行したホッケ主義者、マリアンネ・タールマンの一連のマニエリスム・ロマン派平行論と、その跡を継ぐザビーネ・

ロスバッハのネオ・マニエリスム論が出色だが、晦渋をもって鳴る『迷宮としての世界』も次々と風変りなテーマ、モティーフを数え挙げてくれる一種の事典として読むと実は無茶苦茶面白い。英米圏のトポス研究の頂点たるノースロップ・フライの『批評の解剖』（邦訳、法政大学出版局）が『迷宮としての世界』と同年刊なのも面白い。ネオプラトニズム美学を論じる冒頭部から入ると仲々入りづらくて、見るところ、多くの読者がここでいきなり頓挫してしまうようだから一言。変則的といえば変則的だが、第Ⅳ部から入って終りまで行ってから第Ⅰ部に戻って読むと、面白さに引きずられて読み切れる。

二十世紀前半の美術史を核にしたさまざまな知的運動、知的サークルの交渉史を読みとることのできる究極のテクストかと思えば、二十世紀後半のカウンターカルチャーから世紀末からのいわゆるサブカルチャーという動きを歴史的に位置付けたいという読者にとっても永遠のバイブルたり得る名作である。『文学におけるマニエリスム』でホッケはマニエリスム研究を「精神的洞窟学」と称して、このメタファーを存分に利用している（『迷宮としての世界』のメタファーたる迷宮も神話的には地下にある）。ホッケを通して本格的に再考されるだろう「サブ」カルチャーにしても、必ずや本来の「下」「地下」の意味論に行きつくことだろう。

漫画の世界で久しぶりに丸尾末広氏の名を思いだしたのは江戸川乱歩作の『パノラマ島綺譚』（エンターブレイン）を見事な線に蘇えらせた作品が手塚治虫文化賞新生賞をとった数年前のことだ。呉智英、藤本由香里といった目利きの評家たちがずばり「マニエリスト」丸尾末広を論じて、これでマニエリストって何と言いだした若者を、ぼくも何人か知っている。マニエリスム映画論では第一人者となった加藤幹郎氏が荒木飛呂彦のコマ割りと人物の蛇状曲線の工夫を介して荒木漫画のマニエリスムを言って、やはり何人かの若者にぼくはマニエリスムを説明しなくてはならなかった。ひさうちみちお、吉田光彦、宮西計三についてはどの漫画もマニエリスムを抜きに語れまい。大友克洋『ＡＫＩＲＡ』の一コマにどこかで見た風景があって、ある日思いだしたら、『迷宮としての世界』中にあるジァン・フィリッポ・ウセリーニの「トロイアの馬」だったり、水木しげるの鬼太郎漫画は実はある時期、マニエリスムの名作のパロディ・アンソロジーの観を呈したり、この頃では人気の久米田康治『さよなら絶望先生』（講談社）シリーズがどの巻をとってもマニエリスム／パラドックス主題なのに興を催して『日本経済新聞』にそのことを書いたら、思わぬ反響があった。

　アニメだったらプラハの泥土《クレイ》アニメの映像作家ヤン・シュヴァンクマイエル一人とりあげれば十分なくらいだ。アルチンボルデスクな寄せ絵同士が戦ってその果ては……という奇作はじめ、作家自身、伝統ある「魔のプラハ」の研究家でもあり、そのあたり、シュヴァンクマイエルの本邦紹介者の一人、赤塚若樹氏の貴重きわまる『シュヴァンクマイエルとチェコ・アート』（未知谷、二〇〇八）に詳しい。少し広く美術で言えば、横尾忠則あり横尾龍彦あり、松井冬子、野又穫《みのる》、青木敏郎、高岸昇、牧野邦夫に米倉寿仁、柄澤齊《ひとし》、そして建石修志あり、山口晃、山田維史《ただみ》、池田学、ヒロ・ヤマガタ、天野可淡、森村泰昌あり、『魔術的芸術』（Ａ・ブルトン）から『ポップ・マニエリスム』（日向あき子）まで、人跡未踏、やり放題のマニエリスム系譜学が我々を待っている。生頼範義《おうらいのりよし》から橋爪彩《さい》、篠原愛までが！

　小説でいえば、いわゆるミステリー、推理（探偵）小説。「その謎めいたところ、自己・同一性の追求、人工性、変則性ゆえに、異小説《パラロマン》以外に唯一つマニエリストの気をひいた小説形式」がそれ、とホッケに言われて、ぼくなど世界最初の探偵小説マニエリスム論を一冊著した（『殺す・集める・読む』、東京創元社、二〇〇二）。ホッケのいう「異小説」には博識溢れるメタフィクションも含まれるから、この一文を草している時、大きな話題のウンベルト・エーコの『バウドリーノ』や、『プラハの墓地』も、J・K・ローリング『ハリー・ポッター』シリーズさえも片端からマニエリスム小説である。「名を言ってはいけない」悪魔が自ら「トム・マールヴォロ・リドゥル」と名のる、というか宙空に文字が浮かんでその名を綴る。次の瞬間、空中の文字が並びを換えて「我が名はヴォルデモート」と綴るシーンが迷宮と謎、魔術と錬金術に満ち満ちたこの一大「児童」文学を一挙にマニエリスム修辞学に送り返す言葉遊び（アナグラム）なのである。第一、蛇の主題あまた流行の中に（『蛇にピアス』『蛇を踏む』etc、etc）これほど徹底して蛇の内容、蛇の形式（物語の蛇行）に狂った作もそうそうはあるまい。『ハリー・ポッター』はフィグーラ・セルペンティナータの文学なのだし、ポケモンの映画館ヴァージョンの傑作『結晶塔の帝王』のごときは宙を乱舞するアルファベットが主人公たちを閉じ込める仕掛けなど既に存分にアルス・コンビナトリアではないか、等々、ぼくなど、近頃我が子と映画を見に行っても我が子の読んでいる本を盗み読みしていても、ゆっくり楽しんでいる暇《いとま》なんてない。いやはやネオ・マニエリスムの時代は子供まで疲れる時代なのだ。そう、詩の世界だって忘れてはいけない。高柳誠、阿部日奈子、関口涼子、篠原資明に時里二郎。平賀由希子の第一詩集『雪髻華《ゆきうずめ》』には鳥肌が立った。彼（女）らは詩が「頭を使う」ベルラ・マニエラであることを改めて教えてくれる。詩だって「疲れる」ものなのだ。歌人なら塚本邦雄と須永朝彦。俳壇からは三橋鷹女、高柳重信に『夢洗ひ』の恩田侑布子。恩田の俳論『余白の祭』（深夜叢書社、二〇一三）は革命の烽火である。

ホッケはマニエリスムは「ヨーロッパ的人間《ホモ・エウロペウス》」の問題と喝破したが本当にそうか。つい先日も日本橋の三井記念美術館に「円山応挙　空間の創造」展を見に行ったが、パノラマや鏡絵《レンズ》へのこだわり、松や竹の異様にセルペンティナートな捩《ね》じれ、ピクチャレスクな岩や水流の処理、何をとってもマニエリスムなので、またどっと疲れた。若冲マニエリスム説を試みた種村氏の「物好きの集合論」は氏の没後出版、『断片からの世界』（平凡社、二〇〇五）中でもやはりダントツに面白い。種村氏は実にあちこちにマニエリスムについての解説文を倦むことなく書き綴ったが、中でもコンパクトで便利なのが「マニエリスム文学の復権」という一文で（処女作『怪物のユートピア』三一書房、一九六八に所収）、「ホッケがもしも江戸風狂人の回文、重文、地図などのマニエリスムを知ったなら、おそらく狂喜したにちがいあるまい。（綿谷雪『言語遊戯の系譜』参照。江戸人のマニエリスムは狂歌狂詩の世界にかぎらない。絵画における伊藤若冲のタンギー風のコレクシオニスム、アルチンボルドとの驚くべき暗合をみせる国芳の「人集りて人と成る」など。そして平賀源内のマシニスムについて語ることはいささかも唐突ではない」とある。江戸マニエリスムありとするなら、それこそ乱歩、谷崎、春夫、白秋、朔太郎、足穂の大正・昭和初年には丸々ひとつマニエリスム時代が存在しないか。二千年紀を越して以後、人文学きっての活躍ぶりがまばゆい安藤礼二氏が、折口信夫、乱歩、足穂、澁澤、三島らの系譜化を果たし、それをE・A・ポーやマラルメにさえ系譜化しようとしているのを見るに、まさに一個の巨大なマニエリスム文芸への再評価である。氏のキーワード「迷宮と宇宙」は真芯に『迷宮としての世界』の世界に谺《こだま》を返してはいまいか。種村氏がホッケから得たものを秋成から牧野信一、澁澤龍彥までの理解に反映させた貴重なことこの上なき『壺中天奇聞』なければ、源内から澁澤へマニエリスム・ジャパンの系譜を探ろうとしたぼくの『黒に染める』（ありな書房）などただの大いなる愚挙蛮行のたぐいであったろうと思う。改めて種村季弘氏の深い学恩に感謝。重い眼疾を嘆く身であるが、混淆と脱領域のマニエリスムを内容にも形式にも活かした本をあと十冊足らず邦訳して、この大なる学恩に報おうと心に決めている。ねがわくば摩利支天、我を守れ。

二〇一〇年十一月二十五日

三島由紀夫自裁四十年目の日　識

風流《みやび》たる花と我《あれ》思《も》ふ

ホッケ『文学におけるマニエリスム』解題

グスタフ・ルネ・ホッケの『文学におけるマニエリスム――言語錬金術ならびに秘教的組み合わせ術』（一九五九）が、いかにも時代という黒地に銀（上巻）、金（下巻）という華やかな意匠で邦訳刊行されたのは一九七一年のことである。一九六八年から二、三年続いた大学闘争／紛争の余燼くすぶる頃合で、当然これから大学や知識の世界をどう立て直すか、まさしくホッケの言う「絶望と確信」ふた道の岐路に当る「ヤバイ」七〇年代初頭の事件だった。悩む学問は当然脱領域の試みに憧れ、なぜかその中心に美術史があり、当然その象徴的存在がホッケの『迷宮としての世界』（一九五七。邦訳六六）であった。マニエリスム美術に哲学史的文脈を与える脱領域の最尖端的実験場たるこの本は当然、文学史の書き換えに関わる部分も思わせぶりに一杯入っていた。文学史プロパーのマニエリスムについて読者は当然知りたいと思うわけではないか。当初から続巻、というか姉妹篇として構想されていた『文学におけるマニエリスム』の邦訳が一九七一年に出た時は、見るからに難解そうなこの本を「ホッケ」教徒一統、ホッケの最強力推輓者、英文学者由良君美氏の言い方を借るなら、まさしく「がぶ飲み」した。訳者のいわゆる種村節に『迷宮としての世界』の邦訳で慣れていたファンにとってはキックツゴウガが少しも苦ではなかった。時代って本当に面白い。フツーなら「悪女」と呼ばれて仕方ないだろうに。
それがこうして再刊、というか復刊。つい先だって『迷宮としての世界』の方が岩波文庫上下二巻として復刊されて、いろいろな意味で読書界を驚かせたばかりである。間髪を入れぬこの姉妹篇の復刊。慶賀、というより欣快痛快である。『迷宮としての世界』は「いささかヤクザ」だが革命書にはちがいないと激賞していた故由良君美氏の『椿説泰西浪曼派文学談義』（一九七二）もこの同じ平凡社ライブラリーに同じタイミングで復刊された。大きな動きがあるようにも思わせる一連の機縁である。そうした機縁にいろいろ関っているらしい立場なので、解説めいたことと、いささかの個人的感想を記してみたい。

1

一文を引用してみる。紙幅のこともあるのでいくつかの中略を含む。こうである。

《迷宮としての世界》に潜在していたものが、《文学におけるマニエリスム》によって顕在化し、美的観法の革命家ホッケの史像のアクセントが、実にはっきりしてきたからである。更には、その間、マニエリスム理解の文脈を形づくるのに不可欠のE・R・クルティウス《ヨーロッパ文学とラテン中世》も、E・ドールスの《バロック》も、ルーセの《フランス・バロックの文学》も邦訳で出揃った。……価値基準の解体する中で、西欧精神史のポジチヴな読みかえを行い、そこからひきだされた〈常数〉を操作して現在に有効な批評の視座を定立し、更に未来に投射して精神的救済の活路を発見しようとする、果敢な観念の冒険なのである。

そこからホッケの視線は、過去にむけられる時、〈常数〉の析出となり、未来にむけられる時、ほとんど願望像となる。この両面性が表裏一体となって燃焼する時、視覚藝術を中心とした《迷宮としての世界》では、素材の性質も一因となって、両面の見分けが時としてつかぬ憾みがあったが、《文学におけるマニエリスム》に於いてはそうではなく、〈常数〉の析出とその連続性の強調に力点が置かれ、厖大な資料による裏付けとともに、願望像の奏する低音も遙かにききとりやすくなっている。《迷宮》では、古典主義－マニエリスム、円－楕円、イデア－自然など、反古典主義的常数として奔放に対比していたのが、《文学》では、アッチスムス⇕アジアニスムスと云うより広大な対比の枠が導入され、アレクサンドレイア修辞学の構造的特性が精神に転位され、検証の具にされ、「マニエリスム的藝術実践の連続性が時間的にも形式的にも限定されたものではない」と云うホッケの洞察が、圧倒的な実例分析の納得力によって……ギリシア・ローマ古代のアッチカ風とグレコ・オリエントのアジア風が対立しあい重層しあいつつ、全編の背後にいつしか眼前してくるのだ――滔々たる精神の奔流を形づくり、古典主義的停滞を打破る地中海的異教幻想の変幻する魔術的空間が。もともとルネサンスとバロキスムの並行的過渡期の様式上の特性を定義する枠であった、マニエリスムと云う美術史上の概念を、文学に転用したばかりか、あまつさえ、西欧精神史を貫く〈常数〉にまで昇格させ、未来に逆投射するなど、野放図も甚だしいと息巻くことは、個々の史実の検証の際には必要な言い方ではあっても、やはり実証主義的史観の時代区分に凝りかたまりすぎた態度であろう。むしろ世界の信憑性が瓦解し、世界定位のカテゴリーが崩壊し、要するに自然主義的世界定位が根底からの懐疑に直面して以来、人間的‐世界の回復をめざして〈異範疇〉による読みかえがなされ、〈異論理〉〈異修辞〉〈異暗喩〉を駆使しての文学藝術が、〈もう一つの普遍的世界〉を建設する事情を、一面で通時的に、他面で共時的に解剖しようとする壮挙である。創造の通時＝共時的論理学を手探りしようとする貴重な一歩で……本来の美術史学の枠内にとどまりながらも、宗教改革への反動をもとにする不安な時代精神のありように結びつけて解釈し、はじめてマニエリスムに力強い光を投げかけたM・ドヴォルシャックの素志は、ホッケの願望像のなかに増幅されて息づいている。バルタザール・グラシアンの世界に透徹した分析を加えたクルティウスの文化伝統の連続性の探求の意志が受けつがれていることは言わずもがな……美的観法の革命家が〈視〉の革命を与えてくれるためである。

『文学におけるマニエリスム』上下邦訳版が刊行された直後の『朝日ジャーナル』の高レヴェルで鳴る書評欄に、他ならぬ由良君美氏が寄せた一文である。ぼくは関西旅行中の旅宿で、買ってきた『朝日ジャーナル』のこの書評を、（旅先に持って歩いていた！）『迷宮としての世界』の見返し余白に一字一字全部書写した。右引用文はその書き写したものからなので、ミスあらばぼくに責めあり。こんな難文が「書評」として通った時代も凄いし、「あしたのジョー」連載で爆発的人気の『少年マガジン』とともに当時の「知的」学生の必読誌と噂される『朝日ジャーナル』も、やっぱり改めて凄いなあ！　売り出し中の青年学究の覇気、というかムンムンした客気が今では少し鬱陶しいが、たしかにそういう一九六〇年代末、そして七〇年代初頭であったことは間違いない。由良氏の授業で『文学におけるマニエリスム』を勧められ、寺山修司の芝居を見に行くと、そこの世界は聞き知ったマニエリスムそのものの世界だった。それが今、復刊。どう読まれるのか、限りない興味を感じる。ひとつの時代そのものの象徴たる名著がタイムカプセルさながらに別世界に再現してきたからである。

『迷宮としての世界』（邦訳一九六六）や訳者の一人たる種村季弘氏自身の『怪物のユートピア』（一九六八）ですっかりマニエリスムにかぶれていたところへ、七〇年代に入ってすぐ、月刊文芸誌『海』の「綺想と迷宮」特集号、そして同じく『パイディア』の、オレンジ色のページに赤のインクというトンデモ印刷の錬金術－文学の大特集号が出て、両方に『文学におけるマニエリスム』の一部が先行企画ということで種村訳で訳載された。商売上手というか、知的雑誌群をそっくり巻きこんでのマニエリスム（＆バロック）企画が錯綜といってよい一大ブームが展開されていた。本体はいつ読めるのか。ちょっと他に例をみない期待値極大の状況の只中、この本は登場した。前衛の代名詞のような綺羅のアーチストや評論家が講師に名を連ねる伝説の私塾「美學校」をも併営した現代思潮社の月ごとの刊行物は出るたびに全て買って、大事に読んだ。ぼく一人のことではあるまい。その輝かしい一冊が『文学におけるマニエリスム』だった。相手が相手だ、どう読まれるかで却って時代が測られる手強いバロメーター、という気がする。復刊が楽しみと言ったのはこういう意味である。

2

それにしてももの凄い師弟ではあるまいか。ホッケは、一九一〇年代に登場し、二〇年代に最初の表現をみていた美術史学上の古典主義〈対〉マニエリスムの図式を文学史の方に移してみせたドイツ文献学の巨人、エルンスト・ローベルト・クルティウスの高弟ということになっている。クルティウス最高の傑作、『ヨーロッパ文学とラテン中世』（一九四八）は、それだけではなく、ヨーロッパ修辞学の形式的な表現法や常套主題《トポス》の広汎と奥深さについても、おそらく初めてという質量で教えてくれた今なお燦然と輝く極め付きの名著である。由良氏書評にあったように、これが『文学におけるマニエリスム』邦訳と同じ一九七一年、奇跡とも言われた邦訳をみたことは大きい。そういう凄い時代だったと言えばそれまでなのだが、マニエリスム文学の研究にとってこれはこの上ない状況を恵んだと言ってよい。ホッケにとっても師匠の金字塔と見事なペアとして享受されるのは願ってもない受容のされ方なので、日本におけるマニエリスム研究、特にマニエリスムの文学研究は非常な僥倖の中に出発したのである。この点で言っておくと、『迷宮としての世界』、『文学におけるマニエリスム』はいまだに英語版がない。マニエリスムが依然貶下的に（「マンネリ」の意味で）使われることが普通で、第一、狭い美術史内部の甲論乙駁の中でしか相手にされないのが英米の現況なので、日本のホッケたらんとした若き独文学者、種村季弘の覇気と鋭意に、日本人読者は改めて深く感謝せねばならない。

　しかるにそのドイツ文学研究にもロマン派をやる人間は一杯いるが、それを魔術につなげる人間は滅多にいないし、まして一番「ロマン派」に遠いように見える機械につなげる人間など絶無なので、かくてホッケのマニエリスム文学研究は国際的に見ても我がスエヒロ・タネムラに最高の伴走者、最高の後継者を見出したのだと断言できる。翻訳の営みがこれほど全人格的、有機的に機能した例は、少なくとも批評《アルス・クリティカ》の世界では他に見当らない。歴史の僥倖としか言いようがない、ホッケにとっても、種村氏にとっても——そして、日本語が読める読者たる我々にとっても。種村氏の三大名作、『怪物の解剖学』、『薔薇十字の魔法』、『壷中天奇聞』のいずれもがホッケのインパクトを濃厚に残し、とりわけ『壷中天奇聞』というもうひとつの日本近代文学史《オルタナティヴ》は表向きホッケと無縁に見える、日本人による最初のマニエリスム日本文学史と言って良く、この本に衝撃されずば、実はぼく自身の『黒に染める』もついに存在しなかったはずである。

『迷宮としての世界』邦訳の一九六六年は今後のマニエリスム文学研究にとって要石となるはずのフーコーの『言葉と物』、そしてロザリー・コリーの『パラドクシア・エピデミカ』が出た年だが、由良氏の数少ない盟友、高橋康也氏の『エクスタシーの系譜』の出た年でもある。「じじむさい英学」(山口昌男)と鮮烈に隔絶した形而上派詩、ロマン派、キャロル、ベケットを論じた大著はマニエリスムをべたに使ってはいないが、近い地点に独自に突き抜けた傑作で、現に高橋氏のもうひとつの頂点たる『ノンセンス大全』が出る頃には『文学におけるマニエリスム』邦訳が出ており、ホッケの名が頻出するホッケ圏《クライス》の名著たる資格を失っていない。堂々の文学ジャンルということで敢えてナンセンスと言わず「ノンセンス」と言い続けた高橋氏のキャロル、エドワード・リア論を、あっけらかんとナンセンスで十分面白いよと突っぱねる結果になっている種村季弘『ナンセンス詩人の肖像』との好対照ぶりが若い読者たちを随分楽しませたが、要するにこのお二人によってナ(ノ)ンセンス・ジャンルを介して実はマニエリスム文学研究の入口に立っていた読者が随分いたはずなのだ。

企画上の機縁があって種村氏にお会いすることが重なり、少し大きなマニエリスム関連の企画の話が出るたびにヒトがいないと氏が嘆き通しだったが、ぼく自身、長く英文学の人間でそちらの事情にばかり詳しいという点を除いてみても、日本におけるマニエリスム文学の研究は由良、高橋、『鏡のマニエリスム』他の形而上派詩研究の泰斗、川崎寿彦を核とする英文学、『幻想劇場』他の藤井康生氏を擁する仏文学、そして松田修、高田衛、笠原伸夫三氏のいる国文学で盛り上ったのみ。英傑大才あらかた白玉楼中の人となられた今、英文学の方も才媛蒲池《かまち》美鶴氏の『シェイクスピアのアナモルフォーズ』のサントリー学芸賞受賞の一発花火が上ったきりである。ぼくも『魔の王が見る』や『綺想の饗宴』でささやかな間つなぎをさせてもらったが、美学畑の谷川渥氏が三島由紀夫をマニエリスム美学として編述した面白い企画以来、マニエリスム文学研究には大きな一休止が入った感は否めず、だからこその本書復刊、究極の梃子《てこ》入れのつもりである。今度はきみの番！

3

クルティウス直系の形式的マニエリスムの総覧がまずあり、師匠が慎重だった文明批評＝批判に向けての精神史的衝迫がある。この二面性において既に類書が世界中に一冊もない。ドイツだったら、民話研究ばかりで知られるマックス・リューティがおり、女ホッケと呼ばれたマリエンネ・タールマンがおりするが、前者はマニエリスム演劇、後者はロマン派研究にこそ生彩あるが、射程や脱領域のスケールがどだいちがう。英語圏はだめだと言ったが実は孤高のワイリー・サイファーがいる。一九五五年というからホッケの姉妹作二点より数年早く、名著『ルネサンス様式の四段階』を出して、よく議論になるマニエリスムとバロックの関係をめぐって早々と一定の答を出してみせている。このルネサンス現象が十八世紀にも、いや二十世紀にも「ネオ・マニエリスム」として繰り返されるという大きな主張を、『ロココからキュビスムまで』と『自我の喪失』といった一連の名著でサイファーは展開したのだが、残念邦訳のタイミングが大分コケてしまって、このタイミングにこの本というホッケ的な受容の僥倖にこの大批評家は恵まれなかった。ホッケ教の熱にうかされていた時分に唯一読めた『文学とテクノロジー』（一九六八）が、マニエリスムのマの字も使わずに実は十九世紀末文学を技術《テクネー》としてのマニエリスムだと主張していることに改めて驚かされたこともあり、本書復刊と同じタイミングでこちらも復刊できたのは（白水社）、期せずしてではあるが、これもひとつの僥倖と言うべきであろう。

美術から文学までを、市場経済やマキャヴェリ政治学といったバックグラウンドに浮び上らせたアーノルド［アルノルト］・ハウザーの『マニエリスム』も英語による総合的研究として忘れてはいけないが、いきなり現象学や実存分析の手続きによってマニエリスム〈現象《フェノメン》〉の核芯に切りこんだホッケ書を暗記までしかねまじき一読書世代にとっては、随分おっとり構えた「研究書」にしか見えなかった。邦訳の稚拙を随分叩かれたのが気の毒だったが、ハウザーの芸術社会学自体はそこをほとんど顧慮することのないホッケと良い平衡をとっていて、悪くはない。マニエリスム文学と呼ばれているのが形而上派詩人にジョイス、プルースト、カフカというのでは、ホッケの通好みになじんだ後では一寸つまらないと思わなくもないが、「入門篇」としては悪くない。

現代マニエリスム文学ということでこの上ない通好みということなら、マリオ・プラーツ一番の高弟、ジョルジョ・メルキオーリの『フュナンビュリスト、文学の綱渡り師』（未訳）を、プラーツの『ムネモシュネ』と併せて読んでみることをお勧めする。

決定的なのは形式的マニエリスム総覧ということでアルフレート・リーデ（Liede）の『遊戯としての文学 *Dichtung als Spiel*』が邦訳で読めないことだ（当然、邦訳至難）。英語でならロザリー・L・コリーの『パラドクシア・エピデミカ』がそれに相当するが、最近拙訳しておいた（白水社）。英語圏で『迷宮としての世界』を最初に援用してみせた名著である。コリー女史のあわただしい事故死を考えると、もしこの『文学におけるマニエリスム』を読めていたら（残念、その気配はない）どうだったのか、とついつい考えてしまう。

由良氏書評式に言えば、ホッケが多分一番依拠したマリオ・プラーツは『綺想主義研究』以下、主著は悉く日本語で読める。こんな国ほかにない。次に依拠したフランセス・イエイツも主著はほぼ読める。ユルギス・バルトルシャイティスも同じ。魔術的思惟の歴史とロマン派を直結させ、『文学におけるマニエリスム』最高直系の末裔と目すべきジョン・ノイバウアー『象徴主義と記号論理学』もぼく自身、邦訳をプロデュースしておいた（邦題『アルス・コンビナトリア』）。ポスト構造主義批評と言われたものが実はマニエリスム文学論であったことをはしなくも暴露してしまったJ・ヒリス・ミラーの『アリアドネの糸』まで日本語で読める。キャロルのマニエリスムを論じるに欠かせぬエリザベス・シューエル『ノンセンスの領域』も、機械マニエリスム論の古典、ミッシェル・カルージュの『独身者の機械』も本書復刊の後数ヵ月のうちに皆、復刊される予定と聞く。由良氏書評の頃よりまた一段と『文学におけるマニエリスム』理解に好都合な状況がやってきたように思う。あとAndreas Kilcher,

Mathesis und Poiesis: Die Enzuklopädik der Literatur 1600-2000 (W. Fink, 2003) と Christopher D. Johnson, *Hyperboles* (HSCL., 2010) 二点がもし訳されれば、ポスト・ホッケのマニエリスム文学論は完璧と思うが、してみると今の日本、結構良い環境なのだ。

こう言っている今もぼくの机の上には Jessica Wolfe, *Humanism, Machinary, and Renaissance Literature* (Cambridge U. Pr., 2004) と Jen E. Boyle, *Anamorphosis in Early Modern Literature* (Ashgate, 2010) と Eleanor Cook, *Enigmas and Riddles in Literature* (Cambridge U. Pr., 2006) の訳しかけ原稿がある。英語圏がホッケ的なるものの魅惑に本格的に気付いた貴重な印だ。ホッケにそう言われるといきなり輝いて見えるいわゆる推理小説ジャンルについては John Irwin, *The Mystery to a Solution* (Johns Hopkins U. Pr., 1994) が怖ろしいばかりにホッケ的だが、ホッケを読んでいる気配はない。ポーとボルヘスの「分析的」性格を魔術的伝統から解こうというのである。同じポーを中心に、いままで完全にマニエリスムに無関心で来たアメリカ文学を八木敏雄氏が「高山氏の挑発にのって」『マニエリスムのアメリカ』に一挙整理してみせた。今年（二〇一一年）年頭、そのお祝いの熱《ほとぼ》りもさめぬ間に、八木氏は故人になってしまわれた（合掌）。ピンチョンやポール・オースター、スティーヴン・ミルハウザー、ジョン・アシュベリー、スーザン・ソンタグの「キャンプな」アメリカのマニエリスムを、今度はきみが解く番なのだ。今度はきみの番!!

4

円城塔作品が芥川賞をとるか、とらないかといって丸二年続いた騒ぎで、我々の周りにもマニエリスム文学の難解と魅力が存在していることが急にはっきりした。阿部日奈子、高柳誠といったマニエリスム詩人たちが舞台に進出して、するとそこに、平田オリザのロボット劇や、亀治郎氏襲名のスーパー歌舞伎とはまた違ったマニエリスム演劇が生まれる。「ハリー・ポッター」サーガのマニエリスムについてはさんざん書いてみたが（だって悪魔の名が〈謎《リドウル》〉というのだ）、児童《ジュヴナイル》文学だって、ノ（ナ）ンセンスで一杯だし、なぜかマニエリスム文学なのだ。推理小説も児童文学も、となれば現代文学の過半がマニエリスム文学ではないか。一度考えてみる必要がある。まさに今、文学研究の世界で一番話題なのが横田順彌氏が明治から昭和初めにかけての「奇想小説」を克明に追って関連賞総なめにした一大鴻業ではないか、安藤礼二氏の『迷宮と宇宙』ではないか。山田航《わたる》氏の『ことばおてだまジャグリング』ではないか。いとうせいこう氏のリリック『噂だけの世紀末』ではないか……。

巻末の付録アンソロジーは、（独訳だけでなく）各引用の原語対照があれば更に有難いわけだが、これを通覧していて自分なら何を選ぶだろうか、いろいろ考えて楽しかったので、由良氏の いかにも難しい書評で始まった一文のお口直しに！

できることなら生まれ変われるなら
私こんなかわいいカップになりたい
あなたは銀のスプーンで
私の心をくるくる回す

できることなら生まれ変われるなら
私春のきれいな夕陽になりたい
静かにそっと燃えながら
あなたの心にしずんでみたい

巧い。まことに胸キュンのメタフォリズムだ。これが入門篇なら、次は絶頂作。見事である。

流した涙の数を
指折りかぞえてみる
ついてるついてないとかぞえてみる
いつの間にか私の
悲しみの数の方が
自分の年よりも増えてしまった
掌を鏡に写し　さよならと云ってみる
いつもと同じ笑顔でこうして別れた
そしていつもこの涙を拭うのも私の手

最初のは四十万枚セールスの大ヒット「アイドル歌謡曲」だから多くの人が思いだすだろう。喜多条忠作詞「ハロー・グッバイ」。比喩は自然にみえて考え抜かれている（『神田川』と同じ作詞者と思えるかい？）。二番目は人間のてのひらの意味が素早い流露感をもって次々変っていく、歌詞凝り上げで名高いさだまさしの「掌」。要するに流行歌の歌詞なのだが、無形式無定型で意味垂れ流しのいわゆる「現代詩」の何倍、ぎりぎり「形式」にしばられる分だけマニエリスム化していくか分からない絶妙な世界なのである。何故この歌詞に狂って、森山良子女史がこの歌自分に下さいと、さだまさしにお願いしまくったか、よくわかる。井上陽水《あきみ》の全部、桑田佳祐の半分の歌詞がマニエリスム詩集に入って何の異和感もない。「たかが歌の文句じゃねえか」。だからこそ凄い、と思わないかい。「下世話に過ぎる」終り方と叱られそうだから、では品よく（？）まとめる。次などいかが。

梅の花　夢《いめ》に語らく
風流《みやび》たる　花と我《あれ》思ふ　酒に浮《うか》べこそ

酒を呑んでいる現実に、夢の中から梅がメタに語りかける。入門篇。次は一寸凄い。

梓弓　引きみ弛《ゆる》べみ　来ずば来ず
来ば来そを何ど　来ずば来ばそを

心理的アンビヴァレンツを音の遊びが追復する。要するに、重い心理を形式的マニエリスムが軽そうに受けとめる。実はこれらは、古今、新古今に比べて純朴ばかりを言われる『万葉集』中の作である。今なら、「ゆりかわれかひまわりかわれが灼く」（三橋鷹女『羊歯地獄』）か。記紀歌謡から西鶴の矢数俳諧速吟芸をへて陽水（「氷の世界」！）、阿木燿子（「夢一夜」！）から、山田航の神懸り回文、そしてラッパーたちの歌詞《リリック》まで、本朝マニエリスム文学論が「事始《じし》」を迎えるための出発点に本書がなれかし、と望む。「ハロー・グッバイ」なら小泉まさみの、「掌」ならさだまさしの曲のマニエリスムも問題だろうし、柏原よしえや森山良子の声がつくりだす「音楽主義《ムジカイズム》」さえ、面白い！　ぼくがホッケを夢中で読んでいたかたわら、いつも聴いていたサンレモ歌謡祭のミルヴァや「歌は海峡を越えて」の金秀姫《キム・スヒ》や金秘子《キム・チュウジャ》といった韓国流行歌《トロット》の歌姫たち、歌唱自在の半島文化のディーヴァたちの歌こそ、マニエリスムだったのだと今、思っている。俗の俗に身をやつしたマニエリスムのことを、もっと、もっと語りたいね。唱法百態を駆使した美空ひばりこそマニエリスムの永遠のディーヴァだった、とか、とか、ね。

この「鎖」、きみは「きずな」と読む　ラヴジョイ『存在の大いなる連鎖』解題

まず二つの文章を読んでみよう。最初のはリア・フォルミガリ、二番目の文章はフィリップ・ウィーナーという人物が書いたもの。

宇宙に対する解釈として西洋科学、西洋哲学が考え出してきたものの中でも、〈存在の連鎖 Chain of Being〉ないし〈被造物の階梯《はしご》 Scale of Creatures〉という観念は強力なもののひとつである。幾世紀にもわたる精緻化をへて発展してきた観念の常のように、この観念もまた、その多彩きわまり、しばしば自己矛盾をさえ孕んで複雑そのものの歴史的展開を逆にたどっていくことによってしか巧く定義することができない。ここでは、その変幻はてないあまたの定式の中、いつも変らぬ常数は何であるかを描き出すことができれば足りる。〈存在の連鎖〉とは、それこそ最下位にあって最も取るに足らない存在から、自らは被造物ではないがあらゆる創造の営みがそこをめ

ざす到達点、終着目標であるところの最も完全なるもの（ens perfetissimum）にいたる、一個のヒエラルヒーの形に被造物を整序する連鎖ないし漸次移行であるとして、宇宙を有機的に捉えようとする観念である。この観念は西洋形而上学史の中でこの観念を構成する一連の観念群——漸次移行（gradation）、充満ないし横溢《おういつ》（plenitude, fullness）、連続性（continuity）、そして充足理由（sufficient reason）といった諸原理——を必然的に内包せざるをえないし、それはまた宇宙の中の人間の位置というものを明らかにするが、そこには思想史にとって非常に重要な心理学的、道徳的な、いや時には政治的でさえある意味合いがいろいろと孕まれることになる。

もはや分明のようにA・O・ラヴジョイの名著『存在の大いなる連鎖』の内容の要約《レジュメ》と言ってよい文章だ。それもその筈、伝説的出版物、『ディクショナリー・オヴ・ザ・ヒストリー・オヴ・アイディアズ（観念史事典）』（一九六八—七四）のそのものズバリ、「存在の連鎖」の項目の導入部分なのである。この事典そのものは『西洋思想大事典』全四巻として平凡社より完訳されているから、これの右「存在の連鎖」の項を熟読されると、オリジナルのラヴジョイ書の絶好の要約になっているという次第だ。

実は、問題にしたい第二番目の引用というのが、この『観念史事典』なる二十世紀後半の思想史・哲学史の最大の出版企画全体の総序に当る一文なのだ。それは次のようである。

およそ創造的な営為や探究に腐心する芸術家、著述家、科学者たる人で、その主題が仮に既成の形式や様式、伝統的な方法の彼方にまで広がる時に、専門領域の外に出て、そこからさまざまな観念を借り受けてくるのを躊躇する人物などいないであろう。芸術の言語にしても、文学的主題、科学的発見、経済的状況、そして政治的変化から蒙った衝撃を、そこにとどめていることが少なくはないであろう。物理学、生物学、心理学、そして社会学は、自然と人間をめぐる古代のさまざまな神話的・形而上学的な思想から分枝してきたものに他ならず、それらの歴史的発展の過程において、既に試験済みの観念や方法の交雑受精から生じてきた分析や実験方法の成果を存分に利用してきたのである。人間精神がこのように旺盛に外へ手を伸ばしていくものであることに鑑み、思想史家は多様な分野における人間の芸術的・科学的達成をさぐる枢要な鍵を探し出そうと強く念ずる。学知の専門分野のおのおのの自立性、それらの必要性を大いに認めたうえで、思想史家は人間精神の大小の専門的関心事の文化的な根をさぐり、その歴史的な分枝過程をたどることで、学知に対する彼、彼女ならではの寄与をなそうとするのである。

編集者一同は、多くの国の学識者、とりわけその各自の研究が関連した他の分野と文化的・歴史的に通底しあっていることに明敏にも気付いている方々に寄稿を依頼した。編集者と寄稿者が協働して見解と文化的視点を交換するなか、研究領域の壁、国の境界線がこうして越えられていった次第である。

この事典の副題（Studies of Selected Pivotal Ideas）に示されているところの、我々は知の歴史におけるさまざまな〈精選された〉枢要な項目と、そうした項目を記述していくもろもろの方法とを示そうとするのだという主張について、ここで改めて強調しておきたい。たしかに議論された項目の数は多いが、だからと言って本事典が知の歴史の全領域を表現しえているなどと豪語する気などさらにない。……〔中略〕……選ばれた項目は、一領域のさまざまな観念が他の領域へと移っていく実に興味尽きぬ多様な仕方を示すことを眼目としている。こうした観念の拡散はほぼ三つの方向に向けてたどることができよう。水平方向にはある文化的時代における諸分野を横断し、垂直方向というか時代順ということでは幾多の時代を貫き、さらに「深みに」向かっては浸透力ある枢軸観念の内的構造を分析することによって、というわけである。より新しくより大きい思想や運動の要素となったところの、構成部分たるひとつひとつの観念を理解しようと思えば、内的な分析はどうしても不可欠である。この分析の今や古典ともなったモデルこそ、〈存在の大いなる連鎖〉の観念を歴史的に研究し、内的な分析を加えて、それを構成する「連続性」、「漸進性」、そして「充満」というその〈単位観念（unit ideas）〉を析出しおおせたアーサー・オンケン・ラヴジョイの業績にほかならない。これらの単位観念は思想の有機的な文化的・歴史的布置全体の記述なのではなく、錯綜した観念群を解きほぐし、多様な文脈の中でのそれらの役割を解き明かす一助にと、ラヴジョイが導入した分析の所産なのである。

この事典が脱領域的、通文化的なさまざまな関係を強調するのは、多様な分野の専門化した歴史の代用品たらんとしてではなく、ひたすら現実の、あるいは可能性としてあるインターディシプリンズ［相互関連］の様相を示したいからにほかならない。

さまざまな観念の歴史的な相互関連をこうして研究していくことは、いやましに専門分化と疎外の色を濃くしていく世界のただなかにあって、人間の思考とその文化的表現とに統一性があることを感じるのに大きな助けとなるであろう。幾世紀にも相亘《わた》り芸術と科学が獲得し蓄積してきてくれたもの、それこそ知的・文化的破産に抗うための最強の拠りどころではないだろうか。我々の文化的遺産を創り出してきたさまざまな観念について思いをめぐらせること、それこそ人間精神の未来にありうべき発展と繁栄のための必須要件なのではないだろうか。

何とも高邁な「脱領域の知性」（G・スタイナー）の宣言文《マニフェスト》ではなかろうか。そして第一の引用文が『存在の大いなる連鎖』の内容を要約してくれているとすれば、このフィリップ・ウィーナーによる文章は『存在の大いなる連鎖』の方法を要約してくれていることになると思って、少し長いがここに引いてみた。いかにも硬いが、なんと誇らしい一文であろう。

『観念史事典』は一九六八―七四年の刊行。ということは一九七五年以降の情報はゼロということ。今「現代思想」と言えば「脱構築」だったり「ポストコロニアル」だったり、「デリダ」だったりなのに、当然その項目も記載もない。さてと思っていると、二〇〇五年に『観念史新事典』全六巻が出て、新しい所を総ざらえしてみせた。実は名前が似ているだけで恐らくはフィリップ・ウィーナーがラヴジョイを象徴として掲げて編集した元の『観念史事典』とは何の関係もないと言ってよいこちらの新しい「ヒストリー・オヴ・アイディアズ」で見ると、「存在の連鎖」の独立した立項などなく、四つほど別々の項目の中に少しずつ分散された記述があるだけ。神話や象徴やロマン派の各関連項が伝説的充実をみた『観念史事典』と、言語、制度、差別をキーワードにした『観念史新事典』の落差に、今から見て二十世紀思想史全体の大きな流れがひとつ見えると言ってもよいだろう。「脱領域」への切迫した必要があったのが、空念仏と化して数十年経るうちにすっかり色褪せたというのが実感だ。理系が人文・社会系との接点や干渉を言うには余りにも専門化が過ぎてしまって、文理融合だの脱領域だの声高に言うこと自体、恥ずかしいという状況になっている。「サイエンス」と「テクノロジー」の間ももはや途切れてしまっていて、その黙示録的危険が「フクシマ」で露呈した。諸学融合を謳《うた》った「観念の歴史」派、観念史家たちの発想と営みを牧歌的なものと感じさせるとすれば、そうさせたものは何か、いつ頃からそうなったか、よく考えてみる必要がある。哲学が「魔術」をも排さなかった時代があったことが『存在の大いなる連鎖』（一九三六）一冊見てもわかる。今、魔術的哲学を「オカルト・フィロソフィー」としてカリキュラム化している大学が一体どれ位あるだろう。

一九三六年刊、邦訳一九七五年。そして今回の文庫本化が二〇一三年。この年表は仲々象徴的かもしれない。万物が繋るというヴィジョンをラヴジョイがハーヴァード大学で訴えた一九三二―三年は言うまでもなくヒトラーの政権奪取から第二次大戦へという具体的な年表の中に、融和から断片化へという世界観・宇宙観の変化が反映された「世界夜《ヴェルトナハト》」（ハイデッガー）のタイミングである。現在の東京の（救い難く太平楽な）読書環境からみて『存在の大いなる連鎖』が少しでも牧歌的に見えたとしたら、ここでもまた我々の「歴史意識」の欠如が問題なのだ。

ラヴジョイが人類学のジョージ・ボアズ、英文学のマージョリー・ニコルソン等と創設した「観念史クラブ」の発足が一九二三年。群がる論敵、批判者との論争に鍛えられて観念史の綱領書《マニフェスト》を兼ねた『存在の大いなる連鎖』は刊行された。一九二〇年代からの約二十年は、ピカソやシュルレアリスムの名で明らかなようにいわゆるアートの方で旧套打破の動きが目ざましかったことはよく知られているが、学問学術の方でも同じ状況であったことがむしろ『存在の大いなる連鎖』一冊読むことで（特に、はっきり論争的な序文を熟読することで）よくわかる。学問の専門化の息苦しさの打破が、そこからラヴジョイが抜け出てアメリカに来た故国ドイツ戦間時代の社会的鬱屈への危機感と確実に重なっている。オリジナル邦訳版を企画・編集した晶文社の小野二郎（明治大学教授）という元は全学連の中心人物が、ただただ脱領域の試みというのでラヴジョイに魅了されたわけもあるまい。『存在の大いなる連鎖』が今復刊されることの意味を象徴するのが、たとえばライプニッツ評価かもしれない。二十世紀末から二十一世紀劈頭の哲学・思想研究はライプニッツ研究を中心に回っているわけだが、余りにも多岐に亘る活動が災いして〈普遍人〉ライプニッツの評価は二十世紀初めのルイ・クーチュラの研究（一九〇二）まで無いと言ってよかった。それが二十世紀末、突如としてミッシェル・セール、ジル・ドゥルーズが「バロック」哲学者ライプニッツをめぐって革新的な仕事をし、マニエリスムに傾《かぶ》いた現象学哲学者G・ルネ・ホッケが何を研究しても最後は「再積分」家、「人間性の灯台」としてのライプニッツ礼讃に行きつき、今まさにドイツ新人文学の旗手、ホルスト・ブレーデカンプ（一九四七―）が、「魔術」と「不一致の一致」のライプニッツ像を次々と出す本で眩惑的に明らかにしている。これら各書に、それらポップな問題を逸早く取り上げ、あまつさえ究極のスケールの中に布置しさっていた『存在の大いなる連鎖』へのまともな言及がないのにぼくなど正直、もっと勉強しろよとかなり腹を立てている。セール、ドゥルーズ、ブレーデカンプの良き読者たる真正の観念史派を自任するバーバラ・M・スタフォードさえもがラヴジョイを大々的に利用しないのが勿体ない。特に観念史出発当初の論争三昧が災いして、喧嘩好きの学界・学会人という矮小化されたイメージ、西欧哲学史の中ではもうひとつ敬遠されるプラグマティズムの哲学者というイメージが強い。近現代史を視覚文化として捉えるのにいかにプラグマティズムが有用か、プラグマティズムとイマジズムをくっ付けて「プラグマジズム」という新研究領域を構想中のスタフォードや、ライプニッツの造園理論にまで迫ってきたブレーデカンプの脳中には実は『存在の大いなる連鎖』が見ているものがそっくりおさまっている（本書序文中でラヴジョイが脱領域的方法にぴったりの材料として西欧近代の造園術を取りあげているのは偶然や思いつきではない）。ヒトラー同時代という歴史的脈絡ばかりか、まさしく「今」喫緊の哲学書なのだ。

ライプニッツが今召喚される最大の理由は十七世紀前半の三十年戦争（一八一八―四八）直後世代だからで、それが二十世紀前半の戦間時代と見事にパラレルだと感じられ、では二十世紀のライプニッツ主義とは何という想像力があったものと察せられる。バラバラになっていく断片相、微分相の世界に、夢（フロイト、シュルレアリスム）、魔術（オカルト、マニエリスム）といった統一夢、融合夢が次々生じたということなのだろう。

一九二〇年代から二十年くらいのいわゆるモダニズム期のアートのことには随分と詳しい我々が同時期の学問学術が閲《けみ》した似たような革命的事態についてはほとんど知らなかった。それがこの四半世紀、ウォーバーグ文庫（のちヴァールブルク研究所）やエラノス会議・ボーリンゲン基金等々知られるようになり、その有力な一派として観念史学が挙げられるようになってきて喜ばしい限りだ。『道化の民俗学』（一九六九）や『本の神話学』（七〇）の人類学者、山口昌男氏の尽力が大きい。『存在の大いなる連鎖』の熱烈読者だったこと明々白々の世界のヤマグチの逝去（二〇一三年三月十日）がこの解説を書いている途中に知らされた。無念至極。

無念至極なのはラヴジョイ自身ではなかろうか。『観念史事典』は各項目について一九六八年時点で世界最強と編集部が目《もく》した相手に、相手の主著の著者自身による要約《レジュメ》を書いて寄稿してくれと依頼するところから始まった。当然、全巻に向けて中核的位置を占めるはずの「存在の連鎖」の項は御大ラヴジョイその人が楽しげに書くしか考えられなかったところ、既に一九六二年に他界してしまっていた。他界の前年に書いた『人間本性考』も今では邦訳で読める（名古屋大学出版局）。「競争心」や「承認願望」の観念史、と聞くだに魅力的ではないか。名古屋大学出版局の今後の動向にも注目せよ。

　存在を繋ぐ魔術、存在を繋ぐエコロジー。魔術の研究とも、早い時期のエコロジー論とも、無論進化論の本としても面白い。この本をどう読むかはきみの〈今〉を問うのである。

　最後に本書再評価に視野を広げてくれる本を紹介しておくと、まずはDonald R. Kelly（ed.）, *The History of Ideas: Canon and Variations*（Univ. of Rochester Pr., 1990）。観念史クラブが発行する年四回の機関誌*Journal of the History of Ideas*（一九九二年に没するまでずっと編集長であったのがフィリップ・ウィーナーその人である）の初期の号に載った観念史論、ラヴジョイ論、「存在の大いなる連鎖」論十六篇を網羅。テーマ別に同誌掲載記事を再編し本の形にした有難い叢書Library of the History of Ideasの第一巻である。他のタイプの「観念の歴史学」の中にラヴジョイ・グループの観念史を位置付け、単位観念の組合せ術と化し、担った具体的な人物たちの個性等を無視している点などに批判の目を向けるPreston King（ed.）, *The History of Ideas*（Croom Helm, 1983）は歴史学の専門家向き。

　方法よりも内容的なことでは、Marion L. Kuntz and Paul G. Kuntz（eds.）, *Jacob's Ladder and the Tree of Life: Concepts of Hierarchy and the Great Chain of Being*（Peter Lang, 1987）が、「存在の大いなる連

鎖」の周辺やその後を網羅していて必携必読。以上すべての本に致命的に欠けているヴィジュアル資料は、これはまた驚くばかりに総覧させてくれる近来の奇書として三中信宏『系統樹曼荼羅』を心から推輓しておこう（NTT出版、二〇一二）。三中氏が出版社に、高山宏と杉浦康平両氏にだけは献本するなと仰ったそうで、いやあ、三中さんて、面白い。

脱領域的学術が観念史派からデリダの〈今〉にと転じた動きは、Betty Jean Craig, *Reconnection* (Univ. of Georgia Pr., 1988) から Joe Moran, *Interdisciplinarity* (Routledge, 2006) へと読み進むとピンポイントで理解できるように思う。

修羅の浪曼　由良君美『椿説泰西浪曼派文学談義』解説

私はそう
自由を知るためのバイブル……

この本の中で由良君美氏は二度ほど「ミソ・ウトポス」という言葉を引きあいに出している。マニエリスム美学論の名作、グスタフ・R・ホッケの、近代の「問題的人間」誕生の現象学を文芸はもちろん哲学やら心理学、社会学やら人類学やら必要な道具や方法を総動員するやり方が一方で激しく批判されているが、それについて由良氏は「あまりに野放図であることは、わたしも認める。しかしここで是非とも想いだしてもらいたいのは、まえに述べた〈ミソ・ウトポス〉での約束だ。専門学に細分化され、厳密だが他学との関連や概念の創造的外挿を忘れた〈知〉のありかたではなくて、できるだけ既存の〈知〉の枠組を取り払い、リアリティーに肉薄できる視座を尋ねもとめる場所が〈ミソ・ウトポス〉なのだ。ホッケのいささかヤクザな方法の弱みは認めるとして、彼が自在に振りまわす〈マニエリスム〉という拡大概念の如意棒が、いたるところにさぐり当てる秘められた関連の網目に虚心に驚嘆し、彼の〈知〉の〈外挿法〉を高く評価するとき、〈幻想性〉をめぐる問題の所在は、ヨーロッパ精神史の積雲を突き切って、おぼろに見えてくる想いがするだろう」（「幻想の地下水脈」）。「　」とは別に、それまで余り見慣れていなかった〈　〉が入り乱れ、〈　〉の付いた〈知〉が頻出するのがいかにも一九七〇年代のファッションである。外挿法は"extrapolation"の訳そのまま。こういう分かってもらおうと急に「ヤクザ」ぶるかと思えばひどく難解を気取る、それがいっしょくたになっての「由良スタイル」の典型で、改めて胸がすく。反撥する人間もいれば魅了される者も多い悪文だ。そもそも「ミソ・ウトポス」だって、それ何っ？　である。作中の中心主題のひとつたる「ユートピア」にも掛っていて、ユートピアの神話《ミス》をギリシア語で洒落て由良氏はミソ・ウトポスと呼んだ。

画期書、『椿説泰西浪曼派文学談義』は元々、一九七〇年前後の〈知〉的若者にとって月毎の生ける糧になりつつあった月刊文芸誌『復刊ユリイカ』の看板エッセー、一年連載の巻頭企画として出発したが、雑誌連載時の題がズバリ「ミソ・ウトポス」であった。「どこにもない場所の神話」。ううむ、絶妙！　単行本化されて上梓されたのが一九七二年五月。『椿説…』という書くのもいやになる題の洒落ッけと、「ミソ・ウトポス」の一寸〈知〉的なそれ、どっちが良いのだろう。実は『ユリイカ』巻頭連載を種村季弘氏や由良氏が鮮やかに書き抜いていくのを学生時代に耽読していたぼくなど、いずれ許されるならあそこに自分も、という途方もない野望を抱いていた多くの思イ上リ青年の一人だったわけだが、やがてその機会に恵まれた時、後に『ふたつの世紀末』という単行本名に変ることになる『ユリイカ』連載時の月次《つきなみ》の十二エッセーは、そのタイトルを「ぱらふえなりあ」といった。どうやら由良氏のやり方をそっくり真似てみたかっただけという気が今はっきりしてきて、笑ってしまう。

『ふたつの世紀末』が『椿説』への不肖の一弟子からの応答であったような気が今はっきりとしてきて、改めて由良大人《うし》の巨大な学恩に思いをはせているところである。

ともかく伝説の一著なのである。山口昌男氏の初期作、例えば『本の神話学』（一九七一）をのぞいてみても伝統的な学問や学者たちへの罵倒の言の激しさにはびっくりさせられるのだが、由良氏も負けていない。一寸何か面白いことを言うと「とたんに眉に唾をつけ始める先生方」は「文学史という干物」にかじりついて「去勢教育」でもしてろ、と啖呵《たんか》をきられて旧套学者も黙っているわけがない。『椿説』刊行後、斯界では一番信用の置かれた学界誌『英語青年』誌上に、冒頭の「すこしイギリス文学を面白いものにしてみよう」という一句にくらいついた仕様もない全否定の書評が載った。その書評子にとってでは何が面白いものなのか、そこが全く分からない評なので、要するに侮辱されたと感じた人間のする八ツ当り以外の何ものでもなかった。二〇一二年の今みて一々真当《まっとう》と思える――それ自体、まさしく『椿説』のお蔭なのだが――これらの内容にとてもついていけない英文学界だったということにむしろ驚く。英国の「恐怖小説」と聞いて「とたんに眉に唾」という人間ばかりと聞かされてぼくらはむしろびっくりするのだが、たしかにそういう一九七〇年代初めだった。要するに下手な由良真似（？）をしてバロックだ、マニエリスムだと言うたびに、東大英文科の教授たちから、バラックにでも住んでいなさいとか、真似で済むのかね（！）とかとか、いろんな茶々を入れられた。信じられないような話だが、事実である。むろん若い人たちがどんどん主力になっていく、ぼくなどもものを書き始めた一九八〇年代終わりくらいには少しは風通しがよくなっていたが、英文学の世界で言えば由良君美氏の犠牲大なる苦闘のお蔭である。

『椿説』の第一章「類比の森の殺人」がジェレミー・ベンサムで始まるのが、幾つもの面をそれぞれ抱える英国十八世紀末の人物群像をまさしく多面的に捉えようとする『椿説』のマクラに実にピッタリなのだが、ベンサムをそうやって多面的に考えることでは現在世界水準を抜く大才に明治大学法学部の土屋恵一郎氏がいて、かつての話題作を文庫化した近刊『怪物ベンサム』（講談社学術文庫）で、改めて自らが由良氏の学統に連なった結果だと、熱烈なオマージュを書き連ねている。法学部の重鎮の頭の中身を変えてしまうユラって何なんだ。〈由なし事《よし》〉と先生自から洒落て（?）自己卑下してみせているのがおかしいが、現在もの書き世界の中核にかなりの数の由良の高弟、由良マニア、由良ファンがいる。〈由なし〉どころか「由だらけ」！ それを全部出発させた『椿説』が見たい。見たいのだが、仲々に入手困難。絶版で如何ともしがたかったところでの今回の平凡社ライブラリー入りは、だからただただ痛快である。

ロマン派ひとつとっても、汚れる自然の只中で純粋無垢に憧れるだの、男女間、神人の間の一途な愛だの、およそ〈学〉とも〈知〉ともいえない水準の研究や教育のレヴェルで止っていたロマン派講義が、『椿説』でぶっとばされた。由良氏の言葉を借りるなら、まさしく「一世代昔のロマン派誤解」が章ごとに次々駁破《ばくは》されていくのはたとえようもない驚き、こらえきれない快感である。

かつての狭隘《きょうあい》な「誤解」をまとめて突破するのに由良氏が実践してみせるのは脱領域の気合と観念史の手法である。そう、考えてみると一時流行した「脱領域」は“extraterritorial”に、「観念史」は“history of ideas”にそれぞれぴったりの訳語として由良氏その人がひねりだした名訳語ではなかっただろうか。方法としての精神史、主題としての象徴や神話やロマンティシズムに凝り上げた究極の知性集団がクラブ・オヴ・ザ・ヒストリー・オヴ・アイディアズ（観念史派）であり、哲学者A・O・ラヴジョイ発案のこの脱領域的研究者集団の長年の成果が総結集されたものが記念碑的出版物『観念史事典（DHI）』全四巻であった。『観念史事典』は一九六八年から七四年にかけての出版。まさに「ミソ・ウトポス」連載とそっくり重なる次第だ。現に由良氏ほど、『西洋思想大事典』という邦訳名で完訳されることになるこの絢爛《けんらん》たる脱領域実践事典を愛し抜いた人をぼくは他に知らない。ぼくは七四年から二年、由良氏勤務の大学で助手をしたが、コピー機のある助手室に由良氏が見えると、コピーして行かれるのはいつも必ずこの事典であった。学生と読むにこんな良い材料はないよといつも仰有《おっしゃ》っていた。

それで皆さんに提案だ。御本人がそう仰有っていたのだ、本書を愛読される皆さんはこの際、本書と表裏のものとおぼしい『西洋思想大事典』の愛用をも始められてはどうでありましょうか。何の御縁か、一九九〇年にこの同じ平凡社からの刊。中心になってやってくれた伝説的編集者の二宮隆洋氏も今年二〇一二年、惜しまれつつ他界された。さまざまな縁が重なっての本書復刊という気がする。その大企画を二宮氏と立案した時、日本版監修者を、かねて考えていた由良君美氏にすることはかなわなかった。ご病状おもわしからずということで、夢はかなわなかった。監修者の面子《めんつ》、つまらな過ぎ。

読むほどに「公害」が問題になっていた頃と知れる。それから、「今日の〈共闘〉というところであろうか」とあって、笑える。むろん、由良氏を含めて東大教授一統を苦しめ続けた全共闘のことである。ほとんどの教官が教室で全共闘学生につるしあげをくらうのを怖れて遁走していたところ、由良氏は堂々渡り合って、どうにもならなくなった学生らが捨て台詞を残して教室を去る光景を何度も目撃した。本書の中核を成す「自然状態の神話」「サスケハナ計画」「ランターズ談義」「ベーメとブレイク」、そして「啓示とユートピア」各章を連ねて読むなら、全共闘学生よりひょっとして実は何倍も過激な青年教師の姿が浮かび上ってこまいか。頭でっかちで舌もろくに回らぬマルクスかぶれの覆面ヘルメット学生の知識量では、エルンスト・ブロッホを耽読し、激動のハンガリーにおけるジェルジ・ルカーチの運命を本気で案じ、アウシュビッツ生き残りの心意気をジョージ・スタイナーと分かち合おうとするこの怪物に歯の立つすべがあったはずもない。嵐の時代の一代の風雲児。だから「イギリス学で食べているわたしだが……」とか言われると、なんともおかしい。

いま現在、ロマン派理解を今日風に深めてくれる、というか「一世代昔のロマン派誤解」を払拭してくれる、日本語で読める本としては、ホッケの系統をひくジョン・ノイバウアーの『象徴主義と記号論理学』（一九七八）がある。マニエリスムとロマン派を系譜化した本で、本当はドイツ観念論哲学で出発した由良氏に一番読んでほしかった邦訳版（『アルス・コンビナトリア』ありな書房）は残念、病床に間に合わなかった。もう一冊は完全に同時代人同精神なのに何故か由良氏が活用しなかったワイリー・サイファーの文化史四部作。そのうちの一作、『文学とテクノロジー』を念願かなって復刊（白水社）にこぎつけた同じ年の同じタイミングに由良氏の影響力絶大のこの名著が復刊され、それに関わることを許される。とても深い機縁を感じながら、一文草してみた。やっぱり一九六八年から四、五年て、なんか途方もない時間だったんだなあと、改めて思わずにはいられないのである。

体現／体験されるマニエリスム

荒巻義雄 讃

澁澤龍彦他界の年であるという作者自身の断り書きが印象的だが、その一九八七年に公刊という荒巻義雄『聖シュテファン寺院の鐘の音は』は、一九七〇年代初めという意味深長な年に出ていわば二十世紀前半の西欧の知に生じた歴史的な大変革を総覧してみせようと企てた処女長篇『白き日旅立てば不死』（一九七二）の続篇という仕立ての作で、物語中に流れた十四年の時間が前・後篇公刊の懸隔とほぼ一致している辺り、ただの出版の物理的事情というものを越える（幾重にかの）考え抜かれたメタな創作デザインを考えさせて、面白い。ウィーンを中心とする全ヨーロッパを舞台に事件がめまぐるしく展開した二十世紀前半の、世界の表層の動きがもっぱら目を引く感じを『白き日旅立てば不死』が形にしてみせたとすれば、その半世紀が徐々に育んだ自己解釈の方法を片はしから表沙汰にし、しかもその区々《いちいち》が作中で有機的に結びついて「哲学的人間学」（マックス・シェーラー）という壮大な世界・解釈学を形成していくプロセスさえ表沙汰にしてみせるのが『聖シュテファン寺院の鐘の音は』

である。作者自身、前作を「統合失調症」に当るもの、後篇を「パラノイア」と呼んでいて、この二幅対画《ディプティック》の構造は十分に計算済みのものである。もっと適切な作者自身の評言を借りるなら、この二篇そのものが立派な「妄想建築」を形づくっている。

なぜ狂える白樹直哉が建築家でなければならないか。西田冴子が精神医でなければならず、遠藤照春が作家、それもSF作家でなければならないか。とはつまりなぜこの前・後二篇が「SF作家と精神医の組み合わせ」でないと語られ得ぬものであるか。

ぼくは建築とは基本、妄想の所産でしかないというアイディアで、たとえば『カステロフィリア』という、存外プロの建築家たちの共感が得られた本を出しているのだが、放恣この上ない「妄想」と、精緻な計算ずくの「建築」は普通対蹠《せき》的なものとされがちで、だからこそ白樹が「妄想建築」家とされている点が物語上は非常に面白い。

二十世紀前半は二つまで繰り返された世界終末戦争と重なり合って、各世紀にそれぞれの混乱状態があるとはいっても、ケタちがいの混沌に塗りつぶされた未曾有の時であるといって良いだろう。妄想家たちの妄想ダダ漏れの世界であって仕方がないのだが、この時代の妄想に文字通り「建築」的に立ち向った美学があり、哲学があった。冷たい熱狂と呼ばれる特異なマインドセットで、この哲学を「哲学的人間学」と呼ぶなら、それに見合う美学の方は直截にマニエリスムと呼ばれた。混沌に対処して混沌だ混沌だと騒ぎたてる風潮をバロック美学と呼ぶとすれば、混沌の只中にコンパスをもって自閉し、生じつつある事態を却って怜悧に観察し、計量し、構築する珍らかな知性タイプ、感性タイプをマニエリスム、その族《やから》をマニエリストと呼ぶ。

荒巻氏自身、自からをこの眷族《けんぞく》と呼びたがっている。日本にマニエリスム概念なるものを教えた功《いさおし》は澁澤龍彦に帰す（『夢の宇宙誌』、一九六四）から、荒巻氏の対澁澤オマージュは、澁澤によるサド文学翻訳に対するオマージュ以上のものたるはず。サドによるいわゆる汎性愛主義の盛行こそは、より広く深く理解されたマニエリスムの「原身振り《ウルゲベルデ》」（G・ルネ・ホッケ『迷宮としての世界』、一九五七、邦訳六六）の一環に過ぎまい。

妄想が理性的（「建築」的）に対処されるという事態が、たとえばバロックと全然異なるマニエリスムの感覚である。『白き日旅立てば不死』にも『聖シュテファン寺院の鐘の音は』にも仲々めざましいバロック／マニエリスム建築の描写が散見するが、時に荒巻氏自身、バロック、超《ウルトラ》バロック、マニエリスムの（一見どうでもよい）区別がついていない。読む分にはこだわることもない点だが、『聖シュテファン寺院の鐘の音は』がバロックでなく明確にマニエリスム小説だと言うためにはこの区別は重要である。しゃれた言い方をするなら、白樹シリーズ第一作と第二作は鏡映的《スペキュラティヴ》な関係にあるし、特にこの第二作の方は自分が「スペキュラティヴ」ジャンルと呼ばれるための条件そのものを自省《スペキュレート》する作であるので、バロックの鏡狂いよりはまた一段と知的な鏡狂い——たとえばラカンの「鏡像段階」心理学もちゃんとお約束の場所に召還されている——の体《てい》を成している、バロックとははっきりちがうものとしてのマニエリスムが重大問題なのである。

我々はマニエリスムを生むことになるルネサンスさえ、実はろくに知っていない。調和と均衡を言うルネサンスが、たとえば十六世紀ヨーロッパを襲った統合失調的動向をもはや説明しきれない。というので一八八八年、過剰や倒錯の文化相を説明する「バロック」という概念が生まれる。さらに、混沌への超知的、超理性的な対処ということで、一九二四年、マックス・ドボルシャークという「ウィーン派」なる新しい美術史学の代表選手が「マニエリスム」という観念を提起した。第一次世界大戦直後の混沌が生んだ新美学と言えるかと思う。美術や建築の方で生まれたマニエリスム概念を文学の方にも延長できるとしたE・クルティウスという大家の直弟子にして、第二次大戦の戦場でルポルタージュ記者をつとめたグスタフ・ルネ・ホッケの『迷宮としての世界』（一九五七）、『文学におけるマニエリスム』（五九）が戦後ヨーロッパにおけるマニエリスム論の一大流行を生み、それが澁澤による紹介、種村季弘による精力的邦訳によって本邦美術史・文学史両世界の貴重な財産となった。澁澤・種村両氏とも故人となったが、まったくの同時代人たる荒巻氏の創作実作の只中に、澁澤・種村絶頂期（一九六四〜六八）のマニエリスム教宣活動の同世代的息吹きがひしひしと感じされるのは驚きだし、ぼくとしては爽快至極である。

『聖シュテファン寺院の鐘の音は』のマニエリスムには、さらにそれ以上の凄いレヴェルがある。右に述べたバロック／マニエリスム概念の発生はウィーンを中核とする東・中欧圏文化（含スイス）だけの営みだったのだが、荒巻氏が汎欧的展開をかくも強烈にウィーンを中心とし、ウィーン／アム・ホーフに合理と非合理が相互貫入する「断層線」ないし「通路」を設定した勘の信じ難いような冴えについては、氏自身に「何故？」と伺ってみたい気すらするのである。

もう一点。参考文献には律儀に言及する氏にして、ホッケの『絶望と確信』（一九七四。邦訳、七七）に言及がない。ここまでマニエリスム観念にこだわる氏がお読みになっていないはずはないが、白樹シリーズ、特にこの第二巻で、ビンスワンガーの『夢と実存』に端を発し、メダルト・ボスやカール・

ヤスパースに入っていく現存在分析その他の「人間学的精神医学」が芸術の世界ではマニエリスムに表現されるのだという、他のマニエリスム論者にはついに手の届かぬ『絶望と確信』一著の巨大にして深遠なチャートが、「ＳＦ作家」（遠藤）と「精神医」（西田冴子）のやりとりの中で見事になぞられていく。こういう解釈趣味そのものが「ＳＦ作家」というものに固有の「パラノイア」だと喝破するこの尋常でなくメタな批評精神とは一体何なのか。驚きとともに読了する他なかったことを告白しておこう。「ＳＦ」とは「医者のようなもの」と荒巻氏は喝破している。自からめざすものは「実存主義的ＳＦ小説」だとも。ＳＦ草創期の志《こころざし》の気宇の壮大と、あらゆるものに目配りせずにおくかという気合い、というか鋭意に改めて感服するしかない。その結果、「文学の全ジャンルを横断」することになるのだろうという言葉に嘘はない。「母の国」憧憬のロマン派小説とも、よくできたユートピア探訪小説とも、実にいろいろに読める。「百科《アナトミー》」小説でもある。そしてマニエリスム小説、最も深く多義的なスペキュレーションの名作、とも。「センス・オヴ・ワンダー」と「スペキュレーション」、この二つがいわゆるＳＦの根本概念たるいわれを、この世界的にも異数の作家は、作品を通して問い直させる。こんな人いるんだものね、やっぱりＳＦともちゃんと付き合っていかないと。

詩のカルヴィーノ　高柳誠に

一年の終りに今年感心した本や作品やを何点かコメント付きで推すというアンケートの類にえらく律儀に付き合った時期があったが、一番よく憶えているのが詩誌『現代詩手帖』で、それは詩人高柳誠からの突然の葉書きのせいである。いつもいつも推してくるその年の作品がどうしてこうも二人同じなのかと、その葉書きはいぶかしみ、それが自分の創作の大きな支えになり励みになっていると詩人は何とも嬉しいことを書いていた。淡いが長いお付き合いはその一通の音連れから始まったのだが、詩人阿部日奈子との出会いと全く同じだったせいで、今でもきららかにその葉書きのことは記憶している。同世代の同格な雑誌、『ユリイカ』の歌田明弘編集長に、毎年高山さんが挙げてくる作品はやっぱりこれね、と予めわかるんですよと言われて頭を掻いたことも憶えているのだが、要はマニエリスム色のはっきり出た詩人が好きだったということで、その種の詩や詩集が一年を通して丁度アンケートで並べるに良い位の数しかなかったということなのであった。

阿部、高柳両氏の作は必ずとりあげたし、関口涼子とか平鹿由希子とかにも好きな作が多かった。高柳氏からは時里二郎の名を教えられたし、正格のマニエリストと呼んでよいか微妙ながら篠原資明の遊びごころ一杯の奇作にもいつも瞠目した。こちらは俳人だが最近なら恩田侑布子。俳論『余白の祭』に驚かされたが、要するに創作に理知と批評精神が精緻に働いていれば別に詩や句のジャンルなどどうでもいいのである。氏はぼくを「マニエラ伯」と呼ぶ。

キーワードはマニエリスムという語でまとめられるかもしれない。ぼくがジョン・ダンの詩やら『不思議の国のアリス』やら『白鯨』やらを、つまりジャンル を問わずマニエリストと言った方が断然面白い相手をずらりと一本の線と言うか一冊の本の目次に並べてみせた『アリス狩り』を世に出したのが一九八一年のこと。形而上派詩も長編小説も、ある共通精神がはっきり認められればあとは一切かまわない「雑《マカロニカ》」のスタイルに書評子が一様に困惑している様子を見て、してやったりと思っていたら、きみそっくりの感覚の詩人がいるよと言ってくれる者が複数いて、それが高柳誠、そしてその処女詩集『アリスランド』だった。阿部日奈子の『植民市の地形』もそうだが、こういうマニエリストたちの革命的詩集を、いきなり店頭で見つけたというすばらしい体験によってでなく、お付き合いが始まってから寄贈の形でいただくということが多いのが恥ずかしいのだが、『アリスランド』も刊行から一拍置いて詩人御自身から恵贈いただいて読むことができた。『卵宇宙／水晶宮／博物誌』と併せての御寄贈と記憶しているから一九八二年より後の初読になるか。

イータロ・カルヴィーノの『見えない都市』や、そして『植民市の地形』のファンが『アリスランド』を読んで呆然自失、嬉しくないわけはない。まだボルヘスはバロックとは呼ばれてもマニエリストの扱いは受けていなかった。カルヴィーノの方はさすがに種村季弘の名エッセー「タロットと愚者の旅」があって、マニエリストと呼んでよい相手という認識がぼくなどにはあった。全てと無、無限とゼロの関係をテーマにし、従って激しいパラドックスを修辞として選ばざるをえない超の付く形而上学的文学と言ってよいテクスト群がそこにはあったが、それを、一方でこちらはこちらで一部に熱狂的なファンを開拓中のマニエリスム文芸論――勿論頂点はルネ・ホッケの『迷宮としての世界』と『文学におけるマニエリスム』――と巧く結び付けることが一九七〇年代には仲々できなかった。

そこに『アリスランド』であり、『卵宇宙／水晶宮／博物誌』である。いわゆる澁澤・種村趣味が、詩というジャンルを口実に短い形式に凝縮される現場をぼくらは衝撃をもって目撃したことになる。ボルヘスが盲目の故に、カルヴィーノがエレガントな解を理想とする数学者の感性の故に〈短さ〉をこそと言いつのっ たそこにぴったりの環境を、詩という短縮形式を選ぶことで高柳誠はあっさりと突破した。

逆に言えばカルヴィーノの小説『見えない都市』も詩として読めるのであるし、『アリスランド』を小説として読むことができるということで、というか高柳氏は全と無、充溢と虚無のパラドックスを追求し、表現するに適した独自ジャンルを一貫してさがし、そして見事に突きとめたのであり、詩だ小説だ、歌だ文学だという既成のジャンル区分とそれらをうむ文化の構造そのものを標的にしているのであって、ここにあるのは作物を「つくりだす」という原義における「ポイエーシス」の構造と表現であるということになるだろう。日本戦後詩史などという手狭な範疇に押しこめることなどできない、当世流の言葉で言えば異次元の意力と教養を秘めた『アリスランド』なのであり、今回の「集成

I」に並べられた他のどの作品もその点ではずっと一貫していて、余計なブレなど一切見当らない。かつてオルテンシオ・ランド作『パラドッシ』という最小作品からラブレーやロバート・バートン（『メランコリーの解剖』）といった巨大作まで通し、近い所ではキャロルやヴィットゲンシュタインまで挙げて碩学ロザリー・コリーが「パラドックスの文学」と呼んだ巨大な普遍的文学の時空に『アリスランド』も、『樹的世界』も属している。

内とは何、外とは何、上とは何、下とは何といった二項対立が〈相反物の一致〉という宇宙大のパラドックスの裡に解消されていくのを、言語の表現形式の方では、神話も伝説も、百科事典・博物誌もカタログも何区別しない飽くまで並存的、そして混淆的な（反）スタイルがそっくりなぞっていく、とでも言うか。内容と形式における諸神混淆のめくるめく実験それ即ちマニエリスムの定義でなくて何であろう。ホッケのマニエリスム的世界把握、ロザリー・コリーの「パラドックスの文学」系譜学が、二十世紀中・後期のボルヘス／カルヴィーノ流の、「ウリポ」実験集団やジョルジュ・ペレック流の、そして多分直近のたとえば円城塔の「小説」にまでつながっていることを、この高柳誠詩集成ほど鮮やかに伝えてくれる指標は他にあるまいと思う次第だ。

理詰めな頭でっかちな哲学理論と神話や伝承の仲々抒情的な物語性が交錯し一種の混淆体《マカロニカ》を演出して、ある種の読者の頭の中に生じる混乱が想像されるが、仔細に見るとこれがロマン派、ロマン主義の真相でもあり、その遺産たるモダニズムなるものの真諦であるという、実際日本人には珍しい正確宏大な認識が高柳誠という詩人にはある。西脇順三郎以来の稀有な教養である。

『アリスランド』の冒頭のエピグラフ。ということは、この「集成I」全体の冒頭のエピグラフを兼ねてしまうということだが、アナイス・ニン『技芸の冬』からという。こうだ。

その夢の構造は、無限の層をなして積みあげられた塔のようであって、上方へと聳え立ち無限へと消えてゆくかとも、また重なる層が下方へと渦巻きながら滑りおりて地中深く潜入するかとも思われた。それがうねりつつ私を急に掬いとったときに、その螺旋運動が起きたが、この螺旋はひとつの迷宮だった。穹窿も基礎も壁も帰路もなかった。ただ、正確に繰り返される主題だけがあった。

アナイス・ニンなら書きそうな気もする。が、ぼくはこれを高柳誠作の見事な「集成I」のエピグラフとして堪能する。この螺旋の迷宮の背後には勿論、「バベルの図書館」のボルヘスがいるわけだが、その背後にはボルヘスが心酔したド・クィンシーの『阿片常用者の告白』がある。上へ、下へ無限に続く「螺旋階段の神話」(ジョルジュ・プーレ)こそがゴシックなロマン派究極の主題であったことを喝破して、ロマン派イコール感傷文学としてきたロマン派観を破砕し去った怪物、マリオ・プラーツの偉業のことをも高柳氏は知っている。『青い花』がロマン派でメールヒェンなのなら、たとえば『樹的世界』もロマン派でメールヒェンなのだ。そういうことがまともに議論できたのはホッケの邦訳者でもあった種村季弘ただ一人と嘆くきみには、『植民市の地形』、『典雅ないきどおり』の詩人と『都市の肖像』、『樹的世界』の詩人がちゃんとポイエーシスを通してやりおおせてるじゃないと言っておきたく思う。マテーシスを通して立ち上るポイエーシス。種村氏のそういう理論的な意向はだれも継承しない気配だし、一番近いジョン・ノイバウアー氏の透徹明快な議論を『アルス・コンビナトリア』という邦題で訳をプロデュースしておいた。マニエリスムがロマン派を介してモダニズム、そしてポストモダンに流れこむ巨大な脈絡を知る人間が、種村大人《うし》を除けば今ぼくの知る限り高柳誠ただ一人、という気が、「集成」成り、大きな規模で総覧できる氏の詩業を前に、はっきりとしてきた。詩形式のあざとく遊戯的なまでのこのアルス・マカロニカの実験は未踏と言ってよいポイエーシスの理論を抱えているのである。

テクストとしての廃墟としての建築

小澤京子『都市の解剖学――建築／身体の剝離・斬首・腐爛』という本は、まず十八世紀末論として名著である。建築表象論もしくは建築文化史としては画期著である。個人的なことをいえば「紙上建築」というコンセプトを立て、「カラクテール（キャラクター）」という鍵語にフーコーの『言葉と物』を延長する方向に十八世紀末の前と後のつなぎ目を見出す一連の仕事を、しかしかなり個人の気質、趣味というところで気紛れ、かつバラバラにやってきたのだが、次世代が自からの仕事に実に巧みに吸収していく現場を見られて感激する他ない。しかも自分では苦手で当底かなわないと痛感しているアカデミックな叙述と語彙の装いを見て、この世界での自分のつなぎの役も終ったかなという印象をも受けた（貴乃花に負けた千代の富士みたいな気分?）。とにかく一読、驚いた。

視覚文化論を表象論に取りこむ仕事を始めた多木浩二氏が急逝された後、その余人には手の付く筈なき仕事は俊才田中純氏に引き継がれると、ぼくは多木先生追悼の文かなにかに書いたのだが、読みながらこれは田中純『都市表象分析Ⅰ』の影響下に書かれた本かもしれないと感じたが、「あとがき」を見ると果たしてその通りだった。田中純直伝の一著。解題「廃墟の皮膚論」は東大大学院表象文化論における師、田中純その人が寄せている。田中氏のまとめの腕前をよく知る身としては、いつも以上に「解題は後で」に徹するよりあるまい。ぱらぱら見るだけで、二〇一一年時点で「建築」「表層」「皮膚」を一線に論じるに登場すべき語彙や参照材料はこれでもかというくらいに充実満載の気配だし、デリダだのジャン＝リュック・ナンシーだの、いかにものパンセ・ドージュルデュイ（フランス「現代思想」）の片言隻句が眩く撒かれていて、要するに一見難解の書である。ついつい「解題」に先ず目を通して全体図を予め頭に入れて、という、こういう場合やってしまいがちな手を、田中純解題とあっていきなり諦めた。この難解さに一から、頭を空っぽにして付き合ってみよう、と思った。それが正解だった。

目次に魅了される。第1章「都市の「語り」と「騙り」――カナレットのヴェネツィア表象にみる都市改変の原理」、第2章「「起源」の病と形態の闘争――ジョヴァンニ・バッティスタ・ピラネージによる古代ローマ表象」、第3章「適合性と怪物性――クロード・ニコラ・ルドゥーの両極的性質」、第4章「建築の断首――フランス革命期の廃墟表象における瞬間性と暴力性」、第5章「石の皮膚、絵画の血膿――十九世紀文学における「病める皮膚」のモチーフ、そしてエピローグ「眼差しのディセクション」」。本当に魅力的。声に出して読み上げるだけでもワクワクする。

専門的たれというアカデミーの「大論文《グランド・テーズ》」を書くに向いた頭をしているのか、そういう訓練が貫徹された結果にすぎないのか、序章「建築の解剖学――その皮膚と骨格」は全体の展開と結論とを余りに見事に自から要約し切り、しかも本文で展開してこそ威力を発揮すべき驚きのある図版のミニマル・エッセンシャルズを序論で見せてしまった。この序論を含めて全てが諸誌に初出のものなので、この序論にしても本論への導入というより、この序論で完結という趣がある。よくできた序論と絶賛することは容易なのだが、多分七割方、著者と材料、問題意識を共有しているぼくなどは、もうこれで分かったという気にされてしまうのだ。

贅沢な注文といえばそれまでながら、これくらい問題意識の豊かなハイレヴェルな本はもう少し、謎めかして先へ読ませる「読み物」としてどうなのかという工夫があって良いのだと思う。誰に、どう読んで欲しいのかを考えると、でき過ぎた序文はしばしば命取りだ。序文でもう分かったという気分にさせることのプラスとマイナスとか、学術論文にしたいのか、程度の良い一般読者にこそ開かれた読み物にしたいのか（ぼくなんか、断然こっち）、難しい技だがその間のスタイルを工夫するのか（お師匠さまはこれをひねりだした稀有の存在であると思う）。

これが処女作というか第一冊目というから驚くべき目配りと博覧博読の本である。ぼくの神技のような物量の仕事をも、この若さの新人がこれほど達者に吸収して、ひとつの主題として展開してみせるなど、もう一度いうがありえないこと、或はもっと大分先のことだと思っていたから、高山宏、嬉しいし、本当にびっくりした。長く付き合いたい書き手だから次の、第二作が気に掛る。これら建築表象論として扱う一連の問題系がどれほど小澤京子という人自身の身に付いたものなのか、たまたま高山宏や谷川渥の仕事、それに田中純の仕事が揃い、そうなるとそれらしい問題系が自から幾つか出てくる、そこにバーバラ・スタフォードの巨大書邦訳も続き、勉強が面白くて仕方がないという情況の産物なのか、その辺りの見極めが、ぼくにはなおつかない。見る限り、相当の緊張と、背伸びである。第二作が課題だろう。建築でやり続けられるのか、別の問題系でこの同じ水準を達成してみせられるのか。興味津々である。

コアは十八世紀末の「ペイパーアーキテクチャー（紙上建築）」とりわけピラネージのローマ廃墟版画である。マンフレッド・タフーリが限界を極めたと思っていたピラネージへの現代的評価が、『ボディ・クリティシズム』のバーバラ・スタフォードによって十八世紀身体論の中での評価にチェンジされた。谷川渥や『女がうつる』の富島美子たちの身体／皮膚論はこの衝撃から生まれた。ぼくのピクチャレスク論だって元はといえば、ゴシックロマン（ス）やロマン派文学にピラネージ版画が及ぼした衝撃についてヨルゲン・アンデルセンという俊才が書いた名論文に触発されて出発した。

ピラネージの廃墟版画はピクチャレスクにいう「ラギッド」な肌理に特徴がある。気味悪いくらいに建物がけばだって、身体論的にいえば病んだ皮膚をしているのだが、スタフォードはそこに廃墟や皮膚病学に淫する結果となる十八世紀西欧文化のエッセンスを認めた。小澤氏のピラネージ分析は結局のところ、ぼくの『カステロフィリア』やこの『ボディ・クリティシズム』のピラネージ研究をそう出るものではないと感じるが、このピラネージをプリズムにして同時代の類似現象を考え直していくやり方で成功している。

一番得るところ多かったのは、いきなりのカナレット論である。ヴェネツィアをはじめとするイタリア十八世紀の各都市の遠近法的眺望図をヴェドゥータと呼ぶが、そういう絵柄を得意としたヴェドゥティスティの代表選手がカナレットである。ロマン派をマニエリスムの十六世紀と系譜づけた人の一人、ジュリアーノ・ブリガンティの主要作が何ひとつ邦訳もされないでいてイタリア美術研究者一統の怠慢に腹を立て続けてきたが、その最大主著が十八世紀ヴェドゥータ一本に絞っていて、それなどのぞくと、ただひたすら都会の遠近法的眺望を細密に描きこむ絵柄を何百と見せつけられ、それはそれで異様の世界といわなくてはならなくなる。この異様さは何だろうと昔からふしぎに思ってきたのが本書で氷解した。実は描かれた風景は構図上の関心から改変を加えられた幻想風景であること、そしてそれが漂遊と移動にこそ賭ける「コラージュシティ」ヴェネツィアの地政学の必然的な産物であったこと。目からウロコであるわけだが、こうして水平に伸びるカナレットのヴェネツィアのイメージも、もっぱら古代ローマの埋もれた遺跡へと降下していくピラネージの垂直的想像力とのあざやか過ぎる対比で説得的に浮かび上がってくる仕掛けである。

ヴェネツィアの青空に浮んでいく気球を描いたグァルディの絵で十八世紀という思想と流行の百家争鳴の一世紀をまとめて終ったのは観念史派ジャン・スタロバンスキーの超名著、『自由の発明』である。ニューアカ流行に膂力もないくせに便乗した馬鹿者によって『自由の創出』などという犯罪的な邦訳をされてしまったが、溜息が出るほど委曲を尽くした小澤書巻末の参考文献一覧に『自由の発明』がないのは、これはこれで如何したことか。むろん建築を含め、十八世紀なる脱領域の場を脱領域的に扱った最初にしていきなりほとんど究極の仕事が『自由の発明』である。

挙げてない本があるといった指摘にどれほど意味があるか分からないが、もうひとつ指標になるのはジャン・クレイの『ロマン派』と『印象派』、とりわけ前者がないのはやはり問題であろう。ぼくが高階秀爾という人を唯、一、尊敬する理由はこの二著の完全監訳（監修）の鴻業に尽きる。建築というメディア（媒体）の文字通りメディウム（媒材）としての皮膚ないし表層を問題とするというのなら、絵画の内容を、それを実現する絵画表面のテクスチャーと密に関係したものとして分析し抜いたジャン・クレイの仕事を知らぬでは済むまい。おまけに主な舞台は十八世紀末なのだ。一九八〇年以降のデリダその他の新しめの哲学に頼るのも一趣向とは思うが、十八世紀の建築表象論ということではそのひとつ前の世代のスタロバンスキーとかジャン・クレイの仕事の方が遥かに小澤京子の仕事の下支えとして貴重だと思う。

もうひとつ問題は十八世紀を建築プロパーで語った章が四つあるのに、十九世紀は文学を通してみた建築や皮膚の表層の病ということで、建築そのものの議論があくまで手薄というアンバランスである。初出論文を並べたという形だからまたまた仕方がないのだが、こういうアンバランスは勿体ない。なぜ十九世紀は文学で「間に合う」のか、逆に何故十八世紀論には建築や都市を扱った文学への論及が全くないのか。「語る建築」という脱領域観念は著者も知悉の気配であり、ゴシック・ロマン（ス）など十中の八九は建築が主人公なのだし、逆にピーター・コンラッドの『ヴィクトリア朝の宝部屋』一著に目配りあれば、ディテール過剰という点で何径庭ない十九世紀の建築と文学の溶遊状態がショッキングに分析済みである。それから建築の内部と外部というピラネージ以来の問題にこれほど執着するのなら、アンソニー・ヴィドラーの『不気味な建築』が、ヴィドラーの他の仕事は言及されているのに、なぜ登場しないのか。『都市の解剖学』と表裏になるべき『不気味な建築』の邦訳の犯罪的悪訳がこんな所にも「祟《たた》って」いるのだと思って改めて慄然とした。間抜けな建築学のプロによる文化的犯罪であった。

建築のプロといえば、『カステロフィリア』を出した時の桐敷真次郎大先生以下の書かれた書評の群れを思いだす。こんな建築をダシに使った観念遊戯をやってる間に真面目な第一次資料読みをやれ、と仰有るのだった。この大先生方が『都市の解剖学』書評をされると如何なっただろう。

真正の書評を書くにはぼくは「近過ぎ」る。ありな書房という本屋ともそうだ。しかし「望蜀」の言も、だからこそ言えるだろう。

庭「をめぐる」本

みずからも造園家として存分のキャリアを誇りながら、造園の歴史を「文化」史へともう一段大きく開くことのできる人は、さすがに英米にもそう沢山はいない。その一、二を争う存在といえば、ロイ・ストロングと、そしてこのペネロピ・ホプハウスあたりに指を屈すべきかと思う。ロイ・ストロングの代表作はぼく自身、知己の出版社をかたらって邦訳をプロデュースしてあるので、二十世紀終わりの四半世紀、人文学がヴィジュアル文化の記述に傾いていった趨勢の中で、「庭」の文化を大いにアッピールした人物として、たとえばルネサンス再評価運動の中心人物、フランセス・イエイツの鴻業の周辺での重要な人物として、知る人ぞ知るという存在であった。それほど時代と繋がった息せききった緊迫感はないが、悠々と広大な世界造園史に遊ぶ風情が魅力のホプハウス女史の仕事、それも膨大な造園関連仕事の集大成というべき大冊が一方でこうして邦訳されて、改めて「庭」とは文化にとって何たり得るのかが問われるべき契機になりそうな気配に、関係者の一人としてはわくわくする気分でいる。

　造園文化史の関係者（の一人）？　長い付合いのある作家・評論家（で、最近はタレント）の荒俣宏氏が、ある場所でぼくの紹介をするのに端的に、「比較庭園論の高山さん」といったことがあって、もっといろいろなことをやっているつもりでいた自分としては、面白い切り方をするものだといぶかしんだことがあったが、それから二十年たってみて、なるほどそうだったのだ、とみずから納得している次第である。ぼくが英国造園史にかかわる仕事をまとめた『目の中の劇場』を世に問うたのが一九八五年。その後、長短、猛スピードで書き連ねた造園文化論を究極の一冊『庭の綺想学』にまとめたのが一九九五年。そしてそれらがもっと広く、建築文化史の重要な一部分としてそこに属していくものだという発見ということで、さらなる大括りをした書き下ろし、『カステロフィリア』が一九九六年。自分なりに「庭の文化史」に狂ったこの十年とは何なのか、それから四半世紀たって少しはみえてきたような気がする。問題の十年間《ディケード》に先立つ十年、ぼくは当時流行していた学問各分野の専門孤立の窮状と突破の可能性という、とりとめもなく大きな問題を抱えて、インテレクチャル・ヒストリーとか、もう少し狭くヒストリー・オヴ・アイディアズ（「観念の歴史」、観念史派史学）とか呼ばれていた脱領域・超領域の試みに没頭していた。それがどういう具合に英国十八世紀のふしぎな庭、造園法のテーマに転じていったのだろう。無我夢中の当時、よくは見えてはいなかったと思われるが、今ならそういう自分の学の展開は割と巧く説明がつく（ような気がする）。いわばなんとかの後知恵というたぐいだから以下笑殺していただければ良いのだが、ヒントを観念史派の創立者、アーサー・O・ラヴジョイの名著、『存在の大いなる連鎖』（一九三六）の有名な冒頭部分の一文に求めながら、少し述べてみたい。ラヴジョイが中世魔術哲学からライプニッツまでを通じて析出してみせたのは、調和、矛盾の協和をめがける時代相がうみだす独特の表現もろもろであった。『存在の大いなる連鎖』は、社会運動を支える哲学に傾倒する一方で時代の要請たる脱領域的学術の仔細に一編集者として精通していた天才、故小野二郎の肝煎りで一九七五年、晶文社から邦訳されている。それが二〇一三年、ちくま学芸文庫に入れられるに当り、解題を書かせてもらうのに改めて読まざるを得なくなり、開巻いきなり、ヒントとなる問題の一文が目にとびこんできて、改めて食い入るように読んだ次第である。理由あって縦割り細分化している各研究分野を敢えて超えようというのだから当然激しい論難を招き、甲論乙駁の渦中にあった大層論争的な一文だから、難解にはこだわらず読んでいただきたい。ラヴジョイが自論を、わかり易く説得できるものとして選んだ具体的なテーマが何かだけがひたすら面白く、本当に衝撃的な選択なのである。問題の文章は、こうある。

……このようにして（観念の）歴史家が取り出す単位観念を彼は次にそれが何等の意味を持って出現する歴史の領域のいくつかにまたがって——究極的には全部にまたがり——哲学、科学、文学、芸術、宗教または政治の別なく、追求しようとする、このような研究の前提は次のようである。或る概念、暗黙にせよそうでないにせよ或る前提、或る種の精神の癖、或る個別の命題または論——こういうものの作用は、もしこの作用の性質と歴史的役割が十分に理解されるためには、作用が出て来る人間の内省的生活のすべての面を通じたり、歴史家の能力が許す限り多くの面を通じて一貫してたどらなければならないということである。

このような研究は、これらの領域のいくつかに共通しているものが普通に認められているよりはずっと多くあり、同じ観念が知的世界の極めて多様な領域に、時としてかなり変化した形であるが、しばしば現れるのだという信念によって支えられている。たとえば造園法は哲学とはかなり離れた話題に思われる。しかしすくなくともある一点においてそれは近代思想の真に哲学的歴史の一部となる。一七三〇年以後フランスとドイツに急速に広まったいわゆる英国風庭園の流行は、モルネ氏および他の人々が証明するように、ロマン主義の、または「一種のロマン主義」のくさびの刃の部分であった。この流行それ自身——一つには疑いもなく十七世紀の過度にきちんとした造園法に対する当然な嫌悪の表現であるが——あらゆる種類の英国かぶれの一例であり、ヴォルテール、プレヴォ、ディドロおよびオランダ在住のユグノーの文筆家がこの一般的風潮を導入したのであった。しかし造園法におけるこのような好みの変化が、芸術全部における好みの変化、実に宇宙における好みの変化の始めとなることになったし、唯一の原因だと私は断定はしないにせよ前触れであり、共通原因の一つであることになった。ロマン主義と呼ばれるあの多くの面を持つものは、その一つの面を見ると、世界は英国庭園であるという信念であると言っても不正確ではなかろう。十七世紀の神は当時の庭師のように常に幾何学的な形を目ざしたの対しロマン主義の神は、事物が野生で刈り込まれず自然のままの多様な形を豊富にもって生い茂る宇宙の神であった。不規則なものに対する好み、完全に知性化されているものに対する嫌悪、おぼろ気な遠い所に逃げ去ったものに対する渇望——これらのものは終にはヨーロッパの知的生活のあらゆる点に浸透するのであるが大規模に十八世紀初頭に庭園の新しい流行という形で近代として初めて出現した。そしてこれらのものの生長と伝播のそれぞれの段階を追跡することは不可能ではない。

すごいことを言っている文章ではあるまいか。（少なくとも十八世紀の）庭園の何たるかを知ろうと思えば、哲学を筆頭とする他の知的領域への関心を総動員しなければならない。哲学は庭であり、庭が哲学なのだから。ガーデナー、すべからく画工たり、そして哲学者たるべし、とは十八世紀風景庭園のどんなマニュアルにも記してある銘句である。哲学者すべからくモバイル人種たるべしとも、よく書かれている。十八世紀哲学者がひたすらに歩きながら思索するよう勧められているのは、庭くらい持たずに哲学者を称するなかれという金言との一セットである。ニーチェが踊る哲学者とするなら、ルソーはまちがいなく散策する哲人であった。ルソー最晩年にあっては、エルムノンヴィルの風景庭園が彼の思索を誘引したことは、よく知られているだろう。

さて、ひるがえってホプハウス女史の大著に目を通してみる。別段大上段に、アプローチの多彩をめざすとか、脱領域の気負いとかが宣言されているわけではない。編集工学の粋が実践されていて、のべつまくなく挿入される中小のエピソード、アネクドート、逸話、豆知識のたぐいが面白い。文と絵の考え抜かれた分配・布置の呼吸を読者は味わい、楽しむべきである。つまり、この大冊自体いろいろなタイプの庭を抱えた大きな庭という見立てがこの本を二倍も三倍も面白くするだろうということだ。ただ淡々と時系列に従って東西の庭園を遺漏なく紹介し続けるだけということなら、想像つくように（ヴィジュアルだけでも目を惹く美しい材料が一杯あるから）類書は多い。中でホプハウスが一頭地を抜いているのだとすれば、最初少々目うつりが強いられる感じで、面白いけど散漫という印象から、庭を自分自身歩いているとはこういう感じなのだろうという、ふところ深い（メタな）読後感に読者を導いていくところにありそうな気がする。ホプハウスのあくまで平易でリーダブルなこのいわゆるエッセー・スタイルも英語で言うと“dis*cursive*”な文章の典型ということになる、十八世紀人士が愛したこの言葉は、綴りが示しているようにコース（curs）からズレる、それるという意味である。山羊の歩みが原義の「カプリッチォ」という言葉を思いだす。幾通りもあり得る叙述の方法からホプハウス女史がこの「カプリシャスな」スタイルを選び、そしてこういう厄介そうなページ・レイアウトを選択したことの意味は考えてみるに値する。編集工学上の便宜・啓蒙のみをめざす貧しさが決してこの本のレイアウトの真諦ではない。もう一度言う、この本自体、ホプハウス女史が我々に歩いてもらいたがっている知の庭園なのである、と。でなければ類書だらけの世界、特にこの本、という議論に絶対にならない。いわれなくてもラヴジョイ的な新しい脱領域的知性の産物なのだ。とても知的な本なのだが、さらに一段格上の、庭を歩くとは何なのかを、本を読むとは何なのかと、無碍《むげ》に重ねて見せるという非常にメタな次元でも「知」的な本なので、単に庭いじりの技術史にかかわる当座の問題を処理するための参考書という以上の面白さを、こういうことを参考にして読者各自において発見していただきたい。庭「をめぐる」本、という絶妙なメタファーの、他のテーマではとても起こりにくい面白さ、を。是非！　(a)round という多義語の面白さだ。

ラヴジョイがみた脱領域の新知、すなわち総合的文化史の表現としての造園史という面白そうな

「学術的」関心からばかり、たとえばぼくの庭園文化に対する入れこみは始まったのではない。二十世紀末の四半世紀の、人文学にかかわる見慣れぬ新知の創発は、その過半が仏文学者澁澤龍彥と独文学者種村季弘両氏の名コンビの鋭意と着実な執筆に発しているが、庭の文化史またしかりである。自分なりの新しい脱領域知の開拓を自分の知的「作庭術」と称していた故林達夫の薫陶もあって、澁澤は『夢の宇宙誌』以来ずっと庭、ないしは庭に通じる各種空間凝縮に対する関心をバロック、マニエリスムと名付けながら追求していたが、やはり決定打は『胡桃の中の世界』収中「東西庭園譚」。ネタ本がバルトルシャイティスの『アベラシオン』であることを、ぼくは御本人の口から聞いた。種村季弘の名作『怪物の解剖学』収中「自動人形庭園」と並んで、爾後の庭園文化考の方向を決めた名作である。ぼくもこの二つのエッセーに着想した。頼まれ仕事がひとつあって英国ゴシック小説を調べるうちに暗黒小説家が一人残らず造園趣味を持ち、それらを貫く公分母としてピクチャレスク原理というものがあることが判ってきて、長編論文「目の中の劇場」にまとめた。数年後に『目の中の劇場』という大冊を刊行したが、その表題論文である。アイディア源は現代英国を代表する建築史家デイヴィッド・ワトキンの『イングリッシュ・ヴィジョン』。これが一九八二年刊。一九二七年にクリストファー・ハッシーの『ピクチャレスク』が一度掘り起こしたのに、再び忘却の彼方に置かれていた「ピクチャレスク」とその造園法がポストモダンのモードとして再々発見された。日本ではもちろんのこと、本国英国でも十八世紀「風景派運動」の研究は一九八〇年代以降にやっと緒につくわけで、ぼくなど世界の潮流にいち早くのった、と言えば聞こえはいいが、澁澤・種村両氏、さらに加うるに中国庭園史の世界的（いや中国的）に見てさえナンバーワンと目《もく》されている中野美代子先生にたっぷり仕込まれた、庭園研究は未来の人文学の要という感覚あればこそ、と思う。中野美代子著『カスティリオーネの庭』は是非ホプハウス女史に読ませたい。大室幹雄氏による中国庭園史の大冊のインパクトも大きい。文科省が金を出して、これらの戦略的英訳をいそぐべきだ。たとえばロンドンのリアクション・ブックスがウー・ホンといった最尖鋭の中国人若手研究者に中国庭園史をかなりラディカルに書き直させているのを、中野先生にお願いして即攻日本語にしようとし、すばらしい訳本を刊行できたのに、中野氏がいつもあとがきで嘆かれるように本邦読書界での反応は芳しくはない。

　バルトルシャイティスにしろ、澁澤・中野両先生にしろ扱う庭は、「たのしみとしての庭」とホプハウスが前景化してやまぬ庭の美的側面である。プレジャー・ガーデン。と言う割りにはピクチャレスク・ガーデンの紛うかたなき末裔たるディズニーランド他、いわゆる「アミューズメント・パーク」に割かるべき紙数がないのは如何なものだろうか。

　東雅夫氏の伝説的雑誌『幻想文学』第48号「建築幻想文学館」は『カステロフィリア』上梓直後ということで、ぼくも編集協力したが、関連テーマを事典ふうに検索できる上、参考書で日本語で読めるものの一覧表が出色である。「澁澤龍彥」の項をみると、「日本における建築幻想の展開を考える上で澁澤龍彥の与えた影響の大きさは無視できない。澁澤がどこからその資料を仕入れてきたにせよ、彼のエッセイなくしては建築幻想に触れ得なかったであろう大勢の読者がいたのである」とあり、ついでに「高山宏」の項をのぞくと「文学者の中で高山宏ほど、建築・庭といったことにこだわってきたものはいない。彼の著作には、建築幻想・幻想建築に関わるさまざまなエッセンスがちりばめられているが、著作数があまりに多いので、それらを網羅することはかなわない」云々とある。汗顔のいたりながら、一九八〇年代、我が国の庭園文化考は、不自由なヴィジュアル素材が却って幸いして、かなり思弁的に深まっていった印象がある。その時にアートとしての庭、「たのしみのための庭」のヴィジュアルをさし示してくれたアートブックで忘れがたいものはいくつかあるが、たとえばF・R・カウェル（Cowell）の『美術《ファインアート》としての庭園（*Garden as a Fine Art*）』。多くの絵がホプハウスの本書とかぶるが、もちろんホプハウスの図版量に比べればやはり貧困。やはり一時代昔なのだ。

二〇一〇年代になって新しいホーティカルチャー（造園哲学）の扉が開かれるか。かつてカウェルの本が果たしたヴィジュアル・アーカイヴの位置を今回占め得るとすれば、それはまちがいなくホプハウスのこの大図鑑だろう。一読、それは疑い得ない。

盟友荒俣宏はその『花の王国』一点をみるだけで、新しい時代の「比較庭園論」の雄たるはずの存在だが、会って喋っている時、一度は自分の人生の終わりに来るのは庭研究のまとめだと言い、別の折りにはそれはヴンダーカンマー（驚異博物館）探訪の総整理だと仰有った。結局は二つ同じ問題だとは思うのだが、ヴンダーカンマーの方はドイツ人文化史家のホルスト・ブレーデカンプが『古代憧憬と機械信仰』から、仲間と一緒の『デジタル・ヴンダーカンマー』にいたる一連の仕事で完全に二十一世紀に向けてヴァージョン・アップした。さて庭の方はやっぱりアラマタだろうなと思っていたら、同じブレーデカンプの『ライプニッツの造園革命』がたちまち邦訳さえ出来《しゅったい》、しかも訳者あとがきで原研二氏が、『目の中の劇場』が全て先取りしていたのではないか、「西欧での風景表象論一般がいまだに高山の疾走感に追いつかない」、とまで過褒していて、さすがに仰天した。庭園文化論もまた動き始めたのだろうか。その新紀元の劈頭に一大アーカイヴを提供してくれているホプハウスの意義はそう遠くない将来、第二のアラマタ、第二のタカヤマが必ずや顕彰していることだろう。材料が少ないまま、ぼくなど少し「疾走」しすぎたかもしれない。そこをゆっくりと「めぐる」ことを許してくれるホブハウスの、美しい本としての庭を渉猟して飽きることを知らぬきみ、あなたの中から、知を「たのしみ」とする新しい庭園論がうまれるのにちがいないな。ホブハウスの新しいファンたる、きみ、あなたにSolvitur ambulandoという美しいモットーをささげよう。歩クコトデ解カレルという意味である。

跋

人間は二つの次元世界を生きている。一つは、人知の及ばない霊性的直感でしか捉えようがない無意識下の暗黙次元の知世界である。阿頼耶識の宇宙と言ってよい。いま一つは、われわれが現に住み込んでいる形式次元の知世界である。要するに世間のことだと言ってよい。高山宏教授はこの二つの次元世界の境界を自由に行き来しつつそこを探索し、時にはその道案内もつとめる知の狩人である。その振舞いはあたかも華麗な蝶の舞いのごとくである。蝶の舞いだからと言って軽く見てはいけない。複雑系科学では、香港で蝶が羽ばたけば紐育で嵐が起こることもあるのだ。現に、高山宏ワールドでは随所に知の嵐が吹き荒れている。マニエリスムという嵐が。皆さんが本書で、快い蝶の舞いに酔いしれるか、嵐の渦に巻き込まれて苦労なさるか、それぞれであってよい。

マニエリスムとは何か、ここでは「日常の陳腐凡庸を超脱して、明晰澄明ときに綺艶抜俗の世界へと人を誘う知的遊戯三昧」とでも解しておこう。高山教授はときどき理事長室に現れる。つど何冊かの本を置いていかれる。最近の例を順不同に挙げれば次の通り。教授ご本人のご著作は割愛させていただく。『オルフェウスの声』シューウェル、『ボディ・クリティシズム』スタフォード、『パラドクシア・エピデミカ』コリー、『シェイクスピアの生ける芸術』コリー、『道化と笏杖』ウィルフォード、『健康と病』ギルマン、『絶望と確信』ホッケ、などなどである。いずれもマニエリスムの古典的著作ばかりと見る。

しかも、私が感じ入るのは、これらの書物が届けられる絶妙のタイミングである。根源的に物事を考えたいとき、新しい企画の想を練っているとき、何事か決断を迫られるとき、心が鬱屈したとき、その都度、どれほど、私がこれらの著作によって励まされ、解きほぐされ、示唆されたか、……私事を語るのにこれ以上言を費やす必要はあるまい。

高山宏教授が大妻女子大学に転籍して来られた経緯については詳らかにしない。型通りの面接は行った。教授の著作では、それまで『夢十夜を十夜で』しか読んだことがなかったので、その場では「大妻生があのような授業を受けられたら幸せです」とだけ言ったように記憶している。そしていま、高山宏教授が学部長をつとめる大妻女子大学比較文化学部ではそれが現実になっている。咲き誇るマニエリスムの花園で、可憐な蝶々たちが華麗な羽ばたきをあちこちで見せてくれている。嬉しいことに、教授もそれを見るのが楽しくて仕方がないようなのである。

二〇一六年八月五日

大妻学院理事長　花村邦昭

後記

収録された文章の半ば以上が月刊誌『ユリイカ』の通常号と臨時増頁特集号に掲載されたものだからという理由がまずあって、この『アレハンドリア　アリス狩りV』は青土社から以外の刊行は考えられなかった。同社からは同時併行で書き下ろし本一冊があるので担当編集者の西館一郎氏の御苦労には大変なものがあった筈で、本当に有難うございました。装丁の高麗隆彦氏ともお久し振り。懐しいの一語。

もの書き世界にデビューしたばかりの無名の、しかも無頼の噂ばかりの小者に過褒の評価をしてくれ、本人がどうして良いかわからぬ原稿集塊を、後から読むほどに納得の目次案に仕上げて見せてくれたのが、青土社で澁澤龍彦や種村季弘の受け皿になっていたこの西館氏であり、ぼくは思い立っての一章分の追加をお願いした以外は、提案された氏の『アリス狩り』目次案に感服しつつ従ったのだった。今次、「アリス狩り」シリーズが一応の終着を見るに当り、というかメルヴィル、キャロル、シャーロック・ホームズをもう一度論じ、かくも悉くがシリーズの「I」がシリーズの「V」と過不足なく対応しながら大きな円環を閉じるに当り、もう一度この名編集人の目次構成に楽しく一切をゆだねようとしたのも、だからとても自然な成り行きのように当人は思っている。徹頭徹尾自分のものである本を、どたん場でそっくり他人《ひと》にゆだねることの、贅沢！

いろいろ思うところがあって「跋」を花村邦昭先生にお願いした。かつて金融界の雄、住友銀行人事の中枢におられた大人《たいじん》となれば、凡そぼくのコアな人文系の人間の真逆の人にしか思われないが、日本総合研究所の創設者と判明しては総研という知のあり方に深甚の関心を抱き続けた者としては興味を持たざるを得ない。ぼくがこれ以上なく恵まれた明治大学の環境を離れて大妻女子大学比較文化学部に移籍した突発的事態は（当人自身にさえ少々）謎として今でもふしぎがられているようだが（「ふしぎだが　ほんとうだ！」）、その秘密を握る御方、かもしれない。最初の出会いで瞬時に意気投合してしまい（恩師由良君美先生との出会いが、私淑した山口昌男氏との出会いがそうだった）、きみは暗黙知の界域の人だねといわれた。暗黙知、ですか？　あのポランニーの、ですか。そうだ。会話に少しの沈黙があった。考えるほどに、いろいろ真反対の筈の御方なのに思うところに互《かた》みに通じ合うものがどんどんふえて、その後、月に一度ぼくなりに飄然を装って理事長室にお喋りに行くようになった。そう、花村氏は今はぼくの（定年まであと少々）奉職する大妻女子大学の理事長兼学長という大変な御方なのだが、学部長であるぼくと学内政治のリアルな話などするわけではなく、物理学者イリヤ・プリゴジンの散逸構造論がどうした、脳学者エミール・ゼキと会って話をしてみたらどうだった、という話でアッという間に二時間、隣りの部屋で待つ面接客のイライラに配慮して、また来月と申して席を辞する仲々ふしぎな時間で、この人ならマイケル・ポランニー（ポラーニ・ミハーイ）を知ってて不思議はないと判って、改めて出会いの時の人物評定を有難いものと感じている次第だ。ぼくはこの御方に小原國芳と大倉邦彦のことを教えた。その系列に先生ぜひと申し上げている。

御覧の、実にバランスのとれた、凡そ大私立大学の理事長のイメージとは遠い学殖と好奇心の明らかな一文を寄せていただいた。感謝のほかはない。前口上にも書いたが、もう大体の欲を離れた身ながら、ひとつの組織をどうにかしてみるという、ぼくには一寸似つかわしくないと大方の読者感じられて然るべき世界に少しずつ興味をおぼえだしているのは、ひとえにこの啓明的経営者との出会いのおかげである。大妻、面白くなる！　学びと気付きの動機を与えられた美少女たち、素晴らしいじゃないか、万事に世知辛い今どき!!

皆々様に、多謝。この二、三年ということでいえばネット上でぼくに期待し、励まし、時には叱ってくれたブロガーや「呟き」手の、（〝monado〟〝シロクマ〟さん〝奥村ペレ〟〝藤原編集室〟〝ほんばこや〟の加藤恵子さんといった各氏の）変わらぬ御支持に感謝。山本貴光、棚橋弘季といった、益体もない「高山学」の自閉を活気ある「知ある商人」の世界に拡げてくれる知の烈士たちにこの場を借りて熱いエールを！　２チャンネラーたちの時に的を射るシンラツ評言にも日毎夜毎、多くを学ばせてもらった。高山はネット嫌いといわれているが、狭量学界からはみ出た最近「在野学」と呼ばれるようになったような世界の異端児にとって実は一台のタブレットの駆使が全てである、と楽しい報告をしておこう。そう、細かい漢字が読めない時、タブレット上に指二本でいくらでも拡大して見られるのが有難いと思っているような些か情けない老耄ユーザーではあるが。

コンピレーション本だから当然だが、初出各誌紙の編集者の皆様にもあらためて感謝。とりわけ首都大学東京の英米文学科、吉田朋正准教授が故土岐恒二先生の追悼特集号を同学科機関誌『Metropolitan』誌上にひとりで企画実現した鋭意と編集術習得の神速に感服。この企画に一文を頼まれなかったら、そして僕がその意気に感じて、三十代の自分の出発期の若気のいたりをそっくり擬したスタイルで「アレハンドリア」という一文を出稿しなかったなら、そもそも本書はその仲々に謎めいたタイトルさえ獲得しなかった筈である。アレキサンドリアのスペイン語読み。ボルヘス論だからそうなったのだが、ぼくの本を読んでいただけるくらいの方々にとって古代エジプトの一大文化都市の名が同時に何を意味する筈かはいうまでもあるまい。ネットで「アレハンドリア」検索。なんとなんとアレキサンドリア図書館のことなど一行もない。代りにモスカテル・デ・アレハンドリアのことばかり。マスカット・オヴ・アレキサンドリア。スペインワインをつくる葡萄の名品種、と出ている。間違えたもの知り読者が、うむうむ、そういえばたしかに葡萄酒みたいな味と香りの漂う濃《こく》ある本だなどといってくれた分には、こんな嬉しいことはないんだろうけどね、アハハハ。

二〇一六年九月六日

微酔学魔　識

❸

オペラティックス　「ユリイカ」2012年11月号

アルス・エルディータ　「ユリイカ」 2013年6月号

ポ（ル）ノグラフィクス　「ユリイカ」2015年7月臨時増刊号

シュンガ・マニエリスム　「ユリイカ」2016年1月臨時増刊号

馬鹿本パニック・ルーム　「ユリイカ」2016年11月臨時増刊号

❹

「常数」としてのマニエリスム　ホッケ『迷宮としての世界』岩波文庫・解説、2011年1月

風流たる花と我思う　ホッケ『文学におけるマニエリスム』平凡社ライブラリー・解説、2012年8月

この「鎖」、きみは「きずな」とよむ　ラヴジョイ『存在の大いなる鎖』ちくま学芸文庫・解説、2013年5月

修羅の浪曼　由良君美『珍椿浪漫派文学談義』ちくま学芸文庫・解説2012年7月

体現／体験されるマニエリスム　『定本・荒巻義雄メタＳＦ全集４』解説、2014年12　月

詩のカルヴィーノ　『高柳誠詩集成Ｉ』書肆山田、栞・解説、2016年1月

テクストとしての廃墟としての建築　「表象」7号、2013年

庭「をめぐる」本　Ｐ・ホブハウス『世界の庭園歴史図鑑』原書房、解説、2014年9月

初出誌一覧

❶

パラドクシア・アメリカーナ　『メルヴィル論集』ミネルヴァ書房、2014年.

Contradictionary　「ユリイカ」2012年3月号

アレハンドリア　「Metropolitan」（通巻58号）首都大学英文学教室研究、2016年7月

悲劇か、喜劇か　「幻想文学」No. 36（1992年）

ペイターのマニエリスム　「日本ペーター協会会報」33号、2012年10月

シャーロック・ホームズのマニエリスム　「ユリイカ」2014年8月臨時増刊号

テーブル・コーディネイター　「ユリイカ」2015年3月臨時増刊号

❷

テオーリアの始まりは終わり　「文学」2012年3月号

「尖端的だわね。」　「文学」2013年4月号

近代「憑」象論・覚え　「文学」2014年7－8月号

表象する乱歩を表彰する　「ユリイカ」15年8月号

ピクチュアレスク演劇王の遺産　「文学」2014年3－4月号

見ることの九州　桃山邑編著『水族館劇場の方へ』羽鳥書店、2016年

めくる、めくる、めくるめく　『「めくるめき」の芸術工学』（初出「驚異の部屋」をめぐりめぐって…。」工作舎、1998年5月

アレハンドリア
アリス狩り v

2016 年 11 月 5 日　第 1 刷印刷
2016 年 11 月 15 日　第 1 刷発行

著者――高山 宏

発行人――清水一人
発行所――青土社
東京都千代田区神田神保町 1-29　市瀬ビル　〒 101-0051
電話　03-3291-9831（編集）、03-3294-7829（営業）
振替　00190-7-192955

本文印刷――ディグ
カヴァー印刷――方英社
製本――小泉製本

装幀――高麗隆彦

ISBN978-4-7917-6959-9　　Printed in Japan